Ginger Scott

LIPS DON'T LIE

Ginger Scott

LIPS DON'T LIE

Aus dem amerikanischen Englisch
von Franziska Jaekel

Ravensburger

FSC
www.fsc.org
MIX
Papier aus verantwortungsvollen Quellen
FSC® C111262

1 3 5 4 2

Deutsche Erstausgabe

Postfach 2460, D-88194 Ravensburg

Die englische Originalausgabe erschien erstmals 2018
unter dem Titel »Cry Baby«.

Published by arrangement with Bookcase Literary Agency and RF Literary Agency.

Umschlaggestaltung: Sandra Taufer, München, unter Verwendung von
Motiven von © Shutterstock.com (Klavdiya Krinichnaya, ami mataraj,
Nik Merkulov, LongQuattro, tomertu, Shebeko)

Übersetzung: Franziska Jaekel

Lektorat: Christina Rees

Printed in Germany

ISBN 978-3-473-58579-3

www.ravensburger.de

Für Tim.
Weil du ganz doll an mich glaubst.
Da spricht bestimmt die Liebe.

PROLOG

Ein Kind beachten die Leute nicht weiter. Selbst wenn sie es täten, würden sie mich nicht gerade als Bedrohung sehen. Sie fürchten sich eher vor Typen mit Tattoos im Gesicht und grimmigen Augen. Ironischerweise sind das die Letzten, vor denen sie sich in Acht nehmen müssen. Es sind die lächelnden Gesichter, vor denen sie Angst haben sollten. Ich habe Männer lachen sehen, während sie jemandem das Gesicht zertreten haben, nur um ein Auto zu klauen.

Letzte Woche wäre ich fast erwischt worden. Eine ältere Lady saß im Kino neben mir auf einer Bank und wartete auf ihren Ehemann, der zur Toilette gegangen war. Sie fragte mich, ob ich Filme mag. Ich zuckte mit den Schultern, weil Dub es nicht leiden kann, wenn ich zu viel rede.

Aber ich hätte mit ihr reden sollen … hätte etwas sagen sollen, das sie vielleicht erschreckt, denn sie hörte nicht auf, mich zu mustern. Als Dub klopfte, saß sie immer noch auf der Bank, und als ich aufstand, um die Notausgangstür zu öffnen, spürte ich, dass sie mich aufhalten wollte. Ein Blick auf den Boss und die Gang, und sie ließ die Hand rasch wieder fallen. Doch die Lady stand nicht schnell genug auf und Dub … er rückte ihr ganz nah auf die Pelle und starrte sie an, während sie in ihren hässlichen Schuhen zurückwich. Ha! Beinahe wäre sie rückwärts ins Männerklo gestolpert. Auf dem Weg ins Kino lachten wir darüber, aber später an diesem Abend zog Dub mich gleich vor der Mall in eine Ecke, packte meinen T-Shirt-Kragen und drehte ihn so lange, bis mir der Stoff in den Hals schnitt. Beim nächsten Mal sollte ich darauf achten, dass mich niemand bei der Arbeit beobachtet, sagte er.

Dub ist wie mein Dad, nur dass er eben nicht mein Dad ist. Mein Dad sitzt im Gefängnis. Dub sagt, Dad habe etwas Dummes getan und wurde erwischt, also bringt er mir alles bei, was ich wissen muss, um nicht auch dort zu enden. Ich vermassele nur selten etwas, ganz anders als mein Freund Paul. Er gerät oft in Schwierigkeiten, deshalb gibt ihm niemand mehr wichtige Jobs. Als er letztes Mal mit mir zusammen eingeteilt war, an der Kinotür auf Dub zu warten, wurde er beim Klauen erwischt. Er ließ Süßigkeiten mitgehen, weil er Hunger hatte. Ich hatte ihn noch gewarnt, aber er hört nie auf mich. Am nächsten Tag hat Dub ihm mit einer Zigarette den Handrücken verbrannt und gesagt, das solle ihm eine Lehre sein. Paul hat einfach gelacht und gelacht, die ganze Zeit, während seine Haut verbrannte. Er hat erst geweint, als er sich danach in meinem Zimmer verkriechen konnte. Von da an nannte ihn jeder Joker, weil er alles ins Lächerliche zieht. Zumindest sollen das die anderen denken.

Manchmal lasse ich mir aus Mitleid von Paul helfen und weil er gern beweisen möchte, dass er nicht alles vergeigt. Das weiß ich. Trotzdem sind das immer nur kleinere Jobs, wenn wir zum Beispiel Häuser bewachen oder aufpassen sollen, dass die Tribes nicht auf unserem Basketballplatz ihr Zeug verticken. Die Tribes haben ihr Revier auf der anderen Seite der Sixty-First Street, aber dort gibt es keinen Park oder einen anderen guten Ort zum Abhängen. Tja, das ist ihr Problem.

Dub meint, dass es meine Bestimmung ist, eines Tages seine Gang zu übernehmen. Wenn das so kommt, werde ich Paul einen wichtigen Posten in der Gang geben. Er würde mir nie in den Rücken fallen. Ich vertraue ihm wie einem Bruder. So hat auch Dub meinem Dad vertraut. Er sagt, dass mein Dad gut den Mund halten kann. Ich habe ihn einmal gefragt, was das heißt, und er meinte, dass mein Dad im Gefängnis ist, weil die Leute unsere Gang zerstören wollen, es aber nicht können, wenn mein Dad ihnen nicht hilft. Er kommt nie wieder nach Hause, weil er uns alle so sehr liebt. Er würde eher sterben, als uns in Schwierigkeiten zu bringen.

Ich bin genau wie er. Ich würde auch eher sterben.

An diesem Abend hielten sich ein paar Leute in der Nähe meiner üblichen Bank auf, also begann ich, mir den Bauch zu halten, zu stöhnen und so zu tun, als würde ich mich gleich übergeben müssen. Die Leute um mich herum hatten alle ein Date und warteten auf den Beginn ihres Films – reiche weiße Kids, die ihr eigenes Auto haben und so ’n Scheiß. Sie hatten Pläne und ein Zehnjähriger mit schäbigen Klamotten und brauner Haut war ihre Zeit nicht wert; also verzogen sie sich und taten so, als beachteten sie mich gar nicht. Mein Plan ging auf, denn fünf Minuten bevor Dub auftauchen wollte, war nur noch ich hier.

Während ich eine Hand schon auf der Türstange des Notausgangs habe, drehe ich die andere um und checke die Zeit auf meinem Handy. Wir schicken uns keine Nachrichten – es soll keine Aufzeichnungen geben, dass wir jemals hier waren. Meistens sucht Dub einen Film aus und nennt uns eine Zeit, dann macht jeder seinen Job. Wer das nicht tut, ist raus. Und niemand will aus den

Fifty-Sevens geworfen werden. Nicht, wenn er aus diesem Wohnviertel kommt. Wer raus ist, geht kaputt und stirbt jung. Wenn man drin ist, weiß man wenigstens, dass man Rückendeckung hat.

Ich zähle die Sekunden – sechs, fünf, vier …

Langsam drücke ich die Türstange nach unten und öffne den Ausgang weit genug, dass Dub seinen Arm hineinschieben und durch den schmalen Spalt schlüpfen kann. Heute sind wir nur zu zweit. Wir reden nicht, aber er drückt seine Hand auf meinen Kopf und schiebt mir meine Kappe tiefer in die Stirn. Mit einem schiefen Grinsen rücke ich den Schirm meiner Kappe wieder nach oben und fange seinen Blick auf. Das ist seine Art, mir zu sagen, dass ich es diesmal gut gemacht habe.

Mein richtiger Name ist Tristan Lopez, aber Dub nennt mich Cry Baby. Er findet das witzig, sagt er, weil ich eigentlich nie weine, und es stimmt – das tue ich nicht. Als er letztes Jahr anfing, mich so zu nennen, hatte ich Angst, dass sich die anderen über mich lustig machen würden, aber Paul meinte, weil Dub mir den Namen verpasst hat, würde das niemand wagen. Und er hatte recht.

Ich folge Dub ins Kino, ein unschuldiger kleine Junge, der sich mit seinem großen Bruder einen Film ansieht. Das glauben die Leute zumindest, wenn sie uns sehen – immer lächeln und keinen Augenkontakt vermeiden, als hätten wir genauso Eintritt bezahlt wie sie. Meine Baggy Jeans hängt ebenso tief wie seine, aber wo seine Arme mit schwarzen, ineinander verschlungenen Zahlen und Buchstaben tätowiert sind, werden meine von dem verschlissenen Flanellhemd meines Dads verdeckt. Die Ärmel hängen weit herunter, bis über meine Finger. Ein Zigarettenbrandloch prangt auf der Brusttasche, ein verkohlter runder Rand wie ein Volltreffer genau in der Mitte.

Wir bleiben hinter den Sitzen am Ende des Kinos stehen, damit Dub die richtige Reihe aussuchen kann. Er sucht nach weniger besetzten Stellen, will keine »zusätzlichen Augen«, die ihn bei der Arbeit beobachten könnten, aber trotzdem soll es nicht zu weit abseits sein. Falls dann doch irgendwelche Leute etwas mitbekämen, würden sie es nicht glauben wollen.

»Hier dealt doch niemand direkt in der Öffentlichkeit mit Drogen! Nicht in dieser Gegend.«

Das Geld kommt rein und die Tütchen gehen weg. Die Leute bekommen, wofür sie bezahlen, und wenn sie nicht genug bezahlen, sorgt einer der Typen aus der Gang dafür, dass sie es auf andere Weise wiedergutmachen.

Ich lerne viel, während ich ihm bei der Arbeit zusehe.

Eine Schießerei erhellt die Leinwand, eine Vorschau auf den neuen Film mit Jason Foreman.

Dub beugt sich zu mir. »Guck dir den Schwachkopf an, wie der die Waffe hält, als wüsste er, was er da macht«, flüstert er. Ich kann Alkohol in seinem Atem riechen. Nur schwach, wahrscheinlich von gestern.

Ich lache und sehe zu, wie auf der Leinwand zwei Autos eine Gasse entlangrasen. Ein Typ hängt sich aus dem Beifahrerfenster und feuert auf die Reifen des Wagens vor ihm. In der nächsten Szene hat Jason Foreman – der einen knallharten Gangsterboss in New York oder Boston oder sonst wo spielt – den Detective in der Mangel, der am Boden liegend um sein Leben winselt. Er verpasst dem Kerl einen Tritt und lässt ihn gehen, seine Glock zeigt auf die Füße des Cops, während der zu seinem Wagen zurückrennt.

Ein echter Mann würde ihn nicht gehen lassen. Er würde seine Waffe auch nicht nach unten halten. Er würde dem Cop zeigen, wer der Boss ist, und ihn in das dunkle Loch im Metall starren lassen. Er würde abwarten, bis der Cop sich den Rauch vorstellen kann, der aus diesem Loch kommt – mit nur … einem … *Klick.*

Dub stößt mich mit dem Ellbogen an und ich schaue zu ihm. Er hebt langsam den Arm, presst die Lippen zu einer festen, geraden Linie zusammen und zeigt auf den millionenschweren Schauspieler auf der Leinwand. Er kneift ein Auge zu, dann streckt er den Arm ganz aus und krümmt die Finger. Hätte er seine Knarre in der Hand, wäre Jason Foreman jetzt tot.

Dämlicher Idiot. Kein Gangster kann es mit Dub Lewis aufnehmen.

KAPITEL 1

SIEBEN JAHRE SPÄTER

TRISTAN

Joker wirft diesen blöden Racquetball jetzt schon seit zwanzig Minuten gegen unser Garagentor. Er ist angepisst, weil ich ihn hier draußen nicht kiffen lasse, aber meine Mom bittet mich nicht um viel, und mal ehrlich, dieses Zeug ist sowieso nicht gut für ihn.

Das monotone Geräusch versetzt uns beide in eine Art Trance. Mindestens drei Autos sind an meinem Haus vorbeigefahren und ich weiß nicht mal, welche Farbe sie hatten. Das ist gefährlich – nicht auf Details zu achten. Ich breche aus meinem Dämmerzustand heraus und schnappe den Ball aus der Luft, bevor er ein weiteres Mal gegen das sowieso schon demolierte Garagentor knallt.

»Komm schon, Mann. Das Teil schließt eh nicht mehr ganz.«

Er verdreht leicht die Augen und schnalzt kurz mit der Zunge.

»Das Geräusch nervt zu Tode«, sage ich trocken, bevor ich den Ball in den Nachbargarten werfe.

Joker zuckt zusammen, dann dreht er den Kopf, bis sich unsere Blicke treffen. »Du bist ein Arsch.«

Ich antworte nicht. Mein Hintern ist ganz taub vom Sitzen auf diesem Metallstuhl. Dub hat gesagt, dass wir vor dem Haus auf ihn warten sollen, aber er wollte schon vor einer Stunde hier sein. Ich glaube nicht, dass er noch kommt.

»Schreib ihm mal, Mann«, sage ich, beuge mich vor und lehne mich mit den Ellbogen auf die Knie.

Joker nimmt sein Handy und lässt die Fingerspitzen nervös über dem Display kreisen. In ein paar Tagen wird er achtzehn, was bedeutet, dass die Gang ihn sich schnappt, um ihn offiziell aufzunehmen. Es muss nicht direkt an seinem Geburtstag passieren – aber so um den Dreh herum. Als er heute Morgen vor meiner Tür aufgetaucht ist, wusste ich, dass er vermutete, er könnte heute dran sein. Aber Dub würde hier nie mit seiner Gang aufkreuzen. Meine Mom hat schon zu viel gesehen und sie vertraut ihm nicht.

Das sollte sie auch nicht. Die Drogen, die sie in die Entzugsklinik gebracht haben, als ich elf war, kamen von seinen Leuten. Sie war die meiste Zeit meines Lebens davon abhängig und sie brauchte Jahre, um davon loszukommen. Als mein Dad im Gefängnis starb, fand sie zu Gott. Ich wohnte bei meinem Onkel Alonzo, bis sie die Entziehungskur hinter sich hatte. Mittlerweile ist sie seit sechs Jahren clean und geht jeden Tag in die Kirche. Sie arbeitet sogar für die Kirchengemeinde. Ich weiß, dass ein Teil von ihr versucht, mir all das zu ersparen, aber das schafft sie nicht. Ich habe mich schon als Kind an dieses Leben verkauft, geblendet von den Kriminellen, die ich vergötterte, und den Geschichten, die sie mir über meinen Dad erzählen. Die einzige Möglichkeit, diesen Teil meines Lebens vor ihr abzuschirmen, ist diese lockere Linie, die ich gezogen habe, um die schlimmen Sachen von zu Hause fernzuhalten – obwohl es sich manchmal unmöglich anfühlt, alles draußen zu lassen.

Ich werde erst in fünf Monaten achtzehn, aber für mich wird das Prügelritual nur reine Formsache sein. Ich würde alles geben, um an Jokers Stelle zu sein. Nicht weil ich mein Schicksal beschleunigen will, sondern weil er immer noch eine Wahl hat. Keine große Wahl, aber schon das ist mehr, als ich je haben werde. Wenn er aussteigen will, muss er nur die Schläge überleben und ein Tattoo tragen. Mein einziger Ausweg ist der Tod. Aber es gibt härtere Schicksale als meins, also was soll's.

Das Dröhnen kündigt Dubs Wagen an, bevor er um die Ecke biegt. Jokers Gesicht wird rot vor Erleichterung, weil er die Nachricht noch nicht abgeschickt hat. Seine nervöse Anspannung ist aber immer noch da. Erst als er nur zwei Typen im Auto sitzen sieht, senken sich seine Schultern. Wenn sie jemanden verprügeln, machen mindestens sieben Mitglieder mit. Das sind die Aufnahmeregeln, obwohl niemand weiß warum. Ein paar junge Männer haben sie vor Jahren aufgestellt, nur um zu beweisen, wie knallhart sie sind. Niemand hinterfragt das Ganze. Wer es tut, bekommt Schläge.

Die Beifahrerscheibe des Camaro fährt nach unten, während die Räder langsamer werden. Dub beugt sich über die Mittelkonsole an dem Typen vorbei, der neben ihm sitzt. Ich kenne ihn nicht, aber Dub hat ihn mitgenommen, also muss er jemand Wichtiges sein. Sein Körper ist mit Tattoos übersät, einige sind über ältere gestochen wie eine chaotische Story, die darum kampft, umgeschrieben zu werden. Der Kerl ist high, das merke ich sofort. Ich kenne Schicksale wie seins. Tragisch und langweilig.

»Was geht ab, ihr Loser?«

Der Typ neben Dub hustet eine Mischung aus Potqualm und Gelächter aus. Ich nehme das Aroma in mir auf. Ich rauche das Zeug nicht, aber der Geruch beruhigt mich immer. Bestimmt hab ich sowas schon eingeatmet, als ich noch im Gitterbett lag.

»Wir warten nur auf dich, Lahmarsch«, blaffe ich zurück.

Joker hasst es, wenn ich so mit Dub rede. Die Anspannung kriecht wieder seinen Rücken hinauf und er zieht den Kopf ein.

Dubs Mundwinkel wandert nach oben, seine Augen sind hinter einer schwarzen Sonnenbrille verborgen. Ein Teil des tätowierten Kreuzes neben seinem Auge lugt unter dem Brillenrand hervor. Er ist neunzehn Jahre älter als ich, aber er tut immer so, als wäre er in meinem Alter. Von der geistigen Reife her bin ich wohl eher in seinem Alter und er in meinem. Er trägt immer noch dieselben Baggy-Klamotten, die er schon anhatte, als er mich inoffiziell adoptiert hat, nachdem mein Dad weg war. Er steht total auf Baseballkappen – mit flachem Schirm und zur Seite gedreht. Seine Initialen – DL – sind rechts eingestickt. Die Kappe heute ist weiß mit goldener Schrift. Den vorne abgebildeten Diamanten hat er selbst entworfen. Er sagt, das drückt Reichtum aus, was witzig ist, denn er ist ständig blank und braucht immer schnell Geld.

»Wie war die Schule, du Nerd?«, zieht er mich auf, während er mir eine Tüte Gras vor die Brust wirft. Ich fange sie wie einen schlecht geworfenen Football auf und lasse sie unauffällig in der Fronttasche meines Hoodies verschwinden.

Ich zucke mit den Schultern. »Wie immer.«

Eigentlich war es überhaupt nicht wie immer. Ich war wohl in irgendeinem Test zu gut gewesen, und das hatte mir Aufmerksamkeit eingebracht. Jedenfalls fand ich mich um zehn Uhr vormittags im Büro meiner Studienberaterin wieder – ich wusste nicht mal, dass ich eine Studienberaterin *habe.* Sheryl Beaumont gehört zu den Lehrern, die man aus Filmen kennt und die an einer beschissenen Schule wie meiner arbeiten, weil sie die Kids aus den unteren Schichten inspirieren wollen, es besser zu machen als ihre Eltern und »sich selbst aus dem Sumpf zu ziehen«, wie es jeder Politiker verspricht. Sie ist eine hübsche, blonde, weiße Lady an einer Schule, in der die armen Schichten in jeder Farbe vertreten sind und in der die gefährlichsten Schlägereien der Stadt ausgetragen werden. Sie hat mich zu einem Termin gebeten, um mit mir übers College zu sprechen, denn offenbar könnte ich einen Platz bekommen. Ich habe keine Ahnung, warum ihr BMW nicht längst geklaut wurde.

»Denkst du, du kannst das Zeug bis Freitag verticken?«

Dub braucht bestimmt mal wieder Kohle. Er nennt mir nur eine Frist, wenn er schnell flüssig werden muss.

Ich wiege den Kopf von einer Seite zur anderen. »Keine Ahnung, vielleicht?«

Ich spüre, wie Joker den Kopf dreht und mich ansieht. Hätte Dub ihm das Pot zugeworfen, hätte er auf alle Fälle Ja gesagt. Aber das wäre eine Lüge gewesen. An der Schule können wir nichts mehr verkaufen. Es gibt überall Kameras, seit jemand im Hauptflur mit einer Waffe rumgeballert hat. Unsere Spinde wurden herausgerissen, sodass wir unseren Kram die ganze Zeit mit uns rumschleppen müssen, und ständig finden zufällige Taschenkontrollen statt. Deshalb dealen wir am Basketballplatz in unserem Viertel, aber die ernst zu nehmenden Käufer kommen nicht vor Freitag- oder Samstagabend vorbei. In einer Menge kann man sich besser verstecken.

»Ich brauche die Hälfte bis Freitagabend. Kriegst du das wenigstens hin?« Dub muss echt verzweifelt sein.

»Klar, wir packen das«, quakt Joker dazwischen, ohne mir die Chance zu geben, realistisch zu bleiben. Ich hasse es, wenn er das tut. Und er weiß, dass ich sauer bin, denn er macht nach seiner Ansage einen scheinbar lässigen Schritt aus meiner Reichweite.

»Gut. Wir sehen uns.« Dub nickt einmal, als hätte er sein Urteil gesprochen, dann fährt er weiter.

Gleich nachdem er weg ist, verpasse ich Joker einen Klaps in den Nacken.

»Was? Ich muss meinen Wert unter Beweis stellen, Mann. Das will ich nicht mit was anderem machen müssen.« Er reibt sich die gerötete Stelle und bringt noch etwas mehr Abstand zwischen uns. Ich kann nur den Kopf schütteln und auf den Boden spucken.

»Fuck«, brumme ich vor mich hin und drehe mich zum Haus um.

Joker glaubt tatsächlich, wenn er in vier Tagen Pot im Wert von mehreren Tausend Dollar für Dub verkauft, muss er die ganzen anderen Sachen nicht machen, die alle neuen Mitglieder erledigen müssen, um ihre Loyalität zu beweisen – so was wie Rivalen oder Drogenfahnder mit Jagdmessern abstechen und sie an einer belebten Straßenecke rauswerfen, wo sie um ihr Leben kämpfen können. Ich erzähle ihm nicht, wie oft ich auf dem Rücksitz saß, wenn Dub jemanden so auf die Probe stellte. Und ich weiß, dass er nicht mit den Konsequenzen umgehen könnte, wenn dabei etwas schiefgeht. Joker gefällt die Vorstellung, Gangmitglied zu spielen. Erst wenn er dabei helfen muss, die Leiche irgendeines Typen zu verscharren, der verblutet ist, bevor die Gang ihn an einer Ecke abladen konnte, wird ihm das die Augen öffnen. Ich kann ihn nicht warnen. Er muss die brutale Realität unserer Welt selbst erleben, um sie zu verstehen. Und dann wird es zu spät sein, um noch wegzulaufen.

Es sei denn, man ist wie ich, und der eigene Dad und sein bester Kumpel haben die Gang gegründet, dann wächst man mit weit geöffneten Augen auf. Manchmal gibt es keinen großen Unterschied zwischen Fluch und Segen, schätze ich.

»Komm schon, wir müssen nur jeden Abend am Basketballplatz sein. Wir könnten auch nach der Mittagspause schwänzen.«

Joker klingt wie ein Kind, das seine Eltern überreden will, mit ihm in den Zirkus zu gehen. Er hat überhaupt keine Vorstellung von Verantwortung oder Konsequenzen.

»Und dann werden wir gemeldet und Larry kommt zu uns nach Hause«, erwidere ich automatisch.

Larry ist unser Schulcop. Er ist schwerer bewaffnet als die meisten anderen und er hat eine Menge Befugnisse wegen der großen Probleme an der South High.

»Quatsch, wär doch nur ein Mal. Wir haben seit zwei Monaten nicht geschwänzt«, hält Joker dagegen. Er folgt mir ins Haus und in mein Zimmer ganz am Ende des Flurs.

Ich antworte nicht sofort und ich weiß, dass ihn das verunsichert. Das sollte es auch. Er hätte vorher überlegen sollen, bevor er sein großes Maul aufreißt. Das hätte ihn davon abgehalten, etwas zu versprechen, für das ich mir am Ende den Arsch aufreißen muss.

Ich schnappe mir meinen Basketball und suche gleichzeitig den mit Klamotten vollgemüllten Boden meines Zimmers nach meinen Jordans ab. Wenn wir bis Freitagabend zwei Riesen für Dub machen sollen, dürfen wir keine Zeit verlieren. Der Basketballplatz muss zu unserem zweiten Zuhause werden, bis wir das Geld zusammenhaben. Als ich meine Schuhe schließlich unter den Sachen entdecke, die ich gestern anhatte, ziehe ich meine Vans nacheinander mit der Fußspitze an der Ferse aus, bevor ich zu den begeisterten Augen meines Kumpels aufblicke.

Ja, Joker. Daddy geht mit dir in den Zirkus, aber wir nehmen nicht deinen Weg.

»Ich werde keine Kurse schwänzen«, sage ich und sein strahlendes Lächeln lässt etwas nach. »Anders helfe ich dir nicht und dir ist bestimmt klar, dass nur du dafür am Haken zappelst. Du hast das Versprechen gegeben und du weißt, wie das bei Dub läuft.«

Joker nickt mit offenem Mund. Am liebsten würde er mich anflehen, doch noch einmal zu schwänzen, aber er kennt mich zu gut. Und er weiß, dass er ohne mich aufgeschmissen ist.

Doch egal, wie sauer ich auf ihn bin, ich liebe ihn trotzdem wie einen Bruder, also halte ich ihm meine Faust entgegen. Er boxt leicht dagegen, während ich mit einem Fuß schon in den aufgeschnürten Basketballschuh schlüpfe, dann geht er zur Tür.

»Wir sehen uns dort.« Ich nicke ihm zu.

Er erwidert mein Nicken, dann haut er kurz nach Hause ab, um sich ebenfalls umzuziehen und sich mit mir auf dem Basketballplatz zu treffen.

Manchmal frage ich mich, ob Joker aus alldem raus will – ob er es bereut, sich in der dritten Klasse mit mir angefreundet zu haben. Aber die Fifty-Sevens hätten ihn sich wahrscheinlich sowieso geholt. Er hat zwei Dinge, die neue Anwärter mitbringen müssen – er wohnt hier in Miller County und sein Nachname ist Contreras. Die Fifty-Sevens zeigen ihre Diskriminierung nicht offen – mit der Ausnahme, dass alle Mitglieder männlich sein müssen –, aber wenn man Latino ist, hat man als Gangmitglied eine bessere Chance, nach oben zu kommen und in unserem Viertel Macht zu ergreifen. Das hat hauptsächlich mit dem allgemeinen Respekt vor meinem Vater zu tun, Dominic Lopez, der als Kind aus Honduras hierhergeschickt wurde, um den Gangs zu entkommen, die sich dort bildeten. Als er alt genug war, gründete er hier seine eigene. Der Witz geht auf Kosten meiner Großeltern, die dachten, sie würden ihm die Freiheit schenken.

Dubs Mom ist weiß und in Miller geboren und aufgewachsen,

genau wie meine. Sein Dad kam aus Chicagos South Side, wo er schon mit fünfzehn eine der berüchtigtsten Schwarzen Gangs von Cook County leitete. Dubs Dad wurde erschossen – während eines Raubüberfalls, der schiefgegangen ist –, also zog seine Mom zurück nach Miller, weil sie dachte, in einem Vorort im Mittleren Westen würde es nicht so viele Probleme geben. Es war auch ziemlich ruhig hier, bis die Fabrik geschlossen wurde und die Eigenheimpreise in den Keller fielen. Es musste zur Gründung der Fifty-Sevens kommen – dazu waren nur die entsprechenden Lebensbedingungen und zwei gelangweilte, zornige Jugendliche nötig.

Der Drogenhandel begann erst, nachdem sie etwa ein Jahr lang die Straßen unsicher gemacht hatten. Es war nie ihr Ziel gewesen, reich zu werden – es ging um Macht. Für diejenigen von uns, die in Straßen wohnen, wo die Stadt sich nicht darum schert, klaffende Löcher zu stopfen, die sich in der Mitte bilden, ist es schwer, irgendwo anders nach Macht zu suchen. Sogar jetzt sorgt Dub dafür, dass wir genug reinbringen, um die Rechnungen zu bezahlen. Das hält ihn – und uns – auf der Straße, um andere von unserem Viertel fernzuhalten. Ich versuche, nicht darüber nachzudenken, denn wenn ich das tue, wird mir bewusst, wie sinnlos das alles ist.

Irgendwo außerhalb dieser unsichtbaren Mauern gibt es eine große weite Welt, wo Leute Heilmittel gegen Krankheiten entwickeln, während andere zur gleichen Zeit damit drohen, Kriege mit Bomben zu führen, die ganze Kontinente auslöschen könnten. Wir spielen mit Messern herum und schießen Kugeln in Autos und Wände. Was soll das bringen?

Nur der Ball in meinen Händen fühlt sich nach Zuhause an. Unsere Schulmannschaft ist scheiße – aber ich könnte mich sowieso nie für eine Schulmannschaft qualifizieren. Manchmal, wenn ich den Gedanken zulasse, wird mir klar, wie nah ich schon am Gefängnis bin, wenn ich dieses Leben weiterführe. Es gibt so viele Dinge, die ich nicht tun kann. Ich musste mich echt zusammenreißen, nicht laut loszulachen, als die Studienberaterin mir sagte, ich könnte aufs College gehen.

Den Teufel werde ich tun. Mein College ist hier bei Professor Dub Lewis und seinem Jagdmesser und seinen automatischen Waffen und den dürftigen Gräbern im Wald, wo Leichen verrotten, die immer noch nicht von den Behörden gefunden wurden.

»Du gehst schon wieder? Du bist doch gerade erst nach Hause gekommen.« Die Worte meiner Mom werden vom Klappern der Töpfe begleitet, die sie aus dem Unterschrank zieht.

»Ich war die ganze Zeit zu Hause, Ma. Paul war hier, wir saßen nur draußen.« Ich wünschte, ich hätte etwas, womit ich mich beschäftigen könnte, um ihrem Blick auszuweichen, mit dem sie mich jetzt fixiert – und direkt in mich hineinschaut.

»Du hättest ihn fragen können, ob er zum Abendessen bleiben möchte«, sagt sie mit rauer Stimme, ihre Augen spiegeln ihre Sorge wider.

»Er isst zu Hause, Ma. Ich muss los. Wir treffen uns in fünf Minuten am Basketballplatz.« Ich schnappe mir einen Apfel aus der Schale, die sie immer auf die Anrichte stellt, doch bevor ich den Arm zurückziehen kann, greift sie nach meinem Handgelenk.

»Was?« Ich hasse es, dass ich wie ein genervter Teenager klinge, der beim Lügen erwischt wurde. Aber genau das bin ich. Es ist alles ein Fake – sie weiß, wieso ich abends auf den Basketballplatz gehe, und ich weiß, warum sie möchte, dass ich Paul zu uns einlade. Sie wird nie aufhören, zu versuchen, uns dieses Leben zu ersparen.

Heute ist Bibelabend. In einer Stunde wird unser heruntergekommenes Wohnzimmer – gelblich gefärbt durch nicht zusammenpassende Lampen und den orangefarbenen Teppichboden – voller Mütter aus der Nachbarschaft sein, die sich alle an die Hoffnung klammern, die Sünden ihrer Ehemänner und Söhne einfach wegbeten zu können. Ich mache mich nicht über ihren Glauben lustig. Ich beneide das Gute daran. Er rettet ihnen das Leben. Ich kann nur nicht hierbleiben und es mit ansehen. Es ist, als würde man Weihwasser über den Teufel gießen.

»Lass mich dir wenigstens ein Sandwich machen«, sagt sie und nimmt ihre Hand weg. Was sie nicht ausspricht, lese ich in ihrem Blick. Es ruft einen vertrauten Schmerz in meiner Magengegend hervor. Jedes Mal wenn ich dieses Haus verlasse, enttäusche ich sie.

»Brauchst du nicht, alles gut. Außerdem liebe ich Äpfel.« Ich beiße kräftig in die knackige Schale, Saft spritzt auf mein Kinn. Ich wische die Tropfen mit dem Unterarm ab, dann beuge ich mich vor, um meiner Mom einen Kuss auf die Wange zu geben. Sie zittert, aber ich bin mir nie sicher, ob ich mir das nur einbilde oder es wirklich spüre. Vielleicht zeigt sich darin auch nur unsere Nervosität.

Ich klemme mir den Ball unter den Arm, hänge mir meine Ohrstöpsel um den Hals und stecke Schlüssel, Brieftasche und Handy in meine Hosentasche. Die Haustür fällt hinter mir ins Schloss und ich drücke das Sicherheitstor zu, bis ich es klicken höre. Mit dem halben Apfel im Mund umrunde ich das Haus und schlucke ein großes Stück runter, als ich hinter der Klimaanlage in die Hocke gehe. Dieses Ding klappert so stark, dass sich schon die Hälfte der Schrauben am Gehäuse gelöst haben. Ich sollte mir wahrscheinlich ein anderes Versteck für meine Pistole suchen, bevor Mom einen Handwerker bestellt. Ich schließe die Hand um das Metall und mache mir gedanklich eine Notiz, die Waffe irgendwo anders zu verstecken, wenn ich heute Abend nach Hause komme. Jetzt verstaue ich sie erst mal sicher hinten in meinem Hosenbund.

Nach vier weiteren Bissen bin ich am Kerngehäuse, also werfe ich den Rest des Apfels in einen offenen Mülleimer am Ende der Straße. Ich stecke mir die Ohrstöpsel rein, meine Finger gleiten wie gewohnt zum Ball, und ohne stehen zu bleiben, beginne ich zu dribbeln. Die Musik dröhnt im Takt der Aufschläge, die Rap-Lyrics fangen perfekt meine Ängste ein.

Leere Straßen machen mich nervös und heute ist es hier ziemlich ruhig. Garagentore rollen herunter, als ich vorbeigehe. Es kommt mir vor wie nach einer Zombie-Apokalypse. *Die Sonne ist fast untergegangen, also riegelt alles ab. Gleich ist Sperrstunde, Leute!*

Mein Schatten ist lang. Manchmal frage ich mich, ob er versucht, vor mir wegzulaufen.

Ich bin ganz in den Rhythmus meiner Schritte versunken, in die Bewegung meiner Hand, die den Ball immer wieder auf den Gehweg schlägt. Ich sehe sie nicht kommen. Das rettet sie wahrscheinlich vor mir. Aber ich muss damit aufhören, es darf nicht passieren, dass ich Leute *nicht* kommen sehe. Das ist gefährlich.

Mein Mund hängt offen, während meine reflexartige Wut, die sofort in mir ausbricht, ein heftiges Feuer in meinem Bauch entfacht. Zum Glück wandert mein Blick zuerst über das Mädchen und dann zu meinem Ball, den sie zwischen den Händen hält und gegen ihre Brust drückt. Ein ausgewaschenes T-Shirt bedeckt eine Schulter, dicke braune Haare fallen über die andere. Ihre Lippen bewegen sich. Sie sagt etwas zu mir und ihre Augen – Fuck, die sind so blau wie Wasser – warten auf eine Reaktion von mir.

You gotta shoot the rats that tell, or you'll be next, motherfu…

Ich ziehe die Ohrstöpsel raus, bevor der Text weitergeht. Diese Worte passen nicht zu dem Gesicht, das ich vor mir habe.

Ich kann sie nur anstarren.

»Ich. Brauche. Deine. Hilfe.«

Das hat sie wahrscheinlich schon ein paarmal wiederholt, während ich mit dem dröhnenden Sound in meinen Ohren in einer Art Trancezustand war. Aber die Art, wie sie sich über mich lustig macht, indem sie ganz langsam spricht … ist ziemlich frech und … na ja, auch süß.

Ich schaue auf meinen Ball und dann zurück in ihre Augen. »Äh, kann ich den wiederhaben?« Ich lasse die Arme unten, während ich das frage, weil ich will, dass sie mir den Ball von selbst gibt. Vielleicht ist ein Teil von mir doch ein wenig verärgert darüber, wie sie um Hilfe gebeten hat.

Sie lässt den Ball über ihre Fingerspitzen rollen, er wandert ein paarmal von Hand zu Hand, während sie die Zunge von innen gegen ihre Wange schiebt. Schließlich drückt sie mir den Ball an die Brust und hält ihn dort fest, bis ich ihn nehme. Ich kenne dieses Mädchen nicht, aber sie wird Schwierigkeiten bekommen, wenn sie in diesem Viertel so mit den Leuten umspringt.

»Hilfe? Jetzt?« Sie hebt die Augenbrauen und schiebt die Füße ein oder zwei Schritte zurück.

Ich starre sie immer noch an, ein wenig amüsiert, aber ich nehme auch ihre Konturen wahr, während sie immer mehr Abstand zwischen uns bringt. Schwarze kurze Jeans, perfekt geformte Beine, und ihr graues Shirt hängt ziemlich hoch, sodass ihre sonnengebräunte Haut und ein silbernes Piercing an ihrem Bauchnabel zu sehen sind.

»Schöne Schuhe«, sagt sie und deutet mit dem Kinn auf meine

ungeschnürten Jordans, bevor sie sich umdreht, weil sie ganz genau weiß, dass ich mitgehen werde.

Ein »Danke« kommt mir nicht über die Lippen, aber ich denke es – und ich folge ihr zu einem alten Pick-up, der mit Umzugskartons beladen ist. Die Hälfte des Wagens ist grün grundiert, die andere ist grau. Entweder ist die Lackierung noch nicht fertig oder die Karre stammt aus irgendeiner Auktion. Wie der Wagen meiner Mom. Eigentlich ist er *beides*: ein neunzehn Jahre alter Ford, den ich mit meinem Onkel aufarbeiten sollte. Tatsächlich haben wir nur das Öl gewechselt.

»Ich habe meinem Dad versprochen, dass ich den größten Teil abgeladen habe, wenn er nach Hause kommt, aber die Bank ist im Weg, und sie ist schwerer, als ich dachte.« Sie ächzt mitten im Satz, als sie über die offene Heckklappe klettert. Krass, wie gelenkig sie ist. Ich stecke meinen Ball zwischen zwei Kartons auf dem Boden, nehme kurz Anlauf und springe neben sie. Sie verzieht unbeeindruckt den Mund und richtet die Aufmerksamkeit auf einen Stapel Gewichte und eine Hantelbank, die auf der rechten Seite der Ladefläche verstaut ist.

»Ich kann nach hinten gehen, wenn du mir hilfst, das Ding rauszubekommen.«

Ich warte, bis sie sich zum hinteren Teil der Ladefläche durchgeschoben hat, dann greife ich nach einem der Standfüße.

»Ist schwerer, als es aussieht, also denk nicht, dass du …«

Bevor sie zu Ende gesprochen hat, springe ich vom Pick-up und hebe das vordere Ende der Bank vor meine Brust. Sie hat recht – das Ding ist *viel* schwerer, als es aussieht, aber das werde ich natürlich nicht zugeben.

Sie zuckt mit den Schultern, ich glaube, jetzt ist sie doch ein wenig beeindruckt. Ich gehe rückwärts, halte den größten Teil des Gewichts, bis sie mit dem anderen Ende am Rand der Ladefläche angekommen ist. Sie stellt die Bank kurz ab und springt vom Wagen, dann heben wir die Bank gemeinsam herunter und stellen sie ein Stück weiter auf dem Gehweg ab.

Sie schnauft kurz durch. Meine Unterarme brennen. Wir drehen kleine Kreise, um wieder zu Atem zu kommen, neben uns steht der Pick-up, der immer noch mit schwerem Zeug vollgepackt ist. Das liefert mir einen Grund zu bleiben und ich ziehe mein Handy aus der Tasche, um die Uhrzeit zu checken. Mist, dass ich noch wohin muss – dass mir eine Frist gesetzt ist, weil mein Kumpel den Typen beeindrucken will, der sich einen Scheiß für ihn interessiert. Dub wird sich nicht lange daran erinnern, dass wir ihm ein paar Riesen besorgt haben. Er wird es schon in ein paar Tagen vergessen haben, wenn wir wieder etwas anderes für ihn erledigen müssen.

»Du ziehst gerade ein?« Ich lege den Kopf zur Seite und blinzele leicht, damit ich sie im Gegenlicht der untergehenden Sonne besser sehen kann.

Ihre Lippen kräuseln sich belustigt.

Ich lache kurz auf und schüttele den Kopf. »Klar, ich meine *offensichtlich.*«

Sie klettert wieder auf den Pick-up, nimmt eine Hantelscheibe in jede Hand und reicht sie mir. Fünfzehn Kilo pro Stück. Ich kann sie mit dem ganzen Kram nicht allein lassen. Also nehme ich ihr die Teile ab und trage sie bis zur Mitte der ölbefleckten Auffahrt.

»Sollen die in die Garage?«, frage ich.

»Ja, leg sie einfach irgendwo ab.«

Als ich zurückkomme, hat sie schon zwei weitere für mich an den Rand der Ladefläche geschoben. Auf diese Weise arbeiten wir uns durch mehr als ein Dutzend Gewichte, und ohne ein Wort zu verlieren, gehen wir dann zu den Kartons über, bis alle ebenfalls in der Garage aufgestapelt sind. Nachdem wir fertig sind, drückt sie die Heckklappe zu und klemmt sich meinen Ball unter den Arm.

»Puh!« Sie wischt sich den Schweiß von der Stirn, unsere Blicke begegnen sich. Ich bin mir sicher, dass ihre Mundwinkel nach oben wandern, aber ihre Augen halten mich so gefangen, dass ich mir ihr Lächeln nur vorstellen kann.

Ich lache wieder leicht, weil ich nervös bin und wir uns ein wenig zu lange schweigend gemustert haben.

»Also, du spielst Basketball, ja?« Sie unterbricht den Blickkontakt zuerst und lässt den Ball wie vorhin zwischen ihren Händen hin und her rollen. Ich weiß noch nicht mal, wie sie heißt oder woher sie kommt. Ich weiß nur, dass sie in diese Hölle gezogen ist. Sie gehört nicht hierher.

»Ja, aber nur auf dem Platz zwei Straßen weiter – gleich neben dem Spielplatz im Park. Ich spiele nicht in einem Team oder so.« Ich zucke mit den Schultern, mein Blick wandert von ihren Händen zu ihrem Gesicht, als sie auch gerade wieder ihre Augen auf mich richtet. Der Ball friert zwischen ihren Handflächen ein.

»Dann bist du ein Amateur oder so was?« Sie beginnt, den Ball auf ihrer Handfläche zu drehen, und ihr Blick kehrt zurück zu ihren Händen. Sie grinst, weil sie wahrscheinlich genau weiß, dass diese Bemerkung an meinem männlichen Stolz kratzt. Und sie hat recht, das tut sie. Ich verlagere mein Gewicht und hole tief Luft, um etwas größer zu wirken.

»Ich schätze … also, das sind wir alle. Meine Kumpels, meine ich. Aber wir sind gut. Wir spielen nicht wie Amateure.« Trotz meines Gestammels spüre ich, dass mir die Brust schwillt wie bei einem verdammten Pfau, als müsste ich etwas beweisen. Doch je länger sie meinen Ball auf ihrer Handfläche tanzen lässt und dabei die Lippen fest zusammenpresst, um sich das Lachen zu verkneifen, desto mehr fühle ich mich wie ein Idiot.

»Verstehe«, sagt sie und lässt mich endlich vom Haken. Ihr Blick ist immer noch auf ihre Hände und den Ball gerichtet. Sie dreht ihn noch einmal, diesmal auf der Spitze ihres Mittelfingers, dann wirft sie ihn hoch, lässt ihn auf den Boden prallen und dribbelt zweimal, bevor sie ihn mir zuwirft. Sie spielt wahrscheinlich auch.

»Tristan«, sage ich schließlich und nicke ihr zu.

Sie braucht ein paar Sekunden – ein paar *sehr lange* Sekunden –, um zu antworten. Ein sonderbares Gefühl macht sich in mir breit. Ich verdränge es und halte ihrem Blick stand, bis sie wieder etwas sagt.

»Riley, die Neue.«

Diesmal erhasche ich einen Blick auf ihr Lächeln. Ihre Lippen glänzen und sie schnalzt mit dem Kaugummi, bevor sie ihn mit der Zunge an den Gaumen drückt.

Als sich unsere Blicke erneut treffen, erröten ihre Wangen – aber nur ein bisschen. Bevor auch ich rot werde, vibriert mein Handy an meinem Oberschenkel. Ich hebe kurz einen Finger und nehme Jokers Anruf entgegen, während ich gleich hier in der Einfahrt die Fantasie begrabe, dass ich in meiner Welt auch nur mit so einem Mädchen befreundet sein könnte.

»Ja, ich weiß. Bin schon unterwegs«, sage ich und lege auf, bevor er die Chance hat, irgendetwas zu erwidern.

Meine Gefühle fahren Achterbahn, als ich wieder aufschaue. Manchmal wünschte ich einfach …

»Ich muss los.« Ich zucke mit der rechten Schulter und schiebe die Füße nach hinten, weil es mir schwerfällt, mich umzudrehen und einfach zu gehen, ohne … keine Ahnung … ohne *irgendwas.*

»Wir sehen uns«, sagt sie leichthin.

Ich nicke und spüre ein tiefes Bedauern in meiner Kehle aufsteigen, als ich ihr den Rücken zukehre und im Takt meiner Schritte zu dribbeln beginne.

»Hey, Tristan!«

Ich knirsche mit den Zähnen und zucke zusammen. Ich wünschte, ich könnte es einfach genießen, dass sie meinen Namen ruft. Sie sollte meinen Namen kennen.

Ich bleibe nicht stehen, aber ich drehe mich um und gehe rückwärts weiter.

Ich hätte so tun sollen, als hätte ich sie nicht gehört.

»Ihr Jungs spielt jeden Abend?«

Ich setze meine Schritte fort. Ich bin schon so weit entfernt, dass sie das Zucken meiner Augen und Lippen nicht mitbekommt, aber als Reaktion auf ihre Frage halte ich unwillkürlich inne. Sie möchte uns zugucken, aber der Basketballplatz ist kein Ort für sie. Er ist kein Ort für irgendjemanden, außer für mich, die anderen Stammspieler und die Leute, die vorbeikommen, um ihre Geschäfte zu machen. Ich sollte sie irgendwie abschrecken, etwas sagen, das sie vergrault.

Stattdessen bringe ich kein Wort heraus. Ich zucke nur mit den Schultern und nicke, denn mein verdrehtes Hirn überzeugt mein Gewissen in diesem Sekundenbruchteil, dass ich es nicht tierisch versaue, wenn ich nichts sage. Aber ich habe es versaut. Ich habe die Beute in die Höhle der Löwen eingeladen.

Und ich habe dabei gegrinst.

KAPITEL 2

RILEY

Der einzige Stuhl, den ich mit nach draußen nehmen kann, ist der Schreibtischstuhl meines Dads. Ich schiebe ihn durch die Hintertür und drücke die Räder tief in die lockere Erde, damit ich draufklettern und über die Gartenmauer spähen kann.

»Und du sagst immer, ich sei derjenige mit den dummen Ideen.«

Ich lache in mich hinein, wende mich um und winke meinem Dad zu. »Ich bin gerade von der Schule zurück. Und ich muss unbedingt sehen, was für einen Hund die nebenan haben.« Ich stelle mich auf die Zehenspitzen, um einen Blick auf den Kläffer auf der anderen Seite der Mauer zu werfen. Das Vieh bellt so gut wie ununterbrochen, seit unser Umzugswagen vor vier Tagen hier ankam. »Hilf mir doch mal und mach 'ne Räuberleiter.«

Ich drücke mich vom Stuhl ab, bevor mein Dad mir das Ganze ausreden kann, und schiebe meine Ellbogen vor, bis mein Gewicht von meinen Schultermuskeln gehalten wird.

»Wer ist hier der Sturkopf?«, sagt mein Dad, als ich seine verschränkten Hände unter meinem rechten Fuß spüre.

»Danke«, ächze ich und hieve mich weit genug über die Mauerkante, um nach unten schauen zu können, wo ich einen ziemlich verwahrlosten Pudel sehe.

»Nich' wahr«, sage ich mit einem leichten Zittern in der Brust.

»Cujo?«, fragt mein Dad.

Ich drehe den Kopf und bedeute ihm mit einem Nicken, dass er mich runterlassen kann. Dann drücke ich mich von der Wand ab, während er mich seitlich festhält, um mich beim Landen abzustützen.

»Kaum. Aber dieser Hund braucht echt mal einen Salonbesuch. Ist ein Pudel«, sage ich mit hochgezogenen Brauen.

»Ernsthaft?« Mein Dad blinzelt überrascht, dann ruckelt er an der Rückenlehne seines Drehstuhls, um ihn aus der Erde zu befreien. Er schiebt ihn über den Kies und die betonierte Terrasse, und ich helfe ihm, den Stuhl über die Türleiste zu heben, bis er zurück in der Küche ist, nicht weit vom Schreibtisch entfernt.

Ich halte ein Küchenpapier unter den Hahn an der Spüle und wische die Dreckspuren weg, die ich hinterlassen habe; mein Dad nimmt sich ein sauberes Hemd vom Stapel im Wäschekorb.

»Du musst nicht immer alles zusammenlegen«, sagt er mit einem nachdrücklichen Blick.

Dad hat es noch nie gestört, wie ein Junggeselle zu leben. Meine Mom hat den Haushalt geführt, wie es Erwachsene normalerweise tun – saubere Wäsche zusammenlegen, Rechnungen rechtzeitig bezahlen, gleich nach dem Essen abwaschen und morgens Betten machen. Ich versuche, diese Lücke zu füllen, seit sie gegangen ist, denn *ich* vermisse das. Aber mein Dad hasst diese kleinen Erinnerungen an die früheren Zeiten fast genauso sehr, wie er Mom hasst, seit sie unsere Familie vor mehr als zwei Jahren verlassen hat.

»Wie lief es letzte Nacht?« Ich schnappe mir die Schachtel Cornflakes vom Küchenschrank, setze mich auf den Schreibtischstuhl, den ich gerade sauber gemacht habe, und ziehe die Knie hoch, sodass ich mich im Halbkreis hin- und herdrehen kann.

»Ist ein Job. War so ziemlich wie die Nacht davor«, erwidert er und beugt sich zu mir, damit ich seinen Hemdkragen richten kann. Er nimmt sich eine Handvoll aus der Schachtel auf meinem Schoß und zieht die Falte an seiner Brusttasche glatt, damit sein Name gut zu lesen ist: MICHAEL ROJAS.

»Wie war die Schule?«, nuschelt er mit den trockenen Getreidehappen im Mund.

Ich zucke mit den Schultern. »Ich habe die meiste Zeit im Sekretariat verbracht und war bei der Studienberaterin. Sie wollte mich für ein paar Kurse woanders hinschicken, aber dann könnte ich nicht Basketball spielen. Ich wäre nicht rechtzeitig zurück.«

Mein Dad starrt mich ausdruckslos an. Er würde nie an mir zweifeln, aber ich spüre seine stille Belehrung, dass Noten wichtiger sind als Basketball. Doch bevor er etwas sagen kann, lenke ich ihn ab.

»Hast du das Abendessen eingepackt, dass ich dir in den Kühlschrank gestellt habe?«

Seine Miene hellt sich auf, sein Grinsen hebt den hauchdünnen Oberlippenbart. Das ist vielleicht die einzige Hausarbeit, die er immer noch mag, obwohl ich sie von Mom übernommen habe – kochen. Ich experimentiere gern herum, wenn ich nachts nicht schlafen kann. Keine Gourmetgerichte und natürlich alles im preislichen Rahmen, aber die Portionen sind groß und sie drehen sich immer um seine Lieblingszutaten. Gestern Abend habe ich Fleischbällchen gemacht.

»O mein Gott, Riles.« Er nuschelt wieder, nachdem er in ein

kaltes Bällchen gebissen hat. Er wedelt mit der Gabel über der halb offenen Tupperdose und kaut auf. »Das sind deine besten. Die kannst du jeden Tag machen.«

»Das sagst du über jedes Abendessen, das ich koche.« Ich lache und er lässt sich anstecken, während er den Deckel zudrückt und die Gabel in das Spülbecken fallen lässt. Nach einem kurzen Blick auf die Uhr am Herd kommt er noch einmal zu mir und gibt mir einen Kuss ins Haar.

»Ich versuche, leise zu sein, wenn ich nach Hause komme«, sagt er augenzwinkernd.

Er hastet zur Tür und ich nicke, aber ich hoffe, dass er laut ist, wenn er nach Hause kommt. Mein Dad arbeitet als Wachmann im Hauptgebäude des Schulamts und hat noch einen Teilzeitjob als Pförtner in irgendeinem Apartmenthaus auf der anderen Seite der Stadt. Im Grunde sehen wir uns nur in den kurzen Überschneidungen, wenn ich von der Schule nach Hause komme und er aufwacht, nachdem er tagsüber geschlafen hat. Manchmal passe ich ihn ab, wenn er früh am Morgen nach Hause kommt, oder wir verbringen etwas Zeit zusammen, wenn er an einem dieser einhornseltenen Tage frei hat. An den meisten Abenden stelle ich den Handywecker so ein, dass ich Dad nicht verpassen kann, aber das sage ich ihm nicht.

Viele unserer Sachen sind noch in Kartons verpackt, inklusive der Hälfte meiner Klamotten. Unser altes Haus war größer als dieses, und als die Bank es uns weggenommen hat, haben wir versucht, unseren ganzen Kram zu behalten, weil wir die Illusion hatten, dass wir es uns eines Tages zurückholen und dann alles wieder genau dorthin stellen könnten, wo es war. Das ist jetzt zwei Jahre und vier Apartments her. Wir haben immer noch die meisten unserer Sachen – außer einige größere Möbelstücke, die wir verkauft haben, damit alles in einen kleinen Umzugswagen und den Pick-up passt.

Ich brauche ein paar Versuche, bevor ich richtig rate und den Karton finde, in dem meine Basketballklamotten stecken. Ich krame nach meiner schwarzen Lieblingsshorts, dann schlüpfe ich aus der Jeans und wechsele mein T-Shirt. Ich teste die Stelle an meinem Schuh, wo Dad die Sohle an der Ferse kleben musste, und als sie nach ein Dutzend Laufschritten und ein paar Sprungwechseln von einer Seite auf die andere noch immer hält, bin ich zufrieden. Ich stecke den Haustürschlüssel in meine Handyhülle und hole meinen Ball aus der Garage – wo ich die Gewichte immer noch nicht richtig aufgestapelt habe. Auf dem Weg nach draußen drücke ich auf die Schließtaste für das Garagentor, ziehe den Kopf ein und steige über den Sensor.

Meine Dribbelgeräusche am Ende unserer Einfahrt wirken ganz einsam. Ich bleibe ein paar Minuten dort stehen und schaue zum anderen Ende der Straße hinunter. Von dort ist Tristan gekommen. Ich hoffe, dass er meinen Ball hört. Vielleicht funktioniert es so wie früher, als ich noch jünger war und die anderen gleich mitbekamen, wenn jemand draußen spielte. Immer mehr Kids kamen dazu und sofort entstanden neue Freundschaften. Aber seit unser Haus zwangsgeräumt wurde, ist alles anders. Die Jungs, mit denen ich aufgewachsen bin, kannten mich. Es gab keine seltsamen Situationen zwischen uns. Ich bin kein Kind mehr und Jungs, die mich nicht kennen, sehen etwas anderes in mir als eine Basketballspielerin. Sie wollen kein Mädchen, das nur mit ihnen abhängt, und sie wollen keine Mädchen auf ihrem Basketballplatz.

Aber ich glaube, dass Tristan erkannt hat, wer ich wirklich bin. Er war … nett. Er hat mir verraten, wo man hier spielen kann, mich sozusagen eingeladen. Ich hoffe, dass er auf dem Platz ist. Es ist leichter, wenn man jemanden kennt, egal, ob man ein Junge oder ein Mädchen ist. Obwohl ich glaube, dass es für uns Chicks vielleicht etwas schwerer ist, akzeptiert zu werden. Ich habe noch nicht viele Mädchen in meinem Alter hier in der Nachbarschaft gesehen. Eigentlich habe ich überhaupt noch nicht viele Jugendliche gesehen. Vielleicht sind sie alle auf dem Basketballplatz.

Ich atme tief ein, hole mein Handy heraus und öffne meine Playlist. Ich drehe die Lautstärke auf, sodass ich die Musik auch aus meiner Tasche hören kann. Meine Kopfhörer habe ich vor dem Umzug versehentlich mitgewaschen, sodass sie sich in mehr oder weniger winzige Plastik- und Metallstückchen aufgelöst haben. Aber ich mag es sowieso lieber, wenn ich trotz der Musik noch etwas hören kann. Mein Dad lässt mich überallhin, er vertraut auf mein Urteilsvermögen. Was bedeutet, dass ich Ärger kommen sehen muss. Das Viertel hier ist etwas härter als das letzte. Das erkenne ich an den Graffiti. Es macht einen Unterschied, was die Leute schreiben. Man sieht, wenn ein schlimmes Wort nur als Mutprobe an die Wand gekritzelt wurde. Das hier sind Initialen und Zahlen. Damit wird ein Revier markiert. Aber ich wohne jetzt auch hier – also scheiß drauf.

An der ersten Kreuzung schiele ich um die Ecke und sehe die Straße hinunter. Häuser verblassen zu Fassaden, die wie Kettenglieder aneinandergereiht sind. Ich laufe an ein paar Einfahrten vorbei, um einen besseren Überblick zu bekommen. Ich lande aber nur an einem schmutzigen leeren Platz, also gehe ich zurück und laufe weiter meine Straße hinunter, bis ich zur nächsten Ecke komme. In dieser Querstraße enden die Häuser auf derselben Höhe, aber diesmal sehe ich ein paar Flecken Rasen und einen Basketballkorb in einem eingezäunten Bereich. Instinktiv beschleunige ich meine Schritte, und je näher ich komme, desto weniger einsam klingt das Dribbelgeräusch meines Balls. Die üblichen blöden Sprüche dringen an mein Ohr und ich muss lächeln, als jemand seine Gegner anbrüllt, nachdem er – da bin ich ziemlich sicher – einen Dreier versenkt hat. Ich kann die Linien auf dem Spielfeld noch nicht gut erkennen, aber der Wurf war ziemlich weit. Mit jedem Schritt kann ich den Platz besser sehen, bis mir nur noch ein paar vorbeifahrende Autos und eine zweispurige Straße im Weg sind.

Ich ziehe mein Handy aus der Tasche, stelle die Musik aus und werde etwas langsamer, als Tristans Blick zufällig in meine Richtung wandert. Ich hebe lächelnd die Hand und winke, aber er dreht sich einfach weg und klatscht mit einem Typen hinter sich ab, bevor er sich das T-Shirt über den Kopf zieht.

Im Zaun ist eine kleine Öffnung, durch die ich schlüpfe. Ich suche mir einen Platz an der Tribüne, wo ich mein Handy und meinen Ball verstauen kann, dann stelle ich den rechten Fuß auf die Bank, um mir die Schnürsenkel zuzubinden. Mein Herz klopft stärker als sonst, was verschiedene Gründe hat: Ich bin neu hier; Tristan hat mich nicht zur Kenntnis genommen; Tristan hat sein Shirt ausgezogen; dabei sah er ziemlich heiß aus; ein paar Mädchen sitzen nur wenige Schritte von mir entfernt auf den Bänken und starren mich an.

»Hey«, sage ich, ohne mit der Wimper zu zucken, als ich aufblicke und meinen Fuß wieder auf den Boden stelle. Ihre Augen, alle drei Paar, sehen mich lauernd an, auch ihre zusammengepressten Lippen wirken voreingenommen und sind an den Mundwinkeln so festgezogen, als müssten sie die Gedanken zurückhalten, die sie insgeheim teilen.

»Wer zur Hölle ist die Tussi?«

Dieser Gedanke kommt etwas zu laut von dem Mädchen ganz außen. Die Bemerkung versetzt mir einen Stich, aber was soll's.

»Riley. Ich bin neu an der South. Gerade hergezogen«, sage ich, klettere nach oben und setze mich in die zweite Bankreihe neben ihnen.

Alle Augen blitzen auf.

Das ist der Grund, warum ich mich wieder und wieder aus meiner Komfortzone schubse. Die Leute wollen andere immer in eine Schublade stecken, egal, wer man ist, aber wenn man sich ihren Stempel nicht aufdrücken lässt und ihre Erwartungen nicht erfüllt, bekommen sie höllisch Angst. Und das ist … witzig.

Ich strecke die Hand an den beiden vorbei, die näher bei mir sitzen, und halte sie dem Mädchen am Ende hin, das sich jetzt wahrscheinlich wünscht, die Frage nicht laut geäußert zu haben. Sie ist gekleidet wie die jungen Verkäuferinnen in der Mall, ihr karamellfarbenes Haar fällt in glänzenden, perfekt gestylten Spiralen auf ihre Schultern. Ihr Blick landet auf meiner Hand und sie prustet los. Dann beißt sie sich schnell auf die Innenseite ihrer Wange und schüttelt den Kopf.

»Lauren«, sagt sie blinzelnd. Sie amüsiert sich über mich. Ich passe nicht in ihre Schublade.

»Gehst du auch an die South?« Ich konzentriere mich auf Lauren, aber aus dem Augenwinkel sehe ich, wie sich die beiden anderen einen Blick zuwerfen. Sie hatten ihre Chance, aber Lauren hat den entscheidenden Schritt gemacht. Lauren wird meine Freundin.

»Manchmal.« Ihre leuchtend roten Lippen verziehen sich langsam zu einem breiten Lächeln, das ich erwidere.

»Okay. Also, schön dich kennenzulernen, Lauren. Vielleicht

können wir uns ja an einem der Tage treffen, an denen du in der Schule bist. Du könntest mir die Abkürzungen zeigen und Geheimtipps geben, wer schnell angepisst ist, wenn man mal zu spät kommt.«

Sie lacht noch etwas lauter und mein Puls beruhigt sich, weil ich mich jetzt wohler fühle.

»Süße, es gibt keine Geheimtipps an der South. Es ist nur ein Betonklotz voller Gefängniszellen nebeneinander, in denen es Tafeln und Tische mit Stühlen gibt, das ist alles. Und angepisst ist jeder an der South, du bist also am Arsch. Die Lehrer sind angepisst, weil sie da arbeiten müssen; die Schüler sind angepisst, weil sie hingehen müssen. Selbst die klügeren Schüler, denen es nicht scheißegal ist, was nach der South kommt, hassen den Gedanken, dass es keine bessere Alternative gibt.« Sie seufzt kurz und ich bin ziemlich sicher, dass die letzte Bemerkung etwas Persönliches war. Lauren gehört zu den klugen Schülern und sie ist angepisst.

Ich mag sie.

Ich ziehe meinen Ball aus der Lücke zwischen der ersten und zweiten Sitzreihe und rolle ihn mit den Fingerspitzen über den Metallboden zwischen meinen Füßen. Meine Augen verfolgen das Spiel, das nicht sehr geordnet, aber recht akzeptabel abläuft. Sie spielen vier gegen fünf, also könnte ich mit einsteigen. Ich muss nur den richtigen Moment abpassen.

Tristan versenkt ein paar Würfe, sein Blick wandert mehr als einmal flüchtig in meine Richtung. Zuerst nicke und lächle ich, hebe sogar die Hand, aber je länger das Spiel läuft, ohne dass er mich für voll nimmt, desto weniger reagiere ich auf ihn, bis es sich schließlich anfühlt, als wäre ich ihm noch nie begegnet. Nachdem ich etwa dreißig Minuten auf meinem Hintern gesessen, seinen Kumpels bei ihren armseligen Würfen zugesehen und ihre blöden Beschimpfungen mit angehört habe, beginne ich, ihn langsam zu hassen. Nicht den oberkörperfreien, muskulösen Teil von ihm, mit der tief hängenden kurzen Sporthose und den hervorblitzenden Boxershorts. Oder wie er sich die schwarzen Haare – die ein wenig gewellt sind und ziemlich weich aussehen – nach hinten streicht, wenn sie ihm in die Augen fallen. Oder die c-förmigen Grübchen, die sich in seine Wangen graben, wenn er lacht. Aber den Rest von ihm – den Teil, der sich weigert, Hallo zu sagen – diesen Teil hasse ich.

Ich fange an, den Ball auf dem Metallboden zu dribbeln, was die Sitzreihen zum Wackeln bringt, bis sich Lauren und ihre beiden Freundinnen gezwungen sehen, aufzustehen und auf den Platz zu treten. Das Spiel wird unterbrochen. Das ist meine Chance. Ich springe auf, führe den Ball ein paarmal zwischen meinen Schritten hindurch und klemme ihn mir dann unter den Arm. Tristan bleibt am anderen Ende des Spielfeldes stehen und redet mit einem Typen, der einen kahl rasierten Schädel hat und dessen Schuhe älter und abgewetzter aussehen als meine.

Während sich alle eine Flasche Wasser schnappen oder am Trinkbrunnen anstehen – Lippen schließen sich um den Metallhahn, während sie das Wasser trinken – dribble ich zur Drei-Punkte-Linie. Von dort aus hat Tristan vor ein oder zwei Minuten einen Korb geworfen. Ich halte eine Weile inne, dribble und warte, bis Tristan in meine Richtung schaut. Ich tue natürlich so, als würde ich es nicht bemerken, und konzentriere mich stattdessen auf den Korbrand und die schweren Ketten, die darunter baumeln.

Mein Wurf ist immer geschmeidig. Mein Dad hat mir den richtigen Griff beigebracht, als ich stark genug war, den Ball drei Meter in die Luft zu werfen, und es liegt keine Panik oder Eile in meinen Bewegungen. Ich nehme mir Zeit, spüre den Rhythmus in den Händen. Ich springe gerade hoch genug, um den perfekten Winkel zu erreichen, und versenke den Ball mühelos im Korb – ohne dass die Ketten rasseln wie beim Spiel der Jungs eben.

Am liebsten würde ich lächeln, doch ich tue ganz cool, jogge zu meinem Ball und gehe davon aus, dass ich jetzt die volle Aufmerksamkeit habe. Die müssten alle so was von beeindruckt sein.

Doch als ich beim Zurückdribbeln aufblicke, ist nur Laurens Blick auf mich gerichtet. Tristan hat sich absichtlich mit dem Rücken zu mir aufgebaut, was ein Ziehen zwischen meinen Rippen verursacht, ein Gefühl, das ich nicht beschreiben kann. Ich glaube, ich bin wütend. Da steht ein Wort an seinem Hals, in einer verschnörkelten Schrift, aber es ist kein professionelles Tattoo, denn die Buchstaben sind ungleichmäßig. Es beginnt mit einem A, also könnte da gut ARSCHLOCH stehen.

Diesmal gehe ich etwas schneller zur Linie zurück und halte nicht inne, bevor ich werfe. Der Ball landet wieder im Korb, die Ketten klirren nur leicht wie ein Windspiel. Mein Wurf war so gut, aber das interessiert keinen dieser Loser. Sie sammeln sich wieder in der Mitte des Platzes, also geselle ich mich zu ihnen – als würde ich dazugehören.

»Hey, wir wechseln jetzt. Tristan … Paul, ihr kriegt Mikey und DJ.« Der Typ, der gerade redet, ist der größte hier, aber ich habe ihn ein Dutzend Mal werfen sehen, ohne einen einzigen Treffer zu landen.

»Mann, Paul spielt beschissen«, sagt jemand und deutet auf den Typen mit dem rasierten Schädel, mit dem Tristan während der Unterbrechung in der Ecke gestanden hat.

»Halt's Maul, DJ«, schnappt Paul zurück und zeigt ihm den Stinkefinger, während er ein paar Schritte nach hinten geht.

Tristan steht immer noch mit dem Rücken zu mir, aber so nah, dass ich ihm auf die Schulter tippen könnte. Ich hebe schon den Arm, doch meine Intuition hält mich zurück. Das miese Gefühl wandert in meinen Magen. Er wird einfach behaupten, wir wären uns noch nie begegnet – direkt ins Gesicht. Das wäre echt peinlich.

Ich ziehe die Hand zurück und drehe den Ball zwischen meinen Handflächen, um Mut zu sammeln.

»Ihr seid einer zu wenig. Ich spiele mit«, sage ich.

Die Jungs verteilen sich weiter auf dem Platz, machen Witze und schubsen sich gegenseitig. Dieser Paul zieht sein T-Shirt aus, und als er mir den Rücken zudreht, erhasche ich einen Blick auf die Buchstaben auf seiner Haut, genau wie Tristans Tattoo. Ich bin ziemlich sicher, dass da JOKER steht, aber die Schriftart ist ungewöhnlich und schwer zu lesen.

»Hey, ich sagte, ich spiele mit!« Meine Stimme hebt sich, ich warte auf eine Reaktion, aber sie gehen einfach an mir vorbei – und dann legt der Große seine Hand auf meine Schulter und schubst mich vom Spielfeld.

»'tschuldige, sorry«, sagt er, als hätte er mich versehentlich angerempelt.

Ich schlage seine Hand weg und zum ersten Mal seit fast einer Stunde sind alle Augen auf mich gerichtet.

Das gekränkte Gefühl in meiner Brust wird zu einem lodernden Feuer.

»Ich bin schon seit 'ner Stunde hier und warte darauf, dass ich in der nächsten Runde mitmachen kann.« Meine Zähne knirschen vor Wut, meine Fingerspitzen sind ganz taub. So gesehen ist Adrenalin echt lustig – es macht mutig.

Und es macht dumm.

Ich schaue in ihre Gesichter, zumindest in die, die mich ansehen. Ihre Reaktion unterscheidet sich kaum von denen der Mädchen, als ich vorhin aufgetaucht bin. Aber ich habe Lauren von mir überzeugt. Sie war die Erste. Diese Jungs werden die Nächsten sein.

Mit einem tiefen Atemzug hebt sich meine Brust und meine Haut fühlt sich ganz heiß an, so aufgewühlt bin ich, während ich den Blick von einer ausdruckslosen Miene zur nächsten wandern lasse, wobei ich das Lachen des Großen ignoriere, der dachte, er könnte mich einfach wegschubsen.

»Beim nächsten Spiel vielleicht. Wir haben schon angefangen.«

Ich blinzele, mein Kopf zuckt in einem winzigen Schreckmoment herum, und ich fange Tristans Blick auf, der aussieht, als würde er eine Maske tragen. Vor mir steht eine ganz andere Person, nicht der Junge, der mir vor drei Tagen geholfen hat, den Pick-up auszuladen.

Seine Augen verengen sich auf eine Art, als wollte er sagen: »Komm schon, lass es«, da wirft ihm jemand den Ball zu und er wendet sich ab. Doch ich schaue nicht sofort weg. Stattdessen starre ich ihn so intensiv an, als könnte ich mit den Augen Flammen werfen. Wenn er jetzt eine Bemerkung darüber macht, ob ich hierher gehöre oder nicht, werde ich einen Spruch über ihn loslassen. Ich dribble ein paarmal auf der Stelle und merke genau, wie sehr er sich anstrengt, mich zu ignorieren, was seinen Kumpels offenbar viel leichter zu fallen scheint. Ich weiß, dass er meinen Blick auf sich spürt, denn sein Kiefer zuckt unfreiwillig. Er beißt die Backenzähne zusammen.

Ich sehe zu, wie er sich in Bewegung setzt, und als er auf den Korb zusprintet, halte ich meinen Ball fest und warte ab, was passiert, obwohl ich es mir denken kann. Testosteron macht Jungs dumm. Er nimmt zu viele Schritte, nähert sich dem Korb zu ungeschickt, auch wenn seine Hand gut über den Rand reicht. Sein ganzer Bewegungsablauf ist aus dem Gleichgewicht und der Ball prallt am Korbrand ab. Schnell überspielt er den misslungenen Dunking-Versuch mit einem Lachen, als hätte er es gar nicht auf einen Treffer abgesehen.

Na klar.

Es ist Zeit, ein Statement zu setzen. Ich beobachte, wie er beim Weiterlaufen stolpert und dann lacht. Als sich unsere Blicke treffen, verdreht er leicht die Augen. Er wird mich bestimmt gleich daran erinnern, dass sie bereits angefangen haben, und vielleicht noch einen anderen herablassenden oder derben Kommentar abgeben, damit ich abhaue. Ich bin auch schon dabei, den Platz zu verlassen. Ich will nur noch eine Sache loswerden, bevor ich gehe.

»Scheiß Amateure.«

Seine Mundwinkel sacken nach unten, sein Lächeln verschwindet und wird sofort durch diesen eiskalten Ausdruck ersetzt, mit dem Typen vor anderen ihr Gesicht wahren wollen. Ein paar der Jungs kichern über meine Stichelei, einer brüllt: »Autsch!«

Ich verdrehe die Augen genau wie Tristan, fange wieder an zu dribbeln und schnappe mir auf dem Weg zurück zum Zaun noch mein Handy von der Sitzbank.

Als ich schon fast auf der anderen Straßenseite bin, höre ich, wie das Spiel weitergeht. Ich drehe mich nicht um. Ich gehe auch nicht davon aus, dass Tristan mir hinterherrennt, um sich zu entschuldigen. Er ist einfach nur ein mieses Arschloch aus der Gegend.

Genau wie alle anderen Typen in den anderen Vierteln, in denen wir wohnen mussten, seit wir in unser altes Zuhause zurückwollen. Meine früheren Freunde waren auch miese Arschlöcher, aber ich gehörte einfach dazu, also war ich nicht mit ihren Egotrips konfrontiert.

Ich habe schon so lange nicht mehr richtig Basketball gespielt. Langsam mache ich mir echt Sorgen, dass ich vergesse, wie es geht. Als ich mit der Highschool angefangen habe, hatte ich diesen Traum, später am College Basketball zu spielen. Das trieb mich dazu an, jeden Tag zu trainieren. Diese Gewohnheit änderte sich auch nicht, als meine Mom uns verließ. Der Drang ist immer noch da, es gibt nur einfach keinen Ort, wo ich ihn rauslassen kann. Unsere ersten beiden Apartments hatten keinen Sportplatz in der Nähe und der vor der letzten Wohnung war nicht beleuchtet, also musste ich entweder die Mittagshitze ertragen oder auf ein belebtes Spielfeld in der Nähe ausweichen, das abends immer voller kleiner Kinder war.

Als ich Tristan traf, hatte ich gehofft, wieder einen Platz zum Spielen gefunden zu haben. Der Platz ist auch da, ich muss nur die Leute dort überzeugen.

»Hey, warte mal!«

Beim Klang von Laurens Stimme drehe ich mich um. Sie schaut in beide Richtungen und bleibt stehen, um ein Auto vorbeizulassen, bevor sie zu mir über die Straße joggt.

Ich warte, bis sie mich eingeholt hat, dann gehe ich weiter. Unsere Schritte passen sich einander an, und als sie mit ihrem Kaugummi schnalzt, werfe ich ihr einen Seitenblick zu.

»Auch einen?« Sie hält mir ein Päckchen Pfefferminzkaugummi hin.

Ich nehme mir einen Streifen, wickele ihn aus und stopfe das

Papier in meine Tasche. Ich falte den Kaugummi in der Mitte, um ihn mir in den Mund zu stecken, doch er ist völlig ausgetrocknet. Das meiste bröselt ab und fällt auf den Boden.

»Hab ich aus dem Dollar-Shop. Ist wahrscheinlich ziemlich alt.« Lauren zuckt mit den Schultern, dann bietet sie mir noch einen an.

»Nein, danke«, sage ich und spucke das kleine Stück aus, das es in meinen Mund geschafft hat.

Bis zur nächsten Querstraße gehen wir schweigend weiter, und ich beginne mich zu fragen, ob sie nur dafür sorgen will, dass ich auch sicher nach Hause komme oder ob sie eine dieser neugierigen Tussis ist, die gern irgendein Drama anzetteln. Ich will gerade freiheraus nachhaken, als sie mir ihren Arm vor die Brust hält und damit verhindert, dass ich die Kreuzung betrete – wo im nächsten Moment ein Auto über meine Zehen gefahren wäre.

»Verdammt, Mädel. Du musst echt sauer sein, wenn du das nicht gesehen hast!« Sie hebt den Arm wie eine Schranke und ich atme tief aus.

»Danke und … sorry.« Ich blicke ihr wieder in die Augen.

Lauren ist wunderschön. Ihre Locken sehen aus wie Seidenbänder und ihre Haut wirkt wie Samt. Sie trägt Make-up wie ein Filmstar und ihre Skinny Jeans, die Stiefelletten und das kurze Shirt könnten ein Outfit aus einem Hochglanzmagazin unter der Rubrik »Wem steht es am besten?« sein.

Die Antwort wäre Lauren. Lauren steht es am besten.

»Also, DJ, du weißt schon, über den sie sich lustig gemacht haben. Das ist mein Cousin. Und Lotus, der große stille Typ, der lernen muss, seine verdammten Hände bei sich zu behalten, das ist mein Bruder. Ich hänge am Basketballplatz rum, weil alle meine

Freundinnen in meinen Bruder verknallt sind, und das ist der *einzige* Grund, warum ich dort bin.«

Sie wird langsamer, als wir die Straße überqueren, und es ist unmöglich, ihrem fragenden Blick auszuweichen.

Ich zucke wortlos mit den Schultern.

»Du bist neu hier. Und warum auch immer, ich mag dich. Also lass mich dir einen Rat geben.« Sie bleibt an der nächsten Ecke stehen.

Ich gehe einen Schritt weiter, um mich ihr gegenüberzustellen, und drücke den Ball wortlos mit der Hand an meine Hüfte.

»Du gehörst da nicht hin.«

Es zwickt in meinem Gesicht. Ich hatte erwartet, dass sie mir erklärt, was für Arschlöcher die Typen sind oder dass ich nicht auf ihren Bruder stehen sollte, weil er ein Player ist. Ich hätte auch mit einem Ratschlag in Bezug auf Tristan oder diesen Paul gerechnet. Aber hier zu stehen – Auge in Auge mit einem Mädchen, das mir, abgesehen von den Klamotten und dem Make-up, ganz schön ähnlich ist – und mir anhören zu müssen, dass ich nicht dazugehöre, stand definitiv nicht auf meiner Liste.

»Warum nicht?«, halte ich dagegen.

Sie lacht und geht weiter. »Wohnst du hier irgendwo?« Sie deutet mit dem Kinn die Straße hinunter.

Ich antworte mit einem Nicken, während ich darauf warte, dass sie ihre offene Warnung irgendwie begründet.

»Tristans Haus liegt auch in dieser Richtung.« Sie grinst, was mich ärgert.

»Ach ja?« Meine Reaktion ärgert mich noch mehr. Ich beginne, durch meine Beine zu dribbeln, um möglichst zu ignorieren, worauf sie offensichtlich anspielt.

Schließlich lacht sie erneut los. Ich presse die Lippen zusammen und atme langsam durch die Nase ein, ein Trick, den ich online gelernt habe, um meinen Puls unter Kontrolle zu halten, wenn ich merke, dass sich eine emotionale Explosion zusammenbraut. Ich bin nicht wie ihre Freundinnen; ich gehe doch nicht wegen eines Kerls auf den Basketballplatz. Ich gehe wegen mir dorthin – weil ich Basketball spielen will.

»Ich komme klar. Hab's nicht mehr weit. Du kannst zurückgehen.« Ich will sie unbedingt loswerden, aber sie will unbedingt bleiben, ihre klackernden Stiefelschritte halten mit mir mit. Nachdem wir an ein paar weiteren Häusern vorbeigegangen sind, schnappt sie mir mitten im Dribbeln den Ball weg. Ihre Hände sind schnell und meine haben jetzt nichts mehr zu tun. Das verunsichert mich, also stecke ich sie in die Taschen. Ich vermisse den blechernen Klang der Musik aus meinem Handy.

Lauren beginnt zu dribbeln, aber sie muss sich dabei auf den Ball konzentrieren. Ich berechne genau den richtigen Zeitpunkt, mir den Ball zurückzuholen, doch sie wechselt einfach die Hand und nimmt den Ball auf die andere Seite. Verärgert öffne ich den Mund, aber sie lässt mich gar nicht erst zu Wort kommen.

»Du stehst auf ihn«, sagt sie, den Blick immer noch auf den Ball gerichtet.

Ich weiß, wen sie meint. Und langsam vermute ich, dass sie das alles nur tut, um mir klarzumachen, dass Tristan ihr gehört oder dass er tabu ist oder so. Ich weiß, wie so was läuft.

»Ich will keinen Freund.« Das ist nicht gelogen. Und es liegt nicht daran, dass mein Dad besonders streng wäre oder es mir nicht erlauben würde. Ich will keinen Freund, weil es zu viele andere Dinge gibt, die ich tun möchte. Und nach drei Highschools und einer zerbrochenen Familie haben sich genug persönliche Dramen angesammelt. Einen Schwarm kann ich in dem ganzen Durcheinander echt nicht gebrauchen.

»Okay.« Sie schlägt immer fester auf den Ball, bis er über ihren Kopf springt und sie ihn mit der Brust abfängt. Ihre langen Nägel glänzen, die Spitzen sind weiß lackiert, was ich bei meinen auch mal versucht habe hinzubekommen. Sie ist eindeutig nicht zum Basketballspielen auf dem Platz, denn dann würden ihre Hände genauso mitgenommen aussehen wie meine.

»Da ist es«, sage ich, als mein Haus in Sicht kommt.

Lauren lässt den Ball von ihren Händen in meine rollen. »Tristan wohnt an der anderen Ecke«, sagt sie.

Ich zucke nur mit den Schultern und ziehe gleichzeitig die Augenbrauen hoch.

Sie mustert mich einen Moment lang, wie um zu testen, ob es mir wirklich egal ist. »Die meisten Typen da draußen … sie würden dich aufschlitzen, nur um zu beweisen, dass sie dir überlegen sind.«

Ich neige leicht den Kopf, halte ihrem Blick jedoch stand.

Sie verzieht die Lippen zu einem dünnen Strich, blinzelt mit ihren langen, dichten Wimpern, dann richtet sie die Augen wieder direkt auf mich und zuckt mit den Schultern.

»Das meinte ich – du gehörst nicht hierher.« Sie schüttelt langsam den Kopf, wie um ihre Worte zu betonen. Ihr Blick wird etwas milder, bleibt aber ernst.

»Niemand schlitzt mich auf. Und wenn ich das nächste Mal da raus gehe, kriege ich den Ball.« Hauptsächlich will ich damit angeben, es ist aber auch ein bisschen als Mantra für mich gedacht. Ich bin gut darin geworden, mich über Hürden hinwegzusetzen. Die letzten zwei Jahre bestanden aus ständigen Lektionen, mein Leben auf kreative Art zu gestalten – ob es nun darum ging, Schulden zu machen, um andere Schulden zu begleichen, oder Möglichkeiten zu finden, auf der Collegewebsite für die Scouts interessant zu bleiben, ohne einen festen Platz zu haben, um meine Fähigkeiten unter Beweis zu stellen.

Lauren brummt vor sich hin, ihre Augen ziehen sich leicht zusammen, während ein kurzes Schweigen zwischen uns entsteht.

»Dann hau wenigstens ab, wenn das Licht ausgeht«, sagt sie und hält mir ihr Handy hin.

Ich bleibe kurz an ihrem Grinsen hängen, dann richte ich den Blick auf ihre Handfläche.

»Tipp deine Nummer ein, dann schicke ich dir meine«, sagt sie.

Ich nehme ihr das Telefon aus der Hand und füge meine Nummer zu ihren Kontakten hinzu, wobei ich mich ein bisschen so fühle, als hätte ich irgendeinen Test bestanden und mir damit ihre Anerkennung verdient. Ich gebe ihr das Handy zurück und warte, während sie mir eine Nachricht schickt. Ihre Lippen zucken, als sie meine Statusangabe liest: Riley will keinen Freund.

»Du weißt aber schon, dass du es nicht zur Tatsache machen kannst, nur weil du es aufschreibst. Aber ich habe verstanden. Solltest du jedoch irgendwann mal Probleme damit bekommen, sei nicht sauer auf mich, wenn ich dir deine eigenen Worte unter die Nase halte.« Sie macht einen Screenshot, den sie mir schickt.

Ich hatte noch keinen einzigen festen Freund und nur zwei peinliche Küsse, beides Mutproben. Wenn ich Geld hätte, um mit ihr zu wetten, würde ich es auf der Stelle tun. Auch wenn ich natürlich nicht zahlen müsste.

»Oh, hey, Tristan!« Ihr Blick geht an meiner Schulter vorbei und der Ball rutscht mir aus den Händen. Hastig fange ich ihn wieder.

Mir bliebt keine Zeit, um langsam Luft zu holen, also rast mein Herz mit einer irren Geschwindigkeit, was sich erst ändert, als ich mich umdrehe und eine leere Straße vor mir sehe.

»Du willst vielleicht keinen Freund, aber du bist ganz schön schwer verknallt, Süße.« Sie kichert.

Ich verdrehe die Augen und wende den Blick wieder auf sie. »Du hast mich erschreckt. Das ist alles«, erwidere ich. Was für eine dämliche Scheißlüge. Verdammt.

»Hmmmhmmm, schon klar.« Sie grinst, hebt ihr Handy und winkt zum Abschied. »Ich schätze, ich werde morgen zur Schule gehen. Also sehen wir uns bestimmt zum Mittagessen.«

Ich nicke, in meiner Brust herrscht ein schwindelerregendes Chaos – weil ich vielleicht eine Freundin gefunden habe und weil ich einen süßen Jungen toll finde, der wahrscheinlich trotzdem ein Arschloch ist, aber mit heißem Oberkörper und einem ordentlichen Wurf.

Ordentlich. Nicht überragend. Nicht schlecht. Eigentlich … ziemlich gut.

»Ich will keinen Freund«, flüstere ich auf dem Weg zur Haustür. Ich speichere Laurens Screenshot als Hintergrundbild ab, bevor ich die Tür aufschließe und hineingehe.

KAPITEL 3

TRISTAN

Morgen ist Freitag, und Joker und ich haben erst die Hälfte der zwei Riesen für Dub besorgt. *Ich* habe erst die Hälfte besorgt. Joker hat einen Scheiß dabei geholfen, obwohl er uns da reingeritten hat. Er redet nur davon, wie wahnsinnig es ihn macht, dass er immer noch nicht offiziell in die Gang aufgenommen wurde. Obwohl ich nicht glaube, dass er das wirklich will. Er würde es nicht zugeben, aber ich spüre es – seine insgeheime Hoffnung, während das Zeitfenster schrumpft und immer noch nichts passiert ist.

Heute ist sein Geburtstag. Heute könnte es stattfinden. Es sei denn, Dub findet heraus, dass wir nicht annähernd so weit sind, ihm die ganze Kohle zu beschaffen. Aber das wird er nicht, denn er weiß, dass ich einen Weg finden werde, den Job zu erledigen. Ich erledige immer meine Jobs. Das sollte ich in das Antragsformular für dieses Stipendium schreiben, das mir Ms Beaumont gestern in der ersten Stunde ins Klassenzimmer mitgeschickt hat.

BESONDERE FÄHIGKEITEN: *Gut im Dealen.*

Ich sollte ihr das ausgefüllte Formular heute Mittag zurückbringen, damit wir alles in den Computer eingeben können. Ich hätte die ganze Sache stoppen sollen, bevor es überhaupt so weit kommen konnte. Ich habe nur meinen Namen und meine Adresse eingetragen. Als ich zu dem Teil kam, wo es um die Eltern geht, musste ich mich erst mal zurücklehnen. Ich habe auf das Blatt gestarrt und mir die Worte vorgestellt, die ich hätte aufschreiben können.

Vater gründete Gang, die Schlagzeilen macht, weil sie bei Jungs unter achtzehn Jahren in Miller für die häufigste Todesursache sorgt. Mutter wird für immer mit den Folgen ihrer Heroinabhängigkeit zu kämpfen haben und ist jetzt süchtig nach Gott.

Ich rolle das Antragsformular ein, drehe es ganz fest zusammen, in der Hoffnung, dass es verschwindet. So oder so, ich werde meiner Studienberaterin mitteilen müssen, dass ein Collegebesuch nicht zu meinen Zukunftsplänen gehört. Nur dass sie das bestimmt nicht so einfach hinnehmen wird, weil sie zu den Menschen gehört, die dafür kämpfen, Kids wie mich »zu retten«.

Mein üblicher Platz an der Mauer gleich vor der Schule ist heute besetzt – junge Raucher, die noch schnell eine durchziehen wollen. Sie fühlen sich wie Rebellen, weil sie so nah am Schulhof rauchen. Ich frage mich, was sie tun würden, wenn ich meine Knarre ziehen und ihnen sagen würde, dass sie abhauen sollen.

In der Schule habe ich natürlich keine Waffe dabei. Zu viele Metalldetektoren und Schulcops, die durch die Flure streifen. Abgesehen davon reicht schon mein Ruf aus, um mir die Leute vom Hals zu halten. Als mein Dad umgebracht wurde, ist Dub eingesprungen und hat die Vaterrolle übernommen. Ich bin als Gangster markiert – buchstäblich. Die Leute wissen, was das schwarze X an meinem Handgelenk bedeutet – dass Dub mich als Blutsverwandten betrachtet, unabhängig von unserer DNA. Und damit habe ich so etwas wie eine Vormachtstellung in Miller.

Ich lehne mich an das Haupttor, das während der Unterrichtszeit verriegelt wird. Es ist verdammt brandgefährlich, uns alle einzuschließen, aber das erwähnt niemand. Die Vorhängeschlösser wurden als Reaktion auf den Vorfall im letzten Jahr angebracht, als ein paar Typen von den Tribes in die Cafeteria eingefallen sind und einen Neuntklässler niedergestochen haben. Sie waren wegen einem von uns da, haben aber einen Jungen erwischt, der sich eigentlich nur sein gottverdammtes Mittagessen holen wollte. Er trug an diesem Tag die falsche Farbe.

Es ist genau diese sinnlose Scheiße, die ich nicht verstehe. Vielleicht ist alles sinnlos.

Plötzlich höre ich Musik, die überhaupt nicht hierher passt, bevor mein Blick auf einen verbeulten Pick-up fällt, den ich sofort wiedererkenne. Irgendein Country-Song dröhnt so laut aus den Boxen, dass die Scheiben vibrieren. Riley hält am Bordstein des Schulparkplatzes und zeigt dem Wachmann ihren Schülerausweis.

Auf dem Basketballplatz war ich echt mies zu ihr und mein Gewissen versetzt mir einen leichten Stoß, als sie über den Parkplatz fährt. Aber dieser Ort ist nichts für sie. Nur etwa zehn Minuten bevor sie aufgetaucht war, hatte ich ein paar Gramm für dreihundert Mäuse an einen Typen auf einem geklauten Bike vertickt. Eine Stunde nachdem sie gegangen war, habe ich weitergedealt, und als die Platzbeleuchtung abgeschaltet wurde, habe ich noch einen Tausender gemacht. Im Schutz der Dunkelheit kommen immer die größeren Kunden, die auf Vorrat kaufen. Sie war zum Basketballspielen dort, aber die meisten anderen kommen für ein anderes Spiel dorthin.

»Hey, ist das nicht das Mädchen von gestern?« Joker schiebt sich mit vollem Mund neben mich. Sein Kauen bringt mich dazu, angewidert die Schultern hochzuziehen und automatisch zur Seite zu rutschen.

»Was? Ich hab mein Frühstück heute Morgen nicht geschafft, Mann.«

Seine Worte werden von einem schmatzenden Geräusch begleitet, Brötchenteig klebt an Zähnen und Zahnfleisch. Ekelhaft! Ich drehe den Kopf zu ihm und seufze, doch als meine Augen ihn vollständig erfassen, haut mich der witzigste Anblick, den ich je gesehen habe, fast um.

»Yo, wenn du in dem Teil rumläufst, kriegst du heute garantiert einen Arschtritt verpasst. Und dass nicht von mir oder den Jungs, jeder hier wird dir einen Arschtritt verpassen!« Ich verziehe die Lippen und lache hinter meiner Hand.

Joker lässt die Schultern sinken, während er an dem braunen, eng sitzenden Pullover mit den großen Holzknöpfen an der Brust hinunterschaut. Der übergroße Kragen hängt offen, sodass das zerknitterte T-Shirt darunter zu sehen ist. Er sieht aus wie ein Opa.

»Den hat meine Mom für mich gekauft. Das ist Mode.« Er steckt die Hände in die Seitentaschen, das Gewicht seines Rucksacks, der schwer auf seinem Rücken liegt, zieht die Strickmaschen an den Schultern nach unten.

»Das ist Greisenmode«, sage ich.

Joker runzelt die Stirn. »Leck mich doch.«

Ich lasse ihn erst mal zufrieden, weil ich weiß, was er sich gleich von den anderen anhören kann. Jokers Mom wäre letztes Jahr beinahe an einer Infektion gestorben, die sie sich im Krankhaus geholt hat. Sie war eigentlich wegen ihrer Herzprobleme dort. Wahrscheinlich hasst er diesen Pullover, aber er hat ihn von ihr. Kann ich verstehen. Also lasse ich ihn in Ruhe.

»Das Mädchen von gestern starrt dich jetzt an. Du musst sie echt sauer gemacht haben.«

Ich drehe mich in Jokers Blickrichtung um. Er hat recht. Riley zieht die Träger ihres Rucksacks fest um ihre Schultern, während sie mich mit Laserblicken durchbohrt. Ihre langen Haare sind zu einem Pferdeschwanz zusammengebunden, die Enden fallen über eine Schulter. In ihren Klamotten sieht sie aus, als wollte sie auf einen Angeltrip oder so – lange Basketballshorts, die knapp über ihren Knien enden, Schuhe ohne Strümpfe und ein T-Shirt, in dem sie praktisch schwimmt. Mit welchen üblen Kommentaren die Leute heute auch über Jokers Pullover herziehen werden, es wird kein Vergleich zu den fiesen Bemerkungen sein, die Riley ganz sicher von den meisten Mädchen an dieser Schule zu hören bekommen wird.

»Ich kann nichts dafür, wie sie drauf ist«, antworte ich schließlich und wende mich einfach von Rileys tödlichen Blicken ab.

Joker unterdrückt bei meiner abweisenden Reaktion ein Lachen. Ich hätte ihr von Anfang an die kalte Schulter zeigen sollen, dann würde ich mich jetzt nicht so beschissen fühlen. Dann wäre da nicht dieses Ziehen, das mich dazu bringt, mich doch noch einmal umzudrehen, bevor wir durch den Haupteingang verschwinden – nur um sicherzugehen, dass die Hitze auf meiner Haut von ihren Laseraugen kommt.

Stimmt, daran liegt's.

An der Flurgabelung machen Joker und ich uns getrennt auf den Weg zur ersten Stunde. Er ist in einer Klasse voller Problemkids. Es ist ein ewiger Kampf, ihn davor zu bewahren, vom Unterricht suspendiert zu werden. Der Schulleiter würde ihn nicht ganz rausschmeißen, weil er mit unseren Müttern in die Kirche geht – der einzige Grund, warum Joker noch hier ist. In seiner Klasse ist ein Typ namens Roman, mit dem wir eine Menge Ärger haben. Er gehört zu den Tribes, obwohl er es weder zeigt noch darüber redet. Aber wir gehen davon aus, weil er Joker immer wieder in Streit verwickeln will. Es geht nur darum, Joker so lange zu provozieren, bis es zur Schlägerei kommt. Aber keine normale Schlägerei zwischen zwei Jungs, nach der sich alle sehnen und die dann wieder vorbei ist – die Tribes wollen Krieg. Es gibt beiden Seiten etwas zu tun, wenn man den Hass auf jemanden richten kann.

Wir hassen sie und sie hassen uns.

Dabei sind wir uns in Wirklichkeit alle verdammt ähnlich. Die Medien und die Cops, unser Gouverneur und all die anderen Politiker erwähnen immer gern die Hautfarbe der Involvierten in ihren Schlagzeilen. Unsere Gangs bestehen hauptsächlich aus Latinos, die den Revierkampf gern hochpuschen – als wäre eine der beiden Gangs der anderen überlegen. Aber eigentlich sind wir alle nur vergessene, wütende Seelen, braun und weiß und rosa und gebrochen. Wir wissen nicht mal, warum wir die ganze Zeit so wütend sind. Irgendjemand hat uns gesagt, dass wir auf diese Typen sauer sein sollen, nicht mit bestimmten Mädchen von der anderen Seite ausgehen dürfen oder diese und jene Straßenecke überwachen müssen, weil sie uns gehört.

Manchmal frage ich mich, warum wir das alles machen. Wir bekriegen uns wegen Drogen und leben in Armut. Wozu soll das gut sein? Ich denke, es lässt uns den nächsten Tag überleben. Das ist das Gute daran. Niemand von uns kommt da raus, also kämpfen wir, damit wir drin bleiben.

»Mr Lopez, kommen Sie bitte mal zu mir.«

Ich bleibe kurz vor meinem Platz stehen und lasse meinen Rucksack auf den Boden fallen, das unausgefüllte Antragsformular habe ich immer noch zusammengerollt in der Hand.

»Ja?«, murmele ich, als ich an Mr Pedronas Lehrertisch ankomme.

Er war auch schon im letzten Jahr mein Klassenlehrer. Sie haben ihn zu den Zwölftklässlern geschickt, weil sie glauben, er würde besser zu den reiferen Kids passen. Er ignoriert uns meistens, genau wie in der Elften. Seine Motivation war im Eimer, als er an die South versetzt wurde.

Er schiebt einen rosafarbenen Zettel über den Tisch und ich entdecke meinen Namen darauf. »Sie wechseln die Klasse.« Er schaut flüchtig über den Brillenrand zu mir auf, dann lehnt er sich wieder auf seinem Stuhl zurück und liest weiter News auf seinem Handy.

»Wieso?« Ich ziehe das Blatt näher und nehme es schließlich in die Hand. Da steht: MISS FORTE.

Keine weiteren Informationen. Ich drehe den Zettel um und halte ihn Mr Pedrona vor die Nase. Er hebt kurz den Blick und zuckt mit den Schultern.

»Gehen Sie einfach in ihre Klasse. Das wurde so entschieden.«

Jemand kichert hinter mir. Ich drehe mich um und sehe gerade noch, wie dieser Heini namens David, den ich kaum kenne, den Kopf einzieht und sich räuspert. Ich gehe zurück zu meinem Platz, aber nicht ohne einen abrupten Schritt in Davids Richtung zu machen, als ich an ihm vorbeikomme. Er zuckt zusammen. Das reicht mir erst mal aus.

Niemand sonst beachtet, dass ich meinen Rucksack nehme und den Raum verlasse. Ich könnte einfach abhauen und nach Hause gehen, aber dann wäre meine Mom enttäuscht. Morgen müsste ich mich sowieso in Miss Fortes Klasse melden, also schlendere ich kreuz und quer durch die Flure, bis ich in den Gebäudeteil komme, wo ich ihren Klassenraum *vermute*. Ich habe Miss Forte schon ein paarmal gesehen, aber ich bin nicht wirklich sicher, welches Fach sie unterrichtet. Aber egal, denn in diesem Moment wird mir eine Extraportion Karma geschenkt. Ich warte im Flur, bis Riley, die ganz in ihren eigenen rosafarbenen Zettel vertieft ist, die Tür aufgezogen hat und den Raum betritt.

Aus der Nähe betrachtet wirken ihre Klamotten gar nicht mehr so schlabberig. Sie trägt dieselbe Shorts wie auf dem Basketballplatz gestern und kurze Strümpfe zu den Laufschuhen, die ich vorhin gar nicht gesehen habe und die ihre Beine irgendwie noch länger aussehen lassen. Ich beginne mich zu fragen, ob sie vielleicht doch größer ist als ich, was mich leicht einschüchtert, als ich ebenfalls das Klassenzimmer betrete und Schulter an Schulter neben ihr lande.

Sofort werde ich von einem Haufen anderer Dinge eingeschüchtert, ihre Größe – und ihre spektakulären Beine – sind das Letzte davon. Sie wirft mir immer noch Laserblicke zu. Ihre Augen sind kristallblaues Eis.

»Riley … Tristan. Genau zur richtigen Zeit. Wir teilen gerade die Plätze für diesen Monat zu. Da sind noch ein paar ganz vorne frei, also Abmarsch.«

Eine große Frau mit dicker schwarzer Brille und krausen Haaren, die sich auf ihrem Kopf türmen, nimmt unsere Zettel und führt uns zu den Plätzen. Mit *ein paar* meint Miss Forte: drei. Drei Plätze in der Mitte der ersten Reihe. Riley und ich haben die gleiche Idee – wir lassen beide automatisch einen Stuhl zwischen uns frei.

Ich spüre Rileys Blick auf mir, als wir uns hinsetzen, also sehe ich in ihre Richtung. Sie verzieht spöttisch den Mund, lässt ihren Rucksack von der Schulter rutschen und auf den Stuhl zwischen uns fallen, als wollte sie eine Mauer bauen. Ich habe nichts dagegen. Wenn es nicht total schräg rüberkommen würde, hätte ich meinen Rucksack obendrauf gelegt.

Riley zieht einen Block aus ihrem Rucksack und klappt ihn dann wieder zu. Ich habe keinen Block, und als ich die anderen Tische in dieser Klasse überfliege, wird mir klar, dass ich der Einzige bin. Ich kenne niemanden hier. Nur Miss Forte, weil sie morgens oft draußen steht und den Auto- und Busfahrern Anweisungen zuruft.

»Willkommen, Riley und Tristan. Ihr seid neu in IB, wenn ihr also wissen wollt, wie wir hier arbeiten, fragt einfach. Wir sind eine kleine Klasse, deshalb verzichte ich gern auf dieses Handzeichen-und-warten-bis-man-aufgerufen-wird-Ding. Fragt einfach so.«

Die Lehrerin lehnt sich an ihren Tisch, legt eine Anwesenheitsliste auf das Mathebuch in ihrer Hand und schaut sich im Raum um, während sie die Namen abhakt. Ich zähle zweimal durch und komme jedes Mal auf siebzehn Schüler – weniger als die Hälfte in meiner Klasse, meiner *alten* Klasse.

»Was ist IB?«, frage ich.

Ein Mädchen mit kurzen schwarzen Haaren und einer supertrendigen Brille dreht sich zu mir und starrt mich an. Ich kräusele die Lippen und zucke mit den Schultern, bevor ich ihr zuflüstere: »Sie hat gesagt, ich soll einfach fragen.«

»Das ist das Internationale Baccalaureateprogramm, also die Vorbereitung auf das internationale Abitur. Ihre Studienberaterin hat Ihnen für den Rest des Schuljahres hier einen Platz zugewiesen. Hat sie gestern nicht mit Ihnen darüber gesprochen?« Miss Forte mustert mich ein paar Sekunden lang, dann richtet sie den Blick wieder auf ihre Namensliste.

Ich bin in der Klasse der klugen Kids gelandet. Was für eine Scheiße ist das denn?

»Nein«, sage ich, stehe auf und hänge mir meinen Rucksack über die Schulter. Ich lache in mich hinein, weil mein Rucksack im Vergleich zu allen anderen in diesem Raum so leicht und leer aussieht.

»Nein, sie hat nicht mit Ihnen geredet?« Miss Forte schiebt die Brille auf ihrer Nase nach unten und baut sich zwischen mir und der Tür auf.

»Nein zu allem hier. Ich muss mit Ms Beaumont sprechen. Nicht böse gemeint, aber ich kann nicht in dieser Klasse bleiben.« Ich bewege mich weiter auf die Tür zu, doch sie legt eine Hand darauf, während sie mich mit einem vernichtenden Blick fixiert, den auch Jokers Mom benutzt hat, als wir noch Kinder waren und sie uns dabei erwischt hat, wie wir den Eiswagenverkäufer übers Ohr hauen wollten.

»Na schön, ich gehe nach dem Unterricht zu ihr.« Ich atme schwer aus und trotte zu meinem Platz zurück.

Während der nächsten zwanzig Minuten bleibt Ms Forte in der Nähe der Tür, während sie uns erklärt, was *Spontanschreiben* bedeutet. Als es endlich zum Ende der Stunde läutet, stehe ich auf. Ms Forte verteilt gerade Notizbücher mit festem Einband. Sie sehen teuer aus.

»Wir sind noch nicht fertig, Mr Lopez«, sagt sie mit dem Rücken zu mir.

»Aber das war die Pausenklingel.«

»Nicht unsere Klingel. Setzen Sie sich.«

Ich drehe mich auf der kleinen Stelle zwischen meinem Tisch

und der Festung, die Riley und ich zwischen uns errichtet haben, im Kreis.

»Nicht unsere Klingel?«, wiederhole ich und fahre mir mit der Hand durch die Haare, meine Stirn ist ganz heiß. Ich fühle mich in diesem Raum gefangen und beginne, mich zu fragen, ob das nur ein echt lebhafter Traum ist. Ich setze mich nicht wieder hin, bis Miss Forte direkt vor mir steht. Ich blicke ein paar Zentimeter auf sie herab, was in unserem Machtgefälle jedoch keine Bedeutung zu haben scheint.

»Nicht. Unsere. Klingel.« Sie knallt eins der Büchlein auf meinen Tisch und tippt hörbar mit einem ihrer langen roten Fingernägel darauf. »Sie schreiben jetzt über sich. Irgendetwas über sich. Sie können dabei nichts falsch machen. Es ist die leichteste Übung, die wir in diesem Schuljahr durchführen.«

Ich lasse mich auf meinen Stuhl sinken und schlage den Deckel auf, während ich mich umschaue und überall im Raum eifrig Stifte in geballten Händen über die erste Seite wandern sehe, die bei einigen schon fast vollgeschrieben ist. Über mich selbst zu schreiben ist buchstäblich das *Letzte*, was ich gern tun würde. Ich kann dabei nur schlecht abschneiden. Und ich muss aus dieser Klasse raus.

Eine Stunde und fünfzig Minuten später habe ich gelernt, dass dieses Klassenzimmer – mit den siebzehn Schülern – der Ort ist, an dem ich jede Minute meiner kommenden Schultage an der South verbringen werde – abgesehen von der Mittagspause und dem Gewichtheben – also die nächsten sieben Monate. Es sei denn, ich kann meine Studienberaterin davon überzeugen, dass sie einen schrecklichen Fehler gemacht hat.

Joker hat mir vor zehn Minuten eine Nachricht geschickt, wo

zur Hölle ich bleibe. Seit zwei Jahren dürfen wir die Mittagspause nicht mehr außerhalb des Schulgeländes verbringen, weil mehr als die Hälfte der Schüler nicht zum Unterricht zurückkommen würde.

Ich tippe eine Nachricht an ihn, als ich direkt vor Ms Beaumonts Büro stehe.

Bro, mein Stundenplan ist die Hölle.
Bin im Sekretariat.

Mein Handy summt in meiner Hand, als seine Antwort eingeht, aber ich habe keine Zeit, sie zu lesen, weil meine Studienberaterin mich hereinruft. Ich hänge mir meinen Rucksack über die Schulter, stecke mein Telefon in die Hosentasche und kicke meine offenen Schnürsenkel nach vorn, als ich das Büro betrete. Erst nachdem ich mich hingesetzt habe, beuge ich mich runter und schnüre sie zu.

»Wie läuft es in IB?«

Ich bin immer noch nach vorn gebeugt, als sie mir die Frage stellt. »Äh …« Ich stocke, beende die Schleife und greife dann in meinen Rucksack, um das leere Antragsformular herauszufischen. »Ich glaube nicht, dass ich das wirklich will.«

»Aha.« Sie lehnt sich zurück und verschränkt die Arme, dann wippt sie leicht mit dem Stuhl und drückt die Zunge innen gegen ihre Wange.

»Und ich glaube auch nicht, dass ich das ausfüllen kann«, füge ich hinzu und lege das Formular auf ihren Schreibtisch zwischen uns. Es rollt weit genug auf, sodass die leeren Zeilen zu sehen sind.

Sie zieht es zu sich, streicht es glatt und nickt langsam mit einem Blick darauf.

»Ich bin einfach kein Kandidat fürs College, Ms Beaumont. Das ist schon okay, wirklich. Ich komme auch so klar.«

Ich halte den Mund, als sie sich nach rechts beugt und in eine Schublade greift, aus der sie einen vollen Ordner zieht. Sie leckt sich den Daumen an und blättert durch ein paar der Seiten, bis sie findet, wonach auch immer sie sucht. Sie nimmt einen grünen Zettel heraus und legt ihn auf den Tisch.

»Sie könnten das hier bekommen. Ich weiß, dass Sie das Zeug dazu haben«, sagt sie und dreht mir das Blatt so zu, dass ich es lesen kann.

GEMEINDESTIPENDIUM, 5000 $

Ich drehe es sofort wieder um und schiebe es zu ihr.

»Das ist dasselbe Problem wie mit dem anderen Formular. Ich habe nichts über mich zu sagen. Jedenfalls nichts, was eine Stipendienstelle hören will.«

Sie schiebt das Blatt einfach wieder zurück. »Dann lassen Sie uns etwas finden, was Sie über sich sagen können.«

Sie ist echt hartnäckig, aber ich muss lachen, weil sie keine Ahnung hat, wie hoffnungslos das ist. Und je mehr sie meinen Kopf mit Möglichkeiten füllt, desto trauriger macht mich meine Realität.

»Diese IB-Klasse … ich denke nicht, dass ich weiter dorthin gehen sollte.«

Ich argumentiere nicht besonders gut und das ist ein Teil des Problems bei dieser ganzen Sache. Ich bin nicht wortgewandt. In mir steckt kein heimliches Genie. Ich habe einen Blick auf einige der Aufgaben geworfen, die in Ms Fortes Klassenraum an der Tafel aufgelistet waren, und die meisten habe ich nicht verstanden, nicht mal, ob es um Naturwissenschaften oder Mathe oder so ging. Ich bin nicht sicher, warum ich hier gelandet bin oder wieso mich Ms Beaumont zu ihrem persönlichen Projekt machen will, aber sie muss endlich damit aufhören und mich in Ruhe lassen.

»Sie geben zu schnell auf, Tristan.« Sie lehnt sich auf ihren Ellbogen nach vorn, ich rutsche instinktiv mit dem Stuhl ein Stück zurück.

»Ich will das alles nicht«, sage ich, zucke mit den Schultern und sehe mich in ihrem kahlen Büro um. Sie hat zwei Bilder auf ihrem Schreibtisch, eins von sich mit einem älteren Mann und einem kleinen Mädchen, das andere mit einem Mann in Militäruniform. Ich zeige darauf.

»Ist das Ihr Ehemann?«

Der Anflug eines Lächelns erscheint auf ihrem Gesicht, dann streckt sie die Hand aus und dreht das Bild so, dass sie es direkt betrachten kann. »Das ist er. Er ist auf seinem dritten Navy-Einsatz. Und das ist unsere kleine Tochter Melody.«

Sie dreht mir das Bild noch etwas mehr zu. Ich wette, sie hat diese Fotos hier, um Leuten wie mir die Illusion eines glücklichen, normalen Lebens vorzugaukeln. Wenn Dub jetzt in meiner Situation wäre, würde er mit nur wenigen Worten dafür sorgen, dass sie sich unbehaglich fühlt – keine richtige Drohung, nur etwas, das ihr ein mulmiges Gefühl verpasst. Ich könnte darauf zu sprechen kommen, wie einsam sie sich vorkommen muss, wenn ihr Ehemann im Ausland ist. Ich könnte ihr auch eine Lüge auftischen, dass ich jemanden aus der Navy kenne, der gerade umgekommen ist. Ich könnte auch einfach hier sitzen und sie mit einem Blick fixieren, bei dem sie sich wünscht, mich so schnell wie möglich aus ihrem Büro zu bekommen.

Aber was das betrifft, bin ich nicht wie die anderen – nicht wie mein Dad oder Dub. Als ich noch klein war, habe ich miterlebt, wie die älteren Typen Schlägereien in Restaurants angefangen oder Frauen auf der Straße irgendwas hinterhergebrüllt haben. Danach haben sie abgefeiert und gelacht, aber als ich dann elf oder zwölf war, wurde mir klar, dass sie eigentlich nichts anderes taten, als sich wie die letzten Ärsche aufzuführen. Ich sah den Ausdruck in den Gesichtern der anderen Leute. Viele von ihnen hatten Angst, klar … aber die meisten waren einfach nur angewidert.

»Melody ist ein schöner Name.« Ich nehme das Blatt nun doch in die Hand und lese es mir durch. »Ich werde es so weit ausfüllen, wie ich kann, aber ich möchte wirklich nicht in dieser Klasse sein, Ms Beaumont.«

Ich starre auf dieselben Schlagwörter, die auch im letzten Bewerbungsformular standen – ehrenamtliche Tätigkeiten, Arbeitsgemeinschaften, Engagement für wohltätige Zwecke –, während sie auf meinen Kopf starrt. Wir sind in einer Sackgasse und sie weiß, dass sie mich nicht dazu bringen wird, allem zuzustimmen. Meine Mom könnte mich dazu zwingen, weiter in diese Klasse zu gehen, aber selbst sie weiß, dass es mich nicht glücklich machen und ich irgendwann einfach nicht mehr auftauchen würde. Meiner Mom ist es unglaublich wichtig, dass ich die Schule abschließe – für mich bedeutet das nur zusätzlichen Druck.

»Wie wäre es mit … zwei Wochen?«

Ich blicke in ihre wartenden, hoffnungsvollen und ganz schwach lächelnden Augen. »Sie probieren es einfach aus. Nach zwei Wochen reden wir noch einmal darüber, und wenn Sie dann immer noch so unzufrieden mit dem Unterricht sind wie jetzt, gebe ich Ihnen wieder Ihren alten Stundenplan.«

Ich kann Nein dazu sagen. Ich muss nichts tun, was ich nicht will. Das ist eins meiner wenigen Rechte als Siebzehnjähriger – das Recht, mich stur zu stellen. Aber ich war nie etwas anderes als gehorsam. Ich gehorche jedem. Ich tue sogar, was Joker sagt, selbst wenn es eine bescheuerte Idee ist – zum Beispiel bis morgen zwei Riesen zu machen, und das nur mit beschissenem Gras, das wir an eine immer kleiner werdende Kifferschar verkaufen müssen.

»Zwei Wochen«, wiederhole ich, in meinem Magen rumort es. Ich möchte Nein sagen, aber ich kann einfach nicht. Ich überlebe lieber die zweiwöchige Folter, weil ich ihr dann hoffentlich die Wahrheit sagen kann, ohne zulassen zu müssen, dass sie mich vom Gegenteil überzeugt, wenn ich wieder auf diesem Stuhl sitze und sie mich fragt, wie ich mich entschieden habe.

Sie steht auf und streckt mir die Hand entgegen. Ich atme tief durch die Nase ein. Ich senke den Kopf, erhebe mich ebenfalls und drücke ihr schließlich die Hand. Damit habe ich mein Schicksal besiegelt.

Ich verlasse das Büro mit einem anderen Zettel, aber mit derselben Aufgabe, die genauso unmöglich ist. Mein Körper fühlt sich an, als würde die gesamte Gravitation der Erde mich nach unten ziehen und festhalten wollen. Joker sitzt draußen in der Nähe der Schulbushaltestelle mit dem Rücken zu mir an der Kante einer Bank.

»Hey, Joke!«, rufe ich ihm zu.

Erst als er sich umdreht, sehe ich, wer neben ihm sitzt.

»Kumpel, du bist echt spät dran. Ich glaube, dein Mittagessen kannst du jetzt vergessen«, sagt er mit dem gepflasterten Grinsen im Gesicht, das er immer benutzt, wenn ihm ein hübsches Mädchen Aufmerksamkeit schenkt.

In meinem Magen rumort es schon wieder und ich weiß, dass

ich hungrig bin, aber mir ist auch übel, denn Riley starrt mich über Jokers Schulter hinweg mit demselben giftigen Ausdruck an wie vorhin.

Ich erwidere ihren Blick einen Tick zu lange, denn in dieser kurzen Zeitspanne verrutscht ihre Maske und ich erkenne, wie traurig sie unter ihrer aufgesetzten Wut ist.

»War schön, dich kennenzulernen, Paul.« Rileys Augen bleiben an meinen hängen, während sie meinen Kumpel mit seinem richtigen Namen anspricht und den Arm in seine Richtung hebt. Es ist seltsam, seinen Namen zu hören, denn wenn ich mit ihm zusammen bin, geht es normalerweise immer um die Gang, und wir nennen ihn alle nur Joker. Er ist Paul, wenn meine Mom dabei ist. Paul in der normalen Welt. Riley verkörpert die normale Welt, deshalb verläuft hier die Grenze.

»Tristan.«

Ich nicke, als sie meinen Namen sagt und geht. Da war eine winzige Pause in ihrer Stimme. Sie hält mich für ein Arschloch. Das bin ich. Ich verkörpere auch eine Menge anderer schrecklicher Dinge.

»Sie ist so hübsch«, sagt Joker, während er ihr hinterherschaut. Er macht diese Babystimme und lässt die Zunge schnalzen. Ich konnte noch nicht mit ihm über meine neue Klasse reden, also hat er keine Ahnung, dass ich Riley gleich folgen und die nächsten drei Stunden mit ihr verbringen muss – nur mit einem Tisch zwischen uns und Aufgaben, von denen mir der verdammte Schädel brummt, sodass es mir unmöglich ist, nicht wie ein Idiot auszusehen.

»Sie kommt heute wieder zu uns auf den Basketballplatz. Sie hat gefragt, ob wir dort sind, und ich so …«

Ich blinzele langsam und sehe ihn von der Seite an.

»Was?« Er hebt ganz unschuldig die Hände.

»Dann frag sie doch gleich, ob sie Gras kaufen möchte«, sage ich, schüttele den Kopf und mache mich auf den Weg zum Haupteingang der Schule.

»Cry, das ist nicht fair, Mann. Ich habe eine Schwäche für hübsche Mädchen. Das weißt du und sie ist einfach anders. Sie wird wieder gehen, bevor es zu spät wird, und …«

Ich spüre einen Stich in der Brust und beiße die Zähne zusammen, aber das hilft auch nichts. Es liegt mir im Blut – meine eigene, strenge Disziplin. Ich vermische die reale Welt nicht mit unserer Welt.

Kurz vor dem Eingang drehe ich mich zu meinem Kumpel um. Als er an mir vorbei will, verstelle ich ihm den Weg. Ich bin der Größere. Ich war schon immer der Stärkere. Und ich bin klüger.

»Nenn mich nicht so, Joker. Das ist nur Dubs Spitzname für mich.« Eine absurde Mischung aus Gefühlen wühlt mich auf wie ein gefährlicher Drogencocktail. Joker hat eine empfindliche Stelle getroffen. Meine Emotionen waren bereits hochgekocht. Und Riley – verflucht, ihre traurigen Augen und wie nett sie war. Ihre ganze verdammte Welt scheint nett zu sein. Ich zerknülle das Formular in meiner Hand zu einer Kugel, wende mich wieder zum Eingang um und feuere es in den Müllcimer neben den Metalldetektoren. Keiner macht sich die Mühe, sie zu verwenden, wenn jemand das Gebäude verlässt. Es geht nur um Dinge, die jemand mit hineinbringen könnte, schätze ich.

»Mir geht's nicht gut, ich muss nach Hause. Kannst du mich fahren, Paul?« Ich benutze seinen richtigen Namen vor dem Wachmann, der aufgestanden ist und mir einen skeptischen Seitenblick zuwirft. Er kauft mir meine Lüge nicht ab, aber er will sich auch keine unnötige Arbeit machen. Ich kritzele meine Unterschrift auf das Klemmbrett, genau wie Paul, dann liefere ich dem Wachmann eine gute Entschuldigung, damit wir gleich gehen können.

»Meine Mom hat gesagt, dass sie in ihrer nächsten Pause im Sekretariat anruft. Sie leitet die Kleiderkammer und ich glaube, es ist Rentner-Rabatttag oder so. Sie arbeitet mit seiner Mom zusammen, also wissen beide Bescheid.« Ich füge noch ein Augenverdrehen und ein Schulterzucken hinzu. Das reicht dem Wachmann, um seinen Arsch wieder auf seinen Stuhl sinken zu lassen. Ich kenne seinen Namen nicht. Er ist neu. Der alte Wachmann, Rodney, wurde befördert und fährt jetzt mit einer kleinen Karre über das Schulgelände. Aber Rodney hätte uns ebenfalls gehen lassen, denn ihm war so was auch egal. Diese Schule ist nur ein Ort, an dem sie tagsüber arbeiten und ihren Lohn einkassieren. Auf jeden Fall besser als die Alternative, bei der sie ihren Lebensunterhalt wahrscheinlich wie ich verdienen müssten.

Joker und ich spielen unsere Rolle weiter, bis wir an seinem Wagen fast am Ende des Schülerparkplatzes angekommen sind. Die hintere Tür knarrt beim Öffnen. Ich werfe meinen Rucksack hinein und schlage sie wieder zu, der Griff klappert wie immer. Ich ziehe die Decke glatt, die meine Hälfte der Vorderbank bedeckt, dann klettere ich in den Wagen. Während Joker den Wagen startet, beginne ich innerlich zu zählen und langsam durchzuatmen.

»Wir schwänzen. Heute ist ein Tausender fällig, also brauchen wir noch einen anderen Ort zum Dealen.« Ich werfe einen Blick über die Schulter auf den Boden vor dem Rücksitz und entdecke eine meiner alten Kappen. Ich angele sie mir, schüttele den Dreck ab und schiebe sie mir tief ins Gesicht. Ich verstecke mich gern im Schatten, auch wenn mir das natürlich keinen echten Schutz bieten kann.

»Dann in die Mall?«, fragt mein dummer, dummer Freund.

»Ich denke, es wird Zeit, dass wir uns einen Film ansehen.« Ich lehne mich gegen die Beifahrerscheibe und ziehe den Rand meiner Kappe noch etwas weiter nach unten.

»Hört, hört, jetzt sprechen wir Klartext.« Joker legt den Rückwärtsgang ein, gibt Gas und schlingert mit durchdrehenden Reifen aus der Parklücke.

Ich habe das noch nie auf eigene Faust durchgezogen, aber ich kenne alle Käufer. Und am Ende ist es Dubs Kohle. Ich weiß, dass er es mir nicht übel nehmen wird, wenn ich das Zeug in seinem speziellen Revier verkaufe. Ich ziehe mein Handy aus der Tasche und schicke die übliche Nachricht raus, damit die Leute wissen, wo sie mich finden, und dass ich diesmal allein sein werde. Wir werden alles innerhalb einer Stunde verkauft haben, denn die reichen Vorstadtkids schmeißen gerne Partys. Dann können wir zum Basketballplatz und dafür sorgen, dass Riley niemandem begegnet, dem sie nicht begegnen sollte.

Als Antwort bekomme ich eine Zeit und eine Kinosaalnummer. Jetzt brauchen wir nur noch ein Ticket. Obwohl ich das Gefühl habe, dass ich meins schon vor Jahren gekauft habe.

KAPITEL 4

RILEY

Ich ahne schon, dass der Basketballplatz leer ist, bevor ich nah genug bin, um mich mit eigenen Augen davon zu überzeugen. Das einzige Geräusch ist das gelegentliche Klirren der Ketten und das Schlagen gegen den Korbrand nach einem missglückten Wurf. Als ich auf den Platz trete, stößt ein kleiner Junge den Ball gerade von der Brust weg nach oben, aber seine Spaghettiarme schaffen es nicht, ihn hoch genug zu stemmen, sodass er an der Unterseite des Korbes abprallt. Was den Kleinen jedoch nicht davon abhält, es gleich noch mal zu versuchen.

Er ist barfuß, nasse Socken und Schuhe ohne Schnürsenkel liegen achtlos in der Mitte des Spielfeldes. Der Schirm seiner roten Kappe ist zur Seite gedreht und seine Ärmel über die Schultern gekrempelt. Wahrscheinlich will er seine Helden nachahmen. Er dribbelt vom Korb weg und dann wieder darauf zu. Als ich näher komme, kann ich ihn vor sich hin flüstern hören. Er versucht, eine jubelnde Menge zu imitieren. Seine Schritte verlangsamen sich, als er sich auf den Wurf vorbereitet. Er nimmt zweimal so viel Schritte, wie erlaubt sind, und schleudert den Ball hoch in die Luft, doch er trifft nur die Ecke des Korbbretts. Er rennt in meine Richtung, seine

Füße klatschen über den Asphalt, während er dem Ball hinterherjagt.

»Du hast ein paar ziemlich coole Moves drauf.« Ich nicke ihm zu.

Er schiebt die Zunge in den Mundwinkel, wird langsamer und kommt schließlich im schlendernden Gang eines kleinen Mannes auf mich zu. Schnell verkneife ich mir das Lachen, denn er versucht so verbissen, cool zu wirken, dass es einfach nur unglaublich süß aussieht.

»Ich komme immer gleich nach der Schule her, um zu trainieren. So kannst du irgendwann Geld damit machen ... wenn du genug Zeit investierst.« Er lispelt, und mein Herz schmilzt noch mehr dahin, wodurch es mir unmöglich ist, meinen neuen jungen Freund nicht wenigstens anzugrinsen.

»Guter Rat«, sage ich, nehme meinen Ball und dribble mit der linken Hand. »Möchtest du ein bisschen mit mir trainieren?«

»Mm-hm!« Er rennt zu seinem Ball, der zum Zaun gerollt ist, dann kommt er zurück, stellt sich mir gegenüber und versucht, so zu dribbeln wie ich.

»Du musst deinen Händen vertrauen«, erkläre ich ihm und halte meinen Ball mit dem Fuß auf dem Boden an. Ich knie mich hin, halte seinen Ball fest und lasse meine Hand über seinem Fuß schweben. Dann blicke ich zu ihm auf. »Kann ich deine Beinstellung etwas anpassen?«

»Mm-hm.« Er nickt erneut.

Ich betrachte seine nackten Füße und schmunzele. »Bist du auf dem Weg hierher durch einen Rasensprenger gerannt?« Ich blicke mit einem zwinkernden Auge wieder zu ihm auf, aber er schüttelt den Kopf. Ich neige leicht mein Kinn, doch er schüttelt nur noch vehementer den Kopf.

»Ich habe sie in den Trinkbrunnen gehalten«, gibt er schließlich zu. Als ich mit einem Würgegeräusch die Augen aufreiße und den Mund verziehe, prustet er los. Ich übertreibe aber nur halb, weil ich gestern aus diesem Brunnen getrunken habe. Füße sind widerlich.

»Okay, was dagegen, wenn ich deinen Knöchel ein wenig … nach rechts … also hierhin schiebe?« Ich drücke seinen rechten Knöchel mit leichtem Druck nach außen, dann seinen linken, bevor ich ihm wieder in die Augen schaue.

»Jetzt beug die Knie, aber nur ein bisschen.«

Er folgt meiner Anweisung, die Arme zu beiden Seiten ausgestreckt, als würde er auf einem Holzbalken stehen und das Gleichgewicht halten wollen. Ich komme aus der Hocke hoch, greife nach seinen Handgelenken und schüttele sie leicht.

»Mach dich locker«, sage ich. Er lässt die Arme sofort schlaff hängen. Ich lache auf. »Nicht so locker, mehr wie wenn du schwimmst.«

Ich schwinge ein wenig hin und her und nehme dabei die Hände wie eine Hula-Tänzerin mit. Mein kleiner Freund macht die Bewegungen nach. Er beginnt zu lächeln, als ich lobend nicke, dann hocke ich mich wieder hin, während ich ihm zu verstehen gebe, dass er nicht aufhören soll. Ich nehme seinen Ball und hebe ihn langsam zu seiner Hand. Er sieht die ganze Zeit genau zu, während ich den Ball an seine Fingerspitzen halte und dann wieder nach unten nehme. Diese angedeutete Dribbelbewegung wiederhole ich immer wieder.

»Wie heißt du?« Bei meiner Frage wandert sein Blick unwillkürlich zu mir. Er denkt gar nicht mehr darüber nach, dass ich den Ball bewege, seine Hand beugt sich jedes Mal ganz automatisch, wenn er den Ball zurückerwartet.

»Jaden«, sagt er und blinzelt, als ihm klar wird, was hier gerade abläuft. Sein erster Instinkt ist es, nach unten zu schauen, aber ich halte ihn davon ab.

»Nee, Augen zu mir«, sage ich grinsend. »Jaden, ich heiße Riley. Ich bin neu hier und ich brauche Freunde, mit denen ich Basketball spielen kann. Meinst du, wir könnten manchmal zusammen spielen?«

Jadens Lippen ziehen sich immer breiter, bis ich blau gefleckte Zähne sehe, was von irgendeinem Bonbon kommt, das in seinem Mund herumklackert. Er nickt und ich halte seinen Ball an. Dann stehe ich auf und gebe ihm den Ball zurück.

»Fangen wir mit Aufwärmen an.« Mit der Fußspitze verpasse ich meinem Ball genügend Drall, um ihn nach oben springen zu lassen.

»Das will ich auch lernen«, sagt Jaden.

Ich lehne den Kopf nach hinten und lache. »Das ist Fußball«, erwidere ich kichernd.

»Du kannst zwei Sportarten?« Seine Augen werden ganz groß und ich bin so verliebt in das faszinierte Funkeln in seinen Augen, dass ich es nicht übers Herz bringe, ihn zu enttäuschen, indem ich zugebe, dass das der einzige Fußballtrick ist, den ich kenne – und den ich auch nur gelernt habe, weil ich zu faul bin, mich jedes Mal zu bücken.

»Ich kann eine Menge Sportarten«, sage ich und hebe selbstbewusst das Kinn.

Ich laufe in Richtung Korb und Jaden folgt mir. Er verliert mehrmals den Ball beim Dribbeln, zwingt sich aber immer wieder, den Blick von seiner Hand zu nehmen. Ich bewundere seine Hartnäckigkeit. Er erinnert mich an mich selbst.

Wir dribbeln zusammen und beginnen dann, das Werfen zu üben, als ein paar Typen auftauchen, die ich hier gestern schon gesehen habe. Sie fangen an, um uns herumzuwerfen, ohne uns zum Gehen aufzufordern, zumindest nicht direkt. Unterschwellig machen sie mit ihrem Verhalten ziemlich deutlich, dass wir von selbst abhauen sollen. Sie stoßen zum Beispiel unsere Bälle zur Seite, wenn sie vom Korb wieder auf den Boden springen, oder gehen direkt vor unserer Nase in den Zweikampf, als würden wir nicht existieren. Schließlich umklammert Jaden seinen Ball vor der Brust und weicht zurück, doch je mehr sich diese Typen aufplustern, desto lieber würde ich ihnen die Luft ablassen.

Weitere Kerle tauchen auf, zusammen mit Lauren. Schließlich holt Jaden seine Socken und Schuhe von der Mitte des Spielfeldes und sucht sich einen Platz auf den Sitzbänken.

»Vorsicht, Leute, Püppchen am Start!«

Ein Kichern ertönt aus Richtung Korb. Ein anderer Typ hält seinem Kumpel die Hand hin, damit sie sich abklatschen können. Sie werfen mir einen Blick zu und lachen noch lauter, aber ich reiße mich zusammen.

Die Bemerkung schockiert mich nicht. Sie verletzt mich nicht mal. Ich habe schon Schlimmeres gehört, auf jedem Platz, wo ich je gespielt habe. Mann, meine Freunde aus meiner alten … *früheren* … Nachbarschaft haben mich wie eine von ihnen behandelt, blöde Sprüche waren an der Tagesordnung. Ich habe auch ausgeteilt und könnte sofort kontern, wenn ich das wollte. Ich könnte sagen, was für beschränkte Vollpfosten sie sind, oder ihnen ein Dutzend andere beleidigende Kommentare an den Kopf werfen. Aber ich werde einfach meine Würfe für mich sprechen lassen.

Mein Hater tritt an die Freiwurflinie, macht einen Sprungwurf und versenkt den Ball. Als er nach vorn läuft, um sich seinen Ball zurückzuholen, stehe ich schon an derselben Stelle und treffe ebenfalls. Er braucht drei oder vier weitere Würfe, bevor ihm klar wird, was ich hier mache – dass ich mit ihm mithalten kann –, und nachdem ich meinen siebenten Wurf versenkt habe, werden auch seine Kumpels aufmerksam. Schließlich steht es unentschieden. Wir haben beide noch einmal vier Treffer erzielt, unsere Bälle landeten kurz hintereinander im Korb, und seine Kumpels und sogar Lauren werden laut.

»Ohhhh!«, skandieren sie nach jedem einzelnen Treffer.

Mein Gegner hat wieder getroffen und ich habe so langsam das Gefühl, dass ich ein kleines bisschen Glück mit meiner Serie habe, als die ultimative Ablenkung an mir vorbeidribbelt und von der Dreierlinie wirft. Seine Augen sind dabei die ganze Zeit auf mich gerichtet. Tristans Wurf prallt am Metallring ab, er blinzelt langsam und kaut auf seiner Lippe, ohne den Ball auch nur einmal anzusehen. Es war ihm egal, ob er trifft. Es ging nicht darum, den Ball zu versenken. Es ging darum, das Spiel abzubrechen.

»Los, wir teilen uns auf und fangen eine neue Runde an«, sagt er. Er schaut zwar mich an, aber er redet mit den anderen. Das ärgert mich mehr als der dämliche Spruch von vorhin.

Ich merke, dass es auf dem Spielfeld eine natürliche Aufteilung gibt, Laurens Bruder und ihr Cousin nehmen die eine Seite, Tristan mit seinem Freund Paul die andere. Die anderen Typen verteilen sich und ich erkenne schnell, dass die Spielerzahl nicht ausgeglichen ist. Ich schließe mich Tristans Team an und erwische ihn dabei, wie er die Lippen fest zusammenpresst und tief einatmet. Seine Augen sind auf mich gerichtet, sein Mund bleibt ein starrer gerader Strich.

»Ich bin am Ball«, sagt er, schaut schließlich weg und nimmt einen Pass von Paul an.

Ich lasse meinen Ball zu den Sitzbänken hinüberrollen und gebe

Lauren ein Zeichen. Sie hält den Ball an, schiebt ihn unter die erste Bank und setzt sich eine Reihe darüber. Gespannt auf die Show stützt sie sich mit den Ellbogen auf den Knien ab.

Zeit für mich, das frostige Eis zu brechen.

Tristan bringt den Ball in die Mitte des Platzes und zeigt in beide Ecken. Er schreit Paul zu, sich freizulaufen, bevor er den Ball einem anderen Typen zuwirft, dessen Namen ich nicht kenne. Zu mir sagt er nichts. Niemand sagt irgendetwas zu mir, außer der erste Hater, gegen den ich gespielt habe, bevor Tristan dazukam. Er sagte »Nicht schlecht!«, aber nur einmal und erst nach meinem dritten Drei-Punkte-Wurf.

Paul fängt den Ball unter dem Korb ab und versenkt ihn. Alle anderen klatschen sich ab, Paul klatscht als Einziger mit mir ab.

Wir teilen die Verteidigung auf, ich übernehme den letzten Typen, der noch nicht gedeckt wird. Er spielt nicht besonders gut und er bekommt nur ein oder zwei Pässe zugeworfen, bevor der Ball schließlich wieder an Tristan geht, der nach vorn läuft und einen Sprungwurf macht, ohne dass ihn jemand aufhalten kann.

Alle klatschen sich ab.

Ich sehe zu.

So geht das Spiel etwa zwanzig Minuten weiter – die Jungs machen sich gegenseitig Ansagen, Shirts werden ausgezogen, starke Arme schieben sich gegenseitig weg, nur um ein paar Zentimeter auf dem Spielfeld gutzumachen. Ich halte meine Arme zur Verteidigung hoch, aber ich bin nicht wirklich Teil *ihres* Spiels. Der Kerl, den ich decke, heißt Danny, wie ich herausgefunden habe. Er bekommt den Ball nicht oft. Ich weiß, wie er sich fühlt.

Der Name meines Haters ist RJ. Er versenkt einen Wurf über Tristans Kopf und sorgt damit für den Ausgleich, bevor Paul die

Hand für eine Auszeit zum Trinken hebt. Ich beobachte, wie Tristan zum Trinkbrunnen hinüberläuft, und will ihn gerade wegen der Fußbadgeschichte warnen, doch dann halte ich inne und lächle stattdessen vor mich hin. Keine Ahnung, wie dreckig Jadens Füße waren, aber ich hoffe, sie sahen richtig übel aus.

Ich bleibe in der Mitte des Spielfeldes und dribble den Ball, den ich während des Spiels kein einziges Mal in den Händen hatte. Ich passe ihn ein paarmal durch meine Beine und rufe mir ins Gedächtnis, dass es am Anfang immer so läuft. Auf jedem Platz war es dasselbe – überall, wo ich gewohnt habe.

Nur hier ist irgendetwas anders. Die Mauer, über die ich immer klettere, scheint diesmal irgendwie höher zu sein. Und jedes Mal wenn ich denke, dass ich mit den Händen oben angekommen bin, legt Tristan eine neue Reihe Ziegel drauf, die ich überwinden muss.

»Yo, Zach, mach bei uns mit. Es steht unentschieden«, ruft Tristan jemandem hinter mir zu. Ich drehe mich um und sehe einen Typen in schwarzen Shorts, die ihm von der Hüfte hängen, hochgezogenen Strümpfen, die seine Waden bedecken, und Basketballschuhen, die kaum Schnürsenkel haben. Wenn dieser Typ losrennt, fliegt er bestimmt direkt aus seinen Schuhen.

»Du kannst beim nächsten Spiel einsteigen, Zach«, sage ich.

Er bleibt auf halbem Weg zwischen den Sitzbänken und mir stehen und runzelt die Stirn. Seine Augen funkeln mich an.

»Das ist das nächste Spiel. Mit dem ersten sind wir durch«, sagt Tristan.

»Schwachsinn, es steht unentschieden!« Ich knalle den Ball hart auf den Boden und lasse ihn zur Seite wegspringen. Ein Feuer lodert in meiner Brust. Lauren lacht hüstelnd nur wenige Schritte von mir entfernt.

Das ist nicht der nette Typ, der mir beim Abladen der Kartons geholfen und die Gewichte mit mir in die Garage geschleppt hat. Tristan ist jetzt in meiner Rangliste offiziell zum größten Arschloch aufgestiegen, mit dem ich es jemals zu tun hatte. Er sichert sich diesen Titel mit jeder Sekunde, die verstreicht, während er mich nur anstarrt und mit geballten Fäusten an den Seiten stehen lässt. Mein Atem geht viel zu flach, dafür dass ich in den letzten Minuten nicht mehr gerannt bin.

Ich lege den Kopf schräg, was so viel bedeuten soll wie: »Komm schon, hör auf damit.« Seine Zungenspitze lugt zwischen den zusammengepressten Lippen hervor, seine Vorderzähne beißen darauf und sein Kiefer ist angespannt, also kämpft er wahrscheinlich gegen den Drang an, sich entweder richtig mit mir anzulegen oder einfach nachzugeben und das dämliche Spiel zu beenden.

»Zach, du spielst bei mir«, sagt er mit einer ruckartigen Kopfbewegung, die Zach zu befehlen scheint, weiterzugehen.

Ich atme aus und verdrehe die Augen, während ich mich abwende. Meine Haut kribbelt vor Wut und Enttäuschung und mein Blick fällt auf Lauren, die sich die Hände vor den Mund geschlagen hat und ihre Betroffenheit kaum verstecken kann.

Tristans schlurfende Schritte kommen näher, ich schüttele den Kopf und drehe mich so weit um, bis ich ihm direkt in die Augen starre, bevor er auch nur einen Ton von sich geben kann. Ich strecke einen Finger aus und zeige auf seine Brust, dann balle ich die Hand zur Faust, während sich mein Blick verfinstert. Er atmet tief durch die Nase ein, seine Mundwinkel verziehen sich. Ich kann genau sehen, wie er überlegt, was er sagen soll, als tobe in seinen braunen Augen ein Sturm. Ich erspare ihm die Worte.

»Okay,« sage ich nickend und weiche zu meinen Sachen, den

Sitzbänken und dem offenen Tor zurück, das zur Straße nach Hause führt. »Ich verstehe, was hier läuft … was dieser Platz ist. Ich durchschaue *dich*, Tristan. Oh ja … ich durchschaue dich.«

Seine Augen flackern, dann verengen sie sich, schließen alles um uns herum aus, damit er mir ein Geheimnis verraten kann. Schön von oben herab.

»Du gehörst nicht hierher«, sagt er mit gesenkter, harter Stimme. Trotzdem hören ihn ein paar Typen in unserer Nähe. Er will mich einschüchtern. Ich erkenne es in seinen glühenden Augen und spüre es an seinem Tonfall. »Dieser Platz ist nichts für nette kleine Mädchen. Geh nach Hause und spiel mit deinen Haaren … lackier deine Fingernägel. Ist mir egal. Aber verschwinde hier.« Er zuckt bei seinen Worten mit den Schultern und schüttelt den Kopf, als würde er davon ausgehen, dass ich all diese Dinge viel lieber tun müsste, als hier draußen zu sein. Damit liegt er völlig falsch.

Ich stoße ein Lachen aus, meine Brust hebt sich, meine Augen funkeln ihn an. Er glaubt nicht im Geringsten, dass ich ihn durchschaue, aber ich bin mir absolut sicher, dass er verwundbar ist. Seine Fassade, die er nur für diese Alpha-Nachbarschaftsscheiße aufgesetzt hat, ist verdammt brüchig. Damit schüchtert er mich nicht ein. Es treibt mich höchstens dazu an, ihn fertigzumachen.

Ich lasse ihn in der Mitte des Spielfeldes stehen. Als ich die Sitzbänke erreiche, höre ich ihn schon wieder mit seinen Kumpels reden. Das Spiel geht weiter. Die einzigen Blicke, die auf mich gerichtet sind, kommen von den Mädchen, die heute zuschauen, und von meinem neuen Kumpel Jaden. Sein Mund steht offen und ich werde das Gefühl nicht los, dass ich ihn irgendwie enttäuscht habe. Nachdem ich meine Sachen geholt habe, strecke ich die Faust aus und schlage mit ihm ab. Seine Augen wirken trotzdem noch beunruhigt.

»Ich bin gleich zurück«, sage ich und zwinkere ihm zu.

Lauren lacht leise vor sich hin, ich schätze, sie amüsiert sich mal wieder über mich. Ich werde ihre Hilfe brauchen.

»Hast du ein paar Minuten?« Ich mache große, bittende Augen.

Sie grinst und seufzt kurz, schaut zum Spielfeld und wieder zu mir, dann nickt sie und klettert von den Bänken. Ich nehme meinen Ball und gehe mit ihr durch das Tor und die Straße hinunter zu mir nach Hause. Meine schnellen Schritte sind wohlüberlegt und ich höre, wie ihre Atmung nach der ersten Querstraße schneller wird. Sie wird nicht von demselben angepissten Kraftstoff angetrieben wie ich und sie trägt Jeans und Absatzschuhe, also werde ich ein bisschen langsamer, damit sie mit mir Schritt halten kann.

»Echt, das war das Beste, was ich seit Langem da draußen gesehen habe«, sagt sie, immer noch leicht außer Atem.

»Ach ja?« Mein Verstand ist nicht in der Lage, etwas Brauchbares zu formulieren, er ist zu sehr damit beschäftigt, den Streit mit Tristan weiterzuspinnen, ihm Worte an den Kopf zu werfen und sich seine Arschgesicht-Reaktionen vorzustellen. Ich habe keine Ahnung, was sich seit unserer ersten Begegnung verändert hat … bis auf den Wochentag und seine Persönlichkeit. Mir wird schlecht bei dem Gedanken, dass ich ihn eigentlich ganz süß fand. Mir wird noch schlechter, als mir klar wird, dass ein Teil von mir das sogar immer noch so sieht.

Was sagt das über mich aus? Die Tatsache, dass mich ein Kerl so herumschubsen kann und er immer noch eine gewisse Wirkung auf mich hat, offenbart eine Schwäche, die ich wie eine Kakerlake zertrampeln muss. Meine Hände zittern und würden sich am liebsten zu Fäusten ballen, weil ich richtig wütend bin. Ich ärgere mich so sehr, dass mir beinahe die Tränen kommen. Ich schäme mich,

ich hasse es, gedemütigt zu werden. Ich gehöre dahin, wo ich hingehören möchte, und mein Dad würde wollen, dass ich für mich einstehe.

Ich bin kein kleines süßes Mädchen. Ich bin ein Mädchen, das tun möchte, was es liebt, und zwar an dem Ort, an dem es leben muss. Ich habe keine andere Wahl, als hier zu sein, und ich werde verdammt noch mal nicht zulassen, dass irgendein aufgeblasener Kerl mich dazu bringt, an mir zu zweifeln. Ich bin ein Mädchen, das sich durchsetzt. Ich bin eine Frau! Und wenn ich dafür alles loswerden muss, was davon ablenkt, damit dieser kleine Scheißer auf *meinem* Basketballplatz den ganzen Bockmist bleiben lässt und endlich einsieht, warum ich hier bin – denn genau das habe ich vor.

»Das sind nicht alles miese Typen … Tristan, er ist …«

Ich unterbreche sie, als wir an meiner Einfahrt ankommen.

»Ein verdammtes Arschloch«, beende ich ihren Satz.

Ich höre ihr schallendes Lachen hinter mir, als ich das Garagentor hochschiebe.

»Pass auf, wo du hintrittst, ich muss immer noch eine Menge wegräumen«, sage ich, während ich mich durch die aufgestapelten Gewichte, Kartons mit Küchenutensilien und ein paar Werkzeuge schlängele, bis ich an der Tür zum Haus angekommen bin. Ich drücke sie auf, lehne mich mit der Hüfte dagegen und warte darauf, dass Lauren mir folgt.

»Du schließt den Scheiß nicht ab?« Sie deutet auf die Türklinke, als sie das Haus über den schmalen Betonabsatz betritt.

Ich lasse meinen Blick über unsere Sachen wandern – meine Gewichte sind die einzigen Gegenstände, die wirklich einen Wert haben, aber die kann man schlecht alle auf einmal wegschleppen.

»Was sollte hier jemand klauen?« Ich zucke mit den Schultern und fange ihren Blick auf.

»Süße, bevor du hier nicht länger als eine Woche gewohnt hast, solltest du einfach meinen Rat befolgen, okay?« Sie zeigt auf den Riegel an der Tür und sieht mir dann wieder in die Augen. »Schließ deine verdammte Tür ab.«

Eigentlich schleppe ich nicht gern Schlüssel mit mir herum und mein Pick-up lässt sich ziemlich schwer starten, wenn man die richtigen Handgriffe nicht kennt. Deshalb mache ich mir normalerweise keinen großen Kopf darum, dass ihn sich jemand unter den Nagel reißen könnte, wenn ich nicht da bin, selbst wenn dieser Jemand den Autoschlüssel im Haus finden würde. Mein Dad hat nie irgendwo abgeschlossen, wenn wir nicht zu Hause waren, egal wo wir gewohnt haben. Manchmal haben wir sogar vergessen, nachts abzuschließen. Ich zucke noch einmal mit den Schultern, hauptsächlich um Lauren bei Laune zu halten, dann schließe ich die Tür hinter uns ab, nur damit sie das Gefühl hat, dass ich etwas gelernt habe.

Ich werfe meinen Ball auf den Handtuchhaufen, der immer noch wegsortiert werden muss, lege mein Handy auf die Küchenanrichte und gehe zur Schublade, die mein Dad und ich liebevoll »Männerschublade« nennen. Das ist supersexistisch, aber die meisten Dinge darin sind eher für Männer, denke ich, deshalb hat die Schublade diesen Spitznamen bekommen. Ich krame eine Schere heraus, und bevor Lauren die Chance hat, überhaupt zu realisieren, was ich da tue, habe ich schon ein Viertel meiner Haare in der Hand zusammengedreht, den Pferdeschwanz zur Seite gezogen und abgeschnitten.

»Was zur Höl…«

Ich drehe mich zu ihr um. Ihr Mund steht offen und ihre Augen sind weiter aufgerissen, als ich es für möglich gehalten hätte.

»Ich kann sie erst abrasieren, wenn sie kurz geschnitten sind«, sage ich und öffne mit der Hand voller Haare die Unterschranktür, hinter der sich der Mülleimer versteckt. Ich werfe die dicke Strähne hinein, befreie den Rest meiner Haare vom Haargummi und schnippele weiter.

»O mein Gott, das halt ich nicht aus! Ich kann nicht mit ansehen, was du da tust, Riley! Riley, hör auf …« Lauren kommt mit großen Schritten auf mich zu, bleibt direkt vor mir stehen und will nach der Schere greifen. Sie schreckt jedoch zurück, drückt sich die Fingerspitzen an die Schläfen und beginnt, nervös auf und ab zu laufen.

»Es sind nur Haare. Es hat ein Jahr, vielleicht auch anderthalb Jahre gedauert, sie wachsen zu lassen«, sage ich und schneide weitere lose Strähnen ab.

»Kann sein, aber ein Jahr ist eine lange Zeit! Und einige von uns *bezahlen* für solche langen Haare.« Sie streckt die Hände in einer Würgegeste nach mir aus, was mich zum Kichern bringt.

»Du kannst meine Haare haben, wenn du willst. Ernsthaft, nimm sie. Sind umsonst.« Ich lasse die Finger durch die verschieden langen Fransen auf meinem Kopf wandern.

»Riley, niemand will Haare haben, die so aussehen.« Sie deutet auf das Haarknauel im Mülleimer.

Ich wickele eine breite Strähne auf der rechten Seite um meine Finger und sehe mir den Haarhaufen an.

»Ja, da hast du wahrscheinlich recht«, erwidere ich, während ich durch den kürzeren Rest schneide. Ich bin schon viel näher an der Kopfhaut.

»O Mann! Gib … gib mir einfach die Schere.« Lauren hält mir ihre offene Hand hin.

Ich mustere sie mit einer erhobenen Augenbraue. »Schneid es einfach nur kurz. Den Rest erledigen wir dann mit dem Rasierer meines Dads«, sage ich, reiche ihr die Schere und drehe mich mit dem Rücken zu ihr.

Ihre ersten Versuche sind noch zaghaft. Sie schneidet nicht genug ab und ich könnte schwören, dass sie zu retten versucht, was ich da angerichtet habe.

»Lauren?« Ich warte, während sie ein paar weitere Strähnen abschneidet.

»Ja?« Ein Seufzen mischt sich in ihre Antwort.

»Meine Haare sind mir wirklich nicht wichtig. Ich werde es nicht bereuen, das schwöre ich. Ich würde es nur bereuen, wenn ich diesen Typen da draußen nicht beweisen könnte, dass ich dazugehöre und dass ich genauso gut bin wie sie.«

Ich drehe den Kopf und schaue zu ihr hoch. Sie nimmt die Schere herunter und legt die Hand auf meine Schulter. Es folgt ein kurzes Schweigen, dann nickt sie. Sie lächelt nicht, eigentlich sieht sie eher so aus, als wäre ihr übel, aber sie nickt trotzdem. Sie hat es verstanden.

»Okay, dann lass uns weitermachen.« Sie schneidet jetzt dickere Fransen ab, bis mein Shirt von Haarbüscheln übersät ist, die auch auf meine Beine und auf den Boden fallen. Sie hört erst auf, als ich einen ziemlich chaotischen Jungshaarschnitt habe, dann gehen wir ins Bad und schließen den Rasierer meines Dads an. Ich lasse sechs Millimeter stehen, mein Schädel schimmert etwas durch. Die Haut ist ganz weiß, aber meine Kopfform ist gar nicht so übel.

Ich ziehe mein T-Shirt aus und wische damit die Haare von der

Ablage. Dann reibe ich ein paarmal mit den Händen über meinen weichen Kopf, um auch die restlichen Haarschnipsel loszuwerden.

»Du bist erstaunlich gut darin. Rasierst du dir öfter den Kopf?«, fragt Lauren.

Ich glaube, sie macht nur einen Scherz, aber ich bin mir nicht sicher, weil sie immer noch nicht gelächelt oder gelacht hat. Sie findet die ganze Aktion überhaupt nicht lustig. Später sehe ich das vielleicht genauso, aber im Moment geht es nur ums Prinzip.

»Ha, nein. Das ist das erste Mal. Aber mein Dad macht das oft, und ich kümmere mich immer um die Stellen, wo er nicht so gut rankommt. Ich sorge für eine gerade Linie im Nacken und so.« Ich schiebe die Haare auf dem Boden mit dem Fuß zu einem Haufen zusammen, bevor ich in mein Zimmer gehe, um mir ein sauberes Shirt zu holen.

Ich ziehe mein altes Teamtrikot über meinen Sport-BH und rolle die Ärmel bis über die Schultern auf. An der rechten Seite ist ein langes Loch am Saum. Da wurde das Shirt vor zwei Jahren von einem Typen zerrissen, der mich blocken wollte. Jetzt fummele ich ständig daran herum – eine willkommene Ablenkung für meine Finger. Sollte ich das Trikot jemals verlieren, werde ich dieses Loch am meisten vermissen.

Als ich zurück in die Küche komme, hat Lauren schon Besen und Kehrblech gefunden und das meiste aufgefegt, was nicht schon im Mülleimer gelandet ist. Ich nehme ihr die Arbeit ab und nach etwa zehn Minuten ist der Boden hier und im Bad wahrscheinlich sauberer als vorher.

»Okay, fertig.« Ich schnappe mir meinen Ball, klemme ihn mir unter den Arm und halte Lauren die Tür zur Garage auf.

»Du bist echt verrückt. Ich mag dich, aber du bist verrückt«, sagt sie, als sie an mir vorbeigeht.

Ich lasse die Tür hinter mir zufallen, bleibe aber stehen, als sie sich sofort zu mir umdreht und die Arme verschränkt.

»Schon klar, ja, ja … abschließen.« Ich gehe noch mal kurz rein, hole meinen Schlüssel und schließe die Tür hinter mir ab. Dann schiebe ich das Garagentor so weit hoch, dass Lauren hindurchschlüpfen kann, und ziehe es hinter uns wieder zu.

»Wenn euer Nachbarhaus eines Tages völlig auseinandergenommen wird, wirst du mir noch dafür danken, dass ich dich genervt habe, die verdammte Tür zu verriegeln«, brummt sie, während sie mit großen Schritten versucht, mit mir mitzuhalten.

»Warum sollte ich dir danken, wenn bei meinen Nachbarn eingebrochen wird?« Ich weiß, was sie meint, aber ich spiele auch gern die Klugscheißerin.

»Pff, du wirst froh sein, dass dir keine Stücke in der Wand fehlen und nicht der Gestank einer Crackpfeife im Teppich hängt.« Etwas an ihrem Tonfall sagt mir, dass bei ihr schon einmal eingebrochen wurde und dieser Einbruch ganz ähnlich abgelaufen sein muss.

»Hab's verstanden.«

Fast auf dem ganzen Rückweg reden wir kein Wort. Ich kann nicht mal meine Hand dazu bringen, den Ball zu dribbeln. Meine Nervosität beginnt, meinen Entschluss infrage zu stellen, und von dem inneren Kampf wird mir ganz schwindelig. Ich kann nicht glauben, dass ich mir wirklich die Haare abrasiert habe. Ich fange an zu lachen, zuerst leise, doch dann so laut, dass Lauren es hören kann.

»Was ist so witzig?« Sie bleibt stehen, zieht sich die Stöckelschuhe aus und nimmt sie in die Hand. Ich schaue auf ihre nackten Füße und ziehe die Augenbrauen hoch.

»Echt jetzt? Du rasierst dir den Schädel und hältst mich für durchgeknallt, weil ich mir die Schuhe ausziehe, um keine Blasen zu kriegen? Ich bitte dich …« Sie schürzt die Lippen und verdreht die Augen, dann geht sie an mir vorbei und marschiert auf den Basketballplatz zu.

Meine Mundwinkel verziehen sich langsam nach oben und meine Augen wandern in Richtung Brauen, wo der Schatten meiner langen Haare immer auf meine Stirn gefallen ist. Ich nicke und lasse den Herzschlag in meiner Brust im Takt meiner Schritte zur Ruhe kommen. Je weiter ich mich dem Basketballplatz nähere, desto mehr wird mir wieder bewusst, warum ich das gemacht habe, und ich bin dankbar für die impulsive Tat.

Lauren und ich gehen durch das Tor auf die Sitzreihen zu, aber ich bleibe nicht mit da. Ich lege meine Sachen an derselben Stelle ab wie vorhin, dann gehe ich zur Freiwurflinie, wo Tristan mit dem Rücken zu mir spielt, während alle anderen schon innegehalten haben. Zach atmet schwer, seine gespreizte Hand klebt regelrecht an seiner Brust, sein T-Shirt ist schweißnass. Ich war weniger als eine halbe Stunde weg und er sieht total fertig aus.

»Ich spring für dich ein, Zach. Ruh dich mal aus«, sage ich und sehe ihm in die Augen, während ich spüre, wie sich Tristan an mir vorbeibewegt, bis er fast aus meinem Blickfeld verschwunden ist.

Zachs Augen sind nur halb geöffnet, so müde ist er, und seine Aufmerksamkeit wandert zwischen mir und Tristan hin und her, der jetzt mit Sicherheit hinter mir ist. Als Zach schließlich nickt, weiß ich, dass er die Erlaubnis dafür bekommen hat, also drehe ich mich um und stelle mich dem Jungen entgegen, der mich zu diesem Kampf gezwungen hat.

»Ich übernehme, kommst du damit klar?« Ich lege den Kopf zur

Seite und beiße mir auf die Zungenspitze. Ich habe Tristan sprachlos gemacht, und das ist genauso befriedigend, wie ich es mir vorgestellt habe, als ich mit dem Rasierer über meinen Schädel gewandert bin. Sein Blick streift jetzt darüber hinweg, sein Mund steht offen und er bringt gerade so ein ungläubiges Lachen heraus.

»Passe ich jetzt besser ins Spiel?« Ich mache einen Schritt auf ihn zu und zwinge ihn, mir in die Augen zu sehen. Seine Lippen lächeln zwar nicht, aber seine Augen tun es, und für einen Moment genieße ich diesen kleinen Zug der Gerechtigkeit, bis er den Ball von seinen Händen in meine schiebt, wobei er ihm einen kleinen Stoß verpasst, der mich aus dem Gleichgewicht bringen soll. Ich bleibe stehen. Oberkörperfrei und schweißgebadet hält er für eine Extrasekunde vor mir inne. Meine Füße zucken, wollen wieder etwas Abstand zwischen uns bringen, aber mein Körper reagiert anders. Ihm gefällt die Herausforderung – ihm gefällt der Junge, obwohl er so ein Arschloch ist. Mein Herz und mein Kopf wollen ihn herumschubsen, nur um zu sehen, wie er reagiert.

Die Pattsituation dauert nur ein paar Sekunden, brennt sich jedoch in die Mitte meiner Brust, und ich genieße das Gefühl. Ich genieße es fast noch mehr als den Sieg. Ich habe ihn dazu gebracht, nachzugeben, doch ich bin hin- und hergerissen, ob ich ihn wirklich in die Knie zwingen will.

Ich lege die Hand auf den Ball und dribbele zurück, lasse ihn dann kurz an meiner Seite springen, damit ich den rechten Ärmel über meine Schulter schieben kann, und wandere mit den Fingern kurz über das ausgefranste Loch am Trikotsaum. Der Typ, der es hinterlassen hat, war überhaupt kein Vergleich zu Tristan. Er war nicht mal annähernd … keine Ahnung … interessant vielleicht? Ich hasste ihn nicht annähernd so sehr. Ich mochte ihn auch nicht annähernd so sehr, und das ist der Teil, mit dem ich nicht zurechtkomme. Aber der erste Schritt ist es, Tristan dazu zu bringen, mir hier draußen zu vertrauen, auf *unserem* Basketballplatz, damit ich auf diese Weise wenigstens ein kleines Stück davon abbekommen kann. Ohne diesen Platz werde ich mich hier nie zu Hause fühlen. Ich werde seine Erlaubnis brauchen und ich werde sie mir auf die einzige Weise holen, die ich kenne – hart durchgreifen und klug einlenken, die einzigen beiden Regeln, die im Leben wichtig sind.

»Alle auf Position!«

Die Jungs stellen sich auf … sogar Tristan.

Schritt eins. Ich bin auf dem richtigen Weg.

KAPITEL 5

TRISTAN

Ich erinnere mich kaum an meinen Vater. Aber ich erinnere mich daran, wie er mir gesagt hat, dass Dub der einzige Mann ist, dem ich wirklich vertrauen kann, weil er und ich – weil wir uns gleichen.

Ich dachte immer, das würde stimmen. Ich glaubte daran, wünschte es mir, betete sogar dafür. Aber es stimmt nicht. Ich bin überhaupt nicht wie Dub Lewis und ich werde es auch nie sein. Merkwürdig ist jedoch, dass ich die meiste Zeit auch einen Hauch Selbsthass spürte, weil ich nicht so eine Enttäuschung sein wollte. Es fühlte sich an, als würde ich alle im Stich lassen, als wäre es irgendwie eine Schwäche, nicht diesen Killerinstinkt zu haben. Jede grässliche Sache, an der ich beteiligt war – jede Leiche, die ich mit verscharrt habe, jede Waffe, die ich versteckt habe, oder jede Lüge, die ich Leuten erzählt habe, die eigentlich die Wahrheit kannten, aber nichts dagegen tun konnten –, nichts davon fühlte sich gut an. Ich habe keine Freude an der Gefühllosigkeit, mit der Dub all diese falschen Dinge tut. Mein Gewissen funktioniert nicht auf diese Weise, vielleicht liegt es aber auch nur daran, dass ich ein Gewissen habe und er nicht.

Ich wusste, dass all das falsch war. Ich weiß, dass es falsch ist. Ich hasse es. Ich hasse mein Schicksal. Aber so ist es nun mal. Ich bin untrennbar damit verbunden. Das hat mit dem Ort zu tun, an dem ich geboren wurde, mit dem Mann, der mich gezeugt hat, mit seinen Freunden und ihren Entscheidungen und mit der Schwäche meiner Mutter. Ich kann nur versuchen, das Beste daraus zu machen und vielleicht ganz am Rande irgendwo ein Stückchen Glück zu finden.

Ich bin auch überhaupt nicht wie Riley. Fuck, ich wünschte, ich wäre es.

»Yo, ich kann nicht glauben, dass sie sich den Schädel rasiert hat!«

Joker hat von nichts anderem geredet, seit wir gestern Abend nach Hause gegangen sind. Während er jedoch regelrecht zu Rileys Fan mutiert ist, konnte ich nur daran denken, wie zur Hölle ich Riley dazu bringe, abzuhauen, bevor Dub auftaucht.

Lauren war schon immer wie eine Schwester für mich. Sie weiß, wer ich bin, sie kennt die Regeln, die mein Verhalten bestimmen. Ich musste ihr nur einen Blick zuwerfen, als die Sonne langsam unterging, und sie wusste Bescheid. Sogar ihr Bruder verstand es. Obwohl sie auch hier aufgewachsen sind, haben sie schon immer hinter der Grenze gelebt, die ich nur streifen kann. Sie waren sicher und ihre Seelen sind rein geblieben.

Lotus hat mit Lauren zuerst die Kurve gekratzt, DJ ist ihnen gefolgt, denn er geht immer dahin, wo sie hingehen. Das Spiel brach dann wie üblich ab, bis Riley sich schließlich mit ihnen auf den Heimweg gemacht hat. Joker wäre auch fast mitgegangen, als hätte er komplett vergessen, warum wir eigentlich hier waren, dass wir länger bleiben und auf Dub warten wollten, um ihm die guten Neuigkeiten zu überbringen … an Jokers Geburtstag.

Dub schien froh über die Kohle, fast schon erleichtert. Joker begann, Fragen zu stellen, aber ich brachte ihn schnell zum Schweigen. Wenn Dub jemandem etwas schuldet, sollten wir uns da raushalten. Ich war bis jetzt bei den Fifty-Sevens immer schuldenfrei geblieben und ich hatte vor, mein Leben auch so zu beenden – und das möglichst nicht in absehbarer Zukunft.

»Wieso bist du so hart zu ihr, Mann? Sie stellt sich doch auf dem Platz echt gut an.«

Joker steht auf sie. Das lenkt ihn außerdem von der Tatsache ab, dass sein Geburtstag kam und ging, ohne dass er offiziell in die Gang aufgenommen wurde. Das Thema wurde nicht einmal angesprochen, obwohl wir zwanzig Minuten mit Dub draußen auf dem Basketballplatz waren. Ich habe darauf gewartet, dass Joker irgendwann davon anfängt, dabei hätte ich keine Antworten für ihn gehabt. Ich werde respektiert wie einer der Anführer, aber solche Entscheidungen treffe ich nicht. Das wollte ich auch nie.

Wir sitzen in Jokers Wagen, während Riley ihren Pick-up ein Stück weiter weg parkt und auf die Ladefläche springt, wo sie mit irgendetwas herumhantiert. Ich glaube, mein Kumpel würde am liebsten aussteigen, damit wir den richtigen Moment abpassen und mit ihr gemeinsam ins Schulgebäude gehen können. Ich möchte genau das Gegenteil. Ich bleibe lieber hier sitzen, beobachte sie noch eine Weile und denke an die Dinge, über die ich nicht reden kann, nicht mal mit meinem besten Freund.

Er hat recht – Riley spielt echt gut Basketball. Sie hat ihn auf dem Platz eiskalt abserviert. Sie hat diesen inneren Antrieb, den nur ich sehe. Es ist wie eine Uniform, die sie nicht ablegen kann. Es liegt ihr im Blut.

»Sie hat sich ihre verdammten Haare abrasiert, Mann«, sagt Joker.

Ich stoße ein leises Lachen aus und äffe ihn nach. Ich kann einfach nicht anders. »Sie hat sich ihre verdammten Haare abrasiert.«

Was auch immer sie auf ihrem Pick-up gemacht hat, sie scheint fertig zu sein, denn sie richtet sich auf der Ladefläche auf, eine Hand drückt sie ins Kreuz, mit der anderen fährt sie über ihren samtigen Kopf. Ihre Mundwinkel kräuseln sich bei der Berührung, als wäre sie immer noch überrascht darüber. Sie atmet tief durch, ihre Hände wandern zu ihrer Hüfte und sie dreht sich um, bis sie zufällig unsere Blicke auffängt.

»Shit, sie hat uns bemerkt«, flüstert Joker, als könnte sie uns auch hören. Er rutscht auf dem Fahrersitz nach unten und zieht seine Kapuze über den Kopf. Total albern.

»Bro, sie kann alles sehen, was du machst. Sei nicht so bescheuert«, sage ich, schiebe ein Bein nach vorn und beuge das andere Knie etwas mehr, um es mir ein wenig bequemer zu machen – bequemer bei der Vorstellung, dass wir uns in diesem sich hinziehenden, schrägen Moment anstarren.

Ich habe auf einer Stifthülle gekaut, und als mich ihr Blick traf, habe ich fest zugebissen. Meine Zähne arbeiten sich jetzt im Kreis um die Plastikkappe, während meine Zunge die Rillen ertastet. Joker hatte auch davor schon recht … als er meinte, sie sei hübsch. Sie trägt ihren kahlen Kopf völlig unerschrocken, auf diese sexy, knallharte Art, die sie irgendwie noch femininer macht, obwohl ich weiß, dass sie genau das Gegenteil erreichen will.

Ich löse ein paar Finger von dem Stift, den ich mir vor den Mund halte, deute ein Winken an und spüre, wie sich meine Lippen zu einem knappen Lächeln verziehen. In genau diesem Moment macht mich das hier glücklich. Schon im nächsten Augenblick wird es vorbei sein, aber bis dahin lasse ich es zu – gebe mich der Fantasie hin, dass dieses Mädchen und ich mehr füreinander sein könnten als nur zwei Menschen, die in derselben Straße wohnen und manchmal im Park zusammen Basketball spielen.

Ich sehe, wie sie schluckt. Sie lächelt nicht und winkt auch nicht zurück. Sie bückt sich und hängt sich ihren schweren Rucksack über die Schulter, dann schwingt sie ein Bein über die Seite der Ladefläche und setzt sich hin, um sich auf den Boden gleiten zu lassen. Als sie zwischen zwei Autos hindurchgeht, starrt sie mich immer noch an. Sie starrt mich den ganzen Weg bis zur Vorderseite unseres Wagens an. Sie wendet den Blick auch nicht ab, als sie an meiner Seite vorbeikommt.

Ich lasse sie die ganze Zeit nicht aus den Augen und ich schwöre, die Luft wird süßer, als sie vorbeiläuft, obwohl die Scheiben hochgekurbelt sind und nicht die geringste Möglichkeit besteht, dass wir dieselbe Luft teilen.

»Jetzt können wir«, sage ich, nachdem genügend Zeit verstrichen ist und Riley einen guten Vorsprung hat.

Ich greife nach dem Rucksack zwischen meinen Füßen und drücke die Tür auf. Joker tut dasselbe, schnappt sich seine Tasche vom Rücksitz, schließt den Wagen ab und holt mich am Rand des Parkplatzes ein.

»Du hast Angst vor ihr.« Er sagt die Worte, als hätte er schon eine Weile darüber nachgedacht, als wäre er nervös, sie auszusprechen. Obwohl wir schon ewig eng befreundet sind, behandelt mich Joker immer ein wenig reserviert. Ich würde ihm nie etwas tun. Ich hasse es, dass die Gang diese Art von Macht hat. Dass zwei Menschen, die praktisch Brüder sind, immer auf der Hut bleiben und die Wahrheit lieber zurückhalten.

»Drauf geschissen«, sage ich, weil ich auch ein Lügner bin. Weil mich Jokers loses Mundwerk in Schwierigkeiten bringen könnte. Es könnte dazu führen, dass jemand denkt, ich würde auf ein Mädchen stehen, das weder schon lange mit der Gang rumhängt noch die Schwester eines Mitglieds ist.

Ich habe Angst vor ihr. Aber noch mehr Angst habe ich *um* sie.

Mein Kumpel klatscht wie üblich mit mir ab, bevor er sich dem westlichen Ende des Flurs zuwendet, während ich nach rechts abbiege, zu dem einsamen Klassenraum mit unbekannten Gesichtern – bis auf eins, das mir viel zu schnell vertraut geworden ist.

Die Tür zum Büro meiner Studienberaterin ist offen, als ich am Sekretariat vorbeigehe, und aus irgendeinem Grund werde ich langsamer. Es läutet zum ersten Mal zum Unterricht und ich könnte das als Entschuldigung benutzen, nicht stehen zu bleiben, aber ich tue es trotzdem. Ms Beaumont sitzt an ihrem Schreibtisch. Ich kann den Ärmel ihres roten Jacketts sehen, sie schreibt etwas in ein Formular – wahrscheinlich die Stipendienbewerbung eines anderen Schülers. Sie beugt sich nur ein wenig vor und unsere Blicke treffen sich.

»Tristan! Kommen Sie rein!«

Sie steht auf und geht um ihren Schreibtisch herum, mein Puls rast wie wild. Es fällt mir schwer zu atmen und ich kann meinen Gesichtsausdruck nicht kontrollieren. Es fühlt sich an, als würde es Sekunden dauern, bevor mein Mund wieder arbeitet, aber ich weiß, dass das alles viel schneller passiert.

»Ich bin spät dran … komme nachher vorbei. Sorry«, sage ich über die Schulter und lenke meine Schritte weiter den Flur hinunter. Ich werde nachher nicht noch einmal vorbeikommen. Dieser kurze Aussetzer war nur eine Träumerei von mir. Hätte ich eine neue Stipendienbewerbung mitgenommen, wäre das ein weiteres Stück Papier für den Müll gewesen.

Als ich am Klassenraum ankomme, sitzen alle schon auf ihren Plätzen. Rileys Rucksack bildet wieder eine Barriere zwischen uns. Ich lasse mich auf meinen Stuhl fallen und strecke beide Beine aus, bis ich die Spitzen meiner Vans am Ende des Tisches sehen kann, sogar aus meiner hingefläzten Haltung.

Ms Forte geht durch die Reihen, hakt Namen auf ihrer Anwesenheitsliste ab und zieht im Vorbeigehen Notizbücher aus ihrem Stapel. Als sie bei mir ankommt, bleibt sie stehen und greift in die Mitte des Stapels nach meinem Buch. Es ist leicht zu finden – es steht nichts drin. Ich habe nicht mal meinen Namen draufgeschrieben, aber sie weiß trotzdem, dass es mir gehört.

»Tristan.« Ihr Mund ist zu einer schmalen Linie zusammengepresst, als sie das Buch auf meinen Tisch wirft. Es schlägt so laut auf, dass die anderen sich zu mir drehen.

Na toll. Einfach … toll.

»Es gibt buchstäblich keine leichtere Aufgabe in diesem Kurs. Ich gebe Ihnen ein Notizbuch und Sie schreiben etwas hinein. Es ist mir egal, worüber Sie schreiben. Ich benote nicht einmal die Rechtschreibung! Ich möchte nur, dass Sie einen Teil Ihres Gehirns einschalten und fühlen, wie es ist, etwas zu Papier zu bringen. Im Moment würde ich mich sogar mit Zeichnungen zufriedengeben.«

Sie blickt für eine oder zwei Extrasekunden auf mich hinunter, weil sie weiß, dass mir die Konsequenzen ziemlich egal sind. Sie nutzt das ganze Drama aus und hofft, dass etwas davon bei mir ankommt und ein schlechtes Gewissen auslöst. Das wird nicht funktionieren. Mir wurde beigebracht, in Situationen wie dieser nichts zu empfinden. Ich schließe die Augen, als sie weitergeht, und ich will sie zulassen, doch Ms Forte findet die eine Sache, die mich dazu bringt, sie wieder zu öffnen.

»Riley, das ist mal eine Frisur. Sehr schick! Gefällt mir! Was hat Sie dazu bewegt?«

Ich ziehe meinen Stift aus der Seitentasche meines Rucksacks und beginne, an derselben Stelle wie vorhin darauf herumzukauen.

»Da sollten Sie wohl Tristan fragen.«

Meine Backenzähne zerquetschen die Plastikkappe und ich lache, natürlich leise. Ich schüttele meine Hand aus, ziehe mein Notizbuch zu mir heran, öffne die erste Seite und schreibe meinen Namen hinein – meinen vollständigen Namen – Tristan Alejandro Lopez.

Nach vorn gelehnt verdecke ich das Buch mit meinen Unterarmen und werfe einen Blick nach rechts. Rileys Augen wandern gerade weit genug von ihrem Notizbuch weg, um mich beim Spicken zu erwischen, also schiebe ich die Stiftkappe grinsend wieder in den Mund und winke ihr mit den Fingern zu. Ihr Fokus richtet sich langsam wieder auf ihre eigene Schreibarbeit, aber ich beobachte sie weiter. Sie weiß das. Und ich weiß, dass sie es weiß, denn nach ein paar Sekunden schiebt sie ihre linke Handfläche zur Tischkante und knickt die Finger ein, bis auf den in der Mitte. Ich beschließe, diese Geste in mein Buch zu zeichnen.

Ich brauche nicht lange, um zu skizzieren, wie sie mir den Stinkefinger zeigt, also zeichne ich noch einen Pfeil, den ich mit ihrem Namen beschrifte. Dann hebe ich noch ihre Fingernägel hervor, obwohl ihre echten weder lackiert noch lang sind. Das ist mir aufgefallen, weil Riley im Vergleich zu den meisten anderen Mädchen an der South und in unserem Viertel geradezu episch farblos wirkt. Ich habe sie bis jetzt nur einmal mit Make-up gesehen – als sie das erste Mal auf dem Basketballplatz war. Es sah nicht so aus, als hätte sie sich extra zurechtgemacht oder so, aber ihre Augen waren leicht schwarz geschminkt und ihre Lippen rosa.

Ich sehe wieder zu ihr hinüber. Ihr Stift ist, im Gegensatz zu meinem, eifrig damit beschäftigt, Worte zu Papier zu bringen. Ich frage mich, ob sie eine Geschichte oder einen Aufsatz schreibt – oder über mich. Sie zeichnet keine Bilder, zumindest das kann ich mit Sicherheit sagen.

Die nächsten zehn Minuten verbringe ich damit, Linien zu meinem Kunstwerk hinzuzufügen. Sie sehen wie Sonnenstrahlen um ihren Mittelfinger aus und ich muss ein bisschen lachen, was Ms Fortes Neugier weckt. Ich versuche gar nicht erst, meine Kritzelei zu verbergen, denn ein kleiner Teil von mir hofft, dass sie meine Zeichnung missbilligt und ich deshalb vielleicht aus dem Kurs fliege. Doch mich erwartet das genaue Gegenteil.

»Nun, Sie machen Fortschritte. Sie werden wohl kein großer Künstler werden, aber zumindest vergeigen Sie nicht die einfachste Aufgabe der Welt«, sagt sie und dreht mein Buch zu sich, damit sie einen besseren Blick hineinwerfen kann. Sie schaut hinüber, um sich die echte Riley anzusehen, was Riley natürlich nicht entgeht.

»Was halten Sie davon?«, fragt Ms Forte, nimmt mein Buch in die Hand und hebt es wie eine Kinderbuchbibliothekarin beim Vorlesen hoch. »Erkennen Sie sich wieder?«

Riley spitzt die Lippen und hält ihren Stift auf ihr Buch, dann dreht sie sich auffällig an ihrem Tisch, um sich Beweisstück A anzusehen. Ich bin sicher, das ist nur eine Taktik, um mich in Verlegenheit zu bringen und mich irgendwie dazu anzuspornen, mich mehr anzustrengen, aber es ist mir egal, dass jetzt alle nach und nach ihre Stifte weglegen, um auch einen Blick auf mein Kunstwerk zu werfen. Riley starrt es eine Weile an, blinzelt und schaut dann mich an, während sich ihre Mundwinkel verziehen, als wollte sie sagen: »Echt jetzt, Tristan? Besser kriegst du es nicht hin?«

»Also, wenn wir mal eine Stunde Zeit vereinbaren würden und ich bessere Malutensilien hätte, würde ich deine Wangenknochen bestimmt noch etwas genauer hinbekommen.« Ich nehme mein Buch wieder in die Hand und betrachte die Zeichnung eingehend, als würde ich das ernst meinen.

Riley schiebt die Beine zurück unter ihren Tisch und schreibt weiter, ihr Stift arbeitet jetzt noch schneller.

Als Ms Forte endlich weitergeht, beuge ich mich über den Tisch zwischen uns und flüstere: »Schreibst du etwa über mich?«

Meine Lippen kräuseln sich zu einem Lächeln, das breiter wird, als ihr linkes Knie nervös zu wippen beginnt. Ich weiß nicht wieso, aber es gefällt mir, dass ich sie damit aus dem Konzept gebracht habe. Je schneller sich ihr Knie bewegt, desto schneller spuckt ihr Stift Worte aus, bis sie das Buch schließlich zuschlägt und den Stift oben drauflegt, als würde sie einen Punkt setzen.

Sie lehnt sich nach vorn und dreht den Kopf zur Seite. Ihre Augen lächeln, das strahlende Blau wirkt belustigt, kleine Fältchen bilden sich an den Augenwinkeln.

»Jep.«

Mit einem besorgten Ton auf den Lippen versuche ich, mein Grinsen aufrechtzuerhalten. »Ernsthaft?«, frage ich mit hochgezogener Braue.

Rileys Augen necken mich für einen Moment, dann trübt sich ihr Blick und sie mustert mich, als würde sie herausfinden wollen, welches Pokerblatt ich auf der Hand habe. Sofort spielt sie ihr eigenes Ass aus.

»Ernsthaft«, erwidert sie, nimmt ihr Notizbuch und reicht es mir.

Ich drehe mich nach hinten um. Ms Forte ist auf den Flur hinausgetreten, hält die Tür mit einem Fuß offen und spricht mit unserem Schulleiter. Zögernd nehme ich Rileys Buch in die Hand und werfe ihr noch einen Seitenblick zu. Eigentlich erwarte ich irgendeine Geschichte über ihr altes Zuhause, ihre alte Schule oder ihre alten Freunde. Als ich es dann aufschlage und durch die ersten Seiten blättere, wird mir klar, dass ich mich getäuscht habe. Mir springt sofort mein Name ins Auge.

Tristan ist ein Sexist. Was sehr schade ist, denn ich denke, wir hätten Freunde werden können. Ich gebe ihn noch nicht ganz auf und ich lasse ihn natürlich auch nicht so leicht vom Haken. Ich werde jeden Tag zum Spielen auf seinem Basketballplatz auftauchen. Und ich werde meine Haare so lange immer wieder abrasieren, bis er aufhört, mich zu behandeln, als würde ich nicht dorthin gehören. Um ehrlich zu sein, vermisse ich meine Haare kein bisschen. Vielleicht lasse ich sie nie wieder wachsen. Aber für diese Erkenntnis werde ich mich sicher nicht bei ihm bedanken.

So geht es weiter, aber ich habe das Wesentliche verstanden. Na schön, dann bin ich eben ein Sexist. Wenn sie wüsste, dass ich in Wirklichkeit mit Mördern und den übelsten Typen der Welt zu tun habe, würde ich mir ernsthaft Sorgen machen. Ich komme damit klar, dass sie stattdessen so etwas von mir denkt. Seltsam ist nur, dass mir der Teil »wir hätten Freunde werden können« nicht so gut passt. Wahrscheinlich hätten wir wirklich Freunde werden können. Ich hätte mir sogar mehr gewünscht. Sie vielleicht auch. Es hätte eine dieser wirklich süßen Geschichten über die Begegnung zweier Menschen werden können. Stattdessen bin ich ein Sexist und irgendwie werde ich sie von allen Scheißdingen fernhalten müssen, die nachts auf diesem Platz passieren, ohne dass wir Freunde sind. Und das kotzt mich echt an.

Als es zur Mittagspause klingelt, sprinte ich förmlich aus dem Klassenraum. Ich finde es gar nicht so schlimm in dem Kurs, aber das Außenseitergefühl erstickt mich nach ein oder zwei Stunden, ich muss einfach auf den Flur raus, um wieder atmen zu können. Ich lasse sogar meinen Rucksack stehen. Da ist nichts Wertvolles drin und in vierzig Minuten muss ich sowieso wieder hier sein.

Ich mache mich auf den Weg zur Mauer, wo ich mich normalerweise mit Joker treffe, aber er ist nicht da. Ich warte ein paar Minuten auf ihn, bis niemand mehr aus dem Haupteingang kommt, dann gebe ich auf und stelle mich an der Essenausgabe an. Mein Magen knurrt, also bestelle ich zwei Portionen Pommes, als ich endlich dran bin. Ich gehe zurück zur Mauer, wo Joker inzwischen auf mich warten sollte, aber er ist immer noch nicht aufgetaucht. Also setze ich mich breitbeinig auf die Mauer, sodass ich alles gut überblicken kann, und halte nach meinem Freund Ausschau.

Ich stecke mir immer wieder Pommes in den Mund, bis mir beinahe schlecht wird vom schnellen Essen. Ich habe schon fast die Hälfte geschafft, als ich sehe, wie Riley vom Tisch aufsteht, an dem sie mit Lauren und ein paar von Laurens Freundinnen gesessen hat.

Mein Blick folgt ihr zum Mülleimer, nur ein paar Schritte von mir entfernt, und dann zu Ms Beaumonts Büro im Sekretariat, wo sie hineingeht und nicht wieder rauskommt. Ich ziehe mein Handy aus der Hosentasche und schreibe meinem Kumpel eine Nachricht, denn er hat sich nicht gemeldet. Ich bin sicher, dass er schwänzt, vielleicht hat er auch beschlossen, sich in der Pause zuzudröhnen. Er nimmt immer etwas von dem Stoff, den wir für Dub verticken.

Nachdem ich auf Senden geklickt habe, hebe ich mein Bein über die Mauer und werfe den Rest der Pommes in den Müll, bevor ich zu Lauren und den anderen Mädchen gehe. Meine Hände liegen schwer in meinen Taschen. Meine braune Canvashose hängt tief an meiner Hüfte. Ich schaue auf meine weißen Schuhe mit der abgeschrammten Stelle an den Zehen hinunter und verziehe das Gesicht, dann werfe ich einen Blick auf den Eingang zum Sekretariat, nur um zu sehen, ob ich Riley entdecken kann. Die Tür zum Büro meiner Studienberaterin ist geschlossen, und aus irgendeinem irrationalen Grund stelle ich mir vor, wie die beiden da drin zusammensitzen und über mich reden.

»Warum kannst du nicht einfach nett zu dem Mädchen sein, du Blödmann?« Lauren klatscht mir eins ihrer Schulbücher auf den Oberschenkel.

Ich springe zurück. »Auuu!« Ich reibe mir das Bein und werfe ihr einen finsteren Blick zu, bevor ich mich auf den Platz setze, den Riley freigemacht hat. Er ist noch warm. »Was ist das, ein Mathebuch?«

Sie funkelt mich an und formt ein *F… off* mit den Lippen.

»Das ist ein Algebrabuch. Ich habe Algebra belegt, Tristan. Ich mache meinen Abschluss … in allen nötigen Fächern. Und dann haue ich aus diesem Drecksloch ab.« Sie spricht betont langsam, weil sie mich verspotten will und gleichzeitig angepisst von mir ist.

»Ja, entspann dich. Hab schon verstanden … du bist besser als der Rest von uns, bla, bla, bla.« Ich grinse sie an.

Sie beginnt zu lachen und schlägt mich noch einmal mit ihrem Buch. »Das habe ich nicht gesagt. Und du weißt, dass ich genauso viele Tage geschwänzt habe wie du. Ich will nur sagen, dass ich auch andere Pläne habe«, sagt sie und beugt sich zu mir.

Ich habe nie etwas erwähnt, das den Anschein erwecken könnte, ich würde etwas anderes vorhaben als in Dubs Fußstapfen zu treten, wenn er mit der Gang fertig ist. Trotzdem hatte ich schon immer das Gefühl, dass Lauren meine wahren Gedanken kennt. Sie und ich haben viel gemeinsam. Ihr Dad hat mit meinem zusammengearbeitet, deshalb ist sie so darauf fixiert, ihren Bruder und ihren Cousin aus den Machenschaften der Gang rauszuhalten. Zusätzlich ist ihre Mom zufällig auch noch eine Stütze für meine. Während ihre Mom eine Schwäche für Alkohol hatte, stand meine auf Heroin. Jetzt leiten sie gemeinsam die Kleiderkammer der Kirchengemeinde. Einige meiner Arschlochfreunde machen sich gern darüber lustig, dass zwei Ex-Abhängige ausgerechnet im Namen der Kirche irgendwelchen Scheiß verkaufen.

Das ist überhaupt nicht lustig.

Lauren und ich sind durch die ganzen üblen Geschichten in unserem Leben miteinander verbunden. Das macht es vermutlich leichter, sich gegenseitig zu durchschauen. Auch wenn sie etwas anderes behauptet, weiß ich zum Beispiel, dass sie nach dem Abschluss nicht sehr weit von hier weggehen wird, weil selbst das Junior College Geld kostet, das keiner von uns hat.

»Hat dir diese Studienberater-Lady auch eine Stipendienbewerbung aufgehalst?« Ich nehme mir ein Stück Pizzarand, den sie übrig gelassen hat, und sie schiebt mir ihren Teller zu.

»Ja, ich musste sieben Formulare ausfüllen – o mein Gott – das hat Stunden gedauert!«

Ich lache in mich hinein, während ich kaue und nicke.

»Du hast auch eins ausgefüllt?« Ihre Überraschung kränkt mich ein wenig, aber eigentlich … hat sie recht.

»Ich hab's abgelehnt. Was soll ich denn da reinschreiben? Besondere Fähigkeiten – ich bedrohe gern Leute, um sie einzuschüchtern, und ich bin verdammt gut darin, Waffen zu verstecken.« Ich stecke mir das restliche Randstück in den Mund und lasse Laurens missbilligenden Gesichtsausdruck über mich ergehen. Ich denke, da hat sich einiges in mir angestaut, weil ich viel zu selten wirklich mal Luft ablasse.

»Sorry«, sage ich, stehe auf und räume ihr Tablet mit dem inzwischen leeren Teller ab. Mein Blick huscht ein paarmal zu Ms Beaumonts Büro, wo Riley vorhin hineingegangen ist, als ich mich auf den Rückweg zum Tisch mache, den alle bis auf Lauren bereits verlassen haben.

»Du schüchterst niemanden ein«, sagt sie und holt mich damit aus meinem Stalkingmodus.

»Was?« Ich kneife die Augen zusammen, nicht ganz sicher, ob ich sie richtig verstanden habe.

»Ich sagte, du schüchterst niemanden ein«, wiederholt sie, worauf ich nur mit einem rauen Lachen reagieren kann. »Okay, na gut … die Leute sind von dir eingeschüchtert, aber du … du selbst? Nee, du bist nett, Tristan. Das ist deine größte Stärke und deine herzergreifendste Schwäche.«

»Vielen Dank auch.« Ich strecke die Arme aus und schiebe meine

Hände über den Tisch zur anderen Seite. Dann lasse ich die Stirn auf die Tischplatte fallen und schließe die Augen.

»Du könntest so viel Gutes tun, Tristan Lopez …«, fährt sie fort.

Ich drehe den Kopf zur Seite, lege ihn auf meine Handfläche und stütze mich auf dem Ellbogen ab.

»Wenn du nur nicht so ein gottverdammter Feigling wärst.«

Mein Mund wird noch schmaler, als er sowieso schon ist. Ihre Worte haben mir einen schweren Schlag versetzt, sodass ich nur in ihre Augen starren kann. Sie sind voller Mitleid und ich bade einen Moment darin, bevor ich in das Leben zurückkehre, das ich führe – wieder in die Rolle des Gangsters schlüpfe.

Ich setze mich auf, ziehe meine Arme mit den Handflächen flach auf den Tisch gepresst zurück, und sehe mir an, wie viel Platz meine Finger bedecken, wenn sie so ausgestreckt sind. Diese Hände können schreckliche Dinge tun. Ich balle sie zusammen und schlage mit der rechten Faust auf die Tischplatte. Dann stehe ich auf. Bevor ich gehe, mache ich einen Schritt auf Lauren zu und drücke meine Hand auf ihr Buch. Die meisten Leute würden in dieser Situation den Kopf senken und beten, dass ich schnell verschwinde, doch sie hält meinem Blick stand, Wimpernschlag um Wimpernschlag.

Ich lehne den Kopf leicht nach links und grinse spöttisch. »Du weißt einen Scheiß über mich, Lauren. Ich habe vor gar nichts Angst.« Ich halte inne und hebe eine Augenbraue. »Was ist mit dir?«

Mein Blick wandert zwischen ihren Augen hin und her, aber sie schreckt nicht zurück, obwohl ich ihr so nah auf die Pelle rücke. Schließlich steht sie auf, ohne den Blickkontakt zu unterbrechen. Mit ihren Stöckelschuhen ist sie fast so groß wie ich.

»Siehst du?«, beginnt sie und sieht kurz an mir vorbei, bevor sie mir wieder in die Augen schaut. »Anstatt etwas Sinnvolles zu tun, stehst du hier rum und versuchst, Streit mit mir anzufangen.«

Ich atme zweimal durch, schlucke und zwinge mich, ruhig zu bleiben.

»Riley verlässt gerade das Sekretariat. Sie sieht total mitgenommen aus. Aber du hast ja Wichtigeres zu tun, stimmt's? Du musst sie von dir fernhalten, nur zu ihrer eigenen Sicherheit … ist das nicht deine Ausrede?« Sie lacht leise und schüttelt den Kopf, während ihr Blick über meine Brust wandert, bis sie schließlich mit ihrem langen roten Fingernagel genau in die Mitte tippt.

Dann lässt sie mich einfach stehen, schnappt sich ihre Tasche und geht. Ich sollte beleidigt oder sauer sein. In so einer Situation schlagen Typen wie ich Dinge mit ihren Fäusten ein und lassen ihre unmittelbare Umgebung wissen, wie angepisst sie sind. Mein Kiefer spannt sich und meine Hände sind tatsächlich zu Fäusten geballt, aber die einzige Person, über die ich mich wirklich ärgern muss, bin ich selbst. Lauren hat mir nur einen Spiegel vorgehalten. Die Tatsache, dass ich den Kerl nicht leiden kann, der mir daraus entgegenstarrt, ist allein meine Schuld.

Joker hat sich immer noch nicht blicken lassen, bestimmt ist er high und chillt irgendwo faul rum. Am einfachsten wäre es, den Rest des Unterrichts zu schwänzen und nach ihm zu suchen, damit er nicht ganz aus der Reihe tanzt. Vor einer Woche hätte ich mich auch dafür entschieden. Noch vor zehn Minuten, bevor ich mit Lauren geredet habe, hätte ich wahrscheinlich die entgegengesetzte Richtung eingeschlagen, raus aus der Tür und auf die Straßen von Miller, um meinen genauso zum Scheitern verurteilten Kumpel aufzuspüren.

Doch stattdessen stehe ich hier immer noch wie festgewachsen, nachdem Lauren abgedampft ist, und werfe einen Blick über die Schulter. Die Türen zum Sekretariat sind zu und Riley ist längst weg, aber ich weiß, dass meine Studienberaterin noch da ist, zusammen mit einem Haufen Luftschlösser. Ich kaue auf meiner Zungenspitze, drehe mich gewaltsam um und zwinge mich, einen Fuß vor den anderen zu setzen, bis sich meine Finger um die Türklinke zum Sekretariat schließen. Als ich eintrete, weht mir die Klimaanlage eine kühle Brise entgegen, der Geruch von frisch kopierten Seiten steigt mir in die Nase.

Ms Beaumont ist in ihrem Büro, aber mit irgendwas auf ihrem Schreibtisch beschäftigt. Noch könnte ich unbemerkt wieder verschwinden, aber wäre das nicht wieder der leichteste Weg? Als würde ich weglaufen, wie es nur ängstliche Menschen tun?

»Haben Sie eine Minute?« Meine Stimme überrascht mich fast genauso sehr wie meine Studienberaterin, die in ihrem Stuhl zusammenzuckt und sich die Hand auf die Brust drückt.

»Tristan … haben Sie mich erschreckt. Aber ja, natürlich!«

Sie sammelt ein paar Aktenmappen auf und schiebt sie zu einem Stapel zusammen. Auf einer steht Rileys Name, den ich etwas zu lang angestarrt haben muss, denn sie dreht die Mappen schnell um.

Ich räuspere mich. »Ich … kann ich bitte ein neues Bewerbungsformular haben?« Ich beiße mir auf die Innenseiten meiner Wangen und halte ihrem Blick stand. Meine Füße wippen nervös und ich ziehe meine Beine unter den Stuhl, auf den ich mich gesetzt habe. Aber das macht es nur noch schlimmer. Ich fühle mich wie ein Sprinter am Startblock. »Das andere habe ich total versaut, es ist nur ein Haufen hingekritzeltes Zeug. Ich weiß, dass wir es mit der Online-App im Computerraum ausfüllen sollen, aber ich kann nicht einmal mehr lesen, was ich geschrieben habe, verstehen Sie? Na ja, irgendwie …«

Sie öffnet bereits die Seitenschublade und beugt sich vor, um die Hängeordner durchzublättern. Schnell hat sie das richtige Dokument herausgezogen und legt es mit einem Lächeln vor mich hin. Ich war eigentlich noch nie im Computerraum unserer Schule. Ich bin so ein Heuchler.

»Ich freue mich, dass Sie hier sind, Tristan. Ich hatte sogar gerade eine Idee, die Ihnen vielleicht bei Ihrer Bewerbung helfen könnte«, sagt sie.

Ich atme durch und ziehe das Blatt zu mir, wobei ich meinen inneren Zweifel ignoriere, der mir sagt, dass ich es nur wieder wegwerfen werde. Ich falte es in der Mitte, weil ich hoffe, dass das die Stimme in meinem Kopf zum Schweigen bringt. Tut es aber nicht.

»Ach ja?« Vielleicht lenkt mich die Unterhaltung mit ihr von meinem inneren Selbstgespräch ab.

»Ich habe gehört, Sie spielen Basketball … nicht in der Schule, sondern mit Ihren Freunden.«

Ich beiße mir auf die Unterlippe und spüre, wie meine Augen ganz starr werden. »Aha«, erwidere ich nur. Mein Puls beginnt doppelt so schnell zu schlagen, während ich darauf warte, wohin das führen wird. Vielleicht möchte sie, dass ich über ein Probetraining nachdenke und ins Schulteam eintrete. Unser Team spielt scheiße, aber ich denke, ich könnte ein paar Monate damit leben. Dann hätte ich zumindest etwas, über das ich in dieser Bewerbung schreiben könnte. Im Vergleich zu den anderen Typen, die zum Probetraining gehen, bin ich wahrscheinlich ein Superstar … vielleicht bekomme ich auf diese Weise ein Stipendium. Dub wäre stolz auf mich. Ich, ein Basketballer? Das wäre okay. Es ist die einzige Ausnahme, über die die Jungs hinwegsehen würden.

Ich will schon zusagen, bevor ich überhaupt die Bedingungen kenne, doch wie durch ein Wunder halte ich den Mund – bis ich die volle Breitseite bekomme.

»Wir haben da ein paar Schülerinnen … Sportlerinnen an unserer Schule.« Sie nickt kurz, während sie spricht, als erwarte sie, dass ich zurücknicke, was ich auch tue, obwohl ich nicht weiß, in welche Richtung diese kleine Geste führen wird. »Aber wie Sie sicher wissen, haben wir in diesem Jahr niemanden, der die Mädchen trainiert. Und ohne Trainer kann sich kein Team bilden, dabei ist eins der Mädchen richtig gut. Ich glaube sogar, dass sie am College spielen könnte, aber ohne Training im Abschlussjahr, nun …«

Jeder Muskel in meinem Gesicht ist damit beschäftigt, den Gesichtsausdruck aufrechtzuerhalten, den ich beim Betreten des Büros hatte. Meine Augen wehren sich, wollen sich weiten, mein Mund wird ganz wässrig – mein Puls trommelt ein Konzert in meinem Magen.

»Und ich hatte jetzt diese Idee … na ja, eigentlich … haben Sie den Gedanken ausgelöst, als Sie hier reinkamen.« Sie lacht.

Nach außen hin lache ich mit, aber innerlich versuche ich, mich davon zu überzeugen, dass ich richtig gehört habe, was sich da anbahnt. Ich hätte einfach in meinen Klassenraum gehen oder – noch besser – abhauen und nach meinem Kumpel suchen sollen. Aber Lauren hat mir diesen Mist in den Kopf gesetzt, und jetzt bin ich hier, sitze vor einer freudestrahlenden Frau, die vor Aufregung über ihre Idee fast übersprudelt, während ich mich abmühe, aufmerksam zu bleiben. Ihre Worte gehen fast unter in dem Aufruhr, der jetzt in meinem Kopf tobt.

»Sie würden das natürlich aushilfsweise und ehrenamtlich übernehmen«, fügt sie noch hinzu.

Ich antworte eine Weile nicht, weil ich immer noch dabei bin, das Gehörte in meine Gehirnwindungen sickern zu lassen, da mein Verstand vorübergehend lahmgelegt wurde.

Sie fragt mich, ob ich der Aushilfstrainer des South High Mädchenbasketballteams werden will. Ich weiß, wer das Mädchen ist, das angeblich so gut spielt. Ich kenne *jedes* Mädchen an dieser Schule und nur eine von ihnen ist gut. Zufälligerweise ist sie sogar spektakulär.

»Ich bin ziemlich sicher, dass Schüler so etwas nicht dürfen«, sage ich schulterzuckend, mein Puls beruhigt sich etwas bei dieser Ausrede. Ich glaube wirklich, dass ich recht habe, und selbst wenn nicht, scheint es eine ziemlich schlechte Idee zu sein, Schüler dazu aufzufordern, andere Schüler zu trainieren.

»Ich kann für eine Ausnahmeregelung sorgen. Sie hätten einen Betreuer, der aber nicht wirklich eingreifen würde. Er würde nur ab und zu vorbeischauen und Noten verteilen, und er wäre für Sie da, wenn Sie Fragen haben. Uns ist ein gewisser Spielraum erlaubt, wegen des niedrigen Verwaltungsbudgets und unserer Mitarbeiterzahlen. Wir müssten das nur so handhaben, weil Sie siebzehn sind.«

Natürlich hat sie eine Antwort parat. Mein Blut beginnt wieder zu kochen, mein klopfendes Herz schlägt gegen meinen Brustkorb.

»Und warum kann dieser Betreuer das Training nicht einfach übernehmen?«, werfe ich ein.

Sie lacht, also ist das keine gute Idee.

»Es handelt sich dabei um Ron Green. Er ist Mitte sechzig und weiß nichts über Sport. Und er hilft nicht aus, um nach dem Unterricht hierzubleiben, er wird nur dafür bezahlt, abends abzuschließen. Er bekommt nicht viel, aber genug, um einzuspringen«, sagt sie.

»Ich weiß nicht.« Ich lasse mich gegen die Lehne des Bürostuhls sinken, dabei kann ich mich nicht mal mehr daran erinnern, dass ich mich hingesetzt habe. Ich lege das neue, immer noch leere und zusammengefaltete Bewerbungsformular auf meinen Schoß, starre es an und versuche, mir vorzustellen, wohin das Ganze führen soll. Warum bittet sie mich darum? Ich weiß, dass sie die Gerüchte über mich und die anderen kennt. Ihr Blick war während unserer letzten Gespräche ein paar Mal auf das X an meinem Handgelenk gefallen. Aber jetzt schaut sie absichtlich nicht dorthin. Sie geht dem Tattoo aus dem Weg, um das Thema zu vermeiden, ignoriert der Einfachheit halber dieses große Fragezeichen über mir, damit ich in das Puzzle passe, das sie versucht zusammenzusetzen. Sie braucht etwas von mir, um jemandem zu helfen, und ich brauche etwas für diese Sache, von der sie überzeugt ist, dass ich sie will – das College.

»Ich bin nicht sicher, ob ich dafür Zeit habe …«

»Dreimal wöchentlich, zwei Spiele pro Woche, acht Wochen lang.« Sie faltet die Hände und legt sie auf ihren Schreibtisch, während ihr Mund sich zu einem gewinnenden Lächeln verzieht, als hätte sie mich schon am Haken.

»Die Spiele können nicht sofort starten, also zehn Wochen«, sage ich, zucke mit den Schultern und zwinkere, als könnte ich sie damit irgendwie übertrumpfen.

»Neun Wochen. Nächste Woche geht es los.« Sie greift in ihre Schublade, die mir inzwischen wie ein bodenloses Fass für unzählige Dinge vorkommt, die mir alle suspekt sind. Sie zieht ein Blatt hervor, das wie ein Kalender aussieht, und legt es in meine Richtung lesbar zwischen uns auf den Tisch. »Wenn sie es in die Playoffs schaffen, verlängert sich der Zeitraum etwas, aber überlegen Sie mal, wie gut das für Sie aussehen würde.«

»Sie meinen, wie gut das für dieses Mädchen aussehen würde«, korrigiere ich sie.

Sie neigt den Kopf und sieht mich von der Seite an. »Wie gut das für Sie alle aussehen würde«, korrigiert sie mich.

Mein Blick huscht kurz zu ihr, dann zurück auf den Terminplan. Ich ziehe ihn näher zu mir, dann lege ich die Hände in den Schoß, wo ich, verdeckt von ihrem Schreibtisch, jeden einzelnen Fingerknöchel knacken lasse, immer und immer wieder. Ich kann spüren, wie ich mich ganz leicht vor und zurück wiege. Das habe ich auch gemacht, als ich noch klein war und eine Entscheidung treffen musste. Ich war nie gut darin, weil ich wusste, wenn ich zu einer Sache Ja sage, bedeutete das, zu einer anderen Nein zu sagen. Aber wozu sage ich diesmal Nein … falls ich Ja sage?

Sage ich nein zu Dub? Zu Joker und den anderen Jungs? Zu meinem Dad? Das X auf meiner Haut brennt förmlich bei diesem Gedanken. Ich lege die Finger um mein Handgelenk und versuche, das Gefühl wegzureiben.

»Tristan, Sie wollen doch aufs College gehen? Haben Sie darüber nachgedacht, was das für Sie bedeuten könnte?«

Ich schaudere bei dieser zugespitzten Frage und mein Kinn hebt sich, als ich ihren Blick auffange. Ihr fragendes Gesicht spiegelt genau meine Gefühle wider – der Ausdruck in ihren Augen ist so vertraut. Er passt zu meiner Unsicherheit. Er passt zu meinen Zweifeln.

»Ich weiß es nicht.« Nur diese Worte auszusprechen bringt meinen Puls zum Rasen. Ich rutsche auf meinem Stuhl herum, um diese plötzliche Nervosität loszuwerden.

»Glauben Sie mir etwa nicht, wenn ich Ihnen sage, dass Sie das Zeug dazu haben? Haben Sie Angst davor, aufs College gehen zu wollen?«

An dieser Stelle zahlt sich ihr Psychologiestudium aus. Ja und ja, und wahrscheinlich auch ja zu den nächsten sieben Fragen.

»Ich weiß es nicht«, wiederhole ich stattdessen und senke leicht den Blick. Es fällt mir schwer, vage zu bleiben, wenn ich ihr in die Augen sehe.

Die Rollen an ihren Stuhlbeinen quietschen über den Fliesenboden und ich zucke zusammen, schaue aber nicht hoch, als sie aufsteht. Aus dem Augenwinkel beobachte ich, wie sie durch ihr Büro zu einem kleinen Tisch geht, der zu meiner Linken an der Wand steht. Sie dreht sich zu mir, setzt sich mit verschränkten Armen auf den Tisch und schlägt die Beine übereinander.

»Wenn das noch nicht das Richtige ist, Tristan, werde ich etwas anderes finden«, sagt sie.

Ich hebe den Kopf weit genug, um ihren direkten Blick aufzufangen.

»Ich werde Sie nicht aufgeben.«

»Machen Sie mich nicht zu Ihrem Projekt«, platzt es aus mir heraus. Ich öffne den Mund, um mich zu entschuldigen, aber was ich gesagt habe, tut mir nicht wirklich leid, also atme ich nur aus, schließe die Lippen wieder und schüttele den Kopf.

»Das ist mein Job«, erklärt sie mir nach einem kurzen Schweigen.

Sie hat wirklich einen Scheißjob. Es wäre leichter, aus ihrem ganzen Bürokrempel eine Rakete zu bauen, als Teenager an der South zu motivieren.

»Werden Sie vielleicht … na ja … keine Ahnung, danach beurteilt oder so, wie viele von uns es aufs College schaffen? Denn wenn das der Fall ist, sind Sie echt am Arsch.« Ich lege mein angewinkeltes rechtes Bein über mein Knie, verschränke die Hände hinter dem Nacken und strecke die Ellbogen nach beiden Seiten aus.

Ms Beaumont lacht. »Die einzige Person, die mich beurteilt, bin ich.«

Ich halte ihrem Blick noch einen Atemzug lang stand, dann lache ich auch und lehne mich wieder nach vorn. »Tut mir leid, aber das klingt echt kitschig«, sage ich mit einem leichten Schulterzucken.

Sie ahmt meine Geste nach, aber je länger sie mich mustert, desto ernster wird ihr Blick. Plötzlich fühlt sich alles viel weniger kitschig an. Es fühlt sich … jämmerlich an.

»Wenn Sie nicht auf diese Weise etwas ändern wollen, Tristan, werde ich eine andere Möglichkeit finden. Solange ich einen Draht zu Ihnen habe, werde ich nicht aufhören. Der Weg, den Sie eingeschlagen haben, verdirbt Sie, und ich … Gott, Tristan, ich sehe es vor mir. Es liegt regelrecht in der Luft, wenn wir uns unterhalten, ich kann es förmlich schmecken. Ein saurer, bitterer Geschmack, der Sie ganz krank macht, das weiß ich. Und das macht mich genauso krank, um Ihretwegen, Tristan. Und ja, ich weiß auch, dass ich keine Ahnung habe, wie schlimm es wirklich ist, aber ich weiß mehr, als Sie mir zutrauen. Ich sehe Ihren Lebensweg vor mir und bitte Sie nur, über eine alternative Richtung nachzudenken, eine Richtung, die ich Ihnen zeigen kann. Sie müssen diesen einen Weg nicht weitergehen, Tristan. Sie können noch umkehren.«

Ich bin sicher, dass sie die Schweißperlen auf meiner Stirn sieht. Ich fühle sie, aber ich werde sie nicht wegwischen. Ich werde ihnen keine Macht geben. Die Luft hier drin ist plötzlich ganz stickig, legt sich um meinen Körper, bis ich das Gefühl habe, in der Wahrheit unterzugehen, die Ms Beaumont gerade in den Raum geworfen hat. Ich starre auf den abgewetzten Saum an ihrem roten Jackett. Ein goldener Knopf hängt nur noch an einem Faden, es wäre nicht schwer, den Knopf abzureißen und nutzlos zu machen. So aufpoliert sie sich auch jeden Tag präsentiert, in Wirklichkeit ist sie genauso abgekämpft und angeschlagen. Vielleicht gehört sie einfach hierher. Vielleicht ... nur vielleicht ... ist das genau der Ort, an dem sie sein will.

»Neun Wochen«, sage ich und schaue kurz auf. Ich sehe, wie sie die Hände zur Seite fallen lässt, eine hoffnungsvolle Geste. Ich senke erneut den Blick.

»Elf Wochen höchstens ...« Ihre Stimme bricht.

»Elf ist viel mehr als neun«, halte ich dagegen, als wäre die zeitliche Verpflichtung das Problem. Mich überhaupt zu *irgendetwas* zu verpflichten ist das Problem – etwas, das nicht mit Dub und den Fifty-Sevens und Joker und den Geheimnissen zu tun hat, über die ich Bescheid weiß und die das ganze Kartenhaus zum Einstürzen bringen könnten.

Es läutet zum Unterricht und ich ziehe noch einmal mein Handy aus der Tasche. Joker hat sich endlich gemeldet. Er hat ein kiffendes Emoji geschickt. Alles klar.

Das ist mein Weg. Das ist mein Reisegefährte. Alles führt an denselben enttäuschenden Ort.

Ich bin zu so viel mehr fähig.

»Okay«, sage ich, bevor ich genug Zeit habe, die Kehrseite in meinem Kopf zu betrachten. Aber diese Seite besteht nur aus Angst und Gewohnheit. Sie ist aussichtslos. Und sie ist nicht mutig.

»Tristan, das ist so großartig!« Ms Beaumont ist bereits wieder zu ihrem Schreibtisch geschwirrt und sammelt einen Packen Material zusammen. Sie nimmt das Telefon aus der Halterung und ruft die Sekretärin am Empfangstresen an.

»Jaime, ich brauche ein paar vorgedruckte Einverständniserklärungen, und ich muss mit Gary sprechen«, sagt sie, ihr Blick fliegt hin und her. Gary ist der Schulleiter. Sein Name ist Dr. Normal, weshalb ihn alle – sogar die Schüler – Gary nennen. Sein Nachname und der Titel klingen eher nach Superschurke. Er ist zu nett für diese Schule. Sein Auto wurde schon zweimal geklaut, und jetzt fährt er diesen echt alten Kombi, der nie richtig anspringt. Er ist seit drei Jahren an der South.

»Kann ich das alles nach dem Unterricht abholen? Ich muss zurück in meine Klasse«, sage ich und spüre wieder diesen seltsamen Druck in der Brust, der nicht davon kommt, dass ich mir Sorgen mache, zu spät zu sein. Also rede ich mir schnell ein, dass ich einfach nur endlich aus diesem Büro raus will.

»Ja, perfekt. Dann sehen wir uns um drei.« Ms Beaumont winkt mich raus, ohne den Blick zu heben, und bevor ich mir die geschockte Reaktion der Sekretärin anhören muss, wenn sie von der Idee hört, dass ich die Mädchen trainieren soll, gehe ich schnell. Die meisten Lehrer hier reißen sich den Arsch auf, um die Jungs von den Sportkursen der Mädchen fernzuhalten. Und Ms Beaumont lädt mich einfach dazu ein.

Ich fange Laurens Blick auf, die gerade ihren Klassenraum betreten will. Bevor ich wechseln musste – bevor Ms Beaumont mich zu ihrem Projekt erklärt hat –, hatte ich Naturwissenschaften mit Lauren zusammen. Sie winkt mir zu und streckt mir mit einem breiten Grinsen die Zunge raus, weil sie denkt, dass ich Riley gefolgt bin. Vermutlich hat sie auf eine Art sogar recht. Ich war nicht nur wegen Riley dort, aber hätte Lauren sie vorhin nicht völlig aufgelöst herauskommen sehen, wäre ich vielleicht nicht bei Ms Beaumont gelandet. Jedenfalls nicht heute.

Ich will Lauren anfunkeln, doch sie hat sich schon weggedreht. Keine Ahnung, warum ich mich überhaupt gezwungen sehe, vor ihr das Gesicht zu wahren. Ich arbeite so hart daran, den Leuten weiszumachen, dass ich mich einen Dreck um mein Leben oder meine Zukunft schere. Und ich mache das schon so lange, dass ich mich fast selbst davon überzeugt habe. Doch einem kleinen Teil von mir ist meine Zukunft nicht egal. Ich spüre, wie dieser Teil in meiner Magengrube pocht. Ein Opfer, das um sich tritt und schreit, während ich es Tag für Tag ertränke, es leiser und leiser mache, bis ich es fast nicht mehr hören kann.

Aber nun hat ihm jemand eine Stimme gegeben. Und diese Stimme wird immer lauter.

Ich öffne die Tür zu Ms Fortes Klassenraum. Riley hat mir den Rücken zugekehrt, die Haut in ihrem Nacken ist rosa, fleckig vom Weinen und nicht länger vor Blicken geschützt von ihren dicken lockigen Haaren – weil sie die meinetwegen abrasiert hat. Ihr Daumennagel steckt zwischen ihren Vorderzähnen und ihre Lippen sind leicht geöffnet, während sie mit glasigen Augen vor sich hin starrt. Mein Rucksack steht noch an derselben Stelle auf dem Boden und ihr Rucksack steht diesmal direkt daneben, nicht auf dem Platz zwischen uns.

Ich setze mich hin und schiebe die Beine zur Seite, sodass ich ihr zugewandt bin. Es sind schon fast alle da, Ms Forte wird gleich anfangen. Ich habe nur wenig Zeit, ihr etwas zu sagen, ohne den Unterricht zu stören – ohne dass nur sie mich hören kann. Die Sekunden ticken vorbei, bis fast gar keine mehr übrig sind, und mit dem letzten bisschen Atem in meiner Brust presse ich hervor: »Ich werde euch aushilfsweise trainieren. Du wirst ein Team haben. Außer mir haben sie niemanden gefunden, aber … du wirst ein Team haben. Ich dachte nur, das solltest du wissen.«

Ich tue nicht begeistert, denn das bin ich nicht. Eigentlich graut mir eher davor. Seit ich meine Zustimmung gegeben habe, werden meine Gedanken von all den Dingen überflutet, die dadurch erschwert werden – die Dinge, die ich nicht erledigen kann und die Dub jemand anderem auftragen wird. Das sind alles hässliche Aufgaben, die ich eigentlich gar nicht machen will, aber sie gehören zu meinem Job dazu. Ich habe sie *immer* erledigt. Ich könnte ersetzt werden und meinen Platz in der Hierarchie verlieren.

Riley blinzelt mit ihren langen Wimpern eine Träne weg. Ihr rasierter Kopf und ihr feines Profil wirken so zart, und selbst von der Seite kann ich das kristallklare Blau ihrer Augen sehen. Wie Diamanten. Ihre Lippen verziehen sich leicht und sie stößt einen befreienden Atemzug aus. Sie sieht mich nicht an, und ich bin froh darüber. Wenn sie mich jetzt anschauen würde, würde die Stimme in mir sogar noch lauter werden, und diesen Konflikt könnte meine Seele nicht verkraften. So kann ich meine gute Tat einfach damit rechtfertigen, mal eine der bösen Taten auszugleichen, an denen ich beteiligt war.

Und es fühlt sich richtig an. Ich habe etwas richtig gemacht. Ich habe Tausende Entscheidungen getroffen, seit ich alt genug dafür bin. Aber abgesehen von dem Rausch, den ich mit neun oder zehn empfunden habe, als ich für Dub Schmiere stehen musste, habe ich mich noch nie so gefühlt wie jetzt – während ich an diesem dämlichen Tisch sitze, der zu klein für mich ist, in diesem Kurs, der viel zu abgehoben für mich ist. Irgendwo hat sich mein Weg gegabelt und ich habe eine andere Richtung gewählt als sonst. Warum will ich so verzweifelt umkehren und mich anders entscheiden?

Ms Forte verbringt den Rest des heutigen Unterrichts mit einer Psychologiestunde. Ich blende ihren Vortrag ein und aus, aber was ich aufschnappe, ist unglaublich nah an meiner Welt. Wir lernen etwas über die Unterschiede und Gemeinsamkeiten von Psychopathen und Soziopathen. Die ganze Stunde scheint eine einzige Checkliste für Dub zu sein. Als Ms Forte einen Selbstbewertungsfragebogen austeilt, beantworte ich die Fragen zuerst so, wie er es tun würde. Mangelnde Empathie, Unfähigkeit, Reue oder Schuld zu empfinden, pathologische Einstellung zum Lügen, Missachtung von Regeln und Gesetzen – er verkörpert all diese Eigenschaften. Dazu kommt ein grundlegendes Merkmal, das ihn zum Psychopathen macht.

Haben Sie enge Bindungen zu anderen Personen, Familienmitglieder eingeschlossen?

Dub hat keine. Ich habe ihn auf Beerdigungen lachen sehen und ich glaube nicht, dass es auch nur eine einzige Seele gibt, die er nicht an die Haie verfüttern würde – mich eingeschlossen. Ich dachte immer, er hätte meinem Dad nahegestanden, hatte angenommen, dass sie wie Brüder waren, aber inzwischen glaube ich, dass sie sich einfach nur ähnlich waren und ihre Verbindung auf nichts anderem beruhte. Wäre ihr Leben davon abhängig gewesen, hätten sie beide ihre Waffe gezogen und – ohne mit der Wimper zu zucken – aufeinander geschossen. Wahrscheinlich wären sie bei diesem Duell beide draufgegangen.

Was für eine Verschwendung.

Ich beginne mich zu fragen, wo ich auf der Bewertungsskala landen würde, wenn ich versuche, nicht wie Dub zu sein, auch wenn ich praktisch großgezogen wurde, um genau wie er zu sein. Diesmal kämpfe ich mich durch die Fragen. Es gibt einige Punkte, die ich beantworte, als wäre ich völlig herzlos, widerhallende Jas zu Kategorien wie kriminelle Ader, Jugendkriminalität und Promiskuität. Wir bekommen die Mädchen bei den Fifty-Sevens quasi geschenkt. Sie sind im Grunde nichts weiter als Trophäen und es sind immer arrangierte Verbindungen, wenn wir alt genug für einen Ständer sind. Die Mädchen wollen verzweifelt zu jemandem gehören und die Männer können sie so oft betrügen, wie sie wollen. Freundinnen oder Ehefrauen, die auch nur verdächtigt werden, fremdzugehen oder die ihren Männern zu respektlos erscheinen, werden geschlagen. Zwei von Dubs Frauen sind verschwunden, aber ich habe nie nachgefragt, denn letztendlich kenne ich die Wahrheit. Das beunruhigt mich, und je mehr ich über meine Antworten nachdenke, desto mehr glaube ich, dass ich einfach nur Angst davor habe, etwas anderes zu sein als kalt – denn Wärme und Emotionen lenken Aufmerksamkeit auf mich und Aufmerksamkeit kann mein Ende bedeuten.

Ich schließe die Augen, denke über die Eigenschaften auf dieser Liste nach und was ich antworten würde, wenn ich, sagen wir, in San Diego oder einer anderen kleinen Stadt in Montana aufgewachsen wäre. Wenn ich eine Wahl gehabt hätte, wäre ich dann kriminell geworden? Würde ich in einem geparkten Auto mit einem Mädchen rummachen wie alle meine Freunde, wenn ich nicht davon ausgehen müsste, dass sie mir die Scheiße aus dem Leib prügeln, wenn ich es nicht tue?

Würde ich ein Mädchenbasketballteam trainieren, wenn für mich nichts dabei herausspringen würde?

Bevor ich mit der Auswertung fertig bin, läutet es, also falte ich den Fragebogen zusammen und stopfe ihn in meinen Rucksack, wo das Blatt auf den Boden sinken und in Vergessenheit geraten wird. Ich glaube eigentlich nicht, dass ich ein Soziopath oder Psychopath bin. Ich bin einfach nur von ihnen umgeben und ich mache mir wahrscheinlich zu viele Gedanken für einen Typen, der nicht wirklich eine Wahl hat, mit welchen Leuten er abhängt.

Ich hänge mir meinen Rucksack über die Schulter und wende mich zum Gehen. Doch der Frieden, den ich mit meinem Schicksal geschlossen habe, zerplatzt in dem Moment, als sich ein Arm um meine Schulter und meinen Nacken schlingt.

»Danke!« Rileys Stimme ist nur ein zaghaftes Flüstern, ihr Kinn drückt sich beim Sprechen in meine Halsbeuge.

Ich bin vor Überraschung wie erstarrt – vielleicht auch wegen etwas anderem. Sowie sie mich berührt, schaltet mein Verstand in eine intensive Klarheit um. Ich bin überhaupt nicht wie Dub … oder mein Dad … nicht mal wie Joker. Ich sehne mich so sehr nach einem anderen Leben. Ich fühle es genauso, wie ich das Kitzeln ihres Atems an meinem Hals spüre. Und während sie sich in diesem Moment an mich drückt, wandern meine Hände langsam nach oben und legen sich flach auf ihren Rücken. Mein Herz schlägt buchstäblich Alarm und sucht nach einem Ausweg. Irgendetwas, damit ich dieses Mädchen nicht nur dieses eine Mal im Arm halten darf.

Ihr Arm lockert sich, also tue ich dasselbe. Sie ist keine Trophäe und ich würde sie nie gegen ihren Willen festhalten. Sie lässt mich stehen, ohne mir auch nur einen Blick zuzuwerfen, und mir bleibt nichts anderes übrig, als ihre pure Ehrlichkeit in mich aufzunehmen, während sie sich mit dem Handrücken über die Wangen fährt, um ihre überwältigenden Emotionen wegzuwischen. Das war nicht das Mädchen, das nach Hause marschiert ist und sich die Haare abrasiert hat, nur um sich durchzusetzen. Das war das Mädchen, das beinahe die einzige Möglichkeit verloren hat, sich ihren großen Traum zu erfüllen.

Und jetzt bin ich der Kerl, der ihr hilft. Genau in dieser Minute habe ich zwei Wege betreten – und ich darf nicht zulassen, dass sie sich kreuzen. Die Kollision würde tödlich enden.

KAPITEL 6

RILEY

»Nur weil ich groß bin, bedeutet das nicht, dass ich auch sportlich bin«, sagt Lauren.

Ich hatte angeboten, sie an diesem Morgen zur Schule mitzunehmen. Sie hat die maximal erlaubte Anzahl von Fehltagen schon erreicht. Ich habe noch nie geschwänzt, deshalb ist das für mich schwer nachvollziehbar. Aber ich glaube nicht, dass sie aus purer Langeweile fehlt. Ich denke, sie tut nur so, als sei ihr alles egal, denn ich habe sie in der Mittagspause Hausaufgaben machen sehen. Sie kümmert sich mehr um die Schule als jemand, der dort nur seine Zeit totschlägt. Ihr Bruder ist immer schon früher dort, weil er in der Cafeteria aushilft, und ihre Mom schafft die Fahrt nur einmal. Lauren war deswegen gestern total gestresst, also habe ich ihr angeboten, sie den Rest des Schuljahres abzuholen.

Sie hatte nicht damit gerechnet, dass die Sache einen Haken hat. Ich fühle mich deshalb auch ein wenig schuldig.

»In deiner Collegebewerbung würde es gut aussehen, wenn du in irgendeinem Team wärst.« Ich durchwühle ihr Zimmer, während ich mit ihr rede, und ziehe eine Shorts aus einer Schublade. Lauren reißt sie mir aus der Hand und wirft sie in die Ecke.

»Riley, ich wäre nie deine Freundin geworden, wenn ich gewusst hätte, dass du mich in deinen Sportscheiß mit reinziehst. Weißt du was? Vergiss es … Ich schleppe meinen Arsch selbst zur Schule«, sagt sie, macht ihren Rucksack zu und marschiert aus dem Zimmer.

Ich schnappe mir die Shorts, die sie in die Ecke gefeuert hat, und hebe noch eins der T-Shirts auf, die ich herausgekramt hatte und die ebenfalls auf dem Boden gelandet waren.

»Bis zur Schule sind es sechs Meilen. Wenn du dreimal pro Woche mit mir Basketball spielst, musst du weniger laufen«, sage ich, als ich sie an der Haustür eingeholt habe. Ich gehe mit ihr raus und warte, bis sie abgeschlossen hat, dann halte ich ihr die Klamotten hin.

»Riley, ich sagte Nein.« Ihr Kopf neigt sich zur Seite, was hoffentlich bedeutet, dass ich noch ein wenig Spielraum habe.

»Ja, aber es ist kein endgültiges Nein«, erwidere ich, während ich rückwärts zum Pick-up gehe.

Lauren stemmt die Hände in die Hüfte, ihr Rucksack rutscht von der Schulter und baumelt an ihrem Ellbogen. Sie schnaubt, schaut nach rechts und lacht schließlich. Es ist kein fröhliches Lachen, es wirkt eher, als würde sie sich geschlagen geben.

»Ich verfluche dich«, sagt sie, schiebt sich den Rucksack wieder über die Schulter und zeigt auf mich, während sie weitergeht.

»Du liebst mich.« Lächelnd öffne ich die Beifahrertür für sie.

»Ich hasse dich. Und ich bin nicht gut in Basketball, also erwarte nicht zu viel.«

Lauren steigt ein und stellt den Rucksack zwischen ihren Beinen auf den Boden. Sie trägt Stiefel, also muss ich ihr noch Schuhe für das Probetraining heute besorgen.

»Hör auf zu grinsen.« Sie zerrt am Sicherheitsgurt und schnallt sich an, während sie die ganze Zeit vor sich hin flucht.

Ich warte, bis sie fertig ist, und bevor ich aus ihrer Auffahrt zurücksetze, zwinge ich sie, mir in die Augen zu sehen.

»Danke«, sage ich.

Das meine ich ehrlich. Wenn ich nicht irgendwie ein Team für mein Abschlussjahr auf die Beine stelle, war die jahrelange harte Arbeit umsonst und meine Ziele sterben einen harten und augenblicklichen Tod.

Lauren spitzt die Lippen und wirft mir einen finsteren Blick zu, doch schließlich entspannen sich ihre Gesichtszüge und sie atmet durch die Nase aus.

»Gern geschehen.«

Sie meint es genauso ehrlich. Auch wenn sie sich dagegen sträubt.

»Hast du deinem Dad schon deine Haare gezeigt?«, fragt sie während der Fahrt.

Ich beginne zu lachen, betaste meinen Kopf und denke daran, wie die Hand meines Dads vorhin über dieselbe Stelle gewandert ist.

»Ja, heute Morgen. Er hat es erst bemerkt, als er schon halb mit dem Frühstück fertig war. Willst du wissen, was er gesagt hat?« Ich grübele kurz vor mich hin, während ich an den schrägen Humor meines Dads denke, den nicht jeder versteht, aber da nickt meine Freundin schon. »Er meinte, dann sparen wir mal Shampookosten und Duschzeit. Danach hat er lächelnd gegrunzt und sein Toast weitergegessen.«

Wir biegen an der letzten Kreuzung vor der Schule ab und lachen bei der Vorstellung, wie Laurens Mom wohl reagiert hätte. Sicher nicht so entspannt wie mein Vater.

»Ich glaube, unsere Eltern wünschen sich insgeheim, dass wir aussehen wie sie«, sagt Lauren und bricht wieder in Gelächter aus. »Die Haare meiner Mom sind lang und seidig und die von deinem Dad sind …«

»Ja … du hast recht. Er hat fast gar keine Haare mehr«, erwidere ich grinsend.

Aber ich glaube nicht, dass er nur deshalb nicht schockiert war. Ich denke sogar, dass ein Teil von ihm sich schon erschrocken hat, aber wenn ein rasierter Kopf seine größte Herausforderung als alleinerziehender Vater einer heranwachsenden Tochter ist, fühlt er sich wahrscheinlich auch erleichtert.

Ich war ziemlich aufgekratzt, als ich gestern bei Ms Beaumont im Büro war. Ich hatte im Aushang nur die Liste mit den Terminen für die Probespiele der Jungsbasketballmannschaft gesehen und wollte zum Schulleiter, weil ich gehört hatte, dass er auch für die Sportmannschaften zuständig ist. Laurens Bruder hatte mir erzählt, dass sie nicht genügend finanzielle Mittel für ein zusätzliches Mädchenteam hätten, also bin ich mit allem bewaffnet, was ich über *Title Nine* und Chancengleichheit zu sagen hatte, dort aufgetaucht.

Ms Beaumont hörte sich meine kurze, einstudierte Rede an, die ich vorher eine Stunde lang im Kopf zusammengestellt hatte. Dann erklärte sie mir, dass es kein Geld gebe, um einen Trainer einzustellen und dass die Lehrer an der South nicht aushelfen könnten, weil sie damit gegen ihre Arbeitsverträge verstoßen würden. Die einzige Lösung wäre, in der Jungsmannschaft zu spielen – in dem beschissenen Team, in dem nicht mal Tristan oder Paul oder einer der anderen ganz ordentlichen Spieler aus dem Park freiwillig mitmachen wollen.

Ich habe keine Ahnung, warum Tristan plötzlich einspringt. Ich habe mich auch nicht getraut zu fragen, als er es mir direkt vor dem Unterricht gesagt hat. Und ich wurde noch nie von einer solchen Welle der Erleichterung erfasst, einer Welle, die gegen meine Brust klatschte und mir den Atem raubte, aber genau das ist passiert, als er mir erzählte, dass er das Training übernehmen wird. Es kam mir vor, als wäre meine Wirbelsäule einer dieser schief gestapelten Tassentürme, den er mit nur einem Wort gerichtet hat, sodass ich wieder aufrecht stehen konnte. Dadurch fühlte ich mich total zerbrechlich und ich wollte nicht irgendetwas Dummes sagen, das ihn vielleicht noch dazu gebracht hätte, seine Meinung zu ändern.

Der Schulparkplatz ist voll, also fahre ich an der Einfahrt vorbei und halte unter einem Baum am Bordstein auf der anderen Straßenseite vor unserer Schule. Tristan sitzt auf der Betonmauer direkt neben dem Schulgelände. Die Mauer umgibt einen Dreckplatz voller Bauschutt und Schrott. Ich sollte mit ihm sprechen, mit klarem Kopf, aber ich fühle mich nicht so ruhig, wie ich sollte. Ich bin innerlich immer noch ganz hibbelig und nervös, ob er sein Versprechen auch einhalten wird.

»Wenn ich das nachher durchziehe und dann nicht genommen werde, bin ich echt angepisst.« Lauren knallt die Beifahrertür zu.

Ich lache vor mich hin, während ich aussteige. »Ich bin schon froh, wenn sich mehr als fünf Mädchen für das Team melden. Wenn es stimmt, was ich so gehört habe, werden es nicht genug sein, um irgendwen abzulehnen«, sage ich und hieve mich ächzend auf die Ladefläche des Pick-ups.

Ich schiebe meine Arme durch die Trägergurte an meinem Rucksack und greife nach dem Seesack meines Dads. Ich habe ihn heute Morgen zum Glück in einem der noch nicht ausgepackten Kartons gefunden und bin echt froh, dass ich meine Basketballschuhe und Klamotten nicht in einer Einkaufstüte mit mir rumschleppen muss.

Ich beobachte Tristan aus dem Augenwinkel, bevor ich an der Seite von der Ladefläche springe. Seine Fersen schlagen in einem gleichmäßigen Takt gegen die Wand und die Kabel seiner Ohrhörer winden sich über sein schwarzes T-Shirt. Seine Haare stehen an den Seiten und hinten unter einer grauen Beanie hervor und er nickt im selben Rhythmus, in dem sich seine Füße bewegen.

Irgendwie wirkt er so völlig isoliert. Aber er scheint nicht unglücklich zu sein. Eigentlich habe ich ihn seit unserer ersten Begegnung noch nicht so glücklich gesehen. Er lächelt fast und welchen Song er da auch immer hört, er muss ihm besonders gefallen, denn alle paar Sekunden bewegen sich seine Lippen, als würde er den Text in Gedanken mitsingen.

»Hör auf, den Coach anzugaffen«, sagt Lauren und stößt mich an der Schuhspitze an.

»Tu ich doch gar nicht.« Ich lache, während mir innerlich klar wird, dass … tja, es vielleicht doch stimmt. Ich springe neben meiner Freundin auf den Fußweg und wir machen uns auf den Weg zum Schulgebäude. Ich versuche, unauffällig in Tristans Richtung zu schielen, als wir die Straße überqueren, aber ich stelle mich wohl recht dämlich an, denn Lauren erwischt mich dabei.

»Du musst damit vorsichtig sein«, sagt sie.

Ich verdrehe nur die Augen und murmele: »Mir doch egal.«

Bevor wir den Hauptweg zur Schule betreten, packt sie mich am Arm und zieht mich zu sich herum. »Nein, Riley. Das ist nicht egal. Das ist genauso wichtig, wie die Haustür abzuschließen. Das ist keine Sache, die du nebenbei weglachen kannst. Sei einfach vorsichtig, wenn es um Tristan Lopez geht.« Laurens Blick bohrt sich förmlich in meinen, ihre Lippen sind fest zusammengepresst. Sie ist plötzlich total ernst, also nicke ich.

»Okay.« Ich zucke mit den Schultern und sie wiederholt mein Okay, als würden wir einen Vertrag abschließen.

Es läutet zum ersten Mal zum Unterricht und Lauren hängt sich ihren Rucksack über die Schulter, während sie rückwärts weitermarschiert und dabei auf mich zeigt. »Gut«, sagt sie, ihr Gesichtsausdruck wirkt etwas weniger ernst, aber nicht viel. »Wir sehen uns in der Mittagspause … und hey, vielleicht können wir heute einfach nur zusammen essen, anstatt weitere Pläne zu schmieden, die irgendwas mit Schwitzen zu tun haben, ja?«

Ich lache, bis sie schließlich auch grinsen muss.

»Du liebst mich«, rufe ich, denn sie ist schon ein paar Stufen voraus.

»Träum weiter, Süße!« Sie dreht sich von mir weg und hakt sich bei einem anderen Mädchen unter, das ich auch schon auf dem Basketballplatz gesehen habe. Ich erinnere mich nicht an ihren Namen, aber weil Lauren mich akzeptiert hat, tun das die anderen Mädchen scheinbar auch.

Ich rücke meinen Seesack zurecht und schaue kurz zur Seite, wo Tristan sich nicht von der Mauer wegbewegt hat. Der Unterricht beginnt in wenigen Minuten, aber er scheint nicht die Absicht zu haben, sich zu beeilen. Ich frage mich, ob er heute Nachmittag auftauchen wird – *oder ob er doch noch abspringt.*

Ich will gerade zu ihm hinübergehen, als er sich von der Mauer drückt und sein Handy aus der Hosentasche zieht, um offenbar eine Nachricht zu lesen. Er nimmt die Ohrhörer heraus und hängt sie sich über die Schulter. Dann schaut er mehrmals die Straße hinauf und hinunter, als würde er auf jemanden warten. Er dreht ein paar langsame Kreise, als wäre er mit einem Mal nervös, und plötzlich treffen sich unsere Blicke und er bleibt stehen.

»Hi«, forme ich mit den Lippen und hebe die Hand, aber nur bis zur Höhe meiner Taille. Tristan winkt nicht zurück, aber ich weiß, dass er meine Geste gesehen hat. Zum Reden sind wir zu weit voneinander entfernt, aber wir stehen dennoch nah genug, um auch kleinere Details wahrzunehmen, und ich sehe, wie sich seine Mundwinkel leicht nach unten verziehen. Er schaut nach rechts und dann nach links, bevor er wieder meinen Blick auffängt. Er sieht aus wie ein kleiner Junge, der mit der Barbiepuppe seiner Schwester und einer Schere erwischt wurde und nun nicht sicher ist, was er sagen oder tun soll. Ich sollte reingehen, aber es fühlt sich irgendwie nicht richtig an, einfach abzuhauen, ohne mit ihm gesprochen zu haben.

Ich mache einen Schritt nach vorn, doch er hält sich schnell sein Handy vor die Nase, während ein alter SUV neben ihm stoppt. Ohne mich noch länger zu beachten, steigt er ein und schlägt die Tür hinter sich zu. Sofort fährt der Wagen weiter. Ich mache noch ein paar Schritte, jetzt ein wenig schneller, als könnte ich ihn noch einholen. Als ich am Ende des Gebäudes ankomme, ist die Straße in beide Richtungen leer. Die einzigen Geräusche kommen von den Vögeln, die von einem einsamen Baum herunterzwitschern, der mitten im Schrott auf dem Dreckplatz wächst. Er ist irgendwann umgeknickt, hat aber trotzdem neue Zweige bekommen und ist grün.

Tristan schlüpft dreißig Minuten zu spät in den Klassenraum. Wir haben wieder unsere Notizbücher vor uns, aber ich habe noch kein Wort geschrieben. Ich bin Opfer meiner eigenen Gedanken, von denen viel zu viele in meinem Kopf herumspuken.

Er setzt sich auf seinen Platz und stellt seinen Rucksack neben seinen Fuß, dann zieht er die Beanie vom Kopf, als unsere Lehrerin auf ihn zukommt.

»Sorry«, sagt er leicht außer Atem. Er fährt sich ein paarmal mit den Händen durch die Haare, um die Locken zu bändigen. Dann beugt er sich zur Seite und wirft mir einen knappen Blick zu, während er in seine Hosentasche greift und einen Entschuldigungszettel hervorzieht, den er Ms Forte hinhält. Sie schaut nicht einmal drauf, bevor sie den Zettel zusammenknüllt und in ihre eigene Tasche steckt, aber ich habe mitbekommen, dass er leer ist.

»Vielleicht heute ein paar Wörter?« Sie legt sein Buch vor ihn hin, und als sie an meinem Tisch vorbeigeht, schaut sie mich an und tippt auf mein Notizbuch.

»Oh, ja … Entschuldigung«, sage ich schnell, obwohl sie gar nicht stehen bleibt und irgendeine Reaktion verlangt.

Ich habe schon viele Seiten vollgeschrieben. Nächste Woche werde ich ein neues Buch brauchen. Einen Tag mal nichts zu schreiben wird mir nicht schaden. Ich beuge mich vor, stütze meinen Kopf mit der Hand ab und drücke dabei meine Wange nach oben, bis ich mein rechtes Auge zwangsläufig schließen muss. Ich halte meinen Stift über die leere Seite und beginne mit einem Punkt, nicht sicher, welches Wort dabei herauskommen wird – bis die Tinte zu fließen beginnt.

Wo bist du gewesen?

Ich umklammere den Stift mit der Faust und schiebe mein Notizbuch langsam zum Rand meines Tisches, bis die Seite, auf der ich geschrieben habe, über der Tischkante herunterhängt. Ich drehe den Kopf und warte, dass Tristan darauf aufmerksam wird. Zuerst treffen sich unsere Augen und ich senke den Blick auf das Buch, damit er auch dorthin sieht. Er legt den Kopf zur Seite und seine Lippen bewegen sich leicht, während er liest. Dann schaut er wieder mich an und ich ziehe mein Buch leise zu mir zurück, während ich jede kleinste Regung in seinem Gesicht studiere. Er blinzelt nicht, aber seine Lippen werden breiter und er spannt die Kiefermuskeln an. Mit gerunzelter Stirn schaut er auf sein eigenes Buch und beginnt zu schreiben, wobei er den Stift genau wie ich erst ein paar Sekunden still in der Hand hält.

Familienkram. Musste bei etwas helfen.

Er hebt sein Buch ein wenig an und schaut an mir vorbei, um sicherzugehen, dass niemand etwas mitbekommt. Seine Antwort ist vage und klingt erfunden. Das flaue Gefühl in meinem Magen setzt sich noch fester, wodurch es mir schwerfällt, richtig Luft zu holen.

Stimmt etwas nicht?

Ich schiebe mein Buch wieder an die Tischkante und tippe auf die Seite. Sein Mund öffnet sich zu einem winzigen, unterdrückten Lachen, während er meine Frage liest. Er fängt meinen Blick auf und schüttelt den Kopf, bevor er sich erneut seinem eigenen Buch zuwendet und etwas schreibt.

Alles okay.

Er will das Buch gerade anheben, aber ich beuge mich weit genug nach links, dass ich es auch so lesen kann. Ich lächle ihn an und forme »*gut*« mit den Lippen. Er nickt als Antwort, dann richtet er die Aufmerksamkeit wieder auf sein Buch und ich starre auf meins. Ich habe immer noch einen Knoten im Magen, und ich weiß, woran das liegt. Ich habe Angst, dass er damit nur den Grundstein legt, mich am Ende doch noch sitzen zu lassen. Ich habe Angst, mich zu entspannen, weil ich schon oft Rückschläge einstecken musste. Ich sollte für eine größere öffentliche Schule mit einem besseren Team spielen, aber ich bin nun mal hier – wo wir uns einen Platz zum Wohnen leisten können, wo Schulgrenzen Gesetz sind. Privatschulen sind weit entfernt und sogar noch teurer als ein Collegeplatz. Ich brauche dieses Team und ich muss herausragend spielen.

Willst du abspringen?

Ich schreibe meine Frage schnell, hebe mein Buch an und rutsche auf meinem Stuhl herum, was mir nicht nur Tristans Aufmerksamkeit einbringt, sondern auch die von ein paar anderen in seiner Nähe. Sein Kopf zuckt in die Höhe, er schielt zur Seite und schaut schließlich das Mädchen an, das hinter ihm sitzt. Sie zuckt mit den Schultern und ich ziehe mein Buch zu mir zurück, während ich auf seine Antwort warte. Seine gerunzelte Stirn entspannt sich ein wenig und seine Mundwinkel wandern nach oben, während er sich über sein Buch beugt und schreibt.

Ist das eine Option?

Er dreht die Seite zu mir und ich lese mit hochgezogenen Augenbrauen, die wieder herunterfallen, als ich fertig bin. Ich schaue hoch, fange seinen Blick auf und er beginnt leise zu lachen.

»Nur ein Scherz«, flüstert er.

»Tristan, schön zu sehen, dass Sie sich von den Zeichnungen verabschiedet haben«, sagt Ms Forte vom hinteren Ende des Klassenraums.

Ich drücke mein Kinn an die Brust und beginne, meine Fragen mit langsamen Kreisen zu bekritzeln, als wäre die Konversation mit Tristan etwas, das ich verbergen muss.

»Ich bevorzuge den Ausdruck *Illustrationen*«, erwidert Tristan. Seine Reaktion ist das komplette Gegenteil von meiner. Ich schließe die Augen und lächele, und als ich sie wieder öffne und in seine Richtung schaue, grinst er so breit, dass seine Zähne zu sehen sind. Irgendwie erhellt das den ganzen Raum und ich frage mich, ob vorher schon mal jemand sein Grinsen gesehen hat. Wenn das so wäre, müssten alle nur darüber reden. Doch niemand hat mir etwas über Tristan Lopez' Lächeln erzählt – nicht mal Lauren, also ist es vielleicht nur für mich. Er beißt sich auf die Unterlippe und schüttelt den Kopf, offenbar amüsiert über sich selbst, dann blättert er eine Seite in seinem Buch um und beginnt zu zeichnen. Bevor Ms Forte unsere Bücher einsammelt, greift er über den Tisch zwischen uns und berührt meinen Ellbogen mit den Fingerspitzen. Ich zucke ein wenig zusammen, als er mir sein Buch gibt. Ich lege es auf meins, lasse die Seite aber offen. Er hat den Basketballplatz gezeichnet und das Feld mit Positionen markiert. Er hat außerdem meinen Namen an jedes X geschrieben, was mich zum Lachen bringt, aber auch beunruhigt.

»Ich erwarte nicht viel«, sagt er mit hochgezogenen Schultern und einem schmalen Grinsen. Ich klappe sein Buch zu und reiche alles unserer Lehrerin, als sie zu meinem Platz kommt. Dann drehe ich mich zur Seite und beuge mich näher zu ihm.

»Ich schon.«

Wir sehen uns für ein oder zwei lange Atemzüge an, und ich versuche, ihm mit meinem Blick etwas zu sagen. Ich versuche, ihm genau zu vermitteln, wie wichtig das Ganze für mich ist, und ich glaube, dass er mich versteht. Den Rest des Tages schweigt er.

KAPITEL 7

TRISTAN

Nichts ist schlimmer, als eine Tonne ungewollter Druck, der auf einer Sache lastet, vor der einem sowieso schon graut. Riley hat Erwartungen, was ich … na ja … erwartet hatte. Als ich heute Morgen aufgewacht bin, war meine einzige Hoffnung, Dub an der Ecke der Schule zu treffen, um mir die Schlüssel zum Lagerraum im Lagerhallenkomplex geben zu lassen.

Ich dachte nicht, dass er zu spät kommen würde. Ich habe nicht vorhergesehen, dass er mir eine Tasche voller dreckiger Messer geben würde, und ich hatte nicht geplant, mit ihm zum Lagerraum zurückzufahren, um noch ein paar Sachen wegzuschaffen, weil eine Kontrolle bevorstand.

Ich schleppe schon den ganzen Tag blutige Messer in meinem Rucksack mit mir herum. Ich bin heute Morgen durch die Cafeteria rein – nachdem der Unterricht schon angefangen hatte –, um nicht an den Metalldetektoren vorbeizumüssen, und ich habe meine Schulsachen auf dem Rücksitz seines Wagens liegen lassen, um mehr Platz im Rucksack zu haben. Ich habe Dubs Problem gelöst und meine Befehle entgegengenommen. Wie immer bin ich sein braver kleiner Junge.

Ich habe Joker siebenmal geschrieben, dass er zur Sporthalle kommen soll. Er muss mir den Rucksack abnehmen und den Job für mich zu Ende bringen, weil ich nicht kann, und die Tatsache, dass mein Ruf in der Gang davon abhängt, ob er endlich mal etwas richtig macht, jagt mir eine verdammte Angst ein. Aber ich habe keine andere Wahl …

Das ist eine Lüge.

Es gibt eine andere Möglichkeit, ich habe nur beschlossen, sie diesmal zu ignorieren. Ich könnte das Training einfach abblasen und Riley hängen lassen, in meine übliche Uniform des unnahbaren Siebzehnjährigen schlüpfen und die blutigen Messer entsorgen. Das sollte ich wahrscheinlich auch.

»Kumpel, sorry, da war dieser Typ …« Joker kommt schnaufend um die Ecke gejoggt.

Er beugt sich vor und stützt sich mit den Händen auf den Knien ab. Ich warte, bis er wieder zu Atem gekommen ist, und als er sich endlich wieder aufrichtet, schiebe ich ihm meinen Rucksack zu.

»Ich muss rein.« Ich wende mich ab und schüttele den Kopf.

»Willst du nicht hören, was mit dem Typen war?«, fragt er japsend.

Ich kneife die Lider zu und reibe mir über die Nasenwurzel, bevor ich zu ihm zurückblicke. »Nein, nicht wirklich, Joke. Ich will nur, dass du den Scheiß wegbringst und die Sache erledigst.«

Ich bin abweisend zu ihm, was nicht wirklich ungewöhnlich ist, weil Joker das Talent hat, mich zur Weißglut zu treiben. Ich liebe ihn wie einen Bruder, aber er schafft es andauernd, mich zu reizen. Er kann sich nicht konzentrieren und er vergisst eine Menge, deshalb ist mir ganz übel bei dem Gedanken, *ihm* diesen Auftrag überlassen zu müssen. Aber er hat scheinbar noch etwas anderes im

Kopf, das im Moment an ihm nagt. Normalerweise nennt er mich einfach Arschloch und macht weiter wie bisher, wenn ich ihm die kalte Schulter zeige, aber der düstere Ausdruck in seinen Augen zeigt, dass er verletzt und vielleicht auch nervös ist.

»Tut mir leid, Mann … es ist nur, ich muss das für die Schule machen. Meine Mom ist stolz auf mich, und du weißt, wie das läuft. Ich stehe mächtig unter Druck und es passt mir überhaupt nicht, dass ich mich nicht um Dubs Zeug kümmern kann. Ich wollte das nicht an dir auslassen, besonders nicht, weil du mir hilfst«, sage ich und halte ihm meine Hand hin.

Er ringt sich ein Lächeln ab und greift nach meiner Hand, bevor wir zweimal abklatschen, wie wir es immer tun, wenn wir uns verabschieden. Ich tische Joker dieselbe Geschichte auf wie allen anderen, die herausfinden, was ich hier mache. Ich erzähle ihm nicht, dass ich eine Wahl gehabt hätte, dass ich von mir aus zugesagt habe. Das würde meine Loyalität infrage stellen.

»Hab's verstanden«, sagt er, seine Füße schieben sich rückwärts, während er meinen Rucksack in der rechten Hand hält. Ich kann die Metallklingen darin hören.

»Die Schaufel ist in unserer Garage und meine Mom ist in der Kirche, also such dir irgendeine Stelle an der Seite des Hauses«, wiederhole ich die Anweisungen, die ich ihm vorhin schon am Telefon gegeben habe. Ich habe über die Jahre schon Dutzende Messer und zwei Schusswaffen für Dub in meinem Garten vergraben. Sie bleiben dort nicht lange, auch wenn unser Haus noch nie durchsucht wurde. Es ist immer besser, solche Sachen nicht an einem Ort zu lassen, nur für den Fall, und mir gefällt die Vorstellung nicht, dass meine Mom dieser Fall sein könnte. Ich werde die Messer morgen nach der Kontrolle zurück ins Lager bringen.

»Ich mach das schon, Tristan. Du kannst auf mich zählen«, sagt Joker.

Einen Moment lang sehen wir uns nur an. Schuldgefühle steigen in mir hoch, denn ich kann in Jokers Blick lesen, dass ihn etwas quält.

»Danke«, sage ich schließlich nur und breche damit das Schweigen.

Ich lege eine Hand an die Tür der Sporthalle, Joker nickt mit zusammengepressten Lippen. Ich warte, bis er sich umdreht und meinen Rucksack über die Schulter schiebt. Als er davonjoggt, drückt er den schweren Boden gegen seine Seite wie einen Fußball. Ich weiß nicht, wo sein Auto steht oder ob er vorhat, den ganzen Weg lieber zu laufen, um seine Spuren zu verwischen, aber ich weiß, dass etwas nicht stimmt.

Ich drücke die Tür mit dem Rücken auf und drehe mich erst um, als ich die Sporthalle betrete. Ich atme tief durch, um mich von den Gefühlen zu befreien, die ich gerade hatte, und Platz für die Gefühle zu machen, die mich gleich erwarten. Mein Blick landet direkt auf Riley. Sie sitzt in der Mitte des Spielfeldes und hat die Beine zu einem V gespreizt. Ihre Strümpfe sind bis zu den Waden hochgezogen, die zerknitterte Shorts reicht ihr bis knapp über das Knie. Sie trägt dasselbe Trikot wie auf dem Platz neulich, ihre Ärmel sind an den Schultern hochgerollt. Sie macht Dehnübungen, ihre Zehen sind auf Lauren gerichtet, die ich das letzte Mal in Sportklamotten gesehen habe, als wir noch Kinder waren.

Sieben oder acht andere Mädchen hängen am Trinkbrunnen rum, offenbar nicht ganz sicher, was sie hier sollen. Die Hälfte von ihnen trägt Jeans. Mein »Betreuer« ist nirgends zu sehen. War ja klar.

Ich atme so lange ein, bis meine Lunge brennt. Dann puste ich die Luft mit aufgeblähten Wangen aus. Das wird hart.

Riley schaut mitten in ihrer Unterhaltung mit Lauren zu mir auf. Beide lachen und ihr Mund schließt sich, als ich auf sie zugehe. Sie reden über mich.

»Hey … Coach«, sagt Lauren und kichert dabei.

Ich lege den Kopf schräg und funkele Lauren an, aber Rileys Flüstern lenkt meine Aufmerksamkeit auf sie.

»Hör auf, du hast es versprochen«, zischt sie ihrer Freundin zu.

»Was versprochen?« Ich verschränke die Arme und schaue auf die beiden hinunter.

Riley lehnt sich nach hinten, stützt sich auf den Handflächen ab, schließt die Beine und winkelt ein Knie an, das sie hin und her schaukelt, während sie zu mir aufblickt. Ihre Shorts ist am Oberschenkel hochgerutscht, was für den Bruchteil einer Sekunde meinen Blick fesselt – und in diesem schwachen Moment beginnt meine Hand in meiner Vorstellung, von ihrem Knie aus nach oben zu wandern.

»Dass sie sich nicht über dich lustig macht, weil du das für mich tust«, sagt Riley.

Beim letzten Teil zucke ich innerlich zusammen.

Für mich.

Für … sie.

Ich tue das für sie. Es sollte eigentlich für mich und meine neue Zukunft sein. Dabei weiß ich, dass ich nicht die geringste Chance auf so eine Zukunft habe, selbst wenn ich dafür beten würde, aber mal ehrlich, wenn Riley nicht diejenige wäre, für die das Training so wichtig ist … wenn sie nichts damit zu tun hätte … wahrscheinlich hätte ich nicht zugesagt.

»Du kannst es wiedergutmachen, indem du den Mädchen da drüben sagst, dass sie zum Aufwärmen herkommen sollen. Und wenn das alle sind, können wir niemanden ablehnen, also erklärst du denen in Jeans vielleicht auch gleich, was sie beim nächsten Mal anziehen sollten«, sage ich mit einem Seufzen am Ende und reibe mir mit den Händen übers Gesicht.

»Na gut«, nörgelt Lauren und zieht die Beine an. Da bemerke ich ihre Schuhe. Sie sehen aus wie Laufschuhe und ich bin ziemlich sicher, dass sie zu klein sind. Lauren hatte schon immer große Füße, und als wir noch Kinder waren, bevor sie sich für Mode und so'n Scheiß zu interessieren begann, haben wir uns gegenseitig Schuhe geborgt.

»Warte«, sage ich, trete auf die Ferse meines rechten Schuhs, ziehe ihn mir vom Fuß und mache mit dem linken weiter. Dann kicke ich sie Lauren zu.

»Igitt!«, sagt sie und rümpft die Nase.

»Hab dich nicht so. Du weißt, dass du in den Teilen die Zehen einziehen musst. Also nimm meine verdammten Schuhe.« Ich rolle den Kopf zur Seite und bin jetzt schon genervt, weil ich mit ihr streiten muss. Wenn mir das auch mit den anderen Mädchen bevorsteht, halte ich das niemals aus. Meinetwegen können sie barfuß spielen. Scheiß drauf.

Lauren grinst mich spöttisch an, aber sie nimmt die Schuhe, zieht ihre aus und reicht sie Riley, die damit an die Seite des Spielfeldes rennt und sie an der Wand fallen lässt. Sie holt einen Ball aus der Ablage und dribbelt zu mir zurück, wobei sie ihn ein paarmal ohne hinzuschauen unter den Beinen durchspringen lässt. Sie hat ein gutes Ballgefühl. Das ist irgendwie sexy, wenn ich ehrlich bin.

»Jetzt mal Klartext. Glaubst du, diese Mädchen können irgendwann mal gut spielen?«, fragt sie, drückt den Ball gegen ihre Hüfte und mustert die anderen genau wie ich.

»Keine Chance«, sage ich spöttisch. »Bei Lauren kann ich mir das vielleicht halbwegs vorstellen. Sie ist groß und kräftig, und sie ist sportlich. Aber der Rest? Ich glaube kaum, dass sie seit dem Sportfest in der vierten Klasse überhaupt irgendwas trainiert haben.«

»Puh«, stößt sie aus und lässt den Ball einmal vom Boden abspringen, stoppt ihn mit dem Oberkörper und dreht sich dann zu mir. Es ist, als hätten wir ein privates Treffen. Ihre Füße stehen nah vor meinen, wenn sie den Ball fallen lassen würde, könnte ich meine Arme um ihre Taille legen und sie an mich ziehen. Sie hat eine schmale Taille und ich habe ihre Bauchmuskeln gesehen, als sie sich mit dem Zipfel ihres Trikots den Schweiß vom Gesicht gewischt hat. Glatte goldene Haut, die ich mir plötzlich in einem dieser Bikinis vorstelle, in denen die Models immer die Bademode in der *Sports Illustrated* präsentieren.

Mein Blick wandert von ihrer Brust zu ihrem Gesicht und ich zucke mit den Schultern, denn es macht mir nichts aus, dass ich erwischt wurde. Ihre Wangen sind gerötet, aber sie ist noch nicht viel gerannt, also steckt ein anderer Grund dahinter.

»Wie sieht der Plan aus?« Sie geht gleich zur Tagesordnung über, was wohl das Beste ist.

Wahrscheinlich hätte ich mir wirklich einen Plan überlegen sollen. Denn ehrlich gesagt habe ich nichts vorzuweisen. Ich habe noch nie ein Training geleitet und bis jetzt nur Streetball gespielt, was hier drin vermutlich nicht funktionieren würde. Ich kann mir nicht vorstellen, dass sich diese Mädchen auf dem Weg zum Korb gegenseitig zur Seite stoßen, wie ich es tun würde oder Lotus oder selbst

Riley. Ich denke, bevor wir richtig anfangen können, muss ich mir erst mal ansehen, was sie überhaupt draufhaben.

»Lass uns ein paar Korbwürfe machen, ein paar Pässe zuwerfen und dann vielleicht ein ganz einfaches Spiel starten?« Beim letzten Teil ziehe ich zweifelnd die Augenbrauen hoch, aber Riley kauft mir meine Worte mit einer Sicherheit ab, bei der ich mich frage, ob es überhaupt etwas gibt, das sie nicht auf sich nehmen würde, um ihren Traum zu verwirklichen.

»Klingt gut«, sagt sie, joggt zu den anderen Mädchen hinüber und wiederholt meine Anweisung mit ein paar mehr Details und mehr Autorität, als ich sie an den Tag gelegt habe. Sie braucht mich hier eigentlich gar nicht. Sie könnte das Ganze auch allein durchziehen. Aber ich bin froh, dass es da bestimmte Vorschriften gibt, die einen gesonderten Trainer verlangen, und ich bin auch froh, dass die Lehrer kein Interesse haben und nicht aushelfen wollen.

Es dauert fast eine halbe Stunde, die anderen Mädchen richtig aufzustellen und ihnen kurz die grundlegenden Regeln des Spiels zu erklären. Zwei von ihnen sind nur hier, um Sport zu bestehen, und sie wollen im Grunde nichts anderes tun, als auf der Bank zu sitzen. Also bleiben mir sieben halb bereite Spielerinnen, von denen nur eine – Lauren – überhaupt zu Rileys Unterstützung hier ist.

Aber Riley … sie braucht das eigentlich alles gar nicht. Egal, wo sie sich gerade auf dem Spielfeld befindet, ihre Hände führen gekonnt den Ball. Während die Würfe der anderen nur gegen den Korb rasseln, versenkt sie jeden. Ich war noch nie in einem Museum oder so, aber ihr Körper kommt mir so perfekt geformt vor wie diese weißen Statuen, die ich auf Bildern gesehen habe. Ihre Bewegungen sind fließend, und wenn sie wirft, heben sich ihre Hände über ihrem Kopf in die Luft, als würden magische Fäden ihre Fingerspitzen mit dem Ball verbinden und ihn den Rest des Wegs führen, wenn er sich aus ihrer Berührung löst.

Sie ist gut trainiert und alles, was sie hier tut, sieht im Prinzip großartig aus – ich bin sicher, dass die Collegescouts sie liebend gern auf ihre Listen setzen. Ich frage mich nur, was passiert, wenn sie wirklich herausgefordert wird. Sie wird sich Mädchen aus unserem Bezirk stellen müssen, in deren Schulen sich alles um Basketball dreht. Diese Teams können aussortieren und sich die Besten der Besten heranziehen, und ihre Verteidigung ist hart – sie spielen auf der Straße. Alles, was sie über das Spiel wissen müssen, haben sie auf der Straße gelernt und wenden entsprechend auch diese Regeln an. Das ist etwas völlig anderes und Riley braucht etwas mehr Biss, wenn sie da mithalten will.

Während des ganzen Trainings gebe ich vielleicht fünf Anweisungen, eigentlich eher Tipps, welche Übung als Nächstes kommt, den Rest übernimmt Riley. Ich stehe hier nur rum, weil es so aussehen soll, als wäre ich involviert, falls der Schulleiter oder Ms Beaumont hereinspazieren, aber ehrlich gesagt könnte ich mich auch an den Rand setzen und die ganze Zeit ein Handyspiel zocken, das Training würde trotzdem genauso ablaufen.

Ich komme mir wie ein überflüssiger Babysitter vor.

Sie sind jetzt zum Passspiel übergegangen, doch bis jetzt ist Riley die Einzige, die trifft. Lauren kommt schon nah ran, sie ist nur ein wenig eingerostet. Beim zehnten Durchlauf – nachdem der Ball zum fünfzehnten Mal komplett über das Korbbrett geflogen ist – beschließe ich, dass es genug für heute ist.

»Sieht gut aus, Leute. Ähmmm, ja …« Ich klatsche ein paarmal, damit sie das Spiel beenden, und mache große Augen, als ich Laurens Blick auffange.

Sie lacht und formt mit den Lippen: »Hab's doch gesagt.«

»Ich habe hier die Terminpläne, und die Schule oder der Bezirk oder so will von euch, dass ihr diese Erklärungen mit Angaben zur Versicherung und medizinischem Kram und so weiter ausfüllt«, schwafele ich auf dem Weg zu den Sitzbänken, wo ich den Papierstapel hinlege. Schnell nehme ich das oberste Blatt, bevor es jemand sehen kann, knülle die fleckige Seite zusammen und stopfe sie in meine Hosentasche. Die Formulare waren heute eine Weile mit den Messern im Rucksack und ich hatte die beschmierten Stellen vorher nicht bemerkt. Wenn Riley das gesehen hätte und herausfinden würde, was das war … vielleicht wäre das gar nicht so schlecht. Vielleicht muss sie das sehen.

»Ihr sollt sie morgen wieder mitbringen, glaube ich«, sage ich mit einem leichten Schulterzucken.

Ich weiß nicht wirklich, was ich mit den Formularen machen soll, und Riley und Lauren sind die einzigen Mädchen, die ich während der Trainingsstunde reden gehört habe. Die restlichen Teammitglieder nehmen sich ein Blatt, während Riley den beiden Mädchen, die auf keinen Fall mitspielen wollen, jeweils eins in die Hand drückt. Ich höre schon die Jungs, die draußen ihre Bälle gegen die Wand werfen und endlich in die Halle wollen. Ihr Training ist im Anschluss, denn hier drin ist nicht wirklich genug Platz, damit beide Teams gleichzeitig trainieren können. Die Jungs haben genügend Spieler für eine Schulauswahlmannschaft und eine Juniormannschaft, obwohl beide Teams richtig scheiße sind. Jeder Typ, der wirklich was draufhat, spielt irgendwo draußen auf den Plätzen.

»So werde ich nicht nach Hause fahren, Riley. Du wirst warten müssen«, sagt Lauren, zieht sich meine Schuhe von den Füßen und wirft sie mir nacheinander zu. Ich schlüpfe einfach nur hinein.

»Ist okay. Ich nehme dich mit, wenn du umgezogen bist«, erwidert Riley. Ihr Blick wandert von meinen Füßen zu Laurens, wahrscheinlich ist sie überrascht, dass wir dieselbe Größe tragen.

»Mädel, ich gehe duschen. Also darfst du mindestens zwanzig Minuten warten … wenn du willst, dass ich diesen Mist morgen noch einmal mitmache.« Lauren steht mit ihren Stiefeln in der einen und ihrem Rucksack in der anderen Hand da. Es gibt keine Spinde, wo man seine Sachen lassen kann – die für Sport wurden entfernt, als auch die regulären abgeschafft wurden.

»Ist auch okay. Ich werfe noch ein paar Bälle«, sagt Riley.

Sie dribbelt zurück aufs Spielfeld, während ich Lauren hinterhersehe, bis sie in der Umkleide verschwunden ist und Riley und ich allein zurückbleiben. Die Jungs werden jede Minute reinkommen, also ist die Zeit knapp – was einerseits erleichternd ist … andererseits auch nicht. Hinter mir prallt der Ball vom Korb ab, das erste Mal, dass einer ihrer Würfe dieses Geräusch verursacht. Ich drehe mich um, weil ich sie damit aufziehen will, halte aber inne, als ich sehe, dass sie von weit hinter der Drei-Punkte-Linie geworfen hat.

»Eine ganz schöne Entfernung«, sage ich und gehe zu ihr.

Sie zuckt mit den Schultern, joggt an mir vorbei, um sich den Ball zu holen, dribbelt dann zurück und wirft noch einmal. Der Ball prallt an derselben Stelle ab wie vorher.

»Du bist nur abgekämpft. Ich wette, bei vollen Kräften schaffst du den Wurf«, sage ich. Aus irgendeinem Grund möchte ich sie loben, ihr einen Grund liefern, warum sie diesen wirklich schweren Wurf nicht hinbekommen hat.

»Ich weiß«, sagt sie.

Mir fällt kurz die Kinnlade herunter. Sie grinst, dreht sich um und wirft noch einmal, diesmal von dem Bereich neben mir aus, noch ein bisschen weiter entfernt als vorher. Der Ball landet gerade so im Korb.

»Du hast eine Menge Selbstvertrauen«, sage ich und reibe meine Hände, während ich überlege, ob ich Riley auf die Probe stellen sollte oder nicht. Ich weiß, dass sie mich herausfordern will. Ich bin nur nicht sicher, ob das ihre Art zu flirten ist oder ob es nur um Basketball geht.

»Das sollte ich auch«, erwidert sie und feuert mir den Ball so hart gegen die Brust, dass ich nun doch auf ihre Herausforderung anspringe, als ich den Ball mit den offenen Handflächen auffange. Ich habe schon *mit* ihr gespielt. Und niemand da draußen hat sich wirklich mit ihr angelegt. Ein Zweikampf ist ein völlig anderes Spiel – es ist niemand da, zu dem du passen kannst, es gibt keine Ausreden, jeder Ballverlust lastet auf den eigenen Schultern und du bist ganz allein verantwortlich für die Treffer, die Schnelligkeit und die Aggressivität.

Ich lache leise, lasse den Ball ein paarmal vor mir aufschlagen, während ich mein Langarmshirt bis zu den Ellbogen hochkrempele, danach meine Handflächen anlecke und sie für eine bessere Bodenhaftung nacheinander über meine Schuhsohlen reibe. Ich kicke den Ball in meine Hände und dribble auf sie zu.

»Du bist gut«, sage ich mit einem Nicken. Ich bestätige ihr das, weil das gleichzeitig auch ihr Problem ist. Ihre Schwäche. Riley ist nicht nur ungeheuer selbstbewusst, sie ist auch zu sehr von ihrem Spiel überzeugt. Ihr Erfolg baut sich auf dem Frust der anderen auf. Das habe ich draußen auf dem Platz bemerkt, als sie ein paar der Jungs wie Trottel dastehen ließ. Ich bin sicher, dass das vor allem mit dem Gefühl zu tun hat, ein Außenseiter zu sein. Deshalb hat sie sich auch die Haare abrasiert – ein Mädchen, dass den Jungsklub knackt und so was. Aber sie muss mehr bringen als das, sie darf nicht nur wie eine Draufgängerin spielen. Das machen ihre Gegnerinnen auch, nur dass sie mehr Erfahrung haben.

Sie folgt mir zur Freiwurflinie, ich drehe dem Korb den Rücken zu und lasse den Ball zu ihr springen.

»Wer zuerst zehn Treffer hat«, sage ich und mustere sie. Mein Gesichtsausdruck verhärtet sich, genau wie ihrer.

»Willst du einen Vorsprung?«, fragt sie.

Der Ball prallt zu ihrer Linken auf das Spielfeld und ihr Mundwinkel kräuselt sich an einer Seite. Ich kenne sie erst seit einer Woche, aber ich durchschaue bereits ihr arrogantes Lächeln, was mir ebenfalls eins entlockt. Herausfordernd erwidere ich ihren Blick, aber hauptsächlich lausche ich. Sie hat ein bestimmtes Muster – das hat jeder. So etwas lernt man nur, wenn man spätabends noch mit dem besten Freund auf der Straße unterwegs ist und die Ohren darauf abgestimmt sind, jedes kleinste Geräusch wahrzunehmen, weil das die einzige Möglichkeit ist, eine Gefahr zu wittern. Der Ball ist wie eine Uhr und Rileys Timing läuft immer wieder gleich ab, bevor sie überhaupt etwas tut. Sie zuckt einmal, versucht, mich zu einer Reaktion zu bewegen, und ich öffne mich nach links, um ihren nächsten Schritt abzupassen.

Sie bewegt sich natürlich nicht und sie lacht leicht. Das war die richtige Entscheidung. Ich kenne ihren Ablauf. Das war nur ein Antesten. Sie dribbelt langsam zurück, ihr Körper vibriert durch die Armbewegung, mit der sie den Ball auf den Boden schlägt. Das Geräusch wird ruhiger, bevor es zulegt wie ein Aufziehspielzeug, das gleich losgelassen wird. Ich warte auf ihren nächsten Zug, der diesmal nach rechts geht. Sie macht ein paar lange Schritte, lässt sie dann kürzer werden, bereit zum Absprung, um auf den Korb zu werfen, aber ich bin schon da und blocke sie.

»Verdammt!«

Ich lache leise, während sie mir hinterherjagt, und als ich an der Ball-Korb-Linie bin, ist ihr Gesicht rot. Das kommt nicht von der Hitze oder der Anstrengung – sie ist angepisst. Sie ist so wütend, dass sie nur noch den Ball sieht. Sie achtet nicht auf meine Schultern oder wie ich die Hüfte verlagere. Sie ist nur auf das Leder, die schwarzen Linien und das kleine Loch fixiert, wo die Luft hineingepumpt wird. Sie speichert praktisch die Zahl der Strukturpunkte auf der Oberfläche des Balls gedanklich ab. Ich lasse meinen Arm ausgestreckt und beginne einen Sekundenbruchteil, bevor ich den Ball an mich nehme, vorzustoßen, was ausreicht, um sie aus dem Gleichgewicht zu bringen. Stolpernd versucht sie, mich aufzuhalten. Ich mache einen lässigen Dunking und passe den Ball zu ihr.

»Na los, greif an«, sage ich, wobei ich den Impuls unterdrücke, noch irgendeine blöde Bemerkung hinterherzuschieben.

Riley schlägt den Ball einmal hart auf und stoppt ihn mit der Taille, während sie die Lippen zusammenpresst und auf eine Stelle auf dem Spielfeld leicht neben mir starrt. Ich habe nicht wirklich die Absicht, sie zu entmutigen, aber ich bin auch kein Coach. Ich weiß keine andere Möglichkeit, um ihr zu zeigen, wo sie noch besser werden muss.

Sie macht dieselben Schritte wie vorher, und als sie diesmal zum Sprung ansetzt, bewege ich mich nicht mal. Ich trete zurück, entspanne meine Schultern und lasse meine Augen vom Ball zu ihrem Gesicht wandern. Nur eine Sekunde später fängt sie meinen abwartenden Blick auf.

»Was?«, ruft sie.

Lauren, die gerade hinter Riley aus der Umkleide kommt, zieht sich wieder ein Stück zurück.

»Lass uns einfach aufhören. Ich muss noch wohin und du hast heute schon viel gespielt.« Ich reibe mir nervös mit den Händen über die Unterarme, während ich meine Ausrede ausspucke. Die Tür zur Umkleide ist wieder zu, aber ich bin nicht sicher, ob Lauren uns vielleicht durch einen Spalt beobachtet. Ich möchte Riley nicht ärgern, und wenn ich weiter solchen Druck ausübe, decke ich nur noch mehr Probleme in ihrer Spielweise auf. Und ich glaube nicht, dass ihr das gefallen würde.

»Nein, du hast zehn gesagt«, erwidert sie, hält den Ball an und klemmt ihn sich unter den Arm.

Ihr Kiefer wandert von einer Seite zur anderen und das Blau in ihren Augen trübt sich, während sie mich anfunkelt. Ich habe den sauren Geschmack im Mund, den ich immer bekomme, wenn eine Person, die ich kenne, vermisst wird – oder noch schlimmer, wenn eine vermisste Person gefunden wird.

»Riley, ich weiß. Ich hab nur diese Sache vergessen, die ich …«

Ihr Blick wird sanfter, sie atmet jetzt heftiger als während unseres Spiels. Nach ein paar Sekunden hat sie auch ihre Atmung wieder im Griff. Sie senkt den Blick, nickt mit geschlossenen Lippen und gerötetem Gesicht, weil sie enttäuscht ist und sich zurückgewiesen fühlt.

Mir ist schlecht.

»Ich bin kein richtiger Coach«, sage ich und hebe den Arm, bis meine Fingerspitzen ihre Hand streifen, die immer noch um den Ball gelegt ist. Ihre Augen huschen zu der Stelle, an der ich sie berührt habe, und sie zieht die Finger zurück, bis der Ball schließlich herunterfällt.

»Bring es mir bei«, sagt sie, während ich den Ball auffange.

»Was beibringen?« Ich weiß, was sie meint, ich weiß nur nicht, wie ich das anstellen soll. Ich habe keine Ahnung, wie man so etwas Normales macht – *irgendetwas* Normales. Mein Hirn denkt an Joker und meinen Rucksack und meine Mom in der Kirche. Ich bin hin- und hergerissen zwischen diesem Mädchen hier in der Sporthalle und den Dingen, die mein bester Freund zu Hause vielleicht gerade verkackt. Das befürchte ich zumindest.

Riley schnappt sich den Ball aus meinen Händen und geht rückwärts, wobei sie den Ball wie vorher neben sich herdribbelt.

»Worauf muss ich besser achten?« Sie fixiert mich, aber ich bleibe immer noch gelassen stehen. »Wie hast du mich eben ausgespielt? Zeig es mir … sag mir, wann ich etwas falsch mache.«

Sie lässt mich nicht aus den Augen und nach ein paar Sekunden schaue ich auf ihre Handgelenke, auf die gleichmäßige Schlagbewegung, fahre mir mit der Hand über den Mund und nicke langsam.

»Genau jetzt«, sage ich.

Sie hört auf zu dribbeln, ihr Körper verspannt sich.

»Ich habe doch nichts gemacht«, behauptet sie.

Ich atme tief aus, meine Augen haben ihre Hand fest im Blick, ihr Gesicht nur am Rand.

»Das denkst du, aber das stimmt nicht«, sage ich und halte die Hände auf. Sie gibt mir den Ball, aber sie glaubt mir nicht. Das erkenne ich an der Art, wie sie die Lippen verzieht und die Stirn runzelt.

»Tu mir einen Gefallen … schließ die Augen«, sage ich und lenke ihren Blick damit sofort auf mich. Ein oder zwei Sekunden verstreichen, während sie überlegt, ob sie das wirklich machen will, doch schließlich tut sie es. Ihre Arme sind fest an die Seiten gedrückt und sie ballt die Hände immer wieder zu Fäusten. Dieses Mädchen ist eine Kämpferin.

»Okay, ich will also einen Korbleger machen, aber jemand blockt mich und in der Mitte steht ein großer Kerl, an dem ich vorbeimuss«, erkläre ich.

»Das kann ich mir nicht bildlich vorstellen.« Sie zuckt mit den Schultern.

»Ich weiß, ich möchte auch nur … dass du zuhörst.«

Ich bin ihr jetzt näher als vorher. Es ist nicht richtig von mir, gerade jetzt Dinge an ihr wahrzunehmen, die sie nicht verbergen kann, aber ihr Gesicht ist wie ein Herz geformt. Sie hat runde Wangen mit einer natürlichen rosa Färbung, die sich andere Mädchen anpinseln müssen, und die Haut direkt unter ihren Augen ist mit winzigen Sommersprossen gesprenkelt. Ihre Wimpern sind so lang, dass sie ihr Gesicht berühren, und sie hat eine Wimper verloren. Am liebsten würde ich sie mit dem Finger aufnehmen und in die Luft pusten, damit ich mir etwas wünschen kann, wie meine Mom es immer tut.

Ich dribbele, bis ich merke, dass sie das Muster zu fühlen beginnt. Ihre Hände haben aufgehört, sich zusammenzuballen, sie legt Daumen und Zeigefinger zusammen und hält buchstäblich den Takt, ob sie es nun merkt oder nicht. Ich mache noch eine Weile so weiter, dann hebe ich den Ball hoch und werfe.

»Was hast du gehört?«, frage ich.

Sie antwortet nicht gleich, und als ich wieder vor ihr stehe, schaut sie auf den Boden und versucht, die Details abzurufen.

»Mach das noch mal«, sagt sie.

»Okay.« Ich nicke.

Ich warte, bis sie die Augen geschlossen hat, erlaube mir einen weiteren Blick auf ihre Sommersprossen und halte an ihren Lippen inne. Sie zieht einen Schmollmund, nur ganz leicht, aber ihre Oberlippe ist nach oben gedrückt und ihre Unterlippe nach unten.

Bevor sie fragen kann, worauf ich warte, beginne ich zu dribbeln. Ich lasse alles genauso wie eben ablaufen, mache meine Schritte und drehe mich zum Wurf. Diesmal schaut sie mich an, als ich zu ihr zurückkomme. Ihre Augen sind größer, die Unterlippe steckt zwischen den Zähnen – und in ihrem Gesicht liegt eine Klarheit, die »Aha!« zu sagen scheint.

»Möchtest du es jetzt mal richtig ausprobieren?«

Sie atmet ein und nickt zögernd. Ich werde nichts am Ablauf verändern, weil ich denke, dass sie ein Erfolgserlebnis braucht. Lauren kommt aus der Umkleide, doch ich versuche, mich nur auf Riley zu konzentrieren. Ich möchte nicht, dass sie sich unter Druck gesetzt fühlt, irgendetwas beweisen zu müssen. Ich möchte eigentlich nur, dass sie etwas lernt.

Ich gehe in Stellung und halte den Ball an meiner Seite, das Muster ist genau dasselbe. Mein Dribbeln wird stärker und ich will mich gerade vorbeugen, als Rileys Handflächen auf meiner Brust landen.

»Ja!« Ich zucke zurück, ein wenig durch ihre Berührung, aber vor allem, weil sie es tatsächlich kapiert hat – sie wusste, was kommt.

»Noch mal«, sagt sie und ich beginne von vorn.

Diesmal nehme ich die Innenseite und Riley geht mit. Der einzige Grund, warum ich den Wurf trotzdem versenke, sind die paar Zentimeter, mit denen ich sie überrage.

Unser Spiel fällt wieder in ein natürliches Muster zurück, und als sie am Ball ist, klebe ich während des ganzen Spielzugs an ihr. Doch anstatt mich wegzustoßen, schiebt sie sich herum und versucht es gleich noch mal.

»Ja«, wiederhole ich mit einem breiten Grinsen. Es drückt sich regelrecht in meine Wangen, so stolz bin ich. Sie hat etwas gelernt, das ich ihr beigebracht habe, und die ganze elende Sache beginnt Spaß zu machen. Ich bin eigentlich sogar glücklich. Zufrieden. Aus meiner Arbeit ist etwas *Gutes* hervorgegangen.

Nach und nach betreten die Jungs die Sporthalle und es wird schwerer für Riley, meine Bewegungen richtig zu hören, wenn ich den Ball habe, also bleibe ich stehen und strecke die Hand nach ihrem Kinn aus. Sie weicht einen Schritt zurück, fängt sich aber schnell wieder.

»Sorry, ich …« Ich winde mich und neige den Kopf, während ich auf ihre Schultern und schließlich in ihre Augen blicke. »Darf ich?«

Ich strecke noch einmal den Arm aus, und obwohl es in ihren Augen lodert, nickt sie. Ich hebe ihr Kinn, bis wir uns anschauen, und schlucke den Rausch eines unbestimmten Gefühls hinunter, der mich für einen Moment ganz taub werden lässt. Einen Herzschlag lang sehe ich sie mit ihren langen Haaren vor mir. Sie wirkte damit weicher, aber nicht ein bisschen hübscher.

»Ich gebe nie meinen nächsten Schritt preis, genau wie du. Du bist immer im Zweikampf, egal bei welcher Spielart, und deine Augen – meine Augen, ihre Augen, seine Augen«, ich deute in verschiedene Richtungen, »schauen immer voraus, erkennen, wo etwas frei ist, wohin du als Nächstes gehen könntest. Aber die Augen verraten dir nicht, was dein Gegenüber genau jetzt tut. Das tut nur sein Körper. Du kannst es hören und du kannst sehen, was du hörst, wenn du die richtigen Stellen im Auge behältst.«

Ich tippe auf meine Hüfte und ihr Blick folgt meiner Hand, während ich schon eine Faust mache und mir auf die Schulter klopfe, wo sie als Nächstes hinschaut.

»Sieh her, wie ich mich drehe.« Ich wiederhole meine Startbewegung immer wieder, während sie mich beobachtet.

Als ich denke, dass sie es verstanden hat, nehme ich den Ball und beginne wieder zu spielen. Ich greife an, sie hängt zuerst noch hinterher, aber ziemlich schnell durchschaut sie mich, genau wie ich sie durchschaue. Wir werfen ein paar Körbe, während das Jungsteam am anderen Ende des Spielfelds Aufwärmübungen macht. Ich ignoriere die Sticheleien der Trainer, die an uns gerichtet sind. Die sind total talentfrei – und damit meine Energie nicht wert.

Ich beginne, immer mehr zu schwitzen, während Riley sich immer mehr anstrengt. Jetzt spielen wir gleich stark, mein einziger Vorteil ist genetisch bedingt. Sie macht auch ein paar Würfe und ich nehme das Spiel auf, dränge sie mit meinen starken Armen zurück zum Korb. Sie blockt mich mit ihrem Körper, rollt sich ab und läuft weiter. Jeder Körperkontakt ist Teil eines Kampfes, bis sie am Ende fest abspringt und ich ihr den Ball wegschlage. Sie verliert das Gleichgewicht, aber ich fange sie auf. Dabei reiße ich sie mit und drücke sie nach hinten, sodass sie mit dem Rücken gegen die Backsteinwand knallt, an der in verblasster Farbe irgendein Schulmotto steht, das niemand kennt.

»Bist du okay?«

Meine Hand ist zwischen ihrem Rücken und den Backsteinen eingeklemmt, mit der anderen Hand stütze ich mich neben ihr an der Wand ab. Ihre Augen sind auf meinen Hals gerichtet, ihre Lippen leicht geöffnet, heftige Atemzüge heben und senken ihre Brust. Die langen Wimpern berühren beim Blinzeln ihre Wangen, die jetzt noch stärker gerötet sind. Etwas Lebendiges – Atemloses – tief in meinem Inneren fleht sie an, zu mir aufzublicken. Stattdessen senkt sie das Kinn und richtet den Blick auf den Boden. Meine Hand gleitet über ihren Rücken, als ich sie dahinter hervorziehe, und mir fällt wieder ein, wie sich ihre Umarmung gestern angefühlt hat. Schnell trete ich einen Schritt zurück.

»Ja, ich … alles okay. Das war ein guter Block«, sagt sie und blinzelt noch einmal. Ich sehe kurz das Blau ihrer Augen, bevor sie wegschaut und auf der Suche nach dem Ball den Kopf dreht.

»Hier.« Lauren wirft ihr den Ball zu.

Riley fängt ihn auf und ruft: »Danke!«, bevor sie zu ihren Sachen geht, die an der Seite auf einer Bank liegen.

Ich lasse mich mit dem Rücken gegen die Wand fallen, verschränke die Hände, lege sie mir auf den Kopf, und tue so, als müsste ich nach Luft schnappen. Muss ich nicht. Mit meiner Atmung ist alles okay, oder besser gesagt, ich atme fast gar nicht. Ich muss mehr Verantwortung zeigen – und ich muss mich zurückhalten.

Ich muss Abstand halten und Laurens Gesichtsausdruck ist die beste Mahnung. Ihre Augen strahlen Mitleid aus, weil sie mich kennt, weil sie mein Schicksal kennt. Aber das hier hätte ich nie kommen sehen. Ich wusste nicht, dass jemand wie Riley da draußen ist. Ich wusste nicht, wie glücklich es mich machen kann, mit jemandem wie ihr zusammen zu sein – dass man auf diese Art zusammenpassen kann.

Für sie geht es dabei vielleicht nur um Basketball. Aber für mich geht es um viel mehr Dinge. Mein Handy klingelt im perfekten Moment – um mich daran zu erinnern, was diese Dinge bedeuten … Und ich kann nichts davon haben.

Ich warte, bis Riley ihre Sachen zusammengepackt hat, halte den Mund und winke nur zum Abschied. Ich sehe Laurens warnenden Blick, als sie ihrer Freundin zur Tür hinaus folgt, dann hole ich mein Handy von der Tribüne und checke die Sprachnachricht, die gerade angekommen ist.

»Hey, Cry. Hab da 'ne große Sache. Aber das betrifft nur dich. Sonst keinen, klar?« Dub hat die Stimme gesenkt, aber er klingt nicht besoffen oder high. Er klingt ernst und mir wird flau im Magen. Ich höre zu, während er mir irgendeinen Weg über den Highway zu einer dreckigen Straße nennt, wo mich wer weiß was erwartet. Ich werde den Wagen meiner Mom nehmen müssen, was ich hasse, aber ich habe keine Wahl.

Dub ruft. Ich springe. So läuft mein Leben.

KAPITEL 8

RILEY

Ich biege in unsere Auffahrt ein, als mein Dad gerade auf der anderen Seite rückwärts ausparkt. Ich habe unser Zeitfenster verpasst.

Ich halte mit dem Pick-up neben ihm, die Motoren im Leerlauf überziehen unsere ganze Straße mit einem ohrenbetäubenden Dröhnen. Ich kurbele die Scheibe runter, während er sich über den Beifahrersitz beugt, damit wir uns etwas zurufen können.

»Hast du was gegessen?« Ich mache mir immer Sorgen, dass er nichts isst. Er ist Diabetiker, und wenn er meine selbst gekochten Gerichte nicht isst, stopft er nur Junkfood in sich hinein. Manchmal habe ich das Gefühl, er verpasst sich Insulinschüsse, wie Kaffeetrinker Pfefferminzbonbons einwerfen.

»Lasagne! Ich war beeindruckt!« Er grinst und fährt sich mit den Fingerspitzen über die Mundwinkel, um zu unterstreichen, dass er wirklich etwas gegessen hat.

»War vegetarisch. Kein Fleisch!«

Mein Dad ist ein echter Fleisch-und-Kartoffel-Fan, und wenn ihm etwas ohne Fleisch schmeckt, bin ich immer erleichtert.

»Hat man kaum gemerkt!«, ruft er und hält mir den erhobenen

Daumen hin. »Ich muss los, bin spät dran. Aber Freitagabend habe ich frei, dann können wir vielleicht zusammen Abend essen und uns das Spiel der Cavs ansehen? Oder uns gegenseitig die Köpfe rasieren?«

»Haha!« Ich lächle und winke, als er seine Scheibe hochkurbelt und sich auf die Straße hinter uns rollen lässt. Mein Dad und ich lieben die Cleveland Cavaliers, aber es ist schon ewig her, seit wir uns das letzte Mal zusammen ein Spiel angeguckt haben. Genauer gesagt zwei Jahre. Das letzte Spiel lief an dem Abend, als meine Mom nicht zurückgekommen ist. Und als wir es irgendwann danach mal wieder probiert haben, ist er eingeschlafen, weil er so fertig war. Wahrscheinlich wird er morgen auch nicht durchhalten, aber ich bin schon zufrieden, wenn ich mir das Spiel mit leiser Lautstärke anschaue, während mein Dad neben mir in seinem Sessel schnarcht.

Ich ziehe das Garagentor hinter mir zu, gehe ins Haus und bleibe abrupt stehen, weil ich an Laurens Rat denken muss. Ich lasse das Schloss zuklicken und frage mich, ob das wirklich nötig ist.

Nachdem ich schnell geduscht habe und in frische Klamotten geschlüpft bin, schlittere ich in Socken über die kühlen Fliesen in unserer Küche. Die Kälte aus dem Kühlschrank kitzelt meine Haut und ich beuge mich vor, um das noch ein wenig länger zu spüren. Meine Augen finden die vertraute grüne Plastikdose, ich ziehe sie heraus, klappe den Deckel auf und muss feststellen, dass mein Dad sich nur ein schmales Stück genommen hat.

»Beeindruckt, am Arsch«, murmele ich vor mich hin, ziehe mein Handy aus der Jogginghose und schreibe meinem Dad eine Nachricht.

Du hast kaum was angerührt, du Lügner! Wage es ja nicht, diese kleinen Donuts zu essen! Nächstes Mal gibt es wieder was mit Fleisch, okay?

Er wird es lesen, wenn er auf der Arbeit ist, und dann wahrscheinlich auch erst, wenn er im Laufe des Abends mal Zeit für eine kurze Pause hat. Mein Dad ist nicht besonders auf sein Handy fixiert. Ich musste ihn letztes Jahr regelrecht zu einem Smartphone überreden, nachdem sein Klapphandy endlich den Geist aufgegeben hatte. Hilfreich war dabei auch, dass der Typ im Handyladen gelacht hat, als Dad ihn bat, das alte Teil zu reparieren.

Ich ziehe den Deckel ganz ab, halte aber mit dem Behälter zwischen den Händen inne. Er ist schwer – es ist genug für drei oder vier Personen übrig. Ich koche gern mit dem Gedanken, dass etwas übrig bleibt, aber wenn das nur mir schmeckt, werde ich in nächster Zeit eine Menge Ricotta und Pilze essen müssen. Auf meinem Handy checke ich die Zeit. Kurz vor sechs.

Ich drücke den Deckel wieder zu und trage die Dose in mein Zimmer, wo ich die Füße in meine Laufschuhe schiebe und mir mit der Hand über den Kopf reibe, was winzig kleine Wassertropfen überallhin spritzen lässt. Der Vorteil an so kurzen Haaren ist, dass sie unglaublich schnell trocknen, aber schon nächste Woche werde ich wieder eine Entscheidung treffen müssen. Die Haare wachsen schnell nach und ich sehe bestimmt irgendwann aus, als hätte ich in eine Steckdose gefasst, wenn ich mir nicht irgendein Styling zulege.

Mit Schlüssel und Handy in der Tasche und dem Abendessen in den Händen verlasse ich das Haus auf demselben Weg, auf dem ich reingekommen bin – und schließe die Tür wieder hinter mir ab. Lauren wäre stolz auf mich.

Ich weiß, in welchem Haus Tristan wohnt, aber bis jetzt bin ich noch nicht daran vorbeigekommen. Es liegt in der entgegensetzten Richtung von unserer Schule, dem Park und dem Lebensmittelladen – den einzigen drei Orten, an denen ich bis jetzt war. Ich entdecke meinen Kumpel Jaden auf seinem Fahrrad etwa sechs Eingänge entfernt und bleibe stehen, als er mit quietschenden Reifen vor mir hält und mir seine Hände entgegenstreckt. Sie sind mit etwas Violettem und Klebrigem bedeckt.

»Gehste 'ne Runde spielen?« Er nickt in Richtung Park hinter mir, seine Augen sind groß vor Erwartung. Würde mir der Magen nicht so knurren, würde ich stattdessen mit ihm abhängen, aber die bodenlose Leere in meinem Bauch hallt förmlich in meiner Kehle wider, als ich antworte.

»Kann nicht, Jaden. Sorry, aber ich muss noch Abendbrot essen und dann Hausaufgaben machen.«

»Hausaufgaben sind blöd«, sagt er und leckt sich über das Handgelenk.

Ich kichere. »Das habe ich auch immer gedacht, aber es hat sich herausgestellt, dass Hausaufgaben eigentlich ziemlich wichtig sind. Man sollte wissen, wie man erwachsen wird, und das lernt man in der Schule … weißt du, was ich meine?«

Er hört mir nicht wirklich zu, macht aber »Hmhm«, während er sich die Fingerspitzen ableckt.

»Ist das was Süßes?« Ich verziehe ein wenig angeekelt das Gesicht, denn seine Hände sind auch ganz schön schmutzig.

»Eis am Stiel. Ist geschmolzen«, sagt er und schlürft als Nächstes seine Handfläche ab.

»Ja, das sehe ich«, erwidere ich lachend.

Auf der Suche nach weiteren Zuckerresten dreht er die Hände, und als er sie hochhebt, bemerke ich ein X, das mit einem Filzstift auf seine Haut gemalt ist. Tristan hat dasselbe Zeichen an seinem Handgelenk tätowiert.

»Wofür steht das?«, frage ich. Wahrscheinlich erzählt er mir gleich, dass Tristan sein Held oder Lieblingsspieler ist. Doch seine Antwort liegt nicht mal in der Nähe meiner Erwartungen.

»Das geht dich nichts an«, schnappt er zurück und reibt den Arm am Saum seines Shirts, um das Zeichen wegzurubbeln, das er sich vermutlich selbst aufgemalt hat.

Im Bruchteil einer Sekunde hat sich Jaden von einem süßen Achtjährigen in einen gleichzeitig wütenden und ängstlichen Jungen verwandelt. Er reibt so fest über seine Haut, dass die Stelle langsam rot wird, doch die schwarzen Linien verwischen nur. Er gerät in Panik und ich würde mich nicht wundern, wenn er sich plötzlich auf den Arm spuckte, um die Farbe noch besser wegwischen zu können.

»Versuch es mal mit Seife.« Ich strecke die Hand nach ihm aus, halte aber inne, bevor ich seinen Arm berühre. »Ich hab mich auch immer angemalt.« Ich blicke mich auf eine super übertriebene Art nach beiden Seiten um, dann halte ich den Finger an die Lippen, um Jaden zu zeigen, dass ich ihm jetzt ein Geheimnis verrate. »Ich habe mal die Formeln für einen Mathetest auf meinen Arm geschrieben, aber *pst.*«

Seine Augen blitzen auf und seine Mundwinkel, die sich finster verzogen hatten, wandern ein wenig nach oben.

Ich nicke, dann hebe ich zwei Finger in die Höhe. »Ich schwöre.« Meine Beschwichtigung – und die kleine Flunkerei über das Schummeln bei einem Test – scheinen ihn genug beruhigt zu haben, denn er steigt wieder auf sein Rad und strampelt los.

»Danke, Riley. Wir sehen uns morgen.« Er pest zum Ende der Straße und biegt rechts ab.

Ich hoffe, dass sein Haus gleich um die Ecke ist, damit er schnell an Seife kommt, denn es gefällt mir nicht, ihn so verängstigt zu sehen. Gleichzeitig frage ich mich, was es mit diesem X auf sich hat und warum er es sich auf den Arm gemalt hat, wenn es offensichtlich gefährlich ist, es zu tragen.

Während der nächsten Minuten habe ich immer wieder seinen erschrockenen Gesichtsausdruck vor Augen, bis ich vor dem Haus stehe, in dem hoffentlich Tristan wohnt. Ich drücke auf einen schwach beleuchteten Klingelknopf, der keinen Ton von sich gibt. Ich versuche es nochmal mit Nachdruck und höre schließlich einen leise summenden Ton aus dem Inneren.

Jemand kommt zum Fenster neben dem Eingang, ich scharre mit den Füßen und straffe die Schultern. Kurz darauf öffnet sich die Tür. Die Lasagne einfach vor dem Eingang abzustellen ist also keine Option mehr, trotzdem denke ich für einen kurzen Moment darüber nach.

»Oh«, stoße ich überrascht hervor. Eine ziemlich dämliche Art, jemanden zu begrüßen, den ich noch nie getroffen habe, aber ich hatte einen über eins achtzig großen jungen Latino erwartet – und keine knapp eins fünfzig kleine Latina, die mich sehr stark an meine Mom erinnert.

»Kann ich dir helfen?«, fragt sie.

Ich versuche krampfhaft, die richtige Überleitung von »Oh« zu finden, kneife schließlich die Augen zu und verziehe verlegen Nase und Mund.

»Ich hatte Tristan erwartet und kurz einen Aussetzer. Tut mir sehr leid.« Ich öffne erst ein Auge, und als ich sehe, dass sie mich anlächelt, auch das andere. »Ich versuch's noch mal. Ich bin Riley. Ist Tristan zu Hause?«

»Komm rein.« Ihr Lächeln wird noch wärmer, während sie mir die Tür aufhält.

Als ich eintrete, sind meine Beine ein wenig wackelig vor Nervosität und Adrenalin. Vor ein paar Tagen hat Tristan alles dafür getan, dass ich mich unerwünscht fühle, und jetzt bin ich in seinem Haus. Ich bin nicht sicher, wie er reagieren wird, aber vielleicht ist es ganz gut, dass seine Mom – das ist doch bestimmt seine Mom? – hier ist. Dann reißt er sich vielleicht zusammen.

»Er ist noch nicht da, aber er müsste gleich kommen. Er hat den Wagen genommen, um irgendetwas mit seinem Freund Paul zu erledigen.« Sie lacht und formt die Lippen zu einem O, als sie das Essen in meinen Händen sieht. »Wenn er Hunger hat, kommt er immer nach Hause.«

»Dann habe ich seinen knurrenden Magen wohl gespürt«, sage ich schmunzelnd und halte die Tupperdose hoch. »Ich bin übrigens Riley und gerade ein Stück die Straße runter eingezogen ...«

Sie mustert mich schweigend, ihr Mund verkneift sich ein Lächeln, aber die Stille fühlt sich irgendwie peinlich an, also fahre ich fort.

»Tristan trainiert unser Team ... die Mädchen, meine ich. Weil wir keinen Trainer haben?« Meine Stimme hebt sich am Ende, denn ich warte auf irgendeinen Anhaltspukt von ihr, dass sie weiß, wovon ich rede.

»Ich glaube, unsere Studienberaterin hat ihn dazu überredet?«, füge ich hinzu.

»Es ist wirklich süß von dir, dass du etwas zum Abendessen vorbeigebracht hast«, sagt sie, nimmt mir die Dose ab und führt mich in die Küche. »Und ich freue mich, zu hören, dass Tristan etwas Sinnvolles tut«, fährt sie fort. »Er erzählt mir nicht viel darüber, wohin er geht oder mit wem er sich trifft.«

Ich höre eine gewisse Unzufriedenheit aus ihrem Tonfall heraus. Bei mir zu Hause läuft das völlig anders ab. Mein Dad weiß so ziemlich alles über mein tägliches Programm. Er weiß, dass ich unser Team für eine Versagermannschaft halte, und er kennt meine wachsenden Zweifel, dass sich überhaupt ein College für mich interessieren könnte.

»Na ja, Sie können stolz auf ihn sein. Er ist eingesprungen und hat damit die Saison für mich gerettet.«

Sie legt den Kopf schräg und mustert mich eine Weile.

»Er findet dich hübsch«, sagt sie dann neckend.

Meine Brust brennt ein wenig, als ich das höre, und ich bin froh, dass sie sich umdreht.

Sie hebt den Deckel von der Dose, die ich mitgebracht habe, und ich werde ein wenig unruhig, als sie ein Messer und eine Gabel nimmt und die Lasagne in Stücke schneidet. Sie holt drei Teller aus dem Schrank, dann dreht sie sich wieder zu mir um.

»Das duftet köstlich. Hast du was dagegen, wenn ich mit euch esse?«

Eine Welle der Erleichterung erfasst mich. Ich bin so verdammt froh, dass diese Frau meine Kochkünste anerkennt. Trotzdem hat sie mir noch nicht mal ihren Namen verraten. Jetzt ist mir klar, woher Tristan seine stille einschüchternde Art hat.

»Nein, das wäre schön, …« Ich ziehe *schön* in die Länge, in der Hoffnung, dass sie die offene Stelle mit ihrem Namen füllt. Das tut sie nicht, und als sie sich wieder wegdreht, murmele ich »O mein Gott« vor mich hin.

In diesem Moment klappern Schlüssel hinter mir an der Tür. Ich zucke einen Schritt zurück, wende mich um und halte mich am Rand des Küchentresens vor mir fest. Es kommt keine Begrüßung von seiner Mom und kein Hallo von ihm. Man hört nur Schlüssel im Schloss, eine Tür, die zugeschlagen wird, und Schritte – die jedoch sofort stehen bleiben, als er mich sieht.

»Was machst du hier?« Die Linie zwischen seinen Augenbrauen wird tiefer, seine Lippen sind geöffnet und für einen flüchtigen Moment könnte ich schwören, dass sie zittern.

»Riley hat etwas zum Abendessen vorbeigebracht«, antwortet seine Mom für mich.

Sein Blick wandert von mir zu ihr und wieder zurück, während er auf eine Bestätigung von mir wartet.

Ich fahre mir mit der Zunge über die Lippen und lächle gezwungen. »Ich habe zu viel gekocht und mein Dad möchte nichts essen, wo kein Fleisch drin ist, und ich dachte, du hast vielleicht Hunger, und ich …«

»Sie findet dich süß«, sagt seine Mom, geht an mir vorbei zu ihrem Sohn und gibt ihm einen Kuss auf die Wange. Bei ihren Worten verwandelt sich mein lächelnder Blick in einen panischen Ausdruck, der sich wahrscheinlich nicht so sehr von Tristans Miene unterscheidet.

»Meine Mom hast du also schon kennengelernt«, sagt er ausdruckslos, schaut vor Verlegenheit weg und richtet die Aufmerksamkeit auf seine Mutter, die ihm mit der offenen Hand neckisch die Wange tätschelt.

»Das hat sie. Und ich wette, sie bedauert es total.« Ihr Lachen klingt wie ein ansteckender Song und ich muss unwillkürlich mitlachen … *über mich!*

Es folgt eine fade Stille, die vom Brummen der Mikrowelle gefüllt wird. Schließlich huscht Tristans Blick in die Küche, seine Nase fängt den Duft auf.

»Das wollte dein Dad nicht essen?« Er geht zur Mikrowelle, hält sie an, bevor sie piept, und holt das halb durchgegarte Essen heraus. Er pikt mit den Fingerspitzen in die oberste Nudelplatte und zuckt vor der aufsteigenden Hitze zurück.

»Autsch«, stößt er hervor.

»In der Mitte ist es wahrscheinlich noch kalt, also vielleicht …« Ich trete neben ihn und wir greifen gleichzeitig nach der Gabel auf dem Tresen. Als sich unsere Finger berühren, ziehe ich rasch meine Hand weg und weiche einen oder zwei Schritte zurück.

Seine Mom kichert wieder. »Ihr seid mir echt zu viel. Lasst mich das zu Ende machen. Und du …«, sie gibt ihrem Sohn einen leichten Klaps auf die Hand und droht ihm mit dem Finger, während sie ihm Teller und Gabel wegnimmt, »du musst dich mehr in Geduld üben. Das Essen ist noch nicht fertig und alles ist immer erst am besten, wenn es fertig ist. Immer in Eile, immer der leichteste Weg.« Die letzten Worte murmelt sie vor sich hin.

Tristan sieht mich an und verdreht die Augen.

»Ich bin übrigens Lelani.« Seine Mom wirft mir einen lächelnden Blick über die Schulter zu. »Ich wollte nur sehen, wie lange es dauert, bis du fragst.«

Mir entfährt ein nervöses Kichern, und als Tristan mich mit dem Arm streift, erschrecke ich mich so, dass ich Schluckauf bekomme.

»Sorry«, sagt er und grinst. Er wirft seine Kappe auf den Tresen und fährt sich mit den Händen durch die platt gedrückten Haare. Sie sehen weich aus. Instinktiv strecke ich die Hand nach den samtigen Stoppeln auf meinem Kopf aus, die ich jetzt schon in eine Richtung streichen kann.

»Meine Mom hält sich für witzig«, sagt Tristan, zieht für mich einen Stuhl am Tresen zurück und setzt sich auf den daneben.

»Ich *bin* witzig«, sagt seine Mom und holt das inzwischen durchgegarte Stück Lasagne aus der Mikrowelle. Sie stellt den Teller vor mich hin, doch ich schiebe ihn Tristan zu.

»Du isst zuerst. Ich möchte sehen, was du davon hältst«, sage ich.

Er blinzelt mich argwöhnisch an, nimmt dann aber die Gabel, die seine Mom neben den Teller gelegt hat, und spießt einen großen Happen auf. Vor seinem Mund hält er inne, pustet und schaut mich mit hochgezogener Augenbraue an.

»So haben wir unseren Hund erzogen, als ich noch klein war«, sage ich.

Er nimmt die Gabel ein Stück von seinen Lippen und runzelt die Stirn. »Du hast deinen Hund mit heißem Essen verbrannt? Das ist nicht besonders nett.« Für einen Moment bleibt sein Gesichtsausdruck ernst, doch langsam breitet sich ein Grinsen aus.

»Nein!« Ich lache und schüttele den Kopf. »Ich wollte nur darauf hinweisen, wie man durch Verbrennen lernen kann. Genau wie wir unseren Hund mit einer Sprühflasche nass gespritzt haben, wenn er etwas Dummes angestellt hat, nur dass es normalerweise eine Weile dauerte, bis er es begriffen hatte. Ein verbrannter Finger und du weißt, dass du dir an dem heißen Essen auch die Zunge verbrennen kannst.«

Tristan steckt sich die volle Gabel in den Mund und beginnt zu kauen, seine Mundwinkel verziehen sich und seine Wangen bewegen sich, als wollte er etwas sagen. Ich halte den Atem an, warte darauf, dass er einen Kommentar zu meinem Essen abgibt, doch stattdessen nimmt der den nächsten Bissen und sagt kein Wort, bis er aufblickt und merkt, dass ich ihn anstarre.

»Oh«, macht er lachend, zieht den Kragen seines Shirts über die Lippen und nuschelt mit vollem Mund: »Du willst was hören ... es schmeckt gut ... Es ...« Er schluckt. »Es schmeckt richtig gut. Damit könntest du echt was auf die Beine stellen.«

»Ich glaube nicht, dass irgendjemand die Welt mit Lasagne retten kann«, sage ich grübelnd.

»Hmmm, weiß nich«, murmelt er zwischen zwei Bissen und beugt sich zu mir, bis sein Arm warm an meiner Haut liegt. »Diese Lasagne hat Weltretterqualität.«

Seine Mom stellt den nächsten Teller vor mich hin, dann schiebt sie die letzte Portion in die Mikrowelle. Ich stochere in meinem Stück herum, denn ich bin überhaupt nicht mehr so hungrig wie vorhin, wahrscheinlich hauptsächlich, weil ich so nervös bin. Mein Blick huscht immer wieder zu Tristan, während er das Essen genießt, das ich gekocht habe, große Bissen nimmt und beim ersten Geschmack auf der Zunge jedes Mal die Augen schließt.

»Ich *merke*, dass du mich beobachtest.« Er drückt seine Fingerknöchel gegen die Lippen, um sich ein Lachen zu verkneifen, was einfach nur süß ist. Noch nie habe ich mit einem so zufriedenen Gefühl jemandem dabei zugesehen, wie er mein Essen kostet. Ich bin nicht mal eine besonders tolle Köchin. Die Kochkünste meiner Mom hätte er bestimmt geliebt.

»Sorry«, sage ich, grinse und richte die Aufmerksamkeit auf meinen eigenen Teller. Ich nehme ein etwas größeres Stück, damit er sich besser fühlt.

Lelani holt ihre Portion aus der Mikrowelle, dann dreht sie uns den Rücken zu und geht ins Wohnzimmer, wo sie den Fernseher einschaltet und die Lautstärke hochdreht.

»Ich kann euch nicht hören!« Sie hebt übertrieben die Stimme.

Tristan schiebt seinen Teller ein Stück weg, lässt den Kopf auf den Tresen fallen und tut so, als würde er mehrmals damit aufschlagen. Das bringt mich zum Lachen und er dreht den Kopf langsam zur Seite, bis sich unsere Blicke treffen. Sein Lächeln wird sanfter und er hebt leicht den Kopf, während er mich neugierig mustert.

»Was möchtest du dann tun, wenn es nicht Kochen ist?«

Seine Frage stachelt mich an, denn ich habe schon oft über meine Zukunft nachgedacht. »Na ja«, sage ich und atme tief ein, während ich in Gedanken meine Pläne und Träume aufrufe. »Ich würde gern Sportcamps für Mädchen aus zerrütteten Familien aufbauen. Sie würden die besten Trainer bekommen, könnten an Workshops über Körperwahrnehmung und Selbstachtung teilnehmen, und sie würden lernen, wie man sich Zeit für sich selbst nimmt, wenn man sich für die Betreuung eines Elternteils verantwortlich fühlt und …«

»Wow.«

Nach seiner Ein-Wort-Unterbrechung lege ich eine Pause ein, denn mir wird erst jetzt bewusst, wie viel in nur einem Atemzug aus mir herausgesprudelt ist.

»Sorry«, stoße ich hervor. »Ich finde die ganzen Möglichkeiten einfach so aufregend. Darüber denke ich schon ein paar Jahre nach und ich glaube wirklich, dass ich das kann.«

Tristan sagt erst mal nichts, stattdessen betrachtet er mich, bis ich mich gezwungen sehe, den Blick zu senken und mich zu räuspern. Es ist schwer, ihn zu durchschauen, wenn er schweigt. Er zieht sich manchmal in Gedanken an einen emotionslosen Ort zurück, seine Miene wirkt dann fast roboterhaft, als hätte er überhaupt keine Kraft mehr in sich. Er scheint sich irgendwo zu verlieren, aber ich weiß, dass er noch da ist, denn er wendet die Augen nicht von mir ab. Ich schaue wieder hoch und fange seinen wartenden Blick auf, was mich einerseits überrascht, andererseits aber auch nicht.

»Wie auch immer.« Ich bin plötzlich ganz verlegen, weil ich ihm überhaupt von meinen Zukunftsgedanken erzählt habe. Ich wende mich meinem Essen zu und Tristan zieht seinen Teller wieder zu sich heran, um die letzten paar Happen aufzuessen.

Mir ist der Appetit nun völlig vergangen und ich schiebe ihm meinen Teller hin.

»Bist du sicher?«, fragt er.

»Ich bin nicht besonders hungrig.« Ich weiß, dass ich ein wenig beleidigt klinge. Wahrscheinlich bin ich das sogar, aber Tristan muss ja nicht so begeistert von meinen Zielen sein wie ich. Ich frage mich nur, warum er danach gefragt hat. Ich ziehe mein Handy aus der Tasche, werfe einen Blick auf die Uhrzeit und lasse es vor mir liegen, nur um etwas zu haben, wo ich hinschauen kann, während ich hier schweigend sitze.

»Ich glaube, du schaffst das … was du da gerade erzählt hast. Wenn jemand so ein Camp auf die Beine stellen kann, dann du.«

Ich schaue ihn nicht an und ich bin mir sicher, dass er mich auch nicht ansieht. Aus irgendeinem Grund fiel es ihm schwer, das zu sagen. Was seine Worte zu etwas Besonderem macht.

»Danke«, sage ich leise, den Blick auf den Schoß gerichtet, während ich vor Stolz schief vor mich hin lächle.

Der gesamte Raum um uns herum besteht plötzlich nur noch aus anderen Geräuschen – Gabeln, die über Teller kratzen, Stimmen aus dem Fernseher im Wohnzimmer, ein kurzes Husten seiner

Mom zwischen den Bissen. Sein Handy summt ein paarmal auf dem Tresen neben seiner Kappe und er drehte den Kopf, um die Nachrichten zu lesen, doch er ignorierte sie schnell wieder, und ich frage mich, ob sie von Paul kamen. Als es erneut vibriert, schaut er nicht mal nach, sondern legt das Handy einfach mit dem Display nach unten hin. Dann steht er auf und steckt es tief in die Tasche seiner Shorts.

»Lass mich das machen«, sagt er und hält mich davon ab, ebenfalls aufzustehen. Er nimmt unsere Gabeln und die beiden Teller und stellt alles ins Spülbecken. Dann dreht er sich zu mir um und lehnt sich an den Rand des Tresens.

»Was ist mit dir?«, frage ich, weil ich etwas mehr über ihn erfahren möchte. Bisher kenne ich nur die kleinen Warnungen von Lauren, alles andere habe ich mir selbst zusammengereimt.

»Was soll mit mir sein?« Er zuckt mit den Schultern.

»Also, ich weiß, dass du nicht Basketball spielst … ich meine, abgesehen von eurer Amateur-Liga und so«, scherze ich.

Er nimmt ein Geschirrtuch, das hinter ihm am Spülbecken hängt und wirft es mir ins Gesicht. Ich schlage es auf den Tresen und er beugt sich vor, um es sich zurückzuschnappen. Rasch greife ich nach der anderen Ecke und wir spielen Tauziehen, bis ich freiwillig loslasse. Er lässt das Handtuch kurz zu mir schnappen, aber nur ganz leicht, dann hängt er es wieder ans Spülbecken, wo es hingehört.

»Ich meinte, was du für Pläne hast … nach dem hier.«

Seine Handflächen wandern zur Seite, strecken sich zu beiden Seiten auf der Oberfläche vor ihm aus, bis sich seine Schultern nach vorn beugen und sich die Muskeln an seinem Rücken unter dem engen Shirt anspannen. Der obere Rand des tätowierten Wortes lugt an seinem Hals unter dem Kragen hervor und ich versuche, es zu entziffern, während er spricht.

»Ich werde lernen, wie man aufhört, sich zu verbrennen ... so wie dein Hund, denke ich.« Er nimmt einen tiefen Atemzug, sodass sich seine Schultern heben, sein Kopf sinkt nach unten, genau wie mein Herz vor Mitgefühl. Ich bin nicht sicher, was ich darauf sagen soll. Vermutlich gar nichts.

Er bleibt einen Moment so stehen und in dieser Zeit versuche ich, mehr über das Wort an seinem Hals herauszubekommen. Ich bin nicht sicher, aber ich glaube, es ist ein Name.

Ich öffne die Lippen in der Hoffnung, dass etwas Ungezwungenes oder Cleveres herauskommt, als ein rhythmisches Klopfen an Tristans Haustür ertönt. Ich zucke auf meinem Stuhl zusammen, während seine Mom nicht mal etwas gehört zu haben scheint und Tristan sich nur langsam und mit großen, niedergeschlagenen Augen umdreht. Er sieht mich kurz an und in dem Bruchteil einer Sekunde, in dem sich unsere Blicke treffen, spüre ich eine große Angst in ihm.

»Ich muss dann wohl«, sagt er, bevor er zur Tür geht.

Ich stehe auf und mache mich ebenfalls zum Gehen bereit, spüle aber noch meine leere Tupperdose unter dem Wasserhahn im Spülbecken aus, während er draußen mit jemandem redet. Ich trockne die Dose mit einem Papiertuch ab und winke, bis Lelani darauf aufmerksam wird. Sie zwinkert mir zu und nickt mit einem neckischen Grinsen in Richtung Tür, doch ich kann nur höflich zurücklächeln. Sie hat ein paar ganz schön offene Ansichten, dafür dass sie mich kaum kennt, und ich bin ziemlich sicher, dass ihr Sohn im Moment etwas ganz anderes im Kopf hat.

Ich gehe zur Tür hinaus, wo Tristan im Garten mit Paul redet.

Zuerst stehen sie sich nah gegenüber, treten aber einen Schritt auseinander, als sie mich bemerken.

»Riley!« Paul kommt zu mir und nimmt mich fest in den Arm. Er scheint leicht betrunken zu sein, vielleicht auch high, also nehme ich es ihm nicht weiter übel, befreie mich aber sofort von ihm. Dann fange ich Tristans Blick auf, der wieder ausdruckslos ist. Seine Miene ist so eisig, dass ich überlege, wie ich mich schnell verabschieden kann.

»Ich sollte nach Hause gehen. Ich habe noch Hausaufgaben und mein Basketballtrainer kann echt nerven, wenn es um Noten geht«, sage ich, was Paul zum Lachen bringt, bei Tristan jedoch keine Reaktion hervorruft. »Also dann …«

»Hey, bleib doch und häng mit uns ab.« Paul greift nach meinem Handgelenk, aber ich ziehe meine Finger einfach durch seinen leichten Griff. Seine Worte klingen lang gezogen und schleppend, und er stolpert etwas zurück, als ich von ihm wegtrete.

»Würde ich, aber ich muss wirklich los. Ich habe nur was zum Abendessen vorbeigebracht«, sage ich und nähere mich Tristan.

»Du bringst ihm Abendbrot und mir nicht? Das ist nicht fair«, witzelt Paul. Es klingt wie ein Scherz, aber auch bitter enttäuscht. »Du magst ihn mehr, was? Mädchen mögen Tristan immer mehr. Weil er so groß ist, oder?«

Diesmal lacht er laut auf. Aber er liegt falsch.

Ich beschleunige meine Schritte, und als ich an Tristan vorbeilaufe, werfe ich ihm einen flüchtigen Blick zu. Rasch schaut er weg.

»Aber du kannst ihn nicht haben. Es sei denn, du trittst in den Klub ein«, sagt Paul.

Ich schaue kurz über die Schulter und bekomme mit, wie er vor Tristan salutiert.

»Halt die Klappe, Paul«, warnt Tristan ihn knapp und bissig.

Ich lasse sie mit ihrer Konfrontation allein. Keiner der beiden ruft mir etwas nach, während der Abstand zwischen uns immer größer wird. Erst als ich an meiner Einfahrt angekommen bin, drehe ich mich um und sehe, wie sie mitten auf der Straße in meine Richtung kommen. Ich schlüpfe unter dem Garagentor durch, folge meiner neuen Gewohnheit und schließe die Tür hinter mir ab, dann schalte ich ein paar Lichter an. Laurens Worte spuken in meinem Kopf herum, aber irgendetwas in Tristans Gesicht fühlt sich wie eine noch eindringlichere Warnung an. Ich nehme sie ernst und ich fühle mich unwohl deswegen.

Ich warte im Wohnzimmer neben der Haustür und linse durch einen Spalt an der Seite der Jalousie, bis ich die Jungs an meinem Haus vorbeigehen sehe. Ich bleibe dort und beobachte die Straße noch ein paar Minuten. Draußen ist alles ruhig und es vergeht eine Weile, bis ein Wagen vorbeifährt. Es ist noch nicht sehr spät, die Sonne geht gerade erst unter, aber ich muss die ganze Zeit an Tristans Gesichtsausdruck, Laurens Worte und meine abgeschlossene Tür denken. Ich hasse es, Angst zu haben.

»Scheiß drauf«, murmele ich vor mich hin, ziehe mich vom Fenster zurück und marschiere in mein Zimmer, um meinen Ball zu holen.

Ich halte mich gar nicht erst damit auf, meine Klamotten oder die Schuhe zu wechseln, und lasse meine graue Jogginghose und das weiße T-Shirt an, das ich meinem Dad während des Umzugs abgeluchst habe. Ich schiebe das Garagentor hoch, weil der Schalter kaputt ist, schließe die Innentür zum Haus aber nicht ab – aus Protest und um diesem nervösen Gefühl, das die anderen bei mir ausgelöst haben, den Finger zu zeigen. Ich mache das Garagentor zu, jogge die Einfahrt hinunter und beginne zu dribbeln, sobald ich auf die Straße abgebogen bin.

Ich bin in weniger als einer Minute am Park. Das Summen der Platzbeleuchtung klingt laut, wenn niemand in der Nähe ist, und die Insekten haben sich zum Festmahl versammelt, prallen immer wieder gegen den Scheinwerfer über mir. Ich drücke das quietschende Tor auf und dribble den Ball in die Mitte des Spielfeldes. Ich halte ihn zwischen den Handflächen, fixiere zuerst den Korb zu meiner Rechten und dann den zu meiner Linken. Es ist einsam hier draußen, aber nichts an diesem Ort ist beängstigend. Wenn erst die anderen auftauchen, wird das Gefühl der Einsamkeit verschwinden und alles ist gut.

»Hey!«, rufe ich und drehe mich langsam um die eigene Achse, während sich mein Echo in der Abendluft zerstreut.

»Spielt jemand mit?« Ich knie mich mit der Hand auf dem Ball hin. Meine Ohren konzentrieren sich auf jedes Geräusch, doch ich höre nur die Laute der Natur. Eine Kakerlake huscht über den Platz, also stehe ich auf, laufe auf sie zu und kicke sie zurück an den Rand. Gleich darauf fühle ich mich schlecht, also gehe ich hinüber, um nach dem Tierchen zu sehen, denn es ist das einzige Lebewesen, das nach meinen Rufen aufgetaucht ist. Die Kakerlake flitzt unter dem Maschendraht hindurch zum Rinnstein und verschwindet in einem Gullyloch. Mit einem leisen Lachen gehe ich zurück zum Korb.

Ich vermisse die Kakerlake.

Ich gebe das Hirngespinst auf, dass noch jemand auftauchen wird, und beginne, ein paar Bewegungsabläufe zu üben, die Tristan mir gezeigt hat, achte auf meine Schritte und wie ich den Ball führe. Allein zu sein hat den Vorteil, dass ich jedes Geräusch höre, das ich bei meinem Spiel verursache – den Moment, wenn mein Dribbeln schneller wird oder wie sich meine Schritte auf dem Asphalt anhören. Ich versuche, ein paar Würfe anzutäuschen, mit denen ich einen Gegner vielleicht in die Irre führen könnte, aber sie sind schlampig, und je häufiger ich mich in die richtige Richtung drehe und trotzdem nicht treffe, desto frustrierter werde ich. Ich kehre zu meiner ursprünglichen Spielweise zurück und der Ball geht perfekt ins Ziel. Ich mustere die Kette, die am Korbrand schaukelt, atme aus und meine Schultern sacken geschlagen nach unten.

Ich verstehe das nicht.

»Hey!«

Mein Kopf ruckt nach rechts und mein Puls springt in die Höhe. Tristan kommt rasch auf mich zu. Seine Schritte wirken wütend. Seine Miene … *ist* wütend. Mein Blick wandert von rechts nach links und bestätigt mir, dass er allein ist.

»Warum zur Hölle bist du hier draußen?« Seine Augen sind weit aufgerissen und seine Stimme ist laut, seine Füße bleiben nur Zentimeter vor meinen stehen. Sein ganzer Körper ist in einer Art Raubtiermodus, er verlagert das Gewicht von einer Seite auf die andere, seine Brust ist gewölbt, seine Schultern sind breit. Er hat die Hände zur Seite ausgestreckt, die Arme leicht geöffnet.

»Willst du die Verteidigung übernehmen? Geht es hier darum?« Ich mache nur einen Scherz, aber er findet das gar nicht lustig. Ich höre auf, mich zu einem Lächeln zu zwingen, und trete einen Schritt zurück, um mehr Abstand zwischen uns zu bringen.

»Es geht mir gut hier draußen, Tristan.« Ich schüttele den Kopf über ihn. Zumindest *ging* es mir hier gut, bis er aufgetaucht ist und diesen Aufriss gemacht hat.

»Nein! Hier ist es nicht gut für dich!«

Er kommt wieder näher und ich senke den Blick auf seine Schuhe.

Seine Hand hebt mein Kinn, die Berührung ist nicht sanft, aber auch nicht grob.

Ich schlage seine Hand weg. »Lass das!« Ich werfe ihm einen bösen Blick zu und er stößt einen schweren Atemzug aus, schließt langsam die Augen und lässt die Zungenspitze über seine Lippen wandern.

»Du musst mir zuhören«, sagt er mit gezwungen ruhiger Stimme. »Riley, du kannst hier abends nicht allein rumhängen. Das musst du kapieren. Du musst verstehen, was hier für Dinge abgehen.«

»Was geht denn hier ab?« Ich verschränke die Arme vor der Brust und schiebe meine Hüfte zur Seite, während ich auf seine Antwort warte. Seine Miene verfinstert sich und er verzieht den Mund, aber ich halte seinem Blick stand. Ich fordere seinen Blick heraus … fordere *ihn* heraus.

»Mal im Ernst. Wenn dieser Ort so bedrohlich ist, dann erklär mir wieso. Ich wohne schließlich hier, oder?«, sage ich mit zur Seite ausgestreckten Händen. Ich schaue mich um und drehe mich langsam, während ich die stille und armselige Nachbarschaft auf mich wirken lasse. »Was ist hier so furchteinflößend? Sag mir, wovor ich mich in Acht nehmen soll. Sag mir, warum dieser Platz so verdammt gefährlich sein soll.«

Bei den letzten Worten beuge ich mich vor und kneife die Lippen zu einer schmalen Linie zusammen. Ich weiß, wie ich mich wehren kann, denn ich musste mich jedes Mal durchsetzen, egal, wo ich gewohnt habe. Schließlich wurde ich immer akzeptiert, doch aus irgendeinem Grund ist das hier viel schwerer.

Tristan weicht nicht zurück, sein Blick ist schweigend auf mich gerichtet. Ich höre seine Atemzüge, er stößt wütend die Luft aus, bis er schließlich blinzelt und ganz aufhört zu atmen. Er fixiert mich immer noch und er ist immer noch ganz nah.

»Diese Straße – und ganz besonders dieser Park – gehören den Fifty-Sevens«, sagt er.

Ich pruste lachend durch die Nase und lege den Kopf schräg.

»Verstehst du, was das bedeutet?« Sein Blick brennt sich förmlich in mich hinein, bis ich schließlich mit einem nervösen Lächeln wegschauen muss. Ich verschränke erneut die Arme vor der Brust, doch mein Herz beginnt darunter lauter zu pochen.

»Ja, Tristan. Ich kenne die Fifty-Sevens. Ich wohne schon länger in der Gegend, nur nicht in dieser Straße. Ich bin nicht neu hier«, sage ich und kaue dann an der Innenseite meiner Wange. Zum Teil ist das nur Show, denn ich weiß nur wenig über die Fifty-Sevens. Das meiste habe ich im Internet gelesen oder in den Nachrichten gesehen. Ich habe auch mal direkt von der Gang gehört, als der Laden, in dem ich mich mit meinen alten Freunden nach dem Basketball immer auf ein paar Burger und Shakes getroffen habe, geschlossen war, weil der Besitzer während der Nachtschicht abgestochen wurde.

»Riley, geh nach Hause.«

»Nein«, antworte ich schnell.

Seine Miene wird hart, er beißt die Zähne so fest zusammen, dass ich sehen kann, wie sich sein Kiefer anspannt. Er weiß, dass ich mich nicht in die Knie zwingen lasse, was ihn ganz verrückt macht. Mir gefällt das, ich bin nur nicht sicher, ob ich dagegenhalte, um meinen Standpunkt zu verdeutlichen, oder weil ich ihn damit treffe – weil es diese *Gefühle* in ihm auslöst.

Ich spüre es.

Nach einer Weile reißt er sich von meinem Blick los und fährt sich wütend mit der Hand über den Mund, bevor er zu meinem Ball am Rand des Platzes geht, ihn aufhebt, unter den Arm klemmt und einfach weggeht. Es dauert einen Moment, bis ich reagieren kann, denn ich bin wie betäubt. Erst als er fast am Tor ist, bekomme ich mich wieder in den Griff und renne ihm nach, um mir meinen Ball zurückzuholen.

Er hört mich kommen, denn als meine Finger gerade den Ball streifen, wendet er sich um, damit ich den Ball nicht zu fassen bekomme, und packt mich am Ellbogen.

»Hey!«, fauche ich. Ungeschickt hole ich nach ihm aus, doch er hält mich weiterhin fest. Ich zerre wild an seiner Hand, bis er mich endlich loslässt, aber ich bleibe nicht stehen, als er sich wieder wegdreht. Stattdessen springe ich ihn von hinten an, hänge mich an ihn und schlinge die Beine um ihn, bis er mich im Grunde trägt, während er gleichzeitig versucht, mich abzuschütteln.

»Riley! Geh runter!«

Er ruckt heftig zur Seite, aber ich klammere mich an seine Brust und rutsche so weit von seinem Rücken, bis ich mit den Füßen den Boden erreiche und mich abstoßen kann. Er stolpert und verliert den Ball, also lasse ich von ihm ab, schnappe mir den Ball und halte ihn von ihm weg. Ich atme schwer, mein Herz pocht so schnell in meiner Brust, dass es sich fast nur noch wie ein einziger fester Schlag anfühlt. Sein Shirt ist verrutscht und hängt an einem Arm weiter herunter, seine Haare sind zerzaust, wo ich mich mit der Faust festgehalten habe, wie mir erst jetzt bewusst wird.

Tristan atmet aus und verdreht die Augen in Richtung Himmel. Ich schäme mich ein wenig und meine zusammengepressten Lippen zittern vor Nervosität. Er tritt näher, aber diesmal weigere ich mich, zurückzuweichen. Ich halte den Ball noch fester, meine Beinmuskeln werden ganz starr. Ich werde mich nicht von der Stelle rühren. Sein Blick bohrt sich in meinen, wandert dann zum dunklen und stillen Park hinter mir und richtet sich in die Ferne.

»Weißt du was?« Sein Blick heftet sich wieder auf mich. »Leck mich!«

Er wendet sich abrupt ab und schiebt die Hände in die Taschen, als er geht. Dann zieht er die rechte Hand wieder raus und knallt das Tor hinter sich so fest zu, dass es wieder aufspringt. Er schüttelt ein paarmal den Kopf, während er weitergeht, aber nachdem er die Straße überquert und den Lichtkegel der Straßenlaterne hinter sich gelassen hat, kehrt er wieder zu seinem normalen, lockeren Gang zurück.

Ich gehöre nicht hierher. Tristan schon. Und das hat nur etwas mit der Tatsache zu tun, die er mir gerade begreiflich machen wollte. Ich hab's verstanden. Ich bin nicht blöd. Ich weiß, was er ist. Ich denke nur nicht, dass das *alles* ist, was ihn ausmacht. Und ich glaube, dass er das auch nicht denkt.

Fünf Minuten vergehen. Ich folge ihm vom Platz zur Straße, die nach Hause führt. Ich ziehe das Garagentor zu und schließe die Tür ab, dann hinterlasse ich einen Zettel auf dem Tresen für meinen Dad, auf dem ich ihn frage, was er zum Abendessen möchte, wenn wir uns das Spiel ansehen.

Ich erledige meine Hausaufgaben und verbringe den Rest des Abends wach im Bett, während ich die Autos zähle, die ich vorbeifahren höre. Es sind sehr wenige. In meiner Vorstellung sitzt in jedem Wagen ein Gangmitglied am Steuer. Sie haben alle Waffen und Drogen dabei. Die Fußmatten sind mit Blut befleckt. Tattoos zeichnen sie als gehorsame Gangmitglieder aus, die keine Fragen stellen und alle Anweisungen bedingungslos befolgen. Sie haben Angst, spielen aber die harten Typen. Das wollte Tristan mir klarmachen und jetzt geht es mir nicht mehr aus dem Kopf. Das und der flehende Ausdruck in seinen Augen, als er mich bat, nach Hause zu gehen.

Ich wollte nicht nach Hause. Nicht, bevor auch er geht. Ich wollte bei ihm bleiben. Ich wollte, dass er da draußen bei mir bleibt.

Er ist nicht geblieben.

Er kann nicht.

Und das wird er auch nie.

KAPITEL 9

TRISTAN

Dub war ziemlich high, als ich ihn auf einem Campingplatz an irgendeiner heruntergekommenen Straße etwa sechs Meilen vom Highway entfernt fand. Obwohl er so zugedröhnt war, wusste er immer noch genau, was er zu mir sagen musste. Ich war im Wagen meiner Mom aufgekreuzt und er saß zurückgelehnt auf einem Metallstuhl vor einem Wohnmobil, die Boots auf einem hochgestellten Holzscheit abgelegt, das an vielen Stellen angekokelt war. Er kaute auf irgendetwas herum, während ich den Motor abstellte. Erst als ich vor ihm stand, schluckte er es schnell hinunter, was bedeutete, dass ich entweder nicht wissen sollte, was es war, oder dass es sich um Oxy handelte. Er liebt Oxy und diese Pillen werden nie verschwendet.

Vor zwei Tagen erklärte er, dass er Joker rausgeschmissen hat. Aus der Gang, wie auch aus seinem Leben, und er drohte: »Er verschwindet besser aus der Stadt, sobald er sein Abschlusszeugnis hat.« Nachdem Dub das gesagt hatte, verlor mein bester Freund die Nerven. Gestern Abend erzählte mir Joker, dass er keine Ahnung hätte, wo er nach dem Gespräch mit Dub gewesen war. Ich vermute, er weiß es doch – zumindest weiß er, wie alles angefangen hat. Er war in Sophies Bude, einem heruntergekommenen Gebäude voller Hausbesetzer neben dem Lagerhallenkomplex, wo man sich mit billigem Stoff aller Art versorgen kann.

Es ist dort so billig, weil alles mit irgendwas gepanscht wird. Manchmal ist der Shit nicht mal gepanscht, sondern besteht nur aus LSD und irgendwelchen anderen Chemikalien. Das Zeug wird von den Tribes vertickt, auf die Art kaufen sie sich ihre Macht.

Das Bedürfnis, high zu sein, macht mir Angst. Deshalb bleibe ich clean. Ich war nur ein paarmal betrunken und high, als ich zwölf und dreizehn war, und auch nur, weil Dub mich dazu angestachelt hat. Ich habe mir eingeredet, dass es mir gefällt, weil ich dazugehören und so sein wollte wie er. Aber eigentlich will ich das überhaupt nicht. Mir gefiel seine Macht, die Art, wie er alles kontrolliert und dass Mädchen auf ihn abfahren. Aber das Gras und die Pillen … Ich wachte auf und fühlte mich wie meine Mom in ihren schlimmsten Zeiten – ein Zustand, den ich nie wieder erleben will. Und ich würde durchs Feuer gehen, um meine Mutter von dieser Hölle fernzuhalten. Ich erklärte Dub, dass ich clean besser arbeiten kann. Trotzdem halte ich mich an ihn, genau wie ich mein Leben nach ihm ausrichte. Er findet es gut so – respektiert meine Entscheidung, weil es um ihn geht.

Joker war bekifft, als er gestern Abend bei mir zu Hause aufgetaucht ist. Ich wurde nicht ganz schlau aus ihm, aber er bestätigte mir, was Dub gesagt hatte. Er tat es ab, als wäre es keine große Sache. Versuchte mir weiszumachen, sie hätten beide entschieden, dass es so das Beste wäre und er sowieso vorgehabt hatte, auszusteigen. Ich weiß, dass er das vorhatte, aber ich weiß auch, dass ein Ausstieg bei den Fifty-Sevens so nicht funktioniert. Man bekommt nicht einfach eine Kündigung. Jeder, der die Gang verlässt, wird zu einem Risiko. Dub lässt niemanden gehen, es sei denn, er hat irgendein Druckmittel oder der andere ist so verängstigt, dass er Dub nicht noch einmal freiwillig über den Weg laufen würde. Deshalb sind wir alle zum Bleiben verdammt.

Und auf diesen Gedanken komme ich immer wieder zurück. Joker muss irgendeine totale Scheiße gebaut haben, und wenn er raus ist, weil er nicht loyal war, dann ist er auch nicht sicher. Das muss er wissen. Er muss abhauen.

Gestern Abend wollte er nichts davon hören und heute Morgen war er schon weg. Ich rief ihn bei Sonnenaufgang an und fuhr mit dem Wagen meiner Mom bei ihm vorbei, bevor sie zur Arbeit musste. Sein Auto war weg und sein Zimmer sah aus, als wäre er gerade aufgestanden und gegangen. Ich kam zur Schule und dachte, dass er vielleicht einfach dorthin gefahren war, aber mein Bauchgefühl sagte mir, dass er sich nicht so früh auf den Weg zur Schule machen würde. Vermutlich war er entweder abgehauen, bevor sie ihn sich schnappen konnten, oder er war weggerannt, als sie ihn gerade schnappen wollten.

Mein Knie wippt die ganze Zeit auf und ab. Bis jetzt habe ich nur einen schwarzen Tintenkreis in die Mitte meines Notizbuches gekritzelt. Durch den Druck auf den Stift ist das Papier schon gerissen. Dieser Klassenraum ist der letzte Ort, an dem ich jetzt sein will, aber ich habe keine Ahnung, wo ich anfangen soll, nach Joker zu suchen – also kann ich genauso gut hierbleiben, als wäre alles wie immer, bis ich weiß, wohin ich gehen kann.

Riley würdigt mich keines Blickes. *Sei froh*, rede ich mir immer wieder ein. Lügner. Ich rede gern mit ihr. Sie hört zu und meine Träume kommen mir nicht völlig verrückt vor, wenn ich mit ihr zusammen bin. Sie ist so normal, wie Leute in unserem Alter sein sollten. Leute, die anderswo leben. In Miller sticht sie heraus – wie eine Blume aus einem Beet voller Unkraut.

Mein Arm ist mit feinen blauen Linien überzogen, wo sie mich gekratzt hat, als sie sich den Ball zurückholen wollte. Ich spule immer wieder ab, was alles schiefging und wie dickköpfig sie ist. Sie ist unerschrocken und das wird sie in Schwierigkeiten bringen. Der Basketballplatz ist Dubs Gebiet, und wenn Joker den Ärger hat, den ich befürchte, bin ich mir sicher, dass Dubs engste Vertraute aus der Gang irgendwann dort auftauchen werden. Riley unter den summenden Scheinwerfern stehen zu sehen war wie ein kranker Scherz. Ich musste einfach dafür sorgen, dass sie verschwindet.

Sie hat sich so stark zur Wehr gesetzt. Ich war zwanzig Minuten später noch mal dort, um sicherzugehen, dass sie wirklich gegangen ist, und konnte endlich aufatmen.

Eine Schramme an meinem Arm ist immer noch rot. Ihre Nägel haben sich in meine Haut gebohrt, als sie von meinem Rücken gerutscht ist. Ich reibe immer wieder über die Stelle, wo es am meisten brennt, und werfe ihr einen flüchtigen Blick zu, in der Hoffnung, dass sie es bemerkt. Ein Teil von mir möchte, dass sie sich schlecht fühlt, weil sie so ausgerastet ist und mich in ihrer Wut verletzt hat, obwohl es nicht wirklich schlimm ist. Sie ist nur handgreiflich geworden. Als Lauren und ich noch Kinder waren, haben wir uns andauernd wegen irgendwas gestritten, aber ich kann mich nicht erinnern, dass sie jemals auf mich losgegangen ist oder sich an mich drangehängt hat. Riley hat nicht gezögert. Sie hat es einfach getan, als hätten wir eine gemeinsame Vergangenheit.

Ich räuspere mich, aber sie zuckt nicht mal mit der Wimper. Wir lesen ein Kinderbuch. Es geht um Erzählstrukturen oder so. Ich habe das Buch schon gelesen, also schaue ich mir nur die Bilder an.

Ich hatte dieses Buch, als ich klein war. Es ist wahrscheinlich das einzige, das ich jemals gern gelesen habe. Es geht um ein kleines Mädchen, das Angst vor den Monstern in ihrem Schrank hat. Alle paar Seiten ruft sie nach ihren Eltern, die sie retten sollen, und jedes Mal, wenn sie in ihr Zimmer kommen, um nach ihr zu sehen, sind die Monster verschwunden. Die Eltern erklären ihr, dass sie sich das alles nur einbildet, doch sowie sie die Tür hinter sich zugemacht haben, sind die Monster wieder da, bis das Mädchen beschließt, sich mit ihnen anzufreunden.

»Wer ist unsere Protagonistin?« Ms Forte wandert durch die Reihen, während sie spricht, und aus unerfindlichen Gründen streicht sie mein Buch glatt, als sie an meinem Tisch vorbeikommt. Ich setze mich gerade hin und schlage es halb zu, als sie weitergeht.

»Emily.« Die Antwort kommt von einem der schlauen Schüler aus der hinteren Reihe der Klasse.

»Richtig, Emily«, wiederholt Ms Forte. »Und die Antagonisten ... sind die Monster, stimmt's?«

Die Klasse hinter mir brummt zustimmend und ich schmunzele, rutsche auf meinem Stuhl weiter nach vorn und stütze mich mit dem Ellbogen ab, um meine Augen mit der Hand abzuschirmen.

»Worin besteht der Konflikt?« Nach dieser Frage herrscht zunächst Schweigen. Dann murmeln ein paar Leute, dass die Monster sich nicht verziehen wollen, und Ms Forte meint, dass sie »auf der richtigen Spur« sind.

Aber das sind sie nicht. Nicht einmal annähernd. Das Problem ist nicht, dass die Monster nicht verschwinden wollen. Das Problem ist, dass Emilys Eltern nicht zuhören – sie glauben ihrer Tochter nicht. Und deshalb sind ihre Eltern die Antagonisten. Sie sind der einzige Grund, warum Emily lernen muss, mit dem Feind in einem Zimmer zu schlafen.

Ich spüre in der Tasche an meinem Bein, dass mein Handy vibriert, also ziehe ich es heraus, lege es auf mein Knie und schiebe es so hin, dass ich die Nachricht unter dem Tisch lesen kann. Mein Herz klopft, weil ich hoffe, dass Joker mir schreibt, aber es ist Dub, und ich brauche ein paar Sekunden, um zu verstehen, was er mir mitteilen will.

Der Dreck muss weg. Ich erledige das.

Ich kann den Blick nicht von den Worten abwenden. Meine Zähne nagen so fest an der Innenseite meiner Lippe, dass die Haut sich dort sofort ganz rau anfühlt.

Dreck. Das Wort kann in unserer Gang eine Menge bedeuten. Es bedeutet Cops. Es bedeutet Verräter. Es bedeutet Probleme.

Es bedeutet, Joker hat nach einem Ausweg gesucht, doch der Weg, den er gewählt hat – den er gefunden hat –, wird ihn stattdessen umbringen.

Ich rutsche noch mehr auf meinem Stuhl herum, was Riley aufblicken lässt. Ich spüre, wie die Hitze von meiner Brust über meine Arme bis in meinen Hals hinaufsteigt, während mir so viele Dinge durch den Kopf gehen. Mein Freund ist abgehauen, aber bevor er abgehauen ist … hat er da etwas Dummes gemacht?

Meine Atmung beschleunigt sich, mein ganzer Körper ist von einer unkontrollierbaren Energie erfüllt. Es ist nicht der Drang zu fliehen, sondern eher der Drang, Gewissheit zu haben – es mit eigenen Augen zu sehen.

»Alles okay bei dir?« Rileys Flüstern lenkt meine Aufmerksamkeit sofort auf sie. Ihre Augen sind zusammengezogen und sie lehnt sich über den Tisch zwischen uns. Ich muss krank aussehen. Ich werfe einen Blick über die Schulter, aber Ms Forte hat uns den Rücken zugekehrt. Sie redet, alle hören zu, nur wir nicht.

»Kann ich mir deinen Pick-up borgen?« Meine Bitte klingt drängend. Ich kann nur daran denken, nach Hause zu fahren, aber ich habe kein Auto. Riley ist meine einzige unmittelbare Option, doch sie kann nicht mitkommen. Sie hat keinen Grund, mir zu vertrauen, und ich kann sehen, wie sie nach einer Ausrede sucht, während sie mich ohne irgendeine Reaktion mustert. Ihre Miene wirkt ausdruckslos, vielleicht sogar verblüfft, weil ich nach etwas so Persönlichem frage, nachdem ich gestern Abend versucht habe, sie kleinzukriegen und herumzukommandieren. Sie wird bestimmt gleich Nein sagen, ich wusste es schon, als ich gefragt habe, aber ich bin echt verzweifelt.

»Okay.«

Meine Brust bebt, als ich die Luft ausstoße, die ich unbewusst angehalten hatte. Riley beugt sich nach unten und zieht den Auto schlüssel aus ihrem Rucksack, der neben ihren Füßen auf dem Boden steht. Sie dreht den Kopf, als sie sich wieder aufrichtet, ihre Augen scannen die Rückseite des Raums, um sicherzugehen, dass niemand etwas bemerkt hat. Dann beugt sie sich wieder zu mir, schiebt den Schlüssel unter ihrer Hand über den leeren Tisch zwischen uns und wartet, bis ich den Arm ausstrecke und unsere Hände sich berühren. Meine liegt auf ihrer und ich bin überrascht, wie kalt sich ihre Haut unter meiner anfühlt, die glühend heiß ist. Sie zieht ihre Hand langsam weg, meine Fingerspitzen streichen über jeder Delle und Kurve, bis nur noch ihre Fingerspitzen unter meinen kitzeln.

Sie nimmt die Hand sorgfältig vom Tisch und hält den Blick nach vorn gerichtet – weg von mir. Ich schiebe den Schlüssel in meinen Schoß, bevor ich ihn mit der Faust umschließe, dann schaue ich wieder zu ihr, weil ich mich bedanken will, aber sie starrt weiter geradeaus. Ich weiß, dass sie meinen Blick spürt, denn ihre Miene verfinstert sich leicht. Sie dreht kaum merklich den Kopf, lässt die Augen in meine Richtung wandern, sieht mich aber nicht direkt an.

Ich mache ihr Angst.

Sie weiß es.

Sie hilft mir trotzdem.

Zehn Minuten vergehen. Es fühlt sich an, als würde die Zeit immer langsamer laufen und gegen mich arbeiten. Ich kann nicht auf Antworten warten – nicht mal die wenigen Stunden bis zur Mittagspause. Denn in diesen wenigen Stunden können in der Welt, die außerhalb der Schule existiert, eine Menge Dinge passieren. So viel kann sich ändern und nichts davon liegt in meiner Hand – ich kann nicht dabei helfen, die Geschichte zu erzählen, denn alle wichtigen Teile, die Protagonisten, der Höhepunkt … *die Monster*, stehen schon geschrieben, bevor ich die Chance habe, einzugreifen.

»Entschuldigung«, sage ich und räuspere mich, während ich aufstehe und den Schlüssel unbemerkt in meine Tasche gleiten lasse.

Ms Forte dreht sich um. Unsere Blicke treffen sich, ihrer warnend, meiner entschlossen.

»Toilette«, sage ich und deute in Richtung Flur.

Sie mustert mich einen weiteren Moment, versucht dahinterzukommen, ob ich Blödsinn rede. Ich bin kurz davor, einfach davonzustürzen, denn ich weiß, dass sie mich nicht aufhalten könnte, als Riley neben mir aufsteht.

»Ich auch. Wir beeilen uns«, sagt sie und geht auf die Tür zu, ohne unserer Lehrerin die Möglichkeit zu geben, Nein zu sagen.

Ich folge ihr schweigend. Wir greifen beide nach einem Plastikflurpass, die an der Wand hängen, dann fällt die Tür mit einem leisen Klicken hinter uns ins Schloss. Wir nehmen den normalen Weg den Flur hinunter zu den Toiletten rechts um die Ecke. Riley schaut sich nicht einmal nach mir um und verschwindet auf der Mädchentoilette, ohne in irgendeiner Form einen Verdacht zu erwecken, falls wir beobachtet werden. Ich möchte mich immer noch gern bei ihr bedanken, aber ich will auch endlich los, also bleibe ich nicht stehen, sondern laufe schnell zum Ende des Flurs, wo es zum Parkplatz hinausgeht. Ein Sicherheitsmann, der dort abgestellt ist, schaut auf. Ich zeige ihm den Flurpass und den Autoschlüssel.

»Hab was vergessen«, sage ich, obwohl das den Kerl nicht wirklich interessiert. Diese Typen kriegen zehn Dollar die Stunde und ihr Job ist es, unsere Taschen zu durchsuchen und sicherzustellen, dass wir nichts Illegales dabeihaben. Er winkt mich vorbei und wendet sich wieder irgendeinem Video zu, das er sich gerade auf seinem Handy ansieht.

Ich streife durch die Reihen des überfüllten Schülerparkplatzes, bis ich ganz hinten die Heckklappe des Pick-ups entdecke. Ich werde schneller und sprinte schließlich an den anderen Autos vorbei, bis ich an Rileys Wagen angekommen bin. Die Tür ist nicht abgeschlossen, was ziemlich dämlich ist, selbst wenn sie ihren Pick-up für eine totale Schrottlaube hält. Auch Schrottlauben werden geklaut und in Einzelteile zerlegt, denn die sind oft noch etwas wert. Das passiert hier gar nicht so selten. Auf diese Art verdienen sich die Tribes einen Teil ihres Geldes.

Meine Knie stoßen an ihr Lenkrad, also greife ich nach unten, ziehe am Hebel und schiebe den Sitz zurück, bevor ich die Tür schließe. Ich stecke den Schlüssel ins Zündschloss und mache mich mit dem Armaturenbrett vertraut, als beim Anlassen des Motors ein klingendes Geräusch ertönt. In diesem Moment sehe ich den Schalthebel.

»Shit«, fluche ich vor mich hin.

Ich weiß nicht, wie man mit Gangschaltung fährt. Ich hatte nie wirklich die Gelegenheit, es zu lernen, denn wenn ich für Dub fahre, geht es meistens darum, uns schnell von irgendwo wegzubringen. Nicht wirklich ein guter Zeitpunkt, den Motor abzuwürgen und ein Getriebe kaputt zu machen.

Ich lege die Finger um das Lenkrad und winkele die Arme an. Ich kann das. Ich trete die Kupplung durch und lege den Gang ein, dann hebe ich den linken Fuß leicht an, während ich mit dem rechten Gas gebe. Ich spüre, wie der Pick-up nach vorn zieht, also gebe ich richtig Gas, lasse die Kupplung kommen und würge den Motor mit einem so heftigen Ruck ab, dass ich nach vorn gegen die Lenksäule geschleudert werde.

Verdammt.

Nach ein paar frustrierten Atemzügen schaue ich verstohlen nach links, ob irgendjemand mein episches Versagen mitbekommen hat. Der Sicherheitsmann an der Vorderseite der Schule lehnt immer noch an der Wand. Ich bin sicher, dass er mich gehört hat, aber er kommt nicht in meine Richtung und er hat auch nicht das Funkgerät von seinem Gürtel genommen, um mich zu melden.

Ich lasse erneut den Motor an, der Pick-up erwacht stotternd zum Leben. Ich bin nur wenige Schritte von der Stelle entfernt, wo ich vor ein paar Minuten gestartet bin. Ich wiederhole das Ganze wie eben, meine Arme versteifen sich, mein Körper ist ganz starr, während ich aufrecht dasitze und versuche, alles im Blick zu behalten. Ich spüre, wie sich unter meinen Füßen der Druck aufbaut, und gebe Gas. Diesmal lasse ich die Kupplung langsamer kommen, was damit endet, dass die Reifen auf dem harschen Asphalt durchdrehen und Rauch an den Seiten aufsteigt – bis der Pick-up nach vorn springt und wieder ausgeht.

Ich drücke das Lenkrad so fest, dass die Adern an meinen Händen blau hervortreten. Ich beginne, am Lenkrad zu rütteln, schlage mit den Handflächen dagegen, bis ich aus Versehen die Hupe erwische. Mein Herz fühlt sich an, als würde es mir gleich aus der Brust springen. Das Pochen brennt in meinem Brustkorb, der Geschmack von Magensäure breitet sich in meinem Mund aus. Das fühlt sich alles wie ein schlechtes Omen an.

Jetzt bin ich auf jeden Fall gehört worden und aufgrund der Probleme an unserer Schule werden Leute, die zu lange auf dem Parkplatz rumhängen, nicht gerade zimperlich behandelt. Der Schulcop ruft bestimmt gleich die Polizei, wenn das nicht schon längst passiert ist.

Ich gebe auf, ziehe den Schlüssel ab, rutsche gleichzeitig in einer schnellen Bewegung vom Fahrersitz und schlage die Tür heftig hinter mir zu. Der Sicherheitsmann hält sein Funkgerät vor sich. Entweder wartet er auf eine Antwort oder er will erst sehen, was ich mache – ob ich abhaue. Die Schule wird wie ein Gefängnis geführt. Ich schätze, das muss so sein. Keine Ahnung.

»Hab's gefunden«, sage ich, als ich an ihm vorbeigehe.

Er hat noch niemanden über Funk gerufen, und weil ich zurück in das Gebäude gehe, scheint das die Situation zu entschärfen. Ich halte ihm ein gefaltetes Stück Papier hin, das ich aus meiner Hosentasche gezogen habe. Es ist das Antragsformular von Ms Beaumont, das ich nicht mehr in der Hand hatte, seit ich die zweite Kopie von ihr bekommen habe. Ich sollte das Blatt wegwerfen, aber das wäre jetzt ziemlich schräg, nachdem ich es angeblich »gefunden« habe.

Ich vergrabe die Hände tief in meinen Taschen und gehe schnell zurück in meine Klasse, wo Ms Forte gerade Wörter an der Tafel durchstreicht. Die Wörter ergeben ein regelrechtes Wirrwarr und anhand der Menge wird mir klar, dass ich eine ganze Weile weg gewesen bin.

Ms Forte hat eine Hand in die Hüfte gestemmt, in der anderen hält sie den offenen Marker. Ihr Blick folgt mir, als ich von den Haken an der Tür, wo ich den Flurpass wieder anhänge, an den Reihen vorbei zu meinem leeren Platz gehe. Meine Sachen sind noch da, was zu meiner Geschichte passt, also baue ich sie noch ein bisschen aus, hebe entschuldigend die Hand und lege sie dann auf meinen Bauch, um so zu tun, als hätte ich eine Magenverstimmung. Um das Ganze noch zu unterstreichen, blase ich gleichzeitig die Backen auf. Ms Forte verdreht die Augen und wendet sich wieder der Tafel zu. Sowie sie sich weggedreht hat, schiebe ich Riley den Schlüssel zu. Als ich nicht gleich ihre Berührung spüre, schaue ich zu ihr und deute mit den Augen auf meine Hand, damit sie sich den Schlüssel schnell schnappt.

»Kann nicht mit Gangschaltung fahren«, flüstere ich ihr zu.

Sie kneift den Mund zusammen, wahrscheinlich tut es ihr leid, dass sie mir nicht helfen konnte. Sie schiebt ihre Hand zu mir, um sich den Schlüssel zu holen, und streift dabei meine Haut. Ich habe keine Ahnung, warum sich meine Finger um ihre legen, bevor sie die Hand wieder wegziehen kann, aber plötzlich verharren wir beide in dieser kurzen Berührung, die ich verzweifelt halten möchte. Mein Blick huscht zu ihrem Gesicht. Ihre Augen sind geweitet und auf unsere Hände gerichtet. Ein leichtes Zucken ihrer Finger streicht wie eine Feder über meine Hand, sodass ich sie rasch wegziehe. Sie legt den Schlüssel in ihren Schoß und hält ihn den Rest der Stunde fest.

Als Ms Forte fertig ist, teilt sie unsere Notizbücher aus und gibt uns Anweisungen für die heutige Aufgabe. Sie möchte, dass wir ein Gedicht schreiben. Ich muss sofort an den Rap-Song denken, der im Hintergrund lief, als Dub mir sagte, dass Joker raus ist.

Boy gotta gun, think it gonna make him gangster,
But I say no sir, cuz I can cap you faster.

Joker ist nicht schnell. Dub ist schneller.

Ich kritzele den Songtext in mein Buch und schreibe darunter *DC Combs*, den Namen des Songtexters. Ich lese die Zeilen immer und immer wieder, wiederhole die düstere Botschaft in meinem Kopf, während meine Arme und Beine immer unruhiger werden. Nachdem ich mir zehn Minuten lang die schlimmsten Szenarien für meinen Freund ausgemalt habe, gebe ich der Versuchung nach, meinen letzten brennenden Verdacht zuzulassen.

Wie viel Dreck hat Joker verursacht?

Im Klassenraum ist so still, dass man das Rauschen der Lüftungsrohre unter dem Dach und in den Wänden des Gebäudes hören kann, aber dieser Zeitpunkt ist genauso gut wie jeder andere. In einer Bewegung greife ich nach den Trägern meines Rucksacks und stehe auf. Ich hänge mir den Rucksack über die Schulter und marschiere an den Tischreihen vorbei zur Tür.

»Tristan!«

Ich höre meinen Namen, bin aber ehrlich gesagt nicht sicher, ob Ms Forte oder Riley ihn gerufen hat. Doch keine der beiden kann mich aufhalten.

Sowie ich auf den Flur hinausgetreten bin, sprinte ich los. Ich stürme durch die Hintertür, vorbei an dem Sicherheitsmann, und springe mit einer Hand über den Zaun.

Hastig schiebe ich den Rucksack in die Mitte des Rückens, damit ich ihn richtig aufsetzen kann, dann renne ich weiter – durch Gärten und Seitengassen –, nehme jede Abkürzung, um auf dem weiten Weg von der Schule bis nach Hause irgendwie Zeit zu sparen. Ich schlüpfe durch den Verkehr, schlängele mich an Autos vorbei, ohne auf das Hupen und die Flüche zu achten. Ich habe gerade mal zwei Meilen geschafft, als ich nicht mehr kann. Außer Puste gehe ich die belebteste Straße in Miller entlang, halte mir die Seite und versuche, die brennenden Seitenstechen zu unterdrücken.

Die Kirche meiner Mom ist ganz in der Nähe, also tausche ich die restlichen vier Meilen bis nach Hause gegen die paar Blocks bis zur Kirche. Ein paar Minuten später stehe ich neben der Fahrertür ihres Wagens, ohne Schlüssel und mit schlimmen Befürchtungen. Mein Atem geht stoßweise und der Drang, mich zu übergeben, geht in Wellen durch meinen Magen.

Ich habe Angst.

Ich habe Angst, in die Kirche zu gehen und meine Mom nach dem Autoschlüssel zu fragen. Ich habe Angst vor der Enttäuschung in ihrem Blick, weil ich nicht in der Schule bin und wegen meines besten Kumpels Panik schiebe. Mir graut davor, Jokers Mom da drin zu begegnen, sie anlügen zu müssen und ihr dabei in die besorgten Augen zu sehen. Ich habe Angst, was ich als Nächstes herausfinden werde, aber auch davor, was ich schon weiß und was ich mir zusammenreime.

Ich schließe die Augen und lege die Hand auf den zerkratzten Türgriff, den ich schon so oft aufgebrochen habe. Ich atme tief ein und überzeuge mich, dass es richtig ist, den einfachsten Weg zu wählen – den Weg, der mir einen Teil des Schmerzes und die Vorwürfe erspart, und der mich schneller zu den Antworten bringt, die ich unbedingt brauche. Ich ziehe stark am Griff, schiebe die Finger unter die Metallverkleidung und taste nach dem vertrauten Schwachpunkt, der immer funktioniert. Ich presse die Fingerspitzen der anderen Hand nach innen und drücke auf den Metallhebel, bis die Tür aufspringt – und ich mir den Finger klemme, bevor ich die Hände zurückziehen kann.

Ich zucke zusammen und lecke rasch das Blut ab, während ich in Moms Wagen steige und mich gleich nach rechts beuge. Die Kabel stehen immer noch vom letzten Mal heraus, als ich das tun musste. Ich starte den Motor und fahre langsam aus der Parklücke, den Finger wieder im Mund, damit kein Blut in den Wagen tropft.

Ich bin schockiert, dass mich niemand gesehen hat, aber andererseits auch nicht. So etwas passiert täglich in dieser Stadt – ständig werden Autos geklaut. Man muss nicht mal damit davonrasen, weil die Opfer meist viel zu verängstigt sind, um die Täter zu verfolgen. Es sitzt immer jemand von uns hinterm Steuer. Und wenn nicht, holen wir uns den Fahrer, denn niemand klaut irgendeinen Scheiß in diesem Viertel, ohne das Dub seine Zustimmung gegeben hat.

Es sei denn, ich bin derjenige … im Wagen meiner Mom. Ich muss nach Hause, denn ich hoffe, den Beweis zu finden, dass ich mit meiner Vermutung falschliege, obwohl ich instinktiv weiß, dass es nicht so ist.

Sie wird bald mitbekommen, dass ihr Auto weg ist, wenn ich nicht rechtzeitig zurück bin. Also gebe ich Gas, als ich weit genug von der Kirche weg bin, bis ich mit quietschenden Reifen vor unserem Haus zum Stehen komme. Ich lasse den Motor laufen und hetze in den Hintergarten, bahne mir einen Weg durch hohe, verwilderte Büsche, Gras und Unkraut. Es ist nicht schwer, die Stelle zu finden, an der Joker die Messer verbuddelt hat, die ich ihm gegeben hatte. Er hat sich nicht besonders viel Mühe gegeben, und ich bin froh, dass meine Mom keine Zeit hatte, nach draußen zu gehen. Sie hätte die Stelle leicht entdeckt und dann hätte sie geweint.

Ich zerre an dem Segeltuchstoff, in den die Messer eingewickelt sind, lose Erdbröckchen fallen herunter. Der Stoff wickelt sich von selbst auseinander, als ich ihn ganz herausziehe. Ich muss nicht mal nachzählen, um sicher zu sein, dass ein paar Messer fehlen.

Ich lasse mich auf den Hintern fallen und starre auf den Haufen Beweismaterial zwischen meinen Füßen. Meine Hände graben sich in das feuchte Gras und den Boden darunter. Ich kann den Blick nicht abwenden, egal wie sehr ich es will. Nichts, was ich tue, wird die Tatsache ändern, dass ich Joker sieben Messer gegeben habe, jetzt aber nur vier vor mir habe.

»Gottverdammt, Joke … Was hast du gemacht?«

Ich beuge mich vor und stütze mich auf den Knien ab, lasse den Arm an meiner Nase nach unten wandern und bedecke den Mund mit dem Unterarm, während ich gegen die Fassungslosigkeit ankämpfe, die durch meinen Körper strömt.

Mein Freund hat geredet. Mein bester Freund hat Geheimnisse verraten, die ihn töten können, an Leute, die uns hochnehmen wollen. Dub hat die zuständige Bundespolizeibehörde – das ATF – erwähnt, aber ich glaube nicht, dass es nur die waren. Das FBI und

Miller County versuchen schon seit Monaten, an die Fifty-Sevens heranzukommen. Eigentlich sogar schon seit Jahren. Ein neuer Gouverneur und eine Menge schlechter Presse für den Staat Ohio haben die Dinge in letzter Zeit hochkochen lassen. Die guten Menschen da draußen wollen uns loswerden. Daran ist nichts falsch. Aber drei Messer mit ein paar DNA-Spuren reichen nicht aus, um uns auffliegen zu lassen. Es wird nur dazu führen, dass mein bester Freund umgebracht wird … wenn das nicht schon passiert ist.

KAPITEL 10

RILEY

Lauren tätschelt mir den Kopf, als sie sich auf der Tribüne eine Reihe hinter mich setzt. Ihre Finger wandern über meine samtigen Haare, streichen gegen die Wuchsrichtung und dann wieder zurück.

»Ich habe beschlossen, mir etwas zu wünschen, wenn ich deinen Kopf anfasse«, sagt sie, streicht noch etwas schneller weiter und schließt dann die Augen.

»Was wünschst du dir denn?«, frage ich.

»Darf ich dir nicht sagen. Geht sonst nicht in Erfüllung.« Sie zieht das Bein hoch, um ihren Schuh zuzubinden, während sie mit zusammengepressten Lippen lächelt.

»Weißt du, was ich mir wünsche?« Ich warte, bis sie mit erhobener Augenbraue aufblickt. »Nicht von einem unzuverlässigen Kerl abhängig zu sein, nur um Basketball spielen zu können. Das würde ich mir wünschen.«

Mein Tonfall ist ziemlich durchschaubar. Ich mache mir Sorgen um Tristan, weil er so Hals über Kopf abgehauen ist und weil er offenbar Schiss vor etwas hatte. Ich kenne ihn erst seit einer Woche, aber in dieser Zeit habe ich eins über ihn gelernt – er hat nicht vor vielen Dingen Angst.

»Willkommen in der Welt der Enttäuschungen und gebrochenen Versprechen«, sagt Lauren und drückt meine Schulter, als sie aufsteht. Sie lacht leise, kommt eine Reihe herunter und setzt sich zu mir gewandt neben mich, wobei sie ein Bein unter das andere schiebt.

Ich verdrehe die Augen und zucke mit den Schultern. »Ich weiß, Männer werden dich immer enttäuschen, bla, bla, bla …«

»Nicht alle«, unterbricht mich Lauren. Sie fängt meinen Blick auf und zwinkert mir langsam zu, ihr schmaler, leicht schiefer Mund erzählt von einer Vergangenheit vieler Enttäuschungen. »Mein Dad und Tristans Dad waren einmal richtig gute Freunde.« Sie zupft an ihren Fingern, die sie über ihr Knie gelegt hat. Sie senkt das Kinn tief auf die Brust, ihre Finger hören auf zu zupfen und sie bleibt für einen Moment ganz still sitzen. »Sie sind beide tot, Riley. Sie starben auf eine grausame, schreckliche, brutale, üble und … total sinnlose Art.«

Sie neigt den Kopf zur Seite, unsere Blicke treffen sich kurz, bevor sie die Augen wieder auf den Boden richtet. Ich weiß nicht, was ich darauf erwidern soll – ich bin nicht mal sicher, ob ich überhaupt etwas erwidern sollte, also schweige ich einfach. Mein Atem passt sich ihrem an, und als sie ganz langsam die Schultern fallen lässt, werde ich das unheilvolle Gefühl nicht los, dass sie mir etwas noch Schlimmeres erzählen will, obwohl ich mir das kaum vorstellen kann.

»Tristan …« Sie hält inne, dann schüttelt sie den Kopf und schließt die Augen. »Er ist seinem Vater so ähnlich, Riley. Seine Ängste … wie sie seine Entscheidungen beeinflussen. Er will sich von seinem Erbe lösen, aber jede Wahl, die er trifft, hätte auch sein Vater getroffen. Auch mein Dad hat nicht anders gehandelt und diese Jungs … fuck, diese Jungs, Riley. Die sind so bescheuert, verstehst du?«

Ich zucke wieder mit den Schultern, als sie aufblickt. Sie erhebt sich schmunzelnd und winkt mir mit einer Hand zu.

»Mich macht das nur manchmal ganz krank. Das ist alles. Ich bin sicher, dass es ihm gut geht, ich habe nur das Gefühl, dass die Typen in dieser Stadt nichts aus der Vergangenheit lernen. Sie sind so verdammt verbohrt, wiederholen alles immer und immer wieder, egal wie hässlich es jedes Mal endet.«

Sie springt von der untersten Sitzreihe auf den Sporthallenboden, als hinter ihr zwei Mädchen aus dem Team hereinkommen, aber eben nur zwei. Jetzt sind wir zu viert, nicht mal genug für eine Startaufstellung. Ich habe heute den ganzen Tag nur an das Training gedacht, daran, was ich mit Tristan geübt habe und wie ich das Gelernte bei meinen Teamkolleginnen ausprobieren kann. Ich habe mich schon darauf gefreut, zu zeigen, wie schnell ich lerne. Ich habe mich darauf gefreut, es *ihm* zu zeigen, trotz unserer Auseinandersetzung auf dem Basketballplatz gestern Abend.

Ich habe mich darauf gefreut, daran weiterzuarbeiten und ihm Fragen zu stellen. Ich wollte mit ihm *reden!*

»Wie hässlich endet es denn?«, frage ich, stehe auf und strecke mich, bevor ich nach unten gehe und mich neben sie stelle.

Sie verzieht das Gesicht. »Du hast gesagt, es interessiert dich nicht. Was denkst du denn, wie hässlich es werden kann?«

Ich weiß, dass es in diesem Teil des Bezirks nicht gerade nett zugeht. Ich weiß, dass es Drogen gibt, Fälle von Überdosis, Schießereien … *Gangs.* Ich war nicht schockiert darüber, was Tristan gestern auf dem Basketballplatz gesagt hat, denn jedes Viertel, in dem ich bis jetzt gewohnt habe, hatte sogenannte gefährliche Ecken. Ich weigere mich nur, dieser Tatsache Macht über mein Leben zu geben. Niemand hält mich von irgendeinem Ort fern, außer der Besitzer, und man besitzt einen Platz nicht, nur weil man ihn für sich beansprucht. Wenn es gefährlich wird, haue ich ab. Nicht eine Sekunde früher.

»An guten Tagen endet es mit einer lebenslangen Haftstrafe.« Sie bleibt noch kurz neben mir stehen, dann tritt sie vor und hebt einen Ball auf. Ich tue dasselbe, dribble aber nicht gleich los. Sie ist schon ein paar Schritte auf dem Spielfeld, bevor ich nachhake.

»Wie sind sie gestorben?«

Jeder andere wäre stehen geblieben, vielleicht sogar beleidigt gewesen. Es ist eine unfassbar persönliche und vertrauliche Geschichte, aber Lauren zuckt nicht mal mit der Wimper. Ihre Antwort erfolgt rasch … zumindest auf die Hälfte meiner Frage.

»Es gab eine Schießerei mit der Polizei. Es war in den Landesnachrichten, was … na ja, für mich in der folgenden Woche zu einem Spießrutenlauf wurde«, sagt sie. »Es gab eines Nachts eine Razzia bei uns zu Hause und mein Dad hat sich gewehrt. Sie haben ihn in die Brust geschossen, er ist verblutet, bevor er ins Krankenhaus gebracht werden konnte.«

Sie hat mir den Rücken zugekehrt, während sie mir das erzählt. Sie hält an der Freiwurflinie an und wirft, doch der Ball geht am Rand des Korbs vorbei. Sie dreht sich zu mir um, bevor sie sich den Ball zurückholt, zuckt mit einer Schulter und wirft mir ein trauriges und distanziertes Lächeln zu.

»Ist wahrscheinlich besser, dass er gestorben ist. Sie hätten ihn nur eingesperrt«, sagt sie.

»Warum hätten sie ihn eingesperrt?« Ich weiß, dass meine Fragen dreist sind, aber solange Lauren nichts dagegen zu haben scheint, sie mir zu beantworten …

»Weil er ein wirklich böser Mann war. Sie haben unser Haus nicht ohne Grund durchsucht. Mein Dad war verdammt schuldig … deshalb.« Ihr Tonfall wird forscher, also sollte ich es lieber dabei belassen, aber eine Frage rutscht mir trotzdem noch heraus.

»Woher weißt du das?«

Lauren lacht vor sich hin. Sie joggt zum Korb, versenkt den Ball im Sprung und wendet sich dann völlig davon ab. Sie nimmt das Band ab, das ihr die Haare aus dem Gesicht hält, und wickelt es stattdessen um ihr Handgelenk. Dann wirft sie einen Blick nach links auf die große Digitaluhr unter der Anzeigetafel.

Ihre Augen wandern zu mir zurück. »Er hat Messer und Waffen in unserer Abstellkammer im Flur versteckt. Mit den Fingerabdrücken und der ganzen Sachlage war es ein todsicherer Fall.« Sie lacht kurz auf. »Aber ich wusste schon vorher, dass er kein guter Mensch war. Ich wusste es, weil er so viele Versprechen gebrochen hatte, weil er alles verpasst hat, was wir geplant hatten, weil er mich von der Schule abholen wollte, aber nie aufgetaucht ist. Ich wusste es, weil er das Basketballteam meines Bruders trainieren sollte und meine Mom für ihn einspringen musste.«

Sie erwidert meinen Blick, fixiert mich, während ich die Bedeutung ihrer Worte sacken lasse. Das Training sollte vor dreißig Minuten beginnen. Tristan ist nicht gekommen.

»Ich habe eine Menge Hausaufgaben auf. Und lass uns ehrlich sein, Riley … wir sind nur zu viert und keiner von uns ist der Coach. Tristan ist nicht mal ein richtiger Coach, Süße. Sorry, mir reicht's für heute. Aber ich hab dich trotzdem lieb.« Sie seufzt, dann senkt sie den Blick und geht zur Bank mit ihren Sachen. Die anderen beiden Mädchen folgen ihr – froh darüber, dass sie so früh abhauen können – und in weniger als einer Minute bin ich in der Turnhalle allein.

Ich spiele ein paar Minuten für mich, aber durch Laurens Worte und meine Gefühle bin ich nicht bei der Sache. Deshalb werfe ich nur nachlässig und bekomme kaum etwas davon mit. Vielleicht bleibe ich einfach so lange, bis das Jungsteam auftaucht. Oder vielleicht kommt doch … jemand anderes.

Ich schnappe mir meine Sachen von der Bank und stopfe sie in meinen Sportbeutel, dann drücke ich die Tür auf. Goldene Sonnenstrahlen fallen von draußen herein, ihre Wärme mischt sich mit der kühlen Luft. Ich finde einen guten Platz auf einer halbhohen Mauer direkt neben der Tür und setze mich mit baumelnden Beinen und offenen Schuhen darauf. Die Sonne färbt sich mit jeder Minute oranger und je länger ich warte, desto dämmriger wird es. Also trainiert auch das Jungsteam heute nicht.

Mein Dad war schon zu Hause und ist längst wieder los, ein weiteres Zeitfenster hat sich geschlossen, ohne dass ich ihn sehen konnte, also kann ich auch noch bleiben. Ich sehe nur Fehlschläge um mich herum, warum soll ich mich ihnen nicht gleich hier stellen? Ich weiß nicht, wo die andere Hälfte unseres Teams heute war, und seit Monaten hat kein College meine Bewerbungsseite geöffnet – nicht mal nachdem ich gestern Abend ein paar E-Mails verschickt habe. Ich habe vorhin in der Mittagspause nachgesehen, und ich könnte jetzt noch einmal in den Computerraum gehen doch stattdessen klammere ich mich an diesen letzten kleinen Funken Optimismus, der mich daran glauben lässt, dass Tristan ein guter Mensch ist. Er ist der Nachbar, der mir beim Abladen des Pick-ups geholfen hat, der zugesagt hat, mein Team zu retten, und aus irgendeinem Grund kann ich mich nicht von diesen Gedanken trennen. Ihn habe ich an den letzten drei Abenden vor dem Einschlafen vor mir gesehen und ich werde das Gefühl einfach nicht los, dass bei ihm gerade etwas schrecklich schiefläuft.

Er würde das Training nicht ohne triftigen Grund sausen lassen. Ich kenne die Menschen und ich kenne ihn. Er ist kein Lügner. Und er ist kein Drückeberger. Er wird kommen … er ist nur spät dran.

Er ist nur spät dran.

KAPITEL 11

TRISTAN

Ich bin durch jede Straße gefahren. Ich habe meine Mom angelogen, als sie anrief, und behauptet, dass ich mir ihren Wagen gleich nach dem Unterricht geholt hätte. Sie weiß, dass ich lüge, aber weil ich ans Handy gegangen bin, lenkt sie das vielleicht von ihren Ängsten ab und lässt sie glauben, dass ich doch ehrlich bin. Sie lebt für diese kleinen Hoffnungsschimmer. Sie sind Teil ihres Glaubens – dass das Böse nicht wirklich passiert, und wenn sie nur fest genug betet, alles gut werden wird.

Ich glaube an Geständnisse. Ich glaube an Reue. Und ich glaube, dass es für einige von uns zu spät ist. Ich glaube auch, dass die Gebete meiner Mom weit unten auf einer langen Liste viel wichtigerer Dinge stehen, um die Gott sich kümmern muss.

Trotzdem würde ich jetzt am liebsten beten. Ich würde alles dafür geben, das Auto meines Kumpels zu entdecken, wenn ich um die Schule herumfahre und auf den Parkplatz einbiege, der nur für Lehrer reserviert ist. Aber der Wagen ist nicht da. Der Parkplatz ist leer – bis auf einen Pick-up. Rileys Pick-up. Alle anderen sind nach Hause gefahren, das Training ist seit einer Stunde vorbei. Ich bin nicht mal sicher, ob die Mädchen ohne mich überhaupt trainiert haben, auch wenn meine Anwesenheit keine echte Rolle spielt und ich nicht viele Ratschläge geben kann.

Ich kurve um den Parkplatz und werfe einen Blick in ihren Wagen, um zu sehen, ob sie in der Fahrerkabine wartet. Ich fahre an beiden Seiten vorbei und bin irgendwie erleichtert, dass sie nicht da ist. Da knallt ein Schuh gegen meine Windschutzscheibe und prallt mit schweren Aufschlägen von der Motorhaube ab. Ich schaue in die Richtung, aus der er gekommen ist, und fange den Blick wütender Augen auf. Rileys graues T-Shirt ist nass geschwitzt, sie hat die Ärmel über die Schultern hochgekrempelt und der Halsausschnitt hängt so tief, dass ich den Rand ihres Sport-BHs sehen kann. Ihr Schulrucksack baumelt an einem Arm, ihr Sportbeutel am anderen. Sie funkelt mich böse an, während sie mit nur einem Schuh an den Füßen über den Parkplatz zu ihrem Pick-up marschiert.

»Scheiße«, zische ich, stelle den Hebel auf die Parkposition und steige aus dem Wagen meiner Mom, um Riley den Schuh zurückzubringen.

»Riley, es tut mir leid. Aber ich musste wohin«, beginne ich zu erklären, laufe ihr hinterher und halte ihr den Schuh hin. Sie schleudert ihre Taschen auf die Ladefläche ihres Pick-ups, dann wirbelt sie zu mir herum. Ihr finsterer Blick wandert von mir zu ihrem Schuh. Sie sieht stinksauer aus.

»Ich war beim Training. Und dann sind alle gegangen, weil sie sowieso nicht daran glauben, dass wir jemals ein richtiges Spiel haben werden, und Lauren hat gemeint, dass ich nicht auf dich zählen sollte. Also, sag mir, Tristan. Kann ich mich auf dich verlassen? Denn dieses Training ist wirklich wichtig für mich und ich habe immer noch etwas Zeit, mich reinzuhängen. Ich weiß noch nicht, wie ich das anstellen soll, aber ich werde diese Zeit nicht verschwenden, nur weil du so ein verdammt hoffnungsloser Fall bist. Also, sag schon.«

Hoffnungslos. Dieses Wort sticht hervor. Ich weiß nicht, was ich darauf erwidern soll. Ich bin ein hoffnungsloserer Fall, als sie sich womöglich vorstellen kann. Doch das schlechte Gewissen fühlt sich echt scheiße an und aus irgendeinem Grund möchte ich sie nicht enttäuschen. Wenn ich das tue, würden all meine Fantasien verschwinden und ich könnte keine kleine heile Welt mehr spielen.

Ich werde ihre Welt nie haben können.

Ich werde sie nie haben können.

»Hier ist dein Schuh«, sage ich und ignoriere damit alles, was sie mir gerade an den Kopf geworfen hat.

Sie starrt mich ausdruckslos an, dann stößt sie ein kurzes Lachen aus und schaut weg.

»Tu das nicht. Hör auf, die Augen zu verdrehen, Riley. Ich brauch deinen Scheiß nicht.« Ich bedaure es und möchte mir gleichzeitig auf die Schulter klopfen, weil ich gerade das Arschloch bin, das ich sein sollte. Ich bin nicht für sie verloren – aber ich habe das Sagen. Mein vermisster Kumpel ist wichtiger und ich schulde ihr gar nichts.

Sie reißt mir den Schuh aus der Hand und murmelt etwas vor sich hin. »… sollte einfach alles hinschmeißen«, fange ich die letzten Worte auf. Sofort meldet sich wieder das schlechte Gewissen. Ich versuche, es zu betäuben.

Als sie sich an mir vorbeidrängt, verpasst sie mir einen kleinen Stoß, sodass ich leicht zur Seite gedreht werde.

»Entschuldige.« Sie schnaubt das Wort förmlich aus, und obwohl mein Leben gerade so verkackt ist, muss ich laut loslachen.

»Herrgott, Riley! Gönn mir mal eine verdammte Pause!« Ich

lache zwischen den Worten, verschränke die Finger und lege die Handflächen an meine Stirn, während ich ein paar Schritte Platz mache. Langsam gebe ich mich geschlagen und nehme die Hände herunter. Ich kapituliere vor diesem Tag – diesem Leben.

Ich lasse den Kopf nach vorn fallen und sehe zu, wie sie auf dem Fahrersitz ihres Pick-ups sitzt, die Beine seitlich heraushängen lässt und sich gewaltsam den Schuh anzieht – den Schuh, den sie gerade nach mir geworfen hat.

»Warum bist du überhaupt noch hier?«

Sie hört auf, sich die Schnürsenkel zuzubinden, und hebt langsam den Kopf, bis sich unsere Blicke treffen. Irgendwie hat sich ihr angepisster Ausdruck noch tiefer in ihr Gesicht gegraben.

»Wenn du sowieso gleich verschwinden wolltest, wenn ich auftauche, warum hast du dann gewartet?« Ich trete näher.

Sie steigt aus dem Pick-up und kommt mir auf halbem Weg entgegen. »Ich wollte mit den Jungs trainieren.« Stück für Stück bewegt sie sich auf mich zu, wiegt ihre Hüfte mit jedem kleinen Schritt. Es fühlt sich an, als wollte sie mich verbal wegstoßen. »Ich habe gewartet und gewartet, aber sie sind nicht aufgetaucht.«

Unsere Fußspitzen berühren sich, so nah ist sie mir jetzt. Ich kann mich nicht an ihr festhalten, meine Arme fühlen sich verloren und unsicher an. Ich hake die Daumen in meine Taschen, um mich etwas stärker zu fühlen, aber das hilft nur für etwa eine halbe Sekunde.

»Und dann dachte ich, na ja, vielleicht taucht Tristan doch noch auf. Vielleicht … vielleicht ist er okay. Vielleicht habe ich mir ganz grundlos Sorgen gemacht. Vielleicht kommt sein Freund Paul vorbei und erzählt mir, dass er nur beschäftigt ist. Doch du bist einfach nicht gekommen!«

Sie schaut nach rechts, ihr Blick verliert sich – wahrscheinlich in ihren Vorstellungen. Ihr Kiefer bewegt sich von einer Seite zur anderen und ihre Zunge wandert über ihre Schneidezähne, während sie langsam und irgendwie zustimmend nickt. Ihre Wimpern senken sich, küssen ihre Haut, dann wiederholt sie flüsternd: »Du bist einfach nicht gekommen.«

Ihre Brust hebt sich kurz, sie macht kehrt und geht auf die offene Fahrertür zu. Sie hatte Angst, dass mir etwas Schlimmes passiert sein könnte. Alles andere ist ihr scheißegal und es geht ihr nicht nur um Basketball. Sie hat sich Sorgen gemacht … um mich.

»Lass uns jetzt trainieren«, sage ich, als sie gerade die Tür zuschlagen will. Sie erstarrt, dann neigt sich ihr Kopf langsam zur Seite, bis er auf dem ausgestreckten Arm an der Pick-up-Tür liegt. Sie dreht den Kopf ein wenig mehr, ihre Stirn berührt die Scheibe und sie schaut mich von der Seite an. Ich kann ihre Augen unmöglich ignorieren, als ihr Blick auf mir landet.

»Okay.« Sie nickt, atmet tief ein, steigt wieder aus und macht die Tür zu. Sie geht an mir vorbei zur Sporthalle, von wo sie gerade gekommen ist, und lässt ihren Wagen unabgeschlossen und mit ihren Sachen auf der Ladefläche stehen.

Um sie nicht schon wieder belehren zu müssen, springe ich am Ladeflächenrand hoch, nehme ihre Taschen mit einer Hand, klettere in einer Bewegung wieder herunter und öffne die Fahrertür. Ich stelle ihre Sachen auf den Sitz und drücke die Türverriegelung nach unten, bevor ich die Tür wieder zuschlage. Sie wartet am Bordsteinrand vor der Sporthalle auf mich, hat die Hände zur Seite ausgestreckt und einen Was-zur-Hölle-Ausdruck im Gesicht, den sie immer aufsetzt, wenn diejenigen von uns, die diese Gegend kennen, ihr dabei helfen wollen, die schlimmsten Fehler zu vermeiden.

»Irgendwer würde deinen Kram klauen. Das ist die Realität. Und wenn du deinen Wagen nicht abschließt, wird der auch geklaut.« Ich bleibe vor ihr stehen, um meine kurze Lektion loszuwerden, die bei ihr zu einem Ohr reingeht und zum anderen wieder rauskommt, da bin ich mir sicher.

Ich stelle absichtlich keinen Blickkontakt zu ihr her, was ich ein bisschen für sie, aber auch ein bisschen für mich tue. Sie möchte nicht, dass ich mir zusammenreime, wie viel Angst sie hatte, wie besorgt sie war. Und ich möchte nicht, dass ihr bewusst wird, wie wenig sie mich kennt. Dass ich die ganzen Sorgen vermutlich gar nicht wert bin.

Das Quietschen unserer Schuhsohlen hallt durch die Turnhalle und die Tür knallt hinter mir zu, als ich Riley nach drinnen folge. Ich bleibe in der Mitte des Spielfeldes stehen, während sie zur Ballablage geht, sich den obersten Ball nimmt und damit zu mir dribbelt.

»Du willst einfach da stehen bleiben?« Sie hält den Blickkontakt, während sie mit der Hand den Ball führt, ihre Miene ist eiskalt – so einen Ausdruck bekommt auch Dub, wenn er mit jemandem fertig ist. Ich wette, dieses Gesicht hat auch Joker zu sehen bekommen.

»Hängt davon ab, woran du arbeiten willst«, sage ich schulterzuckend und mit den Händen tief in den Taschen vergraben. Mein Daumen fährt über die raue Kante meines Schlüssels, die Finger der anderen Hand legen sich um mein Handy, falls es vibrieren sollte, weil mein Freund anruft.

Riley lacht leicht, hebt das Kinn und macht ein paar große Schritte zurück bis zum äußersten Ende des Spielfeldes.

»Du und ich. Einer gegen einen.«

Ich senke den Blick und lasse ihr ein paar Schritte Zeit. Es kommt mir unmöglich vor, mich auf das Hier und Jetzt zu konzentrieren. Am liebsten würde ich alles hinausschreien. Ich bin hier fehl am Platz. *Ich* gehöre nicht hierher. Ich war schon zu lange in meiner Fantasiewelt, aber ich habe keine Ahnung, wo ich sonst hin soll. Ich habe überall gesucht, wo ich konnte, und ich weiß, wenn ich nach Hause komme, wird sich Jokers Mom schon Sorgen machen. Sie wird wahrscheinlich mit meiner Mom reden und sie wird mir Vorwürfe machen, und dann werde ich meine Fantasie nie wieder ausleben können. Vielleicht ist das auch der springende Punkt – es ist Gottes Art, mich dafür zu bestrafen, was ich bin. Er lässt mich sehen, was möglich wäre, um es mir dann wieder zu entreißen und nur die Erinnerung daran zurückzulassen.

»Gut, du fängst an«, sage ich, nehme meine Verteidigerposition ein und spiele den Ball zu ihr zurück, nachdem sie ihn mir zugeworfen hat.

Sie dribbelt und fixiert mich übertrieben lange. Schließlich richte ich mich auf und lasse die Arme sinken.

»Riley, du hast sehr deutlich gemacht, dass du sauer bist. Wenn du eigentlich gar nicht spielen willst, lass uns einfach aufhören.«

Ich kann nur daran denken, die ganzen Orte noch einmal abzusuchen, an denen ich schon war, und dann zu Jokers Mom nach Hause zu fahren – oder zu meiner –, bevor ich irgendeinen Anruf mit schlechten Nachrichten bekomme. Während ich unkonzentriert bin, zieht Riley rechts an mir vorbei, steuert auf den Korb zu und landet einen Treffer. Sie hat geübt, aber ich kann ihre Bewegungen immer noch etwas zu früh voraussehen. Wenn ich nicht so verdammt deprimiert wäre, hätte ich ihr den Ball vor dem ersten Schritt abgenommen.

Sie spielt mir den Ball zu, doch ich presse ihn zwischen meinen Händen an die Brust, ohne mich von der Stelle zu rühren. Ich weiß nicht, wieso ich hier bin. Ich sollte gehen und es gibt keinen Grund, warum ich das nicht tue. Es wäre nicht mal falsch unter diesen Umständen. Mein Freund wird vermisst – mein bester Freund – und auf seinen Kopf ist ein Preis ausgesetzt. Außerdem hat Riley recht. Ich bin nicht mal sicher, ob wir jemals an einem richtigen Spiel teilnehmen werden. All das summiert die Berechtigung, sie stehen zu lassen, sie zu enttäuschen. Soll sie ihren Scheiß doch allein auf die Reihe kriegen. Aber ich ... kann es einfach nicht.

Sie hat sich Sorgen um mich gemacht, und während der Rest meiner Welt da draußen gerade zusammenbricht, fühlt sich die Fantasie hier drin plötzlich noch realer an als vorher.

»Komm schon!«, knurrt sie und will sich den Ball schnappen. Ich nehme ihn genau rechtzeitig zur Seite und mache einen halben Schritt nach hinten, bevor ich zum Wurf ansetze und einen Drei-Punkte-Treffer lande.

Ich reibe mir die Augen und warte, während sie dem Ball hinterherjoggt. Ich bin nicht bei der Sache – ich habe mich nicht mal angestrengt und das ist ihr gegenüber nicht fair. Sie donnert den Ball frustriert auf den Boden, fängt ihn mit der Taille ab und wirft ihn zu mir, damit ich ihn zu ihr zurückspiele.

Als sie den Ball wiederhat, starrt sie mich an. Ihre Augen verengen sich zu Schlitzen und sie schüttelt den Kopf. Sie sagt nichts, aber ich kann sie deutlich hören. Ich schniefe und atme tief ein, stelle die Beine auseinander und strecke die Arme aus, um ihr so wenig Spielraum wie möglich zu lassen. Ich nicke ihr zu. Sie senkt das Kinn, lässt den Ball fallen und beginnt zu dribbeln. Mein Blick wandert zu ihrer Hüfte, ihr Dribbeln wird zögernder, aber sie fängt sich wieder. Ich schüttele den Kopf, erkenne immer noch ihre Schwachstelle und strecke den Arm nach dem Ball aus. Ich schlage ihn weit genug weg, dass sie ihm ein paar Schritte hinterherjagen muss, aber sie holt sich den Ball.

Ich möchte ihr Dinge erklären, ihr beibringen, wie sie in dieser Position mehr Selbstvertrauen erlangen kann, doch meine Kehle ist wie zugeschnürt. In meinem Kopf herrscht nur noch eine Mischung aus Angst und Verzweiflung.

Sie drückt ihre Hand gegen meinen Bauch, dreht sich zur Seite und kracht absichtlich in mich hinein, um sich mehr Platz zu verschaffen. Meine Füße verlieren leicht das Gleichgewicht, ich fange mich schnell wieder und nehme eine feste Position ein. Sie hält etwas Abstand, schätzt ihre Möglichkeiten ein und stürmt dann erneut direkt auf mich zu, diesmal noch heftiger – ihr Ellbogen gräbt sich in meine Magengrube.

»Foul«, rufe ich, mein Temperament geht mit mir durch.

Doch Riley bleibt nicht stehen. Ich bin nicht mal sicher, ob sie mich gehört hat. Sie deckt mich mit ihrem Körper und zum ersten Mal schafft sie es, mich einen ganzen Schritt von meiner Position wegzuschubsen. Doch ich wappne mich gegen den nächsten Angriff und als Ergebnis rammt mein Arm ihren Bizeps. Sie zuckt zusammen – ich weiß, wie weh das tut –, aber sie gibt nicht auf.

»Was machst du denn?«, sage ich und weiche ein wenig zurück. Sie nutzt den kleinen Spielraum, hetzt ächzend an mir vorbei und erzielt mühelos einen Treffer.

Ich lockere meinen Nacken mit kreisenden Bewegungen, eine physische Erinnerung, mich von dem ganzen Scheiß zu lösen, den ich in mir spüre. Ich bin angepisst. Sie ist angepisst. Ich habe Angst. Sie hat … Angst um mich, schätze ich? Ich weiß es nicht genau, weil sie nicht wirklich mit mir redet. Sie geht nur auf mich los. Aber ich rede auch nicht mit ihr, also …

»Dein Ball«, raunzt sie mich an und drückt mir hart den Ball gegen die Brust. Mir bleibt kurz die Luft weg und mein Instinkt gewinnt die Oberhand, mein Blut beginnt zu kochen, während alle Vernunft verblasst.

Ich treibe den Ball schnell vor mir her, ohne ihr die Chance zu geben, eine Verteidigung aufzustellen, schaffe es bis zum Korb, mache einen Dunking und halte mich lange genug am Korbrand fest, um mich weit vom Boden hochzuziehen, bis mir die Brust schwillt und mein ursprüngliches Selbst die Oberhand gewinnt.

»Oh, verstehe. Da kann jemand nicht gegen ein Mädchen verlieren«, sagt sie, und ich muss lachen, weil sie so albern klingt.

»Ja, ganz genau. Rede dir ein, was du willst. Warum kommst du nicht einfach mit dem Ball wieder auf mich zu und zeigst mir jede Bewegung deiner Füße immer eine halbe Sekunde vorher?«, erwidere ich, ohne ihr in die Augen zu sehen. Stattdessen starre ich auf ihre Schuhe.

Sie dribbelt schneller, denn ich habe sie wütend gemacht, und sie verschwendet nicht viel Zeit bei dem Versuch, mehr Punkte zu machen als ich. Doch sie verfällt schnell wieder in ihr altes Bewegungsmuster, wie ich es vorausgesagt habe, und ich schlage ihr etwa sechs Schritte vor dem Korb den Ball weg.

Ich renne ihm nach, dribble ihn ins Aus und schüttele den Kopf. Ich bin ein Arsch, aber ich weiß nicht, wie ich das abstellen soll. Ich würde am liebsten auf irgendetwas einschlagen und alles rausschreien. Ich will hier weg, aber ich möchte gleichzeitig auch bleiben und ihr an die Schultern fassen, in ihre Augen sehen und das Universum um Vergebung bitten.

Ich möchte, dass sie mir vergibt. Ich möchte, dass meine Mom stolz auf mich ist. Ich wünschte, ich wäre woanders geboren, in einem anderen Leben, mit Möglichkeiten und Hoffnungen. Ich wünschte, mein Kumpel wäre zu Hause. Und ich wünschte, Dub Lewis wäre tot.

Ich wünschte, Dub Lewis wäre tot.

Meine Zunge wandert bei diesem köstlichen und gefährlichen Gedanken über meine Lippen. Ich habe schon unzählige Male daran gedacht, aber nie so klar, dass ich es mir auch eingestanden hätte. Dub ist der Grund, warum ich bin, wie ich bin. Er ist der Grund, warum ich nicht weine. Ich wollte ihm nie die Befriedigung geben, zu sehen, dass er mich kaputt machen kann. Er hat immer so getan, als würde er echte Liebe zu meinem Dad empfinden, aber in Wirklichkeit … hat er das nie. Er hat mich nicht aus Respekt unter seine Fittiche genommen, er wollte damit nur zeigen, wer tatsächlich das Sagen hat, nachdem mein Dad fort war. Er hat nichts anderes getan, als mir den Kopf mit all den Geschichten zu verdrehen, wie sehr mein Vater versagt hätte und dass sein Tod nur ihm selbst zuzuschreiben sei. Er hat mich dazu gebracht, zu glauben, dass ich mich glücklich schätzen könne, stattdessen ihn als Vorbild zu haben. Und als ich tatsächlich begann, ihm das alles abzunehmen, hat er mich für immer mit seinem Tattoo markiert – mich festgehalten, nachdem er mich aus dem Schlaf gerissen hatte, nur um mir einen Knebel in den Mund zu stopfen, während einer seiner Cousins mir mit Tinte dieses verdammte X in die Haut am Handgelenk gestochen hat.

Dub Lewis hat mich gekauft, aber ich war nie eine Ware, die er haben konnte. Und jetzt will ich ihn tot sehen.

In meine Gedanken versunken werde ich nachlässiger mit dem

Ball, was Riley bemerkt. Sie schnappt ihn mir weg und dribbelt um mich herum. Ich reagiere, als würde dieses Spiel etwas bedeuten, angeheizt von meinem brodelnden Frust, meinen Ängsten, der puren Verachtung und der Wut auf das Leben, das ich führe. Ich stürme auf sie zu, um mir den Ball zurückzuholen, breite die Arme so weit aus, dass sie gefangen ist, meine Schritte werden aggressiv. Sie kommt ins Stolpern, ich übernehme das Dribbeln, während sie sich an meinen Arm klammert. Ich schüttele sie ab und versenke den Ball, doch sie stößt mich zur Seite, als ich nach meinem kurzen Sprung wieder auf dem Boden lande, und stürzt sich auf den Ball, den ich ihr jedoch auf meinen wackligen Beinen wegschnappe.

»Foul!«, ruft sie und schlägt mit einer Hand nach mir, während ich sie mir mit einem ausgetreckten Arm vom Leib halte. Ich muss loslachen, ich kann einfach nicht anders.

»Ich bin ziemlich sicher, dass du gerade *mich* gefoult hast«, stichele ich, meine Haut prickelt vom Adrenalinrausch. Sämtliche Emotionen schießen in mir hoch und ich bin nicht sicher, welches Gefühl mich als nächstes überrollt.

Ohne Vorwarnung rammt Riley meine Brust, der Aufprall ist stark genug, um sie ein oder zwei Schritte zurückzustoßen. Ich lache wieder, aber nur kurz, denn mir wird rasch klar, dass es hier nicht um Spiel oder Spaß geht. Ihre Augen sind glasig, doch das liegt nicht an den Tränen – es ist mehr als das. Sie lässt für einen Moment die Arme sinken, dann spannt sie wieder ihre Muskeln an, rammt mit den flachen Händen meine Brust und nutzt diesmal ihr ganzes Gewicht. Ich strauchele, aber immer, wenn ich fast das Gleichgewicht wiedergefunden habe, geht sie erneut auf mich los.

Der Ball fällt an meiner Seite herunter, sie schießt ihn weg und stürzt sich ein weiteres Mal auf mich. Doch bevor sie die Arme zurückziehen kann, packe ich sie an den Handgelenken und halte sie fest. Ihr Blick wird wild wie bei einem Pferd, das hinter Stacheldraht gefangen ist. Sie ist hier gefangen. In dieser Stadt … dieser Schule – hier mit mir – und das ist der letzte Ort, an dem sie sein will.

Ich spüre, wie sich jeder Muskel ihres Körpers anspannt, um genug Kraft zu erzeugen, sich von mir zu befreien. Sie zerrt so heftig an meinem Griff, dass ihre Arme zittern. Ich sollte sie loslassen, aber dann geht sie nur wieder auf mich los. Sie ist wütend auf ihr Leben. Ich sehe es deutlich in ihren Augen. Ich bin auch wütend. Wir lassen es aneinander aus.

»Riley, was machst du denn?«

Ich schüttele sie sanft, und als sich ihre Muskeln etwas entspannen, lockere ich auch meinen Griff. Mein Blick senkt sich auf ihr Kinn und ich runzele die Stirn. Ich glaube nicht, dass ich mich jemals in meinem ganzen Leben so verloren gefühlt habe. Alles in mir tut weh und es gibt verdammt noch mal nichts, was ich dagegen tun kann. Ich kann meinen Kumpel nicht finden. Ich kann die Gang nicht verlassen. Ich kann nicht Rileys Freund sein. Ich bin gefangen in einem Tornado der Unmöglichkeiten. Alles, was auf meiner Liste zurückbleibt, sind schreckliche Sünden.

Ich weiß, dass ihre Augen mich lauernd ansehen, bevor ich den Blick hebe, und ich weiß, dass sie voller Vorwürfe sind. Ich fühle sie – die Hitze. Sie verbrennt mein Gesicht und mein Inneres. Ich schaue ihr trotzdem in die Augen, denn vielleicht finde ich dort Antworten. Vielleicht finde ich irgendwo in dem silbrigen Blau doch Vergebung. Ich sehne mich nach Frieden. Ich brauche ein Zuhause. Ich brauche einen Menschen.

»Wie ist dein Dad gestorben?«

Ihre Frage verschlägt mir den Atem.

»Haha«, stoße ich hervor, völlig fassungslos und irgendwo gefangen zwischen Pflicht, Reue und Schmerz.

Ihre Augen sind weit geöffnet. Sie hat nicht ein Mal geblinzelt, seit sich unsere Blicke getroffen haben. Aber sie sieht mich nicht wirklich an, sie schaut eher in mich hinein, ihr Fokus liegt irgendwo in meinem Kopf, denn auch sie steckt da drin. Sie ist in meine Gedanken eingedrungen, ob sie dort nun willkommen ist oder nicht. Sie durchschaut mich, sie sieht das Gute und das Böse in mir. Ich schiebe die Zungenspitze zwischen die Zähne, während sich meine Atmung beruhigt und ich mir ins Gedächtnis rufe, wer ich bin und was ich tun könnte.

»Auf dem Hof des Corduroy Gefängnisses wurde siebenundvierzig Mal auf ihn eingestochen. Ich war gerade erst elf und er war gerade erst zu lebenslanger Haft verurteilt worden.« Ich erwidere aufrichtig ihren Blick, halte ihn fest, um sie an die Oberfläche zu bringen – damit sie mich *sieht* … die Wahrheit spürt und dass ich mit niemandem darüber rede.

»Er wäre nie wieder rausgekommen, also haben ein paar Leute aus unserer Gang, die ebenfalls ein paar Strafen absitzen mussten, ihm einen Gefallen getan. Das erzählen zumindest gewisse Leute. Ich habe aber immer über die Zahl nachgedacht – siebenundvierzig. Das fühlt sich nicht besonders barmherzig an. Was ist das für ein Gefallen, wenn man so oft auf jemanden einsticht? Bist du jemals angestochen worden?«

Riley schluckt und verneint die Frage mit einem Kopfschütteln. Ganz zaghaft nur, sie wirkt jetzt fast zerbrechlich. Es ist seltsam, sie so nervös zu sehen, denn bis jetzt ist sie immer kämpferisch und stark aufgetreten.

»Es ist brutal«, fahre ich fort und nehme meine Hände von ihren Handgelenken. Sie lässt genau wie ich die Arme fallen. »Die Wunden scheinen nie richtig zu verheilen.« Ich ziehe die Oberlippe ein und erwidere weiterhin ihren Blick, ihre Miene verändert sich mit einer neuen Erkenntnis. Ich weiß, wie es sich anfühlt, angestochen zu werden, denn ich wurde schon angestochen … oft. Ich hole tief Luft, und als ich wieder ausatme, schließe ich die Augen. Ich schiebe mein T-Shirt bis zur Mitte der Brust hoch, damit sie es richtig sehen kann. Die Linien sind verblasst und bilden einen leichten Kontrast zu meiner dunkleren Haut. Mit der Zeit sind sie weniger auffällig geworden, sodass man sie nur noch von Nahem sieht, aber wenn ich die Hand darauf lege, spüre ich noch, wie das Messer in mich eingedrungen ist, als würde es gerade erst passieren. Es brennt und ich könnte schwören, dass es blutet. Rileys Blick löst sich von meinem und wandert zu den Stellen, die beweisen, dass ich mehr verletzt wurde, als die meisten anderen. Ich kaue an der Innenseite meiner Wange, während sie die Narben betrachtet und mit bebenden Lippen die Luft ausstößt.

»Es sind sechs«, sage ich, fahre langsam mit den Fingerspitzen darüber und verbinde die Punkte. »Drei stammen von meiner ersten Auseinandersetzung auf dem Basketballplatz im Park. Ich war dreizehn und hätte meine Klappe halten sollen.«

Sie sucht wieder meinen Blick, ihre Augen funkeln. Ich schüttele den Kopf, bevor sie mir sagen kann, dass ich falschliege. Sie versteht die Regeln dieser Welt nicht. Irgendwo anders würde ein Junge nicht abgestochen werden, weil er das Wort erhebt. Aber wenn du während eines Friedensabkommens zweier rivalisierender Gangs die Klappe aufreißt, muss deine Gang irgendwie das Gesicht wahren. Es war nicht Dub selbst, sondern zwei seiner wichtigsten Jungs.

Sie schleppten mich nach Hause und überließen mich meiner Mom, damit sie den Notarzt rufen konnte.

Meine Mutter hat tagelang gebetet. Als ich ihr nicht versprechen konnte, die Gang zu verlassen, begann sie Kerzen anzuzünden. Sie betet immer noch, vier Jahre später.

»Und die anderen drei?« Rileys Stimme kling belegt, sie hat einen Kloß im Hals, weigert sich aber, die Tränen rauszulassen. Ich kenne diesen Tonfall.

Ich zucke mit den Schultern. »Ich erinnere mich nicht mehr daran«, sage ich, was größtenteils stimmt. Eine meiner Narben habe ich von Joker. Es war ein Versehen, als wir fünfzehn waren. Er hatte Angst und dachte, ich würde ihm etwas antun, weil er eine Lieferung für Dub in den Sand gesetzt hatte. Aber ich war nur da, um sicherzugehen, dass er okay ist. Ich werde nie vergessen, woher diese Narbe stammt, genau wie ich nie vergessen werde, wie panisch er war, als er mich sah. Er war wie ein Tier, gefangen und verzweifelt, und er dachte, ich würde ihn verletzen.

»Sie tun dir weh, um dich zu bestrafen. Sie sorgen dafür, dass du es nie vergisst. So funktioniert das hier«, sage ich, ziehe mein T-Shirt wieder runter und vergrabe die Hände in den Taschen meiner Jeans. Ich atme automatisch in ihrem Rhythmus, vermutlich damit ich mich nicht so allein fühle. Wir holen synchron Luft, unsere Schultern heben sich gemeinsam, die Lippen öffnen sich. Sie fängt an, zu verstehen, wie ernst das alles ist.

»Ich möchte dir sagen, dass du auf mich zählen kannst, Riley. Ich weiß, dass du genau das hören willst, und ich weiß, dass du genau deshalb sauer bist.« Ich stoße ein trauriges Lachen aus. »Ich beneide dich so sehr.«

Ich kneife die Augen zu, schüttele den Kopf und öffne die Augen wieder, aber erst nachdem ich den Kopf zur Seite gedreht habe, denn diese Offenheit versetzt mir einen Stich. Ich bin nicht leicht verletzbar und ich glaube nicht, dass ich wirklich jemals so offen zu jemandem war. Nicht mal meiner Mom gegenüber. Ich bin da irgendwie hineingeschlittert und ich weiß nicht wieso. Vielleicht will ich mir nur beweisen, dass ich das Zeug dazu habe – dass ich stark genug bin, jemanden an mich heranzulassen und auszusprechen, wie sehr ich hasse, wer ich bin und zu wem ich gemacht wurde.

Ich schlucke schwer.

»Du … du hast einen Traum«, fahre ich fort und halte die Unterlippe zwischen den Zähnen fest, als ich wieder Rileys Blick auffange. Sie hat sich nicht von der Stelle bewegt. »Ich muss kämpfen, um zu überleben, und du hast einen Traum. Und ich möchte dir helfen, aber ich kann nicht versprechen, dass ich immer da sein werde. Es gibt zu viele …« Ich breche mitten im Satz ab, schüttele erneut den Kopf und presse die Lippen aufeinander, während ich nach den richtigen Worten suche.

Die sich als ziemlich simpel herausstellen.

»Üble Typen.« Ich lache erbärmlich. »Es gibt zu viele üble Typen, die über mich bestimmen. Ich kann keine Entscheidungen für mich selbst treffen. Wenn ich das könnte, wäre ich immer zum Training hier. Ich würde dich nicht im Stich lassen. Aber so wie es ist … muss ich dich enttäuschen. Immer und immer wieder. Wenn du damit klarkommst, werde ich trotzdem versuchen, ein Team auf die Beine zu stellen, das nächste Woche beim Spiel nicht versagen wird. Ich möchte dir helfen, allen nötigen Leuten zu zeigen, was du kannst, damit du aus diesem verdammten Loch rauskommst.«

Wir starren uns einen Moment lang an, während sie mein Teilversprechen in sich aufnimmt und ich mich gezwungen sehe, meinen Standpunkt noch einmal deutlich zu machen – den Standpunkt, den ich ihr klarmachen will, seit ich ihr zum ersten Mal begegnet bin.

»Du gehörst nicht hierher, Riley. Du gehörst einfach nicht hierher.«

Ich habe kaum zu Ende gesprochen, als sie die Hand hebt, meine Wange berührt und an mich herantritt. Im Bruchteil einer Sekunde hat sie die Augen geschlossen, ihre Lippen finden meine, eine kühle und sanfte Überraschung, die mich bei der ersten Berührung völlig betäubt. Mein ganzer Körper wird von einem Rausch durchströmt, der sich wie ein Schuss Morphium anfühlt, an meinen Lippen beginnt, sich über meinen Hals und meine Arme ausbreitet und dann meinen Rücken hinunterläuft. Das ist der zarteste Kuss, den ich je hatte. Es ist nichts Schmutziges oder Verpflichtendes daran. Ihre Fingerspitzen wandern federleicht über meine Haut und ihr Mund berührt fast bebend und zaghaft meine Unterlippe, was genau zu den Gefühlen passen muss, die sie empfindet – die *ich* empfinde.

Es ist ein unsicherer Kuss. Ich verdiene ihn nicht. Sie sollte ihn zurücknehmen.

Sie löst ihre Lippen von meinen, löst ihre sanfte Berührung, wankt zurück auf ihre Fersen und macht einen Schritt nach hinten, während sie die Augen öffnet und mich ansieht. Ihr Blick ist herzzerreißend und verlegen. Ich habe sie nicht zurückgeküsst. Es bringt mich fast um, dass ich es nicht getan habe, dabei wollte ich es. Gott, wie sehr ich es wollte. Aber ihre Lippen verdienen etwas Besseres. Ihren Kuss zu erwidern wäre eine weitere Sünde gewesen. Es hätte auf andere Art auch eine Schwäche offenbart. Ich hätte sie näher an mich herangelassen, als ich sollte.

»Wir können keine Freunde sein.«

Sowie ich die Worte ausgesprochen habe, krallt sich deren Abartigkeit in meine Brust.

Rileys Blick flackert, das Leuchten in ihren Augen verfinstert sich rasch, die Hoffnung verschwindet und wird von Bedauern ersetzt. Ihr Mund zieht sich zusammen, ihre Lippen formen ein spöttisches Lächeln. Ich wäre nicht überrascht, wenn sie mich als Nächstes anspuckt. Das tut sie nicht, aber sie gibt mir eine Ohrfeige. Meine Haut brennt und pocht, als ich den Kopf wieder zu ihr drehe.

Sie hat mich aus der Bahn geworfen, aber sie hat meine Welt nicht zerstört. Doch es ist mehr als das. Ich weiß es in der Sekunde, als sie sich von mir abwendet und durch die Tür der Sporthalle verschwindet.

Ich habe ihre Welt nicht zerstört.

KAPITEL 12

RILEY

Ich bin froh, dass mein Dad nicht zu Hause ist. Wir gehören zu den winzig kleinen Familien, die lieber alles verdrängen. Er zeigt mir nicht direkt, wie verletzt er wegen meiner Mom ist, und ich lasse ihn mit dem ganzen Teenagermädchenkram in Ruhe. Na ja, ich habe eigentlich auch nicht viel Mädchenkram in meinem Leben.

Wenn man Tristan dazuzählt, habe ich gerade zum dritten Mal einen Jungen geküsst. Es ist jedoch das erste Mal, dass ich einen Jungen nicht auf irgendeiner Team-Party küsse – Abstellkammer und Flaschendrehen eingeschlossen. Es ist auch das erste Mal, dass ich einen Jungen wirklich küssen wollte.

Mir ist immer noch ganz schwindelig von dem Gefühlschaos. Als er nicht aufgetaucht ist, dachte ich, ich sei sauer, weil er mich als Coach im Stich lässt. Doch je mehr er redete, desto mehr wurde mir klar, dass ich so sauer war, weil ich mich darauf gefreut hatte, ihn zu sehen. Ich hatte mir Sorgen um ihn gemacht. Ich war … *bin* total durcheinander.

Die Sonne ist bereits untergegangen und ich weiß, dass ich zum Basketballplatz gehen könnte, was dann irgendwie zu ihm durchsickern würde, bis er mit seiner Alpha-Schutzmaske auftauchen würde. Aber was würde das bringen? Nichts von alldem ist echt oder normal – oder so, wie ich gern mit ihm zusammen wäre.

Er kann nicht mal mein Freund sein.

Meine Lippen beben, denn ich könnte heulen, wenn ich an seine Worte denke, wie sein Tonfall klang, so absolut entschieden. Doch ich unterdrücke das Gefühl.

Tristan kann vielleicht nicht mit mir befreundet sein, dafür aber Lauren. Ich wälze mich schon seit einer Stunde mitten im Wohnzimmer an derselben Stelle auf dem Boden herum. Ich habe ein paar Fake-Gespräche mit Tristan im Kopf durchgespielt. Manchmal schreie ich ihn an und er kriecht mir zu Füßen. Manchmal taucht er vor meiner Tür auf, entschuldigt sich und nimmt mich dann in die Arme. Meistens führen wir aber dasselbe bescheuerte Gespräch, das wir vor einer Stunde hatten. Aber mir etwas vorzumachen bringt mich auch nicht weiter.

Ich habe es geschafft, meine Schuhe nur mit den Zehen an den Fersen auszuziehen, und taste an meinem Kopf vorbei mit den Fingerspitzen nach der Fernbedienung auf dem Couchtisch. Die Cavs sind heute unterwegs, also entscheide ich mich für College-Basketball. Das Quietschen der Knöchelturnschuhe auf dem Parkettboden beruhigt mich.

Während das Spiel läuft, richte ich den Blick auf meinen Schulrucksack neben meinen Füßen. Ich hake die Zehen in den Schultergurt und ziehe das Knie an die Brust, schleife den schweren Rucksack über den Boden, bis ich mit dem Arm herankomme und hineingreifen kann. Mein Handy ist fast leer, aber ich habe nicht viele Nachrichten. Niemand sucht nach mir oder macht sich Sorgen um mich.

Ich lache vor mich hin – *über mich* –, dann halte ich das Handy vor mein Gesicht und rufe Lauren an. Beim ersten Mal landet mein Anruf direkt auf der Mailbox, also wähle ich die Nummer gleich darauf noch mal. Diesmal höre ich ein Freizeichen. Es ertönt sechs- oder siebenmal und ich will gerade auflegen, als sie völlig außer Atem rangeht.

»Riley, bist du okay?« Sie klingt panisch, als stünde mein Haus in Flammen und ich wüsste nichts davon. Alarmiert setze ich mich auf, meine Muskeln sind plötzlich nicht mehr schlaff. Mein Kopf schwenkt herum, doch alles, was ich höre, ist die Stimme des Ansagers im Fernsehen und das Summen des Ventilators über meinem Kopf.

»Mir geht's gut. Wieso?«

Sie seufzt in den Hörer, ein erleichtertes Ausatmen, wie wenn man denkt, sein Portemonnaie verloren zu haben und es plötzlich wiederfindet.

»Paul wird vermisst. Die Polizei ist bei ihm zu Hause. Eine Menge Scheiße macht die Runde. Ich wusste, dass du noch beim Training geblieben bist, aber dann habe ich später bei dir vorbeigeschaut und niemand war da.« Sie keucht und schnappt nach Luft.

Sie hat sich Sorgen um mich gemacht. Ich habe mir Sorgen um Tristan gemacht. Niemand hat sich Sorgen um Paul gemacht.

»Ich hatte ja keine Ahnung«, sage ich, ziehe die Beine an und schiebe meinen Sportbeutel an die eine Seite und meinen Rucksack an die andere. Plötzlich möchte ich von meinen Sachen umgeben sein, als könnten sie mich beschützen.

»Er war nicht in der Schule und es sind jetzt mehr als vierundzwanzig Stunden rum. Er ist auch vorher mal verschwunden, aber nie so lange. Normalerweise liegt er irgendwo high auf einer Couch, aber diesmal ist es was anderes. Hast du Tristan gesehen?«

Ihre Frage hängt für einen Moment in der Luft.

»Äh, ja … ja. Vor einer Stunde etwa. Er hat das Training noch beendet.« Ich drücke meine Lippen aufeinander und schüttele den Kopf, nicht ganz zufrieden mit dieser Lüge, aber ziemlich fertig von Laurens Neuigkeiten.

»Ihr habt trainiert?«, fragt sie seltsam interessiert.

»Ja, also … so was in der Art … nicht wirklich, nur ein bisschen. Lauren, Paul … was ist mit ihm passiert?« Ich richte ihre Aufmerksamkeit wieder auf etwas Wichtigeres als meinen fehlgeschlagenen Versuch, mit Tristan zusammenzukommen.

»Ich weiß nicht viel. Lotus ist rübergegangen, weil niemand Tristan finden konnte. Pauls Mom dreht völlig durch, Riley. Sie hat solche Angst und das fühlt sich so … ich weiß nicht … schrecklich vertraut an, schätze ich. Ich weiß noch, wie meine Mom immer fast durchgedreht ist, wenn mein Dad nicht nach Hause kam. Ich erinnere mich an Tristan, als sein Dad verhaftet wurde …«

»Und als er niedergestochen wurde …«, unterbreche ich sie und schließe beschämt die Augen, denn das sollte ich vielleicht nicht vor anderen erzählen oder andeuten, dass ich davon weiß.

Ein spürbares Schweigen breitet sich zwischen uns aus, bis Lauren schließlich sagt: »Ja … als er niedergestochen wurde.« Ihr Tonfall klingt düster und vielleicht auch verbittert. Sie muss Tristans Dad auch nahegestanden haben.

»Kann ich irgendetwas tun?« Ich weiß, dass ich nichts tun kann, aber ich fühle eine seltsame Taubheit – teilweise noch von der Begegnung mit Tristan, was nun aber in Laurens Worten völlig untergeht.

»Du kannst vorbeikommen. Ich bin allein zu Hause und das fühlt sich im Moment ziemlich beschissen an. Aber geh nicht zu

Fuß. Ich weiß nicht, wieso, aber ich habe das Gefühl, dass die Straßen heute Abend nicht sicher sind … und ich will jetzt keine von diesen ›Riley, das toughe Mädchen‹-Antworten hören. Steig einfach in deinen verdammten Wagen, okay?«

Ich lächle schwach. »Okay«, krächze ich. »Bin in ein paar Minuten da.«

Wir legen auf und ich gehe schnell in mein Zimmer, ziehe meine Trainingsklamotten aus und schlüpfe in meine bequemste Jogginghose und mein Langarmshirt von der Ohio State. Das trage ich immer, wenn ich von meiner Zukunft träume. Ich habe einen Artikel über die Visualisierung von Zielen gelesen, also wie man sich vergegenwärtigen kann, wo man in fünf Jahren sein will, und den Text wörtlich genommen. Ich ziehe diese Klamotten heute nicht nur an, weil ich davon träume, eines Tages für die Ohio State zu spielen, sondern weil ich mich am liebsten in diese Zukunft flüchten würde – weg von all den Gefühlen.

Ich habe Angst.

Ich folge Laurens Anweisungen und schließe hinter mir ab, ich verriegele sogar die Türen meines Pick-ups, nachdem ich eingestiegen bin. Ich kurve durch unsere Straßen und komme in weniger als zwei Minuten bei ihr an. Leider muss ich auf dem Weg nicht bei Tristan vorbei, aber ich wollte auch keinen Umweg fahren. Mein Herz pocht immer noch, und während der Fahrt war es so laut, dass ich mich nicht auf die Musik aus den Boxen konzentrieren konnte. Ich bin nicht mal sicher, ob ich überhaupt Musik an hatte.

Lauren wartet schon am Eingang auf mich, als ich die Wagentür zuschlage, und sie schließt ab, nachdem ich in ihr Haus geschlüpft bin.

»Hast du deinen Pick-up verriegelt?«, fragt sie.

Ich werfe ihr ein schiefes Grinsen zu und sie verpasst mir einen angetäuschten Klaps.

»Ich sagte doch, ich will nichts von diesem ›Riley, das toughe Mädchen‹-Scheiß hören«, knurrt sie mich an. Sie steht unter Druck und das setzt mich auch unter Druck.

»Sorry, und ja … ich hab alles abgeschlossen.«

Ich folge ihr in die Küche, wo ein offener Becher Eiscreme mit einem Löffel in der Mitte der Kücheninsel steht. Sie schiebt ihr Bein auf den Tresen, dann rutscht sie weiter, bis sie mit verschränkten Beinen in der Mitte sitzt. Sie nimmt den Becher auf den Schoß, schnappt sich den Löffel und schiebt sich einen riesigen Happen Vanilleeis in den Mund.

»Löffel sind in der zweiten Schublade von links«, nuschelt sie. Sie zeigt in Richtung Schubladen, also hole ich mir einen Löffel und geselle mich zu ihr. Anstatt auf den Tresen zu klettern, ziehe ich lieber einen Metallstuhl hervor und setze mich im Schneidersitz hin. Meine Knie ragen nach beiden Seiten heraus und passen kaum unter den Tresenrand.

»Du kannst dich mit hier hochsetzen«, sagt Lauren und hält mir den Eisbecher hin, damit ich mir etwas nehmen kann.

»Ich bin ziemlich sicher, dass das Teil unter mir zusammenbrechen würde«, sage ich und tippe mit dem Fingernagel auf einen Spalt, der sich bereits in der Mitte der Kücheninsel zwischen zwei Unterschränken gebildet hat.

Lauren zuckt mit den Schultern. »Ist selbst zusammengebaut, aber mein Bruder hat die Arbeitsplatte nicht richtig befestigt. Man kann die eine Hälfte wahrscheinlich durch den ganzen Raum schieben«, sagt sie und schwenkt ihren Löffel in Richtung Tür.

Ich kichere.

»Wir könnten das ausnutzen und die Tür damit blockieren«, schlage ich vor und nehme mir noch etwas Eis.

»Das hört sich schon besser an.« Sie taucht ihren Löffel ebenfalls in den Becher.

Das sollte witzig sein, ist es aber kaum, und in dem nun folgenden Schweigen werde ich das Gefühl nicht los, dass die Türen in diesem Haus tatsächlich schon einmal verbarrikadiert wurden.

Wir machen uns für weitere fünf Minuten über den Becher her und stopfen uns mit Eis voll, um uns von allem anderen abzulenken. Es funktioniert, bis uns beiden schlecht wird. Sie wirft ihren Löffel quer durch die Küche direkt ins Spülbecken. Als ich dasselbe mit meinem Löffel versuche, fliegt er vorbei und landet scheppernd auf dem Boden.

»Du hast deine Treffsicherheit verloren«, zieht sie mich auf.

Ich strecke die Arme zum Tresen aus, hebe das Kinn und sehe meine Freundin an – meine *einzige* Freundin.

»Tristan hat dir also von seinem Dad erzählt, was?« Sie wirkt ein wenig überrascht, vielleicht auch skeptisch.

Ich nicke mit geschlossenem Mund. »Ein bisschen.«

Lauren nickt ebenfalls, dann rutscht sie vom Tresen hinunter und hebt meinen Löffel auf. Sie spült die beiden Löffel ab und legt sie zum Trocknen neben das Spülbecken.

»Hat er dir seine Geschichte erzählt?« Sie schaut mich von der Seite an, als sie das fragt, fängt kurz meinen Blick auf und grinst, als ich nicht gleich antworte. »Das heißt dann wohl nein.«

Ich zucke mit den Schultern. »Er hat mir ein paar Dinge erzählt … schätze ich. Ich habe ihn fast nur angemeckert, weil er nicht zum Training gekommen ist. Aber er meinte, er hätte etwas Wichtiges zu tun gehabt, also …« Ich breche ab, als mir klar wird, was so wichtig gewesen war. Ich lehne mich zurück und halte mich am Tresenrand fest, um nicht nach hinten umzukippen, während ich den Kopf in den Nacken fallen lasse. »Ooooooh, verdammt. Er hat nach Paul gesucht.«

»Ich hatte gehofft, dass er das tut«, sagt Lauren rasch.

Ich runzele die Stirn und warte darauf, dass sie mich wieder ansieht. Als sie es schließlich tut, winkt sie ab.

»Nein, ich meine, ich war mir sicher, dass er das tut. Es ist nur, die Gang … ich weiß nicht … vielleicht wollen die nicht, dass Paul gefunden wird. Aber wahrscheinlich rede ich nur Scheiße, weil ich keine Ahnung habe.« Ihr Blick verliert sich ein wenig. Ich glaube, das hat einen Grund.

»Ist Paul nicht sein bester Freund?« Mein Puls pocht wie wild bei dem Gedanken, was ihre Reaktion ausgelöst haben könnte. Sie und Tristan sind mir gegenüber zu lange zu vage geblieben. Ich brauche eine direkte Antwort. »Willst du damit sagen, dass Paul vermisst wird, weil Tristan ihm etwas …?« Ich beende den Satz nicht, weil ich hoffe, dass sie die Lücke mit einer anderen Schlussfolgerung füllt. Als sie das nicht tut, beende ich meinen Gedanken. »Würde Tristan Paul etwas antun?«

Lauren schaut mich eine Weile ohne zu blinzeln an. Ich kann die Unsicherheit in ihren Augen lesen, und ich will es nicht glauben, aber gleichzeitig … fühle ich genauso. Lauren reagiert nicht, bis ich den Blick senke und immer schwerer atme.

»Nein … Riley, wirklich nicht. Tristan ist kein Killer.«

Ein Prickeln wie von Nadelstichen wandert über meine Arme und meinen Nacken. Es ist eine Welle der Erleichterung und die Antwort auf so viele Fragen, die ich habe. Tristan ist vielleicht kein Mörder, aber er kennt welche.

»Du hast Zweifel«, sage ich und beiße die Zähne zusammen, um mich vom Weiterreden abzuhalten.

Lauren verzieht das Gesicht. »Es sind nicht so sehr Zweifel, sondern eher … na ja … ich habe so meine Erfahrungen«, erwidert sie. »So ein Leben kommt in diesem Haus nicht mehr infrage. Meine Mom hat dem Ganzen abgeschworen und ich halte es von uns fern. Ich würde alles dafür geben, von hier wegziehen zu können. Aber die Gang folgt einem auf Schritt und Tritt. Es gibt sie in den Vororten. In den Kleinstädten. Sie müssen nur jemanden losschicken, der ein paar Schwächlinge auftreibt, die sich von ihnen aus Angst manipulieren lassen, und dann *Bäm*!«

Ich zucke zusammen, als sie am Ende die Stimme hebt.

»Warum macht Tristan da mit?« Mir dreht sich bei der Frage der Magen um. Ich möchte, dass er ein guter Mensch ist. Ich kann seinen inneren Konflikt sehen. Er hat eine Wahl. Ich verstehe nur nicht, warum er sie nicht ergreift.

Lauren schüttelt den Kopf und hebt schließlich eine Schulter, als wollte sie damit zeigen, dass sie aufgegeben hat.

»Frag ihn doch selbst«, sagt sie schließlich. Ohne Vorwarnung schiebt sie mir ihr Handy über den Tresen zu. Es summt, weil gerade jemand anruft, dann sehe ich Tristans Namen auf dem Display. Ich drehe das Handy zu mir und blicke ihr in die Augen.

»Was erwartest du jetzt von mir? Es ist dein Handy. Er ruft dich an.«

Meine Finger prickeln vom plötzlichen Gefühl, dass es ein dringender Anruf ist, aber Lauren winkt nur angewidert ab, bevor sie die Küche verlässt und den Flur zu ihrem Zimmer hinuntergeht.

Ich sollte nicht rangehen. Das muss ich auch nicht, es ist nicht mein Handy. Die Argumente rasen mit einer irren Geschwindigkeit durch meinen Kopf, immer und immer wieder, trotzdem schweben mein Finger über dem Display, und während ich auf seinen Namen starre, weiß ich, dass ich nachgeben werde.

»Fuck«, stoße ich aus, drücke auf Lautsprecher und erwecke Tristans Stimme zum Leben.

»Lauren, hey«, beginnt er, bevor ich ein Wort sagen kann.

»Hier ist nicht Lauren … hier ist … Riley«, presse ich hervor.

Er schweigt einen Moment, ich höre nur, wie sein Handy an seiner Wange oder seinem Kinn reibt und wie im Hintergrund ein Wagen vorbeifährt. Er versucht zu verdecken, dass er sich räuspern muss, und ich merke, wie angespannt er ist.

»Was machst du bei ihr?«, fragt er.

Ich ziehe die Schultern ein, werde leicht panisch, suche nach Worten. Ich schaue den Flur hinunter, aber Lauren ist nicht in der Nähe. Sie lässt mich mit der Situation allein, also sollte ich irgendetwas daraus machen. Ich bin nur nicht sicher, was. Vielleicht sollte ich einfach nur versuchen, Antworten zu finden.

»Mein Dad hat Nachtschicht und ich war nicht in der Stimmung, allein zu sein«, sage ich.

Er stößt die Luft aus, ein langer bedächtiger Atemzug. Ich stelle ihn mir an irgendeinem gefährlichen Ort vor, dass er am Verschwinden seines Freundes beteiligt ist, obwohl ich weiß, dass das nicht fair ist. Aber Lauren hat mich auf diese Gedanken gebracht.

»Ich bin vor der Tür.«

Mein Herz setzt einen Schlag aus. Ich werfe einen Blick über die Schulter auf die fest verschlossene Tür – ein Riegel und eine Kette sind vorgeschoben. In der Mitte klafft ein Riss, als hätte schon mal jemand versucht, sie einzuschlagen.

»Wieso?«, will ich wissen.

Stille breitet sich aus, hängt so lange in der Leitung, dass ich zusammenschrecke, als er schließlich wieder etwas sagt.

»Schätze, ich möchte auch nicht allein sein.«

Lauren kommt zurück ins Wohnzimmer. Sie murmelt etwas davon, dass ihr Bruder Bargeld und ihre Mutter irgendwelche Pillen braucht. Ihre Stimme dringt nur gedämpft zu mir, weil ich meine ganze Aufmerksamkeit dem Schweigen an ihrem Handy widme. Mit einem Kopfschütteln hole ich mich aus der Trance und unsere Blicke treffen sich.

»Redest du immer noch mit ihm?«

Mein Herz klopft, während ich nicke.

Sie verzieht den Mund. »Gut, sag ihm, er soll vorbeikommen. Er kann bei dir bleiben, während ich zu Pauls Mutter rübergehe.« Bevor ich etwas erwidern kann, verschwindet sie wieder aus der Küche, also senke ich den Blick auf den Teppich und sage leise ins Handy: »Lauren muss kurz zu Pauls Haus rüber. Kannst du reinkommen?«

»Braucht sie Hilfe? Ich kann gleich rüber…« Er redet immer noch, als Lauren mit einem Sweatshirt und einem kleinen Rucksack an mir vorbeigeht, in dem ein paar Dinge klappern, die sie hineingeworfen hat.

»Äh, sie ist schon auf dem Weg«, sage ich und folge ihr zur Haustür.

Lauren schiebt Kette und Riegel weg, und als sie die Tür öffnet, steigt Tristan gerade aus dem Wagen seiner Mom. Das Handy wirft er achtlos auf den Sitz, sodass ich das Geräusch in meinem Ohr widerhallen höre, während ich die Szene im echten Leben vor mir sehe. Ich lege auf.

»Gib mir das einfach und ich bringe es hin«, sagt Tristan und streckt die Hand nach dem Rucksack aus.

Lauren hält den Rucksack hinter sich, weicht aber nicht vor ihm zurück.

»Nicht böse gemeint, aber du bist die *letzte* Person, die Pauls Mom im Moment sehen will«, motzt sie ihn an.

Tristan lehnt sich auf seine Fersen zurück, schaut in den Nachthimmel hinauf und hält die offenen Hände hoch. »Ich bin genauso geschockt wie jeder andere auch.« Seine finstere Miene verhärtet sich und seine Augen sehen aus, als hätte er sich geprügelt, sie sind geschwollen und eingesunken. Aber Lauren hat kein Mitleid.

»Wirklich?«, sagt sie und baut sich vor ihm auf. Sie holt den Rucksack wieder nach vorn, benutzt ihn wie einen Rammbock und schubst Tristan damit einen Schritt zurück. »Dieser ganze Mist ... ist immer nur ein Spiel für euch Typen, genau wie dieser verfickte Klub, zu dem du gehörst. Das geht immer so weiter, bis jemand umgebracht wird, Tristan. Und du weißt besser als jeder andere – oder sollte ich sagen, *fast* besser als jeder andere –, dass niemand mehr sicher ist, wenn es in unserer Gegend dunkel und hässlich wird. Nicht du. Nicht ich. Nicht Paul ...«

Sie schaut zu mir, Tristans Blick folgt ihr, sein Adamsapfel wandert nach unten und kommt wieder hoch.

»Du bleibst hier und verkackst es nicht mit meiner Freundin. Ich mag sie und sie braucht deinen Scheiß nicht in ihrem Leben.« Lauren nickt mir zu, dann geht sie die Einfahrt hinunter, während Tristan sprachlos über seinen Mundwinkel leckt.

»Sie steht nur total unter Druck.« Ich habe keine Ahnung, warum ich das Bedürfnis habe, etwas zu sagen, und dann auch noch ausgerechnet *das*. Wir stehen alle unter Druck, aber Laurens Stress mit Tristan, worum auch immer es geht, liegt auf jeden Fall tiefer und hat nicht nur etwas mit der aktuellen Situation zu tun.

»Sie hat recht. Ich bleibe einfach hier draußen, bis sie zurück ist. Geh rein.« Er nickt in Richtung Eingang und ist nur noch einen Schritt von mir entfernt.

Ich kann Befehle nicht ausstehen. »Nein.«

Nach meiner kurzen Antwort schnellt sein Blick sofort zu mir. Seine Lippen sind fest zusammengepresst, die Augen zu Schlitzen verengt.

»Riley, ich will hier nicht den Macker spielen oder dich herumkommandieren. Es ist hier draußen im Moment nicht sicher. Also bitte, geh rein.«

Ich bekomme genau mit, wie sehr er sich zurückhalten muss. Ich lockere die Schultern und trete einen Schritt zurück, bleibe aber auf der Türschwelle stehen. »Wenn es nicht sicher ist, solltest du auch reinkommen.«

Unsere Blicke tanzen einen Moment umher. Hier draußen herrscht die echte Gefahr, die dafür gesorgt hat, dass ich überhaupt bei Lauren bin. Tristan hat etwas an sich, das mich anspricht, und egal wie viele Warnungen ich noch zu hören bekomme – von ihm, von Lauren … dem Universum – ich möchte ihn trotzdem in mein Leben lassen. Ich möchte herausfinden, warum meine Freundin ihn für so schlimm hält, denn ich kann das nicht in ihm erkennen.

»Nur, bis Lauren zurück ist«, lenkt er schließlich ein und geht zurück zum Wagen, um sein Handy zu holen und die Türen abzuschließen. Der Autoschlüssel baumelt an seinem Zeigefinger und er dreht ihn einmal, bevor er ihn mit der Hand auffängt. Die Geste wirkt zuerst lässig – aber dann wiederholt er sie andauernd auf dem Weg in Laurens Haus und hört erst damit auf, als ich genervt auf seine Hand starre, während er sich auf die Sofaarmelehne hockt.

»Sorry.« Er schneidet eine Grimasse und legt den Schlüssel auf den Couchtisch.

Laurens Mathesachen sind dort ausgebreitet, wahrscheinlich hat sie vorhin Hausaufgaben gemacht. Tristan zupft am Rand eines Blattes, das eine Stelle in einem der Bücher markiert, und zieht es zu sich, bis die Zahlenreihen zu erkennen sind, die sie aufgeschrieben hat.

»Ich bin echt schlecht in Mathe.« Seine Miene verrät nicht, was er davon hält, sein Blick wandert über die Seite, während er versucht, Laurens Handschrift zu entziffern. »Und ich weiß nicht mal, wie ich auf die wenigen Prozentpunkte gekommen bin, die ich habe. Ich glaube, das sind Sympathiepunkte. Ich bin nur in der IB-Klasse, weil ich in wichtigen Tests gut abschneide. Das hat zumindest Ms Beaumont gesagt. Aber ich glaube, dass ich nur in *einem* Test gut war.«

Er seufzt und schiebt das Buch mit dem Blatt von sich weg, bevor er sich aufrichtet und die Hände über die Oberschenkel wandern lässt, bis sie in seinem Schoß liegen, wo er die Finger fest verschränkt. Ich rutsche in die Mitte der Couch und drehe mich zu ihm. Meine Augen wandern unwillkürlich zu seinen Lippen. Der Anblick erinnert mich sofort daran, wie sie sich angefühlt haben – gefolgt von dem verletzenden Stich nach seiner Reaktion auf den Kuss. Es entsteht ein unbehagliches Schweigen. Ich beginne, an meinem Daumennagel zu knabbern, nur um den Druck rauszulassen und die zerstörte Erinnerung loszuwerden. Es funktioniert nicht.

Lichter, die durch die Spalten in Laurens Jalousien im Vorraum fallen, wandern über die Decke. Tristan steht sofort auf, als er sie bemerkt, geht zum Fenster und schiebt zwei Lamellen auseinander, um hindurchspähen zu können. Er lässt sie gleich wieder zufallen, und als er sich umdreht, treffen sich unsere Blicke.

»Wollte nur sichergehen …« Er bricht mitten im Satz ab.

Ich lasse seine Worte so stehen, aber nicht lange.

»Was sichergehen?« Ich überkreuze die Beine, lege locker die Arme darum und mustere ihn.

Tristan vergräbt die Hände in den Taschen, zuckt mit den Schultern und senkt für eine Weile den Blick. Es ist so still im Haus, das mir jedes noch so kleine Geräusch einen Schauer über den Rücken jagt. Der Kühlschrank geht an … und wieder aus. Die Heizung rumort. Eine lose Lüftungsabdeckung summt im Flur. Eine irgendwo versteckte Grille zirpt.

»So wird man eben, wenn man hier lebt«, holt mich Tristan zurück in die Gegenwart.

»Hä?« Ich richte den Blick auf ihn und er kommt wieder näher. Diesmal setzt er sich auch auf die Couch, sodass sich unsere Knie fast berühren, als er sich mir zuwendet.

»Paranoid, schätze ich.« Sein Blick wandert zwischen meine Augen und ich nicke, weil ich das irgendwie verstehen kann.

Tristan räuspert sich, dann rutscht er in die Ecke der Couch, sodass ein paar angenehme Zentimeter Platz zwischen uns entstehen. Ist wahrscheinlich am besten so, wenn wir keine Freunde sein können.

»Möchtest du vielleicht Musik hören?«, frage ich.

Er grinst leicht und zieht eine Augenbraue hoch, doch seine Miene entspannt sich wieder, als er merkt, dass ich es ernst meine.

»Oh … ähm.« Er schaut sich in dem leeren Haus um. Ich weiß wieso – er möchte hören können, was … *da draußen* passiert.

»Ich mach nur leise was an. Ich dachte, es könnte vielleicht helfen … keine Ahnung … die Zeit rumzukriegen, die du hier mit mir hocken musst. Du weißt schon, weil alles so schrecklich ist und wir keine Freunde sind.«

Mein Gesichtsausdruck verhärtet sich. Das war passiv-aggressiv, aber ich bin trotzdem froh, dass ich es gesagt habe. Ich sehe, wie er zusammenzuckt, nur ganz leicht, aber das reicht mir schon.

»Musik ist okay«, sagt er schließlich.

Ich ziehe mein Handy aus der Tasche und öffne meine Lieblingsplaylist. Ich starte sie und lege das Telefon auf die Couchlehne. Es ist ein Mix aus allem Möglichen, damit wurde ich großgezogen. Mein Dad steht eher auf Country und Oldies, meine Mom mag Hard Rock. Ich liebe Pop und Rap und auch sonst so ziemlich alles, also passt die Mischung. Der erste Song ist aus den Achtzigern. Tristan grinst, dann dreht er mein Handy zu sich herum, damit er den Titel lesen kann, und lacht halb.

»Hey, ich hab gesehen, wie sich deine Lippen zum Song bewegt haben. Du kannst dich nicht über mich lustig machen, wenn du den Text kennst«, sage ich und forme genau wie er *too-ra-loo-ra* mit den Lippen. Seine Mundwinkel wandern langsam nach oben, und als er schließlich richtig lächelt, verändert sich alles im Raum.

Wir beginnen, zusammen zu singen, benutzen für einige Zeilen unsere eigenen Worte, die manchmal völlig danebenliegen. Als sich der nächste Song als Countrynummer entpuppt, stöhnt Tristan auf, aber ich erwische ihn dabei, wie er auch diesmal einige Stellen mitsingt. Ich werfe mit einem Kissen nach ihm. Er fängt es mit der Brust ab, drückt es an sich und lacht, bis die Musik leiser wird und wir uns nur noch ansehen.

Nach Country geht es mit Elvis weiter. Tristan grinst schief, zwinkert mir zu und senkt den Blick. Er schaut nicht lange weg, denn schon mit dem nächsten Atemzug mustert er mich wieder.

»Pass auf, wir werden vielleicht doch noch Freunde«, necke ich ihn.

Er lacht nicht und sein Grinsen lässt etwas nach, sodass die Grübchen an seinen Wangen verschwinden. Das hätte ich nicht sagen sollen. Er hat es ernst genommen.

»Jedes Mal wenn ich einen Wagen vorbeifahren höre, denke ich, dass jemand kommt und mich töten will.«

Mir schnürt sich die Kehle zu und mein Herz rutscht mir in die Hose. Seine Augen flirten mit mir, bewegen sich zu mir und wieder weg, während er auf der Innenseite seiner Wange kaut. Ich schaue ihm wie erstarrt ins Gesicht, aber am Rand meines Blickfeldes nehme ich wahr, dass er die Hände ringt.

Er blickt wieder auf und stößt die Luft aus, seine Lippen bleiben offen, sein Gesichtsausdruck wirkt erschöpft, fast verzweifelt. Er kapituliert.

»Mein bester Kumpel ist wahrscheinlich tot.«

Die Worte kommen nur zitternd über seine bebenden Lippen. Ich spüre Tränen in meinen Augen, deshalb schaue ich rasch weg und wische mir verstohlen über die Wangen.

»Ich bin der Sohn des Mannes, der die Fifty-Sevens gegründet hat. Und der Mann, der ihm dabei geholfen hat, hat ihn umgebracht. Nachdem mein Dad aus dem Weg geräumt war, hat er mich markiert, damit ich es nie vergesse.« Er dreht sein Handgelenk, bis ich das dunkle X gut sehen kann. Er blickt zu mir auf und dann wieder auf seinen Arm, seine Haare fallen ihm in die Stirn und werfen Schatten auf seine Augen. Er fährt sich mit der tätowierten Hand durch die Haare, lässt den Blick aber gesenkt.

»Mein Dad wollte Macht … und Dub«, er hält inne und lässt noch einmal das X an seinem Handgelenk aufblitzen, damit ich den Namen damit verbinden kann, »er wollte Geld. Und es gefiel ihm, dass die Leute Angst hatten. Ich habe Jahre gebraucht, um die Puzzleteile zusammenzusetzen, vielleicht wusste ich es auch die ganze Zeit tief in meinem Inneren.«

Ein schweres Seufzen kommt aus seiner Brust und seine Augen beginnen zu glänzen. Er blinzelt ein paarmal und lacht dann vor sich hin, während er meinen Blick auffängt.

»Ich habe mein ganzes Leben lang versucht zu weinen, aber es klappt nicht.« Er lacht noch mehr. Dann steht er auf und geht durch den Raum.

Elvis' Stimme geistert durch die Stille. Schließlich endet der Song und ich ziehe mein Handy zu mir, um die Musik auszumachen.

»Ich habe Dinge getan, Riley … ich habe Leute ausgeraubt. Ich habe auf Häuser geschossen. Auf deins … bevor du eingezogen bist. Joker und ich, so nennen wir Paul, und ein paar von Dubs Freunden …« Er lacht wieder traurig, dann legt er die Hand auf seine Stirn und macht große Augen. »Gott, Riley. Wir haben auf jedes Fenster in deinem Haus geballert, der Bezirk musste alle ersetzen. Wir haben das nur aus Langeweile gemacht und weil wir schon länger auf nichts mehr geschossen hatten.« Er schüttelt den Kopf und ich kralle mich in das Polster unter mir, als er dieses Schlüsselthema zur Sprache bringt.

»Worauf schießt ihr denn noch?«, frage ich und beginne zu schwitzen. Bilder von Tristan mit einer Waffe in der Hand und dem Finger am Abzug pulsieren durch meinen Kopf und wie er das Herz von jemandem zum Stehen bringt.

»Ich habe noch nie jemanden getötet. Das hast du doch gemeint, stimmt's?« Er schaut wieder zu mir auf, aber nicht lange.

Ich nicke, gleichzeitig erleichtert und erschrocken. Ich bin so schockiert, weil ich trotz der schrecklichen Dinge, die er über sich gesagt hat, immer noch einen anderen Menschen vor mir sehe. Vielleicht bin ich blind, aber das glaube ich nicht.

»Ich habe Leichen vergraben. Einige wurden nie gefunden.« Er kneift kurz die Augen zu, bevor er aufsteht und im Zimmer umherwandert. »Ich hasste jeden Moment davon und ich betete um den Mut, mich Dub entgegenzustellen, einen anderen Weg einzuschlagen. Aber der Dreck an meinen Händen ist mit Blut besudelt, Riley, und meine Albträume … sie sind so schlimm.«

Er bleibt stehen und schnappt nach Luft, seine Brust hebt und senkt sich so schnell, dass ich befürchte, er klappt gleich zusammen. Als sich seine Atmung wieder beruhigt hat, dreht er den Kopf zur Seite und sieht mich an.

»Das bin ich. Das ist der Grund, warum wir nicht befreundet sein können. Das ist der Grund, warum ich nicht will, dass du draußen auf dem Basketballplatz bist, wo ich selbst schon ein paar Kugeln ausweichen musste. Ich bin nicht mal annähernd ein richtiger Mensch. Ich bin durchsiebt von Löchern … voller Wunden. Ich bin überhaupt nicht mutig und nach meinem zwanzigsten Geburtstag werde ich wahrscheinlich nicht mehr leben.«

Er kommt zur Couch, bis er direkt vor mir steht, und steckt wieder die Hände in die Taschen. Das tut er immer, wenn er verwundbar ist, als würde er Waffen verstecken und sein wahres Ich verbergen. Aber ich sehe mehr in ihm, als er von sich hält. Der Mensch, den er da beschreibt, ist derselbe, der auch als Coach für mein Team eingesprungen ist, nur damit ich ein paar armselige Collegescouts beeindrucken kann. Derselbe, der mich nach Hause geschickt hat, als es für mich hätte gefährlich werden können. Derselbe, der aus irgendeinem Grund beschlossen hat, mich zu beschützen.

»Hast du Angst?« Seine Augen trüben sich und er sucht meinen Blick. Er wappnet sich gegen die Antwort, die er erwartet, aber ich schüttele den Kopf. Es ist keine Lüge. Ich habe keine Angst. Eigentlich glaube ich sogar, dass es im Moment keinen Ort gibt, an dem ich sicherer sein könnte – und keinen Menschen, bei dem ich sicherer wäre.

»Hältst du mich für ein Monster?«

Meine Augen verengen sich, meine Brauen ziehen sich zusammen und meine Lippen öffnen sich zu einem sanften Atemzug. »Gott, nein«, sage ich.

Ich stehe auf und schüttele die Hände aus, die nach dem minutenlangen Festklammern am Polster ganz taub geworden sind. Ich bleibe ein paar schüchterne Schritte vor ihm stehen, sein Blick wandert über meinen Körper, an meinem Hals entlang, über meine Schultern und meine Hüfte.

»Du musst diese Rolle nicht übernehmen, Tristan … die Rolle, die dich zu einem *üblen Typen* macht. Das passt nicht zu dir«, füge ich hinzu.

Er schüttelt mit kleinen schnellen Bewegungen den Kopf. »Nein?«, wispert er.

Ich schüttele ebenfalls den Kopf und trete noch einen halben Schritt näher, seine Wärme beginnt auf mich abzustrahlen wie eine Warnung.

»Nein«, wiederhole ich.

Er neigt das Kinn, legt den Kopf kaum merklich zur Seite. Seine Augen bleiben auf mich gerichtet, streifen über mein Gesicht. Seine

Zähne pressen sich zusammen und arbeiten sich durch den Konflikt hinter den kaum geschlossenen Lippen. Seine Brust hebt sich und sein Gesicht bewegt sich reflexartig, während er atmet, aber seine Schutzmauer bleibt, auch als er die Hand hebt und den Daumen unter mein Kinn legt, einen Finger nach dem anderen hinzunimmt, bis seine ganze Hand meine Wange berührt. Seine Augen beginnen wieder zu glänzen, ohne dass sich wirklich Tränen bilden. Sein rechter Mundwinkel wandert nach oben, während er den Blick auf meine Lippen richtet, die sich unter der Hitze öffnen.

Sein Lächeln wird breiter, aber nur leicht.

»Die kurzen Haare stehen dir wirklich gut«, sagt er, was mir ein kleines Lächeln entlockt.

»Ach ja?«, erwidere ich mit erhobener Augenbraue. Ich habe nicht viel darüber nachgedacht, aber jetzt überlege ich, ob ich mit dieser Frisur attraktiv wirke oder nicht. Es ist seltsam, dass ich meine Haare nicht vermisse.

Tristans Blick wandert von meinem Mund zu meinen Augen.

»Eigentlich bist du sogar wunderschön so«, sagt er, Worte, die mir den Atem rauben, sodass ich fast die grausamen Details seiner Geschichte vergesse, die er mir gerade erzählt hat.

»Hübsch genug, um mit dir befreundet zu sein?« Ich achte darauf, dass es diesmal tatsächlich wie ein Scherz klingt.

Tristans Lippen schließen sich zu einem sanften Lächeln, seine Schultern und seine Brust zucken leicht, als er lacht. »Ich sagte wunderschön, nicht hübsch«, erwidert er, seine Finger gleiten langsam an meinem Hals entlang, bis die Fingerspitzen den samtigen Rand meiner Haare erreichen. Sein Daumen streicht über die Haut direkt unter meinem Auge.

Er lehnt den Kopf gegen meinen und ich schließe die Augen. Meine Hände wandern zu seinem Shirt, mit den Fäusten klammere ich mich daran fest.

»Wir sind Freunde.« Er lässt die Hände liegen, wo sie sind, und umschließt mein Gesicht. Seine Füße schieben sich zwischen meine, sodass wir von einer Seite zur anderen wanken. Seine Daumen kitzeln mich am Kinn, seine Nase streift über meine Haut, sein Atem riecht nach Orangenscheiben oder irgendeinem Bonbon. Er ist unwiderstehlich – köstlich. Und zum ersten Mal, seit wir uns begegnet sind, ist er hilflos.

»Wir sind Freunde, Riley, ich denke, wir sind sogar mehr. Ich bin … gezwungen, dir diese Dinge zu erzählen. Die hässlichsten Dinge.«

Ich spüre, wie er schluckt, während sein Kopf immer noch an meinem lehnt.

»Ich habe dir meine harte Wahrheit erzählt, aber du lässt dich davon nicht einschüchtern. Du bist so … unerschrocken. Und dickköpfig. Du täuschst nichts vor und du hörst nicht auf mich. Gott, ich wünschte, du würdest manchmal auf mich hören.«

Er lacht, ich spüre es in seiner Brust vibrieren, was mich ebenfalls zum Lächeln bringt.

»Du bist mein Test, Riley. Meine Versuchung. Meine Mutter meint, du bist das Licht, und ich möchte an deiner Seite darin stehen, aber …«

»Dann steh an meiner Seite«, unterbreche ich ihn.

Er rollt den Kopf an meinem, seine Hände beben vor lauter Unsicherheit. Ich greife nach seinen Ellbogen und gleite mit den Händen an seinen Armen hinauf bis zu seinen Handgelenken, um ihn zu beruhigen.

»Du bist ein guter Mensch, Tristan. Du bist einfach … ich kann es sehen.«

Sein Atem beginnt zu stocken. Ich kann seinen Konflikt förmlich schmecken – seinen inneren Kampf.

»Du bist ein guter Mensch«, wiederhole ich flüsternd, bevor seine Lippen sanft meine berühren.

Ich sehne mich so sehr nach diesem Kuss, dass er hier ist – bei mir – und dass er es ernst meint. Aber ich bin geduldig. Seine Unterlippe berührt sanft meine Haut, bis ich auch seine Oberlippe spüre und mich von seinem Kuss gefangen nehmen lasse. Er zieht mich näher und ich öffne den Mund zum Atmen – und für ihn. Sein Kopf bewegt sich leicht von links nach rechts, seine Lippen machen zärtlich weiter, bevor sie drängender werden.

Dieser Kuss ist nicht vollendet. Er ist behutsam und vorsichtig. Er ist ängstlich und verlangend – voller Angst, erwischt zu werden … eine Regel zu brechen. Jede Berührung seiner Lippen ist elektrisierend, dabei sind sie kaum da.

»Es tut mir leid, dass du mir begegnet bist, Riley«, sagt er nah an meinen Lippen, seine Stimme ist nur ein leises Wispern.

Ich schmiege mich an ihn, drücke meinen Mund etwas fester auf seinen, halte den Kuss. Seine Unterlippe liegt jetzt sanft zwischen meinen Zähnen, während ich gegen den verführerischen Sog ankämpfe, noch etwas mehr zuzubeißen.

»Ich bin froh, dass ich dir begegnet bin, Tristan. Das ist der Unterschied. Ich bin einfach so froh«, sage ich und lasse meinen Kopf in seine Halsbeuge sinken.

Seine Hände gleiten über meinen Kopf, meine Schultern, meinen Rücken, ziehen mich ganz nah, seine Wange ist an mich geschmiegt, während ich mein Gesicht im Schatten seines Kinns verberge. Ich atme ihn ein und bin ganz benommen. Ich fühle mich zu ihm hingezogen. Und ich habe keine Angst. Tristan schreckt mich nicht ab. Das hat er noch nie. Er ist für mich der süße Junge, der dem neuen Mädchen in der Nachbarschaft bereitwillig beim Schleppen schwerer Sachen geholfen hat. Diese abgebrühte, kalte Schulter, die er mir gezeigt hat, und die Mauer, die er damit aufgebaut hat, haben sich nicht nach ihm angefühlt. Das hat nie zu ihm gehört und ich wollte nur eins: zu ihm durchdringen.

Und das habe ich geschafft – an einem schrecklichen Abend, an dem seine Welt ins Wanken geraten ist. Ich bin durch die Mauer gebrochen und jetzt habe ich eine Verantwortung. Er kann die Mauer nicht allein überwinden. Er hat so viele Geheimnisse mit mir geteilt, und ohne weiter nachzufragen, weiß ich, dass er damit ein Risiko eingegangen ist. Wir sollten uns nicht in derselben Lage befinden.

Wie lange es auch dauert, bis Lauren wieder nach Hause kommt, ich werde hier bei ihm bleiben. Ich werde ihm Halt geben. Ich werde stark sein, damit er Angst haben kann, wenigstens ein Mal in seinem gottverdammten Leben.

Kriminelle werden nicht geboren, sie werden gemacht. Diese Welt hat Tristan zu dem gemacht, was er ist, und er kämpft darum, sich davon zu befreien. Doch er ist gefangen – und das ist grausam.

KAPITEL 13

TRISTAN

Ich bin gern krank.

Ich hatte noch nie ein Problem damit und das kam mir bis jetzt auch nicht merkwürdig vor. Eigentlich bis zu diesem Morgen, als ich mit einem erdrückenden Gefühl aufwachte. In meinem Kopf pocht es und meine Glieder schmerzen. Ich bin kaum in der Lage, mich aufzurichten, ohne mich wieder mit dem Gesicht in mein kühles Kissen fallen zu lassen.

Ich bin krank.

Es besteht eine große Chance, dass ich Grippe habe. Gott, ich hoffe, es ist die Grippe.

Mein Grinsen könnte nicht breiter sein.

Mom war heute früh erst zwischen fünf und sechs Uhr wieder zu Hause. Zu diesem Zeitpunkt lag ich in kalten Schweiß gebadet auf dem Badezimmerboden, meine Hose von den Beinen gezogen, mein Shirt zur Tür hinausgeworfen und ein Handtuch über Arme und Brust gelegt, weil mir unter dem Ventilator kalt war. Als meine Mom mich fand, schaltete sie sofort in den Krankenschwestermodus um. Sie verabreichte mir ihre üblichen Hausmittelchen – etwas anderes haben wir nicht hier, weil sie solche Angst vor echten Pillen hat – und sie legte mir eine kalte Kompresse auf die Stirn, die sie alle fünfzehn Minuten wechselte.

Ich fühle mich dann immer wie im Himmel.

Krank zu sein ist für mich die einzige Möglichkeit, mal von allem wegzukommen. Deshalb liebe ich es so sehr. Es ist die einzige Zeit, in der alles ganz normal läuft. Wenn ich krank bin, verhält meine Mom sich so wie die Mütter im Fernsehen. Ich darf zu Hause bleiben und muss mit keiner Menschenseele reden. Es gibt keinen Dub. Es kommen ein oder zwei Nachrichten, dann folgt eine lange Ruhepause. Ich muss nur die Worte Übelkeit oder Fieber erwähnen. Niemand *möchte* krank werden. Zumindest niemand von den Leuten, mit denen ich rumhänge. Sie haben immer zu tun, auf Partys gehen, Mädchen ficken, Drogen rauchen oder schnupfen.

Krank zu sein steht all dem im Weg. Wenn ich für die anderen krank sein könnte, würde ich das übernehmen.

Meine Mom ist spät dran für die Arbeit und ich weiß, dass sie zwischen sechs und neun nicht wirklich geschlafen hat. Aber sie überspielt das gut. Ihre Haare sind zu einem straffen Dutt zusammengebunden und sie trägt das Kleid, das niemals knittert und sich wie ein Nachthemd anfühlt.

»Ich gehe nach Feierabend wieder zu Danette. Ich muss heute fast den ganzen Tag allein die Stellung halten, weil sie das Haus nicht verlassen kann. Aber wenn du mich brauchst, rufst du mich an, okay?«

Ich nicke vom Bett aus. Seit ich vor ein paar Stunden wieder hineingekrabbelt bin, habe ich es nicht mehr verlassen. Danette, Jokers Mom, hat sich wahrscheinlich auch nicht viel mehr bewegt – nur, dass sie nicht krank ist. Sie ist am Boden zerstört.

Meine Mom gibt mir einen Kuss auf die Stirn, dann legt sie noch einmal ihre Hand darauf, ob sie noch heiß ist. Ich friere nicht mehr so wie vorhin, also ist mein Fieber vielleicht schon wieder gesunken.

»Heute Mittag nimmst du noch etwas von dem Apfelweinessig und dem Knoblauch«, sagt sie und steckt Schlüssel, Taschentücher, ihr Handy und noch ein paar lose Papiere, die auf dem Couchtisch liegen, in ihre Handtasche. So räumt sie auf – ihre Art, Dinge unter den Teppich zu kehren. Und das trifft gerade zu.

Die Tür fällt hinter ihr ins Schloss und ich starre eine ganze Weile dorthin, beobachte den schmalen Lichtstreifen, der durch eine Spalte fällt, wo die Tür nicht richtig zu ist. Ich sollte aufstehen und sie schließen, aber ich kann nicht. Ich fühle mich zu schlapp.

Ich hoffe, Riley ist nicht krank. Ich habe mich gut gefühlt, als ich gestern Abend mit ihr zusammen war … besser als gut. Ich hielt sie fest, bis wir gegen drei Uhr morgens Laurens Schlüssel an der Tür hörten. Ich saß mit ihr zusammengekuschelt auf der Couch und starrte nur auf meine Finger, die an ihrem Arm auf- und abwanderten. Stundenlang. Wir redeten nicht viel, aber wenn … war es so verdammt befreiend.

Niemand kennt meine ganze Geschichte. Riley ist jetzt am nächsten dran. Innerhalb von zehn Tagen ist sie von einem interessanten zu einem lebenswichtigen Menschen geworden. Und ich habe keine Ahnung, was ich jetzt machen soll.

Nichts von dem, was ich ihr erzählt habe, hat sie abgeschreckt, und falls doch, hat sie es gut überspielt. Ich erzählte ihr, wie ich mitten in der Nacht festgehalten und geknebelt wurde, während erwachsene Männer meinen Arm tätowierten. Ich erzählte ihr, wie ich mich einmal sechs Stunden lag in einem Wassergraben mit Schlamm und Matsch bedeckt vor den Cops versteckt habe, die hinter mir her waren, nachdem sie das Haus von Dubs Cousin gestürmt und nach Drogen durchsucht hatten. Ich erzählte ihr, wie Dub einmal so zugedröhnt gewesen ist, dass er mich dazu zwang, Heroin durch die Nase zu ziehen, damit ich erfahre, warum meine Mom so darauf abgefahren ist. Zu diesem Zeitpunkt war ich vierzehn Jahre alt gewesen.

Nicht ein Mal fragte sie, ob sie nach Hause kann. Sie scheute sich nicht davor, sich alles anzuhören. Sie ließ sich nicht einschüchtern. Sie sieht etwas in mir, das nicht da ist, aber ich habe nicht die Kraft, es ihr zu sagen. Mir gefällt diese Lüge und das Seltsamste daran ist, dass ich ihr nur noch die Wahrheit sagen werde.

Mein Handy summt über meinem Kopf und ich taste zwischen Laken und Kissen danach. Als ich es gefunden habe, hebe ich es hoch und reibe mir mit der anderen Hand über die Augen, um schärfer zu sehen. Es ist keine Nummer, die ich kenne. Mein Herz beginnt zu rasen.

Joker.

»Ja«, sage ich, nachdem ich den Anruf angenommen habe.

Es herrscht einen Moment Stille. Ich halte den Atem an, bereit, mir die Person am anderen Ende vorzuknöpfen.

»Tristan?«

Rileys Stimme überschwemmt mich, mir wird wieder ganz heiß. Sie ist eine Gefahr für mein Fieber.

»Hey«, sage ich mit sanfter Stimme. Ich schließe die Augen, rolle mich auf den Rücken und lächle. Sie hat mich ganz einfach in die Knie gezwungen, aber verdammt, jetzt gerade beruhigt sie mich.

»Ich hoffe, es ist okay, dass ich anrufe. Ich habe deine Nummer von Lauren. Du warst nicht in der Schule und ich habe mir Sorgen gemacht.«

Die Worte sprudeln leise, aber schnell aus ihr heraus. Sie hat sich Sorgen um mich gemacht, das zweite Mal in achtundvierzig Stunden.

»Tut mir leid, ja. Ich bin von Lauren nach Hause und eine Stunde später krank aufgewacht. Wie fühlst du dich?«

Ich überlege, wie ich mich fühle – mental und physisch. Wie in die Tonne gekloppt, auf beiden Ebenen. Mein bester Kumpel wird immer noch vermisst, unserem »Boss« werden alle möglichen Motive vorgeworfen und ich habe eine Schwäche für ein Mädchen, das keine Ahnung hat, wie gefährlich ich bin. Hinzu kommt mein knurrender Magen, obwohl mir übel ist – ich bin so ziemlich am Anschlag.

»Mir geht's gut«, sagt sie, ohne ein Seufzen unterdrücken zu können, das ihre Worte begleitet.

»Tut mir leid, dass du dir meinetwegen Sorgen gemacht hast. Daran habe ich überhaupt nicht gedacht, aber seit Jokers Verschwinden und nach allem, was ich bisher weiß … Ich hätte wenigstens Lauren anrufen können, damit sie dir Bescheid sagt.«

»Ist schon okay. Es ist … okay.« Ihre Angst lässt nach und ihre energische Art kehrt zurück. »Ich verstehe, dass es nicht gerade dein erster Gedanke war, mich über deine Abwesenheit auf dem Laufenden zu halten«, sagt sie, gefolgt von einem nervösen Lachen.

»Meine Gedanken sind andauernd bei dir.« Ich kneife ein Auge zu und warte darauf, dass sie über meinen dummen Spruch lacht. Denn das war ein dummer Spruch und ich habe keine Ahnung, warum ich das gesagt habe, aber es ist auch wahr. Ich habe die ganze Zeit nur an sie gedacht – sogar als es mir am beschissensten ging und ich mit einem feuchten Waschlappen im Nacken auf dem Fliesenboden im Bad lag.

»Ich kann in der Mittagspause vorbeikommen. Soll ich dir vielleicht etwas mitbringen?«

An ihrem Tonfall höre ich, wie verlegen sie ist.

Ich hatte noch nie ein Mädchen, das sich um mich kümmern wollte, ohne durch Verwandtschaft dazu verpflichtet zu sein. Ich hatte *Mädchen*, die beides waren, mit mir befreundet und … mehr. Manchmal hatte ich auch Sex. Manchmal habe ich sie auf Partys mitgenommen, in Dubs Haus oder zum Trinken an den Fluss. Meistens haben sie mich nur benutzt, um an unsere Dealer oder an Dub ranzukommen. Ich war nur ihr Sprungbrett.

»Ich esse gern Suppe«, sage ich und zucke dabei zusammen, auch wenn sie mich nicht sehen kann.

Sie kichert, dadurch fühle ich mich gleich ein bisschen besser. »Ich bringe dir gern Suppe mit.«

Wir schweigen beide und das fühlt sich schön an. Ich höre Stimmen im Hintergrund und frage mich, ob sie sich während des Anrufs irgendwo in einer Ecke versteckt oder ob überhaupt jemand etwas davon mitbekommt. Ich habe das Gefühl, sie sollte es nicht gerade an die große Glocke hängen, dass sie mit mir spricht … vielleicht zu ihrer eigenen Sicherheit oder wegen ihres Rufs. Aber anderseits, wen interessiert's?

»Ich muss los. Wir bauen heute Raketen«, sagt sie schließlich.

»Echt jetzt? Das Einzige, was ich vermutlich kann, und eine anständige Note bekommen könnte, und ich liege krank im Bett?«

Sie lacht und ich beiße mir bei dem Klang auf die Unterlippe. Wahrscheinlich hätte ich dieses Projekt auch verhauen, denn ich bin sicher, es steckt mehr dahinter, als nur irgendwelche Plastikröhren zum Leuchten zu bringen und in die Luft zu schießen. Dafür weiß ich, dass die Aufgabe, die mir Ms Forte bei diesem Projekt zugeteilt hat, nicht fertig sein wird, also bin ich zumindest auf diese Art ein wenig vorbereitet.

»Dann sehen wir uns gegen Mittag«, sage ich, lege das Handy auf mein Bett und lasse meinen Kopf danebensinken, denn mich überkommt plötzlich eine starke Müdigkeit. Ich hatte nicht viel Schlaf, wenn überhaupt, und mein Körper sehnt sich fast noch mehr danach als nach Suppe.

»Ich halte erst noch zu Hause an, um die Suppe warm zu machen, also rechne ein paar Minuten später mit mir.« Ihre Stimme klingt belegt und müde. Sie war lange mit mir wach, wenn auch nicht so lange wie ich.

Sie sagt noch etwas und an ihrem Tonfall erkenne ich, dass es etwas Nettes ist, aber ich nehme es nicht mehr auf. Ich verabschiede mich auch nicht, weil mein Körper mir keine Wahl lässt. Der Schlaf nimmt mich mit, bis ich völlig betäubt bin, und während der nächsten zwei Stunden träume ich, dass ich einen Eiswagen habe und Joker in die Pedale treten muss, damit er läuft.

Lächelnd wache ich auf. In meinem Traum war mein Freund am Leben, es ging ihm gut und er war total witzig drauf. Mein Kopfkino hat Joker in allen Dingen haargenau getroffen, auch wenn der Traum total durchgeknallt war. Je schneller Joker strampelte, desto weniger schmolzen unsere mit Schokolade überzogenen Bananen. Wir boten nichts an, was man in einem normalen Eiswagen bekommen konnte, aber alles war gefroren. Gerollte Tortillas und Tamale. Mexikanischer Eintopf. In meinem Traum mochte ich den Eintopf sogar – obwohl er tiefgekühlt war.

Meine Hände wandern zu meinen Lippen, um nach Essensresten zu tasten, und ich erwarte fast, auf etwas Klebriges zu stoßen.

Ich lächle unter meinen Fingerspitzen, als ich nichts finde. Es war nur ein echt lebhafter Traum.

Es klopft erneut an meiner Haustür. Deshalb bin ich wahrscheinlich auch aufgewacht, schätze ich. Ich rolle mich zur Seite und checke die Uhrzeit auf meinem Handy, doch ich brauche ein paar Sekunden, bis ich die Zeit erfasst habe.

Es ist noch nicht Mittag.

Es ist noch zu früh.

Das kann nicht Riley sein.

Ich schlage die Decke zurück und schiebe die Füße in meine Schuhe. Zum Glück bin ich in Jogginghose und T-Shirt eingeschlafen. Das Pochen in meiner Brust kommt mir wie ein Schlachtruf vor und es fällt mir schwer, mich auf meinen wackligen Beinen zu halten. Eine Nacht ohne Kalorien hat meine Muskeln geschwächt.

Im Herzen hoffe ich, dass es Joker ist. Darum ging es in meinem Traum. Es war eine Vorahnung, als wüsste ich irgendwie, dass er kommt.

Ich drücke die Hand gegen die Flurwand, um nicht dagegen zu fallen, und stolpere fast auf dem Weg zur Haustür. Dann tue ich etwas, das ich sonst nie tue. Ich öffne die Tür, ohne nachzusehen, wer draußen steht.

Ich hätte darauf gefasst sein müssen.

Ich hätte ihm diesen Vorteil nicht verschaffen dürfen.

Das wäre nur ein kurzes Gespräch geworden, weil er gewusst hätte, dass ich bewaffnet bin. Er hätte es gewusst, weil er es immer weiß. Genau wie er immer weiß, wenn ich unbewaffnet bin.

»Ah, sieh mal einer an, wer da einen Tag krankmacht.«

Dub lallt ein wenig und ich kann jetzt schon sagen, dass er entweder betrunken oder high ist. Das ist ein Unterschied. Wenn er betrunken ist, bleibt er immer nett. Aber wenn er high ist – dann zeigt sich seine üble Seite.

Er drängt sich zur Tür herein und spürt den Widerstand, weil meine Hand immer noch auf dem Türknauf liegt. Sein Blick wandert direkt dorthin. Auch darauf hätte ich gefasst sein müssen und genauso emotionslos reagieren sollen wie Dub, als ich die Tür aufgemacht habe.

Ich huste, mein entzündeter Hals und mein leerer Magen tun dabei weh. Es pocht in meinem Kopf, weil meine Mom lieber ihre Hexen-Voodoo-Medizin benutzt, statt Nasenspray und den ganzen Scheiß.

»Ich glaube, ich habe die Grippe«, sage ich und tue so, als müsste ich mich an der Tür abstützen. Doch Dub nimmt keine Notiz davon, also lasse ich die Tür zufallen, als er drin ist, und folge ihm in die Küche.

»Kein Wagen vor der Tür, also nehme ich mal an, dass Lani nicht da ist«, sagt er. Er benutzt den Spitznamen, mit dem er Mom schon mein ganzes Leben lang anredet. Sie hasst den Namen und genau deshalb nennt er sie so.

»Erinnerst du dich daran, was sie gemacht hat, als sie das letzte Mal aus dem Entzug gekommen ist?« Dub dreht ein paar Runden durch die Küche und klappt ein paar Schränke auf, bis er eine Tasse gefunden hat. Er füllt sie mit Wasser und stellt sie dann auf den Tresen, zieht ein kleines Päckchen aus der Tasche und schüttet den Inhalt – ein bläuliches Pulver – hinein. Er rührt mit dem Finger um und trinkt fast alles in einem Zug aus. Ein Mittel gegen den Kater, also ist er betrunken. Aber er könnte auch high sein, also bleibe ich auf der Hut. Ich wünschte, ich hätte mein Messer bei mir. Es liegt unter meiner Matratze, sollte Dub mich also ins Bett bringen wollen, bin ich vorbereitet.

»Sie hat versucht, dich zu einer Teufelsaustreibung zu überreden.« Ich lache schwach, aber authentisch. Meine Mom war davon überzeugt, dass Dub besessen ist, also hat sie einen Pastor angeheuert und dazu überredet, zu uns nach Hause zu kommen. Dub hat alle beide ausgelacht und der Pastor ist mit einem Tausender vom Geld meiner Mom abgehauen.

Voodoo, nichts weiter als Trickbetrug.

»Hör zu, Cry …« Er benutzt den Namen, um mich außer Gefecht zu setzen. Mein Hirn schaltet automatisch auf meine untergeordnete Rolle um. Selbst wenn er den vollständigen Spitznamen sagt – Cry Baby –, reagiere ich nicht so wie jetzt.

Ich nicke. Ich hasse mich selbst dafür. Ich wünschte, ich hätte mein Messer. In meiner Vorstellung läuft ein Film ab, wie ich Dub vom Nabel bis zur Kehle aufschlitze, immer und immer wieder auf ihn einsteche. Er kippt den Rest seines Getränks hinunter und stellt die Tasse laut auf dem Tresen ab.

»Diese Joker-Sache ist ein ernstes Problem. Ich muss wissen, wo er ist. Wenn er geredet hat, ist er nicht sicher. Du weißt, wie die beim FBI arbeiten – Informanten bekommen nie, was ihnen versprochen wurde. Ich mache mir Sorgen um ihn. Man spielt mit ihm.«

Mein Gesicht bleibt leer und ausdruckslos, und obwohl mir das Herz bis zum Hals schlägt, bewahre ich nach außen hin Ruhe. Dub erzählt nur Mist und er weiß, dass ich es weiß. Der Trick ist, wie ich darauf reagiere, ohne Flagge zu zeigen, denn ich habe schon jetzt das Gefühl, dass er glaubt, ich hänge in der Sache irgendwie mit drin. Ich habe keine Ahnung, ob er davon ausgeht, dass ich meinen

Freund verstecke oder ebenfalls Informationen weitergebe. Was auch immer es ist, mein Tattoo und unsere jahrelange Vergangenheit können es nicht mit Dub Lewis' Paranoia aufnehmen.

»Hör auf mit dem Scheiß, Dub. Willst du, dass ich ihn töte?«

Meine Zunge brennt, als die Worte meine Lippen verlassen, also schließe ich den Mund, damit sich das Feuer nicht ausbreitet.

Dub dreht leicht den Kopf und sieht mich von der Seite an, eine affektierte Eigenart, die er sich bei meinem Dad abgeguckt hat. Er musterte die Leute immer auf diese übertriebene Art. Er ist der Meinung, dass es schon ausreicht, eine Person nur glauben zu lassen, dass sie getestet wird, um sie zum Reden zu bringen. Ich habe das schon so oft miterlebt, dass ich genau weiß, wie ich dagegenhalten kann. Ich wurde oft genug geschlagen, um irgendwelche Scheiße, mit der ich nichts zu tun hatte, von den falschen Leuten fernzuhalten – von meinem Dad –, deshalb habe ich gelernt, meine Klappe zu halten.

Und ich kann meine Klappe sehr gut halten.

Dub kratzt sich schließlich unter dem linken Auge und steht auf. »Denkst du, du kannst das?«

Ich nicke. Genau wie ich es immer tue. Es ist kompletter Bullshit, aber das spielt keine Rolle. Es zählt nur, dass er glaubt, ich hätte die Eier, einen Mord durchzuziehen … den Mord an meinem besten Freund.

Er kichert vor sich hin, und je länger er durch die Küche läuft, desto heftiger wird es. Ich lache nicht mit, aber das tue ich nie wirklich. Dub findet eine Menge Dinge lustig, was ich einfach nicht verstehen kann. Die Macht, die er über mich hatte, als ich noch ein Kind war, hat mit meiner Pubertät nachgelassen, denke ich. Jetzt sehe ich alles so, wie es ist. Er ist überhaupt nicht mutig. Wirklich mutige Männer gehen ihren Weg, ohne jemandem den Bauch aufzuschlitzen, damit alle anderen sich ihnen fügen.

Er nimmt die Tasse wieder hoch und starrt hinein, während er auf mich zukommt. An der Außenseite stehen Kinderreime und sie ist mit blauen und gelben Punkten bemalt. Meine Mom hat sie während ihrer Entziehungskur von jemandem geschenkt bekommen, als würden irgendwelche kindischen Reime und Pastellfarben auf einem Kaffeebecher es einfacher machen, clean zu bleiben.

Menschen sind verdammte Idioten.

Dub stellt die Tasse wieder hin, lässt sie aber in der Hand und schiebt sie über den Tresen näher zu mir. Sie ist leer, deshalb bin ich nicht sicher, was das soll – bis er die Tasse plötzlich hochreißt und auf die Kante knallen lässt, sodass sie bis auf den Henkel in Scherben zerbricht. Im nächsten Moment drückt er die scharfe Kante des Henkels gegen die dünne Haut an meinem Hals, während er mich mit seinem ganzen Gewicht gegen den Tresen presst. Bei so einem Ausbruch war ich schon oft dabei. An dieser Stelle machen sich die Leute meistens in die Hose. Manchmal heulen sie auch. Und immer zittern sie.

Ich tue nichts dergleichen. So wurde es mir beigebracht – jemand zu sein, der nichts hört oder fühlt. Dub drückt noch fester zu und ich spüre, wie meine Haut aufgeritzt wird. Sein Mund kräuselt sich, der Gestank nach Pot und Whiskey dringt durch seine gelben Zähne.

Das Kichern von vorhin stellt sich wieder ein, und nachdem er das Keramikende mit genügend Druck über meine Haut gezogen hat, dass eine Linie entsteht, lässt er von mir ab und wirft den Henkel ins Spülbecken, als würde ich ihn später abwaschen und noch mal benutzen.

»Wenn du Joker siehst, rufst du mich sofort an.«

Mehr sagt er nicht. Er wartet auch nicht auf meine Reaktion. Er wankt durch das Haus zur Tür und geht. Ich starre ein paar Minuten auf die geschlossene Haustür, meine Ohren konzentrieren sich auf jedes Geräusch, bis ich das vertraute Dröhnen seines Wagens höre. Erst als ich sicher bin, dass er weg ist, taste ich meinen Hals ab und halte mir dann die Hand vor die Augen. Es scheint nicht so sehr zu bluten, wie ich befürchtet hatte, aber ich vermute, es wird eine Narbe zurückbleiben. Die Wunde brennt, als ich sie berühre, meine Haut ist an der Stelle aufgerissen – mein Körper offen.

Beim nächsten Klopfen zucke ich zusammen. Diesmal klingt es leiser und mir wird aus vielen Gründen ganz anders, als ich es höre. Ich weiß, dass es Riley ist. Diesmal stimmt die Zeit. Ich weiß auch, dass sie Dub draußen begegnet sein muss. Anders kann es gar nicht sein, vielleicht haben sie sogar ein paar Worte gewechselt, denn es hat eine Weile gedauert, bevor er weggefahren ist. Doch mir ist vor allem so schlecht, weil ich keine Zeit habe, irgendetwas von dem, was gerade passiert ist, vor ihr zu verstecken. Sie wird meinen Hals sehen. Sie wird eins und eins zusammenzählen und zum größten Teil richtig damit liegen. Ich werde sie anlügen müssen.

Es sei denn … es sei denn, ich erzähle ihr die Wahrheit. Die Frage ist nur, wird sie damit umgehen können?

Beim zweiten Mal klingt das Klopfen schon lauter, also ziehe ich mein T-Shirt glatt und schiebe meine Jogginghose zurecht. Rasch öffne ich die Tür und tue so, als wäre alles normal. Zumindest einen Atemzug lang.

»Hier ist deine Suppe und ich glaube, ich habe gerade deinen Onkel getroffen …« Sie bricht ab, als ihr Blick auf meinen Hals fällt.

Dub und ich haben ein paar Gemeinsamkeiten, aber wenn wir

nebeneinanderstehen, sieht man schnell, dass wir nicht verwandt sind. Wir hatten große Probleme, unsere Unterschiede zu verbergen, als ich noch klein war und wir uns im Kino getroffen haben, um Stoff an reiche Typen zu verkaufen.

»Er hat dich verletzt.« Riley stellt die Suppe auf dem Tisch ab, auf dem meine Mom immer ihre Bibel neben die Haustür legt. Sie tritt nah an mich heran und hebt mein Kinn.

»Was hat er zu dir gesagt?«, frage ich und schiele so gut wie möglich zu ihr hinunter, während sie immer noch meinen Kopf in die Höhe hält. Behutsam berührt sie die Haut, untersucht die Wunde. Ich zucke zusammen.

»Entschuldige«, sagt sie, lässt den Arm fallen und wartet, bis wir wieder auf Augenhöhe sind. Dann verbringe ich fast eine Minute damit, nur in ihre blauen Augen zu sehen, während ich wünschte, dass ich mich darin verlieren könnte, bis alles gut wird. Aber wie immer bin ich dort nur zu Besuch.

»Er hat gefragt, wer ich bin, dann hat er gesagt, dass du zu Hause bist und ich reingehen kann, wenn ich möchte.« Sie wird blass, als sie die Zusammenhänge erkennt.

Ich beiße mir auf die Lippe und wiederhole immer und immer wieder in Gedanken, was er zu ihr gesagt hat. Noch wichtiger ist jedoch, in welcher Beziehung er sie zu mir sieht – als Klassenkameradin, als Freundin oder mehr?

»Was hast du zu ihm gesagt? Als er fragte, wer du bist, was hast du da gesagt?« Ich versuche, meine Stimme ruhig zu halten, aber ich weiß, dass ich sie mit meinem Drängen nervös mache.

»Keine Ahnung, ich glaube, ich habe nur gesagt, dass ich eine Freundin bin. Oder vielleicht auch nicht. Ich erinnere mich nicht mehr, es ging alles so schnell … und …«

Ich zwinge mich zu einem Lächeln und winke ab. »Ist schon gut.« Ich nehme die Suppe und bringe sie in die Küche. Ich ziehe den Deckel von der Tupperschale und atme den Dampf ein. »Ich liebe Buchstabennudeln. Das ist echt süß.«

Sie schenkt mir ein kurzes Lachen, aber ich weiß, dass es nicht echt ist. Ich nehme mir einen Löffel aus der Schublade und gehe zu dem Platz, an dem ich saß, bevor Dub gegangen ist – als mein Blick auf die Scherben fällt. Ich schaue flüchtig dorthin, dann wandern meine Augen zu Riley, die auch auf die Scherben starrt.

Jetzt zählt nur noch die Wahrheit. Ich kann es fühlen, auch wenn ich es nicht will. Und ich werde ihr nur erzählen, was sie auch verkraften kann. Nicht mehr – mehr wäre eine zu große Belastung.

»Das war Dub«, sage ich, der Klang meine Stimme bringt ihre Aufmerksamkeit wieder zu mir. Ich fasse mir an den Hals, dann zeige ich auf den Boden, bevor ich meinen Arm umdrehe und ihr das X an meinem Handgelenk zeige. Ihre Augen verfinstern sich und ich weiß, was ihr Gesichtsausdruck bedeutet: Sie sieht das alles als Misshandlung. Für mich hatte das immer nur etwas mit Hierarchie zu tun, aber jetzt erkenne ich, dass es nicht so ist.

»Es ist wirklich okay«, sage ich, beuge mich über die Suppe und lege die Hände neben die Schale. Mir dreht sich der Magen um, aber ich kann nicht sagen, ob es an meinem Hunger liegt oder daran, dass ich krank bin.

»Warum hat er dich verletzt?«, fragt sie mit vertrauensvoller Stimme. Sie hat keine Angst vor dieser Welt und meinem Platz darin, und es erschüttert mich, dass sie diese Frage so unverblümt stellt. Ich lache ein wenig, was mich bestimmt ziemlich verrückt erscheinen lässt. Vielleicht bin ich das auch.

Ich puste auf einen Löffel voll Suppe und blicke durch den Dampf zu ihr auf. Sie zieht erwartungsvoll die Augenbrauen hoch.

»Um mich auf Linie zu halten, nur für den Fall, dass ich darüber nachdenke, davon abzuweichen.« Ich schiebe mir den Löffel in den Mund und warte einen Moment, bevor ich die warme Brühe mit den Nudeln hinunterschlucke.

Der salzige Geschmack ist köstlich. Ich weiß, dass die Suppe aus der Dose kommt, aber wenn man völlig ausgehungert ist, schmeckt alles wie ein Gourmetgericht.

»Das ist wirklich lecker. Danke«, sage ich und halte den nächsten Löffel Suppe wie bei einem Tischspruch in die Höhe. Sie grinst, aber ihre Miene trübt sich gleich wieder. Ich schlürfe einen weiteren Löffel und stelle mich auf ihre nächste Frage ein.

»Er bedroht dich.« Es ist keine Frage, also nicke ich nur zur Bestätigung. Ich esse weiter, während sie zum Spülbecken geht und ein paar Papiertücher nass macht, die sie zu mir bringt.

Es fällt mir immer schwerer, alles für mich zu behalten. Ich muss es rauslassen, es hinausschreien oder auf etwas einschlagen. Ich muss Dinge kaputt machen, mich selbst verletzen – ich muss verdammt noch mal etwas fühlen!

Die kühle Berührung eines feuchten Papiertuchs trifft mein Kinn und ich halte mit dem Löffel mitten auf dem Weg zu meinem Mund inne. Ich drehe leicht den Kopf, um sie anzusehen, und senke den Löffel. Ich lege ihn zurück in die Schale, während ich mich aufsetze und meine Hände in den Schoß fallen lasse. Rileys Augen wandern über mein Gesicht, während sie mit dem Rand des Papiertuchs meine Wunde abtupft. Der Schnitt ist nicht tief, aber er ist angeschwollen wie ein Kratzer von einem Tier. Jede Berührung brennt und ich zucke ein paarmal zurück.

»Entschuldige«, wispert sie.

Sie fängt meinen Blick auf, richtet ihre Aufmerksamkeit aber schnell wieder auf meinen Hals. Ihre Wimpern flattern, sie konzentriert sich auf jeden Zentimeter, bis meine Wunde sauber ist. Ich werde wahrscheinlich einfach einen Hoodie anziehen, um die Kratzer vor meiner Mom zu verstecken, und wenn ich am Montag wieder zur Schule gehen kann, wird es schon abgeheilt sein. Natürlich werde ich keine Mitfahrgelegenheit haben wie sonst, denn mein Kumpel wird nicht da sein. Wenn er nicht schon tot ist, wird er es bald sein. Ich werde ihn nicht retten können und diese Gewissheit trifft mich hart. Ich hatte nie wirklich große Hoffnung.

»Er will ihn tot sehen.« Ich bin nur halb überrascht, als ich die Worte laut ausspreche. Ich schätze, ich wollte nur testen, ob ich es aussprechen kann, um zu sehen, wie weit ich mit der Ehrlichkeit komme.

»Paul?« Sie setzt sich neben mich auf einen Stuhl, beugt das Bein, um sich zur Seite lehnen zu können, und knüllt die blutbefleckten Papiertücher zusammen.

Ich nicke. »Joker. Wir nennen ihn Joker«, sage ich und schiebe meine Hand über ihre. Ich lasse sie dort für einen Moment liegen, nur um zu fühlen, wie warm und echt und lebendig sie ist, dann bringe ich sie dazu, ihre Finger zu öffnen, nehme ihr den Beweis, dass ich verletzt wurde, aus der Hand und bringe die Papiertücher zum Mülleimer.

»Wieso nennt ihr ihn so?«, fragt sie.

Ich lache vor mich hin, während ich den Mülleimer aufmache, die Papiertücher tief hineindrücke und mit dem Kaffeesatz von heute Morgen bedecke. Mein Kopf dröhnt, mir geht es noch nicht gut.

»Weil er überhaupt nicht witzig ist«, erwidere ich, drehe mich um und lehne mich an die Spüle. Ich fühle, dass ich glühe, und ich bin sicher, sie merkt es auch.

Sie lächelt ein wenig und es trifft mich, weil ein Gangname wahrscheinlich nichts ist, worüber man sich lustig machen sollte.

»Das alles ist kein Spiel, verstehst du? Ich meine, ja, sein Name ist dämlich, und es ist auch irgendwie lustig, dass wir ihn so nennen, aber abgesehen davon ist diese Situation … sie ist real. Das Ganze wird nicht wieder in Ordnung kommen oder gut ausgehen. Nichts hier endet jemals gut. Gibt es da nicht so eine blöde Redensart … Ende gut? Ende gut, alles gut!« Meine Stimme hebt sich und ich lache ohne wirklichen Grund los. Das ist der mentale Zusammenbruch, auf den ich gewartet habe. Ich kann es fühlen, mein Verstand steht kurz vor dem Abgrund. Ich brauche jemanden, der mich hinunterstürzt. Ich muss fallen.

Ich lache noch mehr.

»Ende gut, *fucking* alles gut!« Diesmal schreie ich die Worte hinaus und drehe mich langsam durch die Küche. Bei der Bewegung wird mir schlecht, also halte ich wieder an und stütze mich neben Riley am Tresen ab. Ihre Hand legt sich um meinen Arm, ihre andere Hand fasst auf meine Stirn.

»Du glühst ja förmlich«, sagt sie.

Ich lächle sie mit glasigen Augen an.

»Meine Mom hat mir irgendwelche Knollen und Essig oder so was gegeben. Wir haben nicht mal richtige Medikamente im Haus … ha!« Mein Gelächter schaltet noch ein paar Gänge höher.

»Tristan, du solltest dich hinlegen«, sagt Riley. Sie legt die Hände auf meine Schultern und schiebt mich vor sich her. »Wo ist dein Zimmer?«

Ich führe sie hin, und als mein Bett in Sicht kommt, eile ich darauf zu, lande mit dem Kopf zuerst auf dem Kissenstapel und der Decke und zerre am losen Ende der Decke, um mich darunter zu verkriechen.

»Warte, lass mich das machen.« Sie nimmt mir die Decke aus der Hand, schüttelt sie auf und lässt sie über mich fallen. Für einen kurzen Moment ist das alles, was ich sehen kann. Die graue Dunkelheit der alten Steppdecke hüllt mich wie in einen Traum – alles andere wird ausgelöscht. Als die Decke auf meiner Brust und meiner Hüfte und meinen Beinen landet, ziehe ich sie zu mir hoch, während Riley sie am Rand feststeckt. Ich möchte sie berühren, aber ich will sie auch nicht anstecken.

Sie ist sowieso schon infiziert. Ich habe sie zu tief mit hineingezogen, und auch wenn sie nur mit mir befreundet ist – was Dub denkt –, ist das riskant für sie.

»Du darfst nicht mit ihm reden. Oder ihm begegnen. Wenn du ihn siehst, musst du wegrennen.« Ich greife nach ihrem Handgelenk und ziehe ihren Arm zu mir. Sie erstarrt und unsere Blicke treffen sich. In meinem Zimmer ist es dämmrig, aber das wenige Licht umspielt die sanften Kurven ihres Gesichts und bringt ihre blassen Augen zum Leuchten.

»Sein vollständiger Name ist William Ansel Lewis, aber jeder in der Gegend nennt ihn Dub. Wenn du irgendeinen dieser Namen hörst, musst du verschwinden. Du darfst abends nicht auf den Basketballplatz gehen und Körbe werfen. Du darfst nicht allein zu Hause rumhängen. Du darfst nicht die Straße entlanggehen und dich verfolgen lassen.«

»Mir passiert schon nichts«, unterbricht sie mich. Ihre Hand liegt auf meiner Brust, um mein panisch schlagendes Herz zu beruhigen.

»Du weißt nicht, wozu er fähig ist«, sage ich und fühle ein Stechen in den Augen. Die Tränen werden nicht kommen, aber die Sorge um Riley drückt hart von innen gegen meine Lider.

»Ja, Tristan«, erwidert sie, nimmt ihre Hand von meiner Brust und lässt die Rückseite ihrer Finger über die empfindliche rosa Linie wandern, die bestimmt immer noch gut zu sehen ist.

Ich schlucke unter ihrer Berührung und sie hält inne, aus Angst, sie hätte mir wehgetan. Der Schlaf zerrt an mir und ich komme mir vor, als würde ich durch tiefes Wasser waten. Ich kämpfe darum, nicht einzuschlafen und wachsam zu bleiben. Stattdessen ertrinke ich in ihren Augen, suche nach dem Beruhigenden und Guten darin, klammere mich an jede Kleinigkeit, an das dämmrige Licht und ihre Stimme.

Ich liebe kranke Tage. Auch die hat er kaputt gemacht.

»Versprich es mir einfach. Versprich mir, dass du vorläufig, nur für eine kleine Weile, vorsichtig bist.« Ich kann sie nicht bitten, hierzubleiben. Sie würde es sowieso nicht tun. Aber ich kann sie bitten, auf der Hut zu sein. Seit Paul fort und Lauren sauer auf mich ist, ist Riley meine einzige Freundin. Ich könnte sie tagelang betrachten, ohne genug davon zu bekommen. Irgendwo auf meinem Weg hat sich mein Pfad verzweigt und ich glaube langsam, dass wir uns nie hätten begegnen sollen.

»Ich verspreche, dass ich vorsichtig sein werde«, sagt sie leise. Ein zartes Lächeln huscht über ihre Lippen, als sie sich vorbeugt und mir einen Kuss auf die Stirn gibt. Ihre Hand folgt an dieselbe Stelle, ihre Fingerspitzen streicheln in einem gleichmäßigen Muster über meine Haut, bis ich die Augen nicht mehr offen halten kann. Ich schlafe ein, das Fieber überwältigt mich, und es bringt noch mehr Albträume mit sich. Trotzdem kann ich immer noch ihre sanfte

Berührung spüren. Sie ist länger geblieben, als sie sollte. Sie hat die nächste Unterrichtsstunde verpasst. Sie ist gegangen und hat die Tür zu meinem Zimmer hinter sich zugemacht.

Sie war allein.

KAPITEL 14

RILEY

Die Augen meines Dads sehen fast genauso müde aus wie Tristans vorhin, nur dass seine von den langen Arbeitsstunden so schwer sind und nicht von der Grippewelle, die gerade in der Schule die Runde macht. Er wird auf keinen Fall bis zum Ende des Spiels durchhalten, aber ich freue mich, dass er es wenigstens versucht. Ich brauche diesen Abend vermutlich noch mehr als er. Ich brauche dieses kleine Stück Normalität, obwohl bei uns schon lange nichts mehr normal ist.

»Bis sieben sind die Cavs wieder in Führung«, sagt mein Dad. Das erste Viertel ist fast um und die Cavs liegen mit sechs Punkten zurück.

Mein Dad reicht mir ein Stück Pizza auf einem Pappteller. Ich stelle ihn auf meinen Schoß und mache es mir in der Ecke der Couch nah an seinem Sessel gemütlich. Ein vertrautes Gefühl, aber zum ersten Mal seit Langem ist wieder spürbar, dass meine Mom nicht bei uns ist. Sie hat sich nie besonders für die Spiele interessiert, aber sie hat uns gern zugesehen, wenn wir vor dem Fernseher saßen. Jetzt ist da eine spürbare Leere. Und ich merke, dass mein Dad sie genauso wahrnimmt. Sein Lächeln erreicht nicht wirklich seine

Augen, es ist eine gezwungene Freude. Er gibt sich sichtbar Mühe, eine neue Normalität aufzubauen. Durch Schein zum Sein, sagt man das nicht so?

»Klingt, als solltest du eine Wette abschließen«, sage ich und zwinkere ihm zu.

Mein Dad hat früher immer bei einem Buchmacher gezockt. Er hat nie etwas gewonnen, aber auch nie viel gesetzt. Obwohl er ein ziemlich sicherer Zahlgarant war, hörte der Buchmacher irgendwann auf, anzurufen und vorbeizukommen. Das Kleingeld meines Vaters ging ihm wahrscheinlich nur auf die Nerven.

»Erzähl mal von der Schule. Wie läuft's beim Basketball?« Mein Dad spricht mit vollem Mund, was mir ein seltsam tröstendes Gefühl gibt. Das ist immer noch mein Zuhause. Trotz des ganzen Wahnsinns … habe ich diesen Ort.

»Läuft alles gut«, sage ich ausweichend, schiebe mir ein kleines Stück Pizzarand in den Mund und kaue ein paarmal, bevor ich innehalte. Ich kichere und sehe meinen Dad an, der den Kopf dreht, bis sich unsere Blicke treffen. »Ehrlich. Es ist ganz okay, glaub ich, aber wir werden es verkacken. Das erste Spiel ist am Dienstag und ich bin im Grunde die Einzige, die mit dem Ball umgehen kann. Oh … und das wird dir gefallen. Unser Coach ist auch ein Zwölftklässler.«

»Ha!« Mein Dad lacht auf und kaut weiter. »Das klingt nicht gerade vielversprechend.«

Ich schüttele den Kopf und nehme noch einen Happen, die Spielkommentare summen im Hintergrund.

»Es ist echt hoffnungslos. Aber Tristan meint, er kann mir wenigstens genug Zeit verschaffen, um mein Können zu zeigen, und das ist alles, was ich brauche.«

»Tristan?«, fragt mein Dad.

Ich schlucke ein großes Stück herunter, bevor ich zu Ende gekaut habe, und beginne zu husten. Ich habe ihm doch noch eine Menge vorenthalten und Tristan ist ein heikles Thema.

»Ja«, sage ich mit kratziger Stimme. Ich drehe den Deckel meiner Wasserflasche ab und kippe ein Drittel davon in mich hinein.

»Also dieser Junge ... er ist euer Coach?« Der Beschützerinstinkt meines Dads stellt wie immer alles infrage. Ich spüre das.

»Ja«, sage ich, den Blick auf den Fernseher gerichtet und den Mund voller Pizza. Ich habe das Gefühl, als könnte mein Dad irgendwie Tristans Lippen auf meinen sehen, als wüsste er von den Emotionen in meinem Kopf und in meinem Herzen. Ich habe diesen Jungen gern ... sehr sogar. Und ich hätte mir keinen schlimmeren aussuchen können. Habe ich aber. Ich mag ihn. Ich mag ihn. Ich mag ihn ...

»Wenn er so viel über Basketball weiß, warum spielt er dann nicht im Jungsteam?« Mein Dad hat seinen Teller weggestellt und die Arme verschränkt.

Ich werfe ihm einen flüchtigen Blick zu und verziehe den rechten Mundwinkel zu einem winzigen Lächeln. Seine Beschützerrolle ist so süß. Mit einem Augenverdrehen stelle ich meinen Teller auf den Couchtisch, um ihm meine volle Aufmerksamkeit zu schenken.

»Die Jungs spielen scheiße.«

»Das wette ich«, kontert mein Dad. Er ist ein wenig brummig deswegen, aber auf eine niedliche Art. Ich schließe die Augen und lache.

»Daddy.« Ich wackele mit dem Kopf und wende mich wieder dem Spiel zu, als jemand gerade einen Drei-Punkte-Treffer erzielt. Ich hebe die Arme und ziehe sie zu einem leisen »Yes!« zurück.

»Okay, also dieser Junge, der zu gut für das beschissene Jungsteam ist, heißt *Tristan*«, wiederholt mein Dad die Fakten, die er bereits kennt.

Ich nicke. »Ja«, bestätige ich.

Er atmet tief durch die Nase ein und richtet den Blick ebenfalls wieder auf den Fernseher. »Sieht er gut aus?«

Meine Augen werden groß, was mein Dad zum Glück nicht sieht. So eine Unterhaltung habe ich noch nie mit ihm geführt und ich weiß nicht, wie ich mit der Situation umgehen soll.

»Keine Ahnung.« Ich zucke mit den Schultern.

»Ha! Er sieht gut aus!« Mein Dad erhebt sich, baut sich zwischen mir und dem Fernseher auf und verschränkt triumphierend die Arme vor der Brust. Ich versuche, an ihm vorbeizugucken, aber er stellt sich mir in den Weg. Schließlich gebe ich auf und sehe ihn an. »Okay, na schön. Er sieht gut aus. Du hast mich erwischt.« Ich winke ihn zur Seite. »Können wir uns jetzt bitte das Spiel weiter anschauen?«

Mein Handy summt kurz auf dem Tisch und ich beuge mich vor, um zu sehen, von wem die Nachricht ist. Erschrocken lese ich Tristans Namen.

»Das ist er!« Mein Dad beginnt, mit großen Schritten auf und ab zu gehen, und verschränkt die Finger im Nacken, als hätte ich gerade einen Heiratsantrag bekommen. Das habe ich jetzt wohl von der Null-Dating-Erfahrung.

»Es geht bestimmt nur um das nächste Training«, sage ich und winke ab, obwohl ich ganz nervös wissen will, was in der Nachricht steht. Ich habe Angst, dass er Neuigkeiten über Paul hat oder dass Dub noch einmal bei ihm aufgetaucht ist. Mein Dad glaubt, es ist mir nur peinlich, aber damit hat das überhaupt nichts zu tun.

Es klingelt an der Tür, und als mein Dad öffnen geht, lese ich schnell den Text. Ich wünschte, ich hätte es nicht getan. Ich wünschte, ich wäre stattdessen zur Tür gerannt, denn die Nachricht lautet: Ich stehe draußen.

Er ist hier – und mein Dad hat die Tür aufgemacht. Ein paar Worte werden gewechselt, bis jetzt läuft alles zum Glück recht friedlich ab. Mein Dad würde vor unserer Tür bestimmt nicht auf einen Jungen losgehen, aber ganz sicher bin ich mir nicht. Da haben wir es wieder … Null-Dating-Erfahrung. Ich fange Tristans Blick über Dads Schulter auf. Mein Dad folgt seinem Blick, bis ich plötzlich nicht mehr in Tristans, sondern in die Augen meines Vaters starre.

»Komm rein.« Dad schaut mich mit einer hochgezogenen Augenbraue an und verzieht den Mund zu einem neckenden, aber auch warnenden Lächeln.

»Vielen Dank, Sir«, sagt Tristan. Seine Haare sind noch feucht vom Duschen und er hat sich umgezogen. Er trägt jetzt eine schwarze Trackpants und ein weißes Langarmshirt. Er hat seine Sportschuhe an, aber er geht noch schleppend, also ist er nicht hier, um mich zu einem Spiel abzuholen. Er sieht geschwächt aus. Er sieht so gut aus.

»Tristan«, brummt mein Dad, während er sich wieder in seinen Sessel sinken lässt. Ich schwebe zwischen Couch und Küche, nicht sicher, ob ich wegrennen oder die Gastgeberin spielen soll. Ich bin nervös und besorgt. Zwei verschiedene Gefühle, die sich in meinem Inneren einen Zweikampf liefern.

»Riley hat mir erzählt, dass du das Mädchenbasketballteam trainierst. Also, wie schätzt du die Chancen ein? Sollten sie lieber in den Zweikampf gehen oder im Team verteidigen?«

Mein Dad weiß nichts über mein Team. Er versucht, Tristan nur herauszulocken, will testen, wie legitim sein Job ist – oder ob er das

Team nur trainiert, um in meiner Nähe zu sein. Was total lächerlich ist, aber andererseits vielleicht … doch stimmt? Ich seufze leise vor mich hin – offenbar jedoch laut genug, dass beide ihre Aufmerksamkeit auf mich richten.

Rasch schließe ich den Mund und gehe in die Küche, um Tristan einen Teller Pizza zu holen. Als ich zurückkomme, sitzen alle beide vor dem Fernseher und sehen sich das Spiel an – mit auffallendem Abstand und peinlichem Schweigen zwischen ihnen.

Shit.

»Wir haben genügend Pizza übrig. Aber vielleicht hast du noch keinen Hunger …« Mein Blick huscht zu meinem Dad und wieder zurück, denn ich will auf keinen Fall darüber reden, dass ich Tristan vorhin besucht habe. Normalerweise würde ich nicht davon ausgehen, dass mein Dad sich daran stört, aber dieses ganze Treffen wird immer verkrampfter.

»Danke, vielleicht nur ein Stückchen Rand.« Tristan wirft mir ein kurzes Lächeln zu.

Ich suche mir die Mitte der Couch aus, ein Sitzkissen näher an Tristan. Sowie ich mich hingesetzt habe, schaut mein Dad in meine Richtung und senkt verärgert das Kinn.

Ich strecke die Hände aus und ziehe die Augenbrauen hoch. »Was?«

»Hast du noch einen anderen Job, als das beschissene Team meiner Tochter aushilfsweise zu trainieren? So nennst du es doch, oder? Beschissen.« Mein Dad sieht Tristan an, sein Blick streift mich nur auf dem Weg zurück zum Fernseher, während er einen großen, zufriedenen Happen Pizza abbeißt.

»Bist du deswegen plötzlich so abweisend? Weil ich dir erzählt habe, das wir ziemlich scheiße sind?« Ich schaue ein paarmal zwischen meinem Dad und Tristan hin und her. Keiner der beiden reagiert und ich frage mich, was ich in den dreißig Sekunden in der Küche verpasst habe.

Tristan zieht die Lippen ein und nickt einmal. Er atmet durch die Nase aus, beugt sich vor und stellt den Teller mit dem kaum angerührten Stück Pizza auf den Couchtisch.

»Tut mir leid. Es war unhöflich von mir, hier einfach so aufzukreuzen. Ich wollte mich nur bedanken …« Er hält inne, bevor er zu viel sagt, und überlegt sich seine Worte gerade noch rechtzeitig. »Danke, dass du mir gesagt hast, welche Aufgaben ich heute verpasst habe. Wir trainieren am Montag wieder, vor dem ersten Spiel am Dienstag. Wir sehen uns dann.«

Mein Mund steht offen, während Tristan noch einmal zugeknöpft lächelt und dann zu meinem Dad schaut. Er streckt die Hand aus, doch mein Dad schiebt sich in seinem Sessel davon weg, als würde Tristan ihm irgendwie den Blick auf das Spiel versperren.

»Es war nett, Sie kennenzulernen, Sir«, sagt Tristan. Er wartet, bis sich die Sekunden ziehen und mir die aufgeladene Spannung im Raum die Luft abschnürt. Mein Dad gibt keinen Ton von sich und er geht überhaupt nicht auf Tristans Geste ein.

Schließlich senkt Tristan den Arm, vergräbt die Hände tief in den Taschen und schaut zu mir. »Bis Montag dann«, sagt er. Sein Blick bleibt an mir hängen und ich bin so bestürzt, dass ich im Moment weder etwas sagen noch irgendwie reagieren kann. Etwas Beunruhigendes und Trauriges liegt in seinen Augen. So hätte ich mir die erste Begegnung zwischen ihm und meinem Dad nie vorgestellt. Aber vielleicht liegt genau darin das Problem, ich konnte mir diese Begegnung überhaupt nicht vorstellen. Es gab kein Beispiel dafür, obwohl ich das Gefühl nicht loswerde, dass so ein

Kennenlernen mit jedem anderen Jungen ganz anders abgelaufen wäre.

Ich schlucke und stehe auf. »Dann bringe ich dich mal zur Tür.« Während ich Tristan zurück zur Haustür begleite, werfe ich meinem Vater noch einen flüchtigen Blick zu. Mein Dad mustert mich, aber nur kurz.

Ich trete mit Tristan nach draußen, doch bevor ich die Tür hinter mir schließen kann, legt er die Hand dagegen und drückt sie wieder ein wenig auf.

»Lass lieber etwas offen«, sagt er. Sein Mund ist zu einer festen Linie zusammengepresst und an einer Seite nach innen gezogen.

Ich schaue über die Schulter, um zu verstehen, was er meint, und sehe durch den schmalen Türspalt, dass mein Vater mich genau beobachtet. Als ich mich wieder zu Tristan umdrehe, zuckt er mit den Schultern und vergräbt die Hände noch tiefer in den Taschen. Dann stolpert er die Betonstufen zu unserer Auffahrt hinunter.

»Was hat er zu dir gesagt?«, frage ich.

Er zuckt erneut mit den Schultern und schüttelt dazu leicht den Kopf. »Eigentlich nichts. Ich habe ihm erzählt, dass es nicht leicht ist mit deinem Team, mit dir als Ausnahme, und dass es beim Training vor allem darum geht, einen Weg zu finden, dir den Ball zuzuspielen. Das habe ich mir schnell aus den Fingern gesaugt, weil wir erst zweimal trainiert haben, eigentlich ja sogar nur einmal, wenn man es genau nimmt.« Er hält die Luft an, nachdem er den Satz beendet hat.

»Das ergibt doch keinen Sinn. Warum sollte er deswegen so abweisend zu dir sein?« Ich schüttele den Kopf und versuche, aus der Reaktion meines Dads schlau zu werden. Ich hätte genauso gut einen Vampir in unser Haus einladen können.

»Riley, ist schon gut. Ich bin sicher, dein Dad hatte einen langen Tag. Er wollte wahrscheinlich nur etwas Zeit mit dir verbringen und da bin ich plötzlich aufgetaucht …«

»Tristan, nein … so ist mein Dad eigentlich gar nicht«, unterbreche ich ihn.

Er beginnt, sich zu wiederholen, bricht jedoch ab und senkt den Blick. Das schwere Gewicht der Welt nimmt ihm wieder ein Stück seiner Seele. Er sieht blass und niedergeschlagen aus, die dunklen Ringe unter seinen Augen treten immer mehr hervor.

»Dein Dad hat das hier gesehen«, sagt er schließlich, schiebt seinen Ärmel ein Stück hoch und zeigt mir das X an seinem Handgelenk. Er versteckt es schnell wieder und lässt die Schultern fallen. Sein gesenkter Blick driftet in die Ferne ab.

Ich öffne den Mund, um weiter nachzuhaken, aber ich weiß nicht, wo ich anfangen soll. Mein Dad kann gar nicht wissen, was dieses Zeichen bedeutet. Er hat noch nie ein Wort über Tattoos verloren, sich weder dafür noch dagegen ausgesprochen, und es ist ja nicht so, als wäre Tristan überall tätowiert. Er hat diesen Namen im Nacken, das X am Handgelenk und ein paar kleine Symbole über den Oberkörper verteilt, die man nicht sehen kann, wenn er ein Shirt trägt. Er ist höflich. Er ist ein Gentleman, und wenn er sich wie ein Arsch benommen hat, dann nur, um mich zu beschützen.

»Daran kann es nicht liegen«, erwidere ich und schüttele kurz den Kopf.

»Riley, es ist wirklich okay.«

Er möchte das gern, aber es ist eben nicht okay. Mein Dad hat ihm noch nicht mal die Chance gegeben, ihn richtig kennenzulernen.

»Wie soll ich denn damit zurechtkommen, wenn sich die beiden wichtigsten Menschen in meinem Leben nicht an einem Ort aufhalten können?« Ich neige den Kopf bei der Frage. Mit jeder verstreichenden Sekunde wird mir immer flauer im Magen. Ich werfe einen Blick nach hinten, mein Dad starrt mich immer noch an.

»Du kennst mich doch kaum«, sagt Tristan.

Bei diesen Worten beginnt ein Feuer in meinem Bauch aufzuflackern. »Sag das nicht.«

Er lacht und geht ein Stück weiter.

Ich kaue auf meiner Lippe und atme durch die Nase aus, bevor ich mich umdrehe, die Tür ganz zumache und auf ihn zugehe. »Du behauptest, dass ich dich kaum kenne, weil wir uns gerade erst begegnet sind, aber das stimmt nicht. Du kannst nicht abstreiten, dass du dich mir gegenüber geöffnet hast. Das nehme ich dir nicht ab. Die Zeit entscheidet nicht darüber, wie wichtig dir jemand ist. Das entscheidest du selbst. Es geht um die Gefühle, die eine Person bei dir auslöst. Und in den wenigen Wochen bist du mir wichtig geworden.«

Ich trete vor und will ihn berühren, aber er zieht die Schulter weg. Sein Blick geht prüfend an mir vorbei, ob mein Dad auftaucht. Ich bleibe stehen, er weicht zwei weitere Schritte zurück.

»Warum bist du hergekommen?«, will ich wissen.

Er ist krank und ich kann ganz genau sehen, dass er noch nicht wieder richtig bei Kräften ist. Er ist aus seinem warmen Bett aufgestanden und zu Fuß – *zu Fuß* – zu mir nach Hause gekommen. Ich bin ihm wichtig. Er ist mir wichtig. Und das ist verdammt noch mal alles, was zählt!

»Ich wollte mich bei dir bedanken und sichergehen, dass alles okay bei dir ist«, sagt er so lässig, als wäre das keine große Sache.

»Lügner.«

Er fängt meinen Blick auf und lässt die Kiefermuskeln spielen. Ich grinse, aber nicht auf neckende oder freundliche Art. Ich will ihn herausfordern.

»Warum bist du hergekommen?«, wiederhole ich.

Er lacht leise und schüttelt den Kopf, hebt dann eine Schulter und legt eine Hand darauf.

Aber ich höre nicht auf. »Warum bist du hergekommen?«

Hinter mir öffnet sich die Haustür. Tristans Blick springt für einen kurzen Moment dorthin – wo jetzt ganz sicher mein Vater steht –, richtet sich dann aber wieder auf mich. Er wirkt verloren und er sieht hilflos aus. In nur wenigen Tagen bin ich ihm auch wichtig geworden. Deshalb ist er hier.

»Sag es«, fordere ich ihn mit gesenkter und entschlossener Stimme auf.

Er stößt kurze Atemzüge aus, seine Augenlider senken sich. Ich kann sehen, wie seine Lippen zittern, wie sein Gesicht aufgrund seines geschwächten Zustands und der blank liegenden Nerven bebt. Für einen Typen, der sich schon gegen ziemlich erschreckende Scheiße gewehrt hat, muss es sich wie ein Arschtritt anfühlen, vor einem Wildfang wie mir und ihrem Dad so verwundbar dazustehen.

»Du wolltest mich sehen«, spreche ich die Worte für ihn aus.

Er zieht seine Unterlippe zwischen die Zähne, schließt für einen Moment die Augen und nickt kaum merklich, sodass nur ich es mitbekomme.

»Ja«, sagt er schließlich und sieht mich wieder an. Sein Blick ist jetzt weicher, aber die Angst zeigt sich immer noch deutlich in seiner Miene und seiner Körperhaltung.

»Dann bleib.« Ich stelle das nicht als Frage, weil mir klar geworden ist, dass Tristan nicht gut mit Entscheidungen umgehen kann. Er entscheidet sich immer falsch, also entscheide ich für ihn.

»Bleib«, wiederhole ich und ignoriere meinen Dad, der hinter mir meinen Namen ruft.

Tristan kann meinen Vater aber nicht ignorieren, denn das Gute in ihm respektiert meinen Dad.

»Riley, es wird Zeit, reinzukommen. Verabschiede dich«, sagt mein Dad. Sein erzieherisches Getue bringt mich zum Lachen.

Tristan wirkt jetzt noch angespannter. Er beugt den Nacken und seine blassen Wangen werden ganz fleckig vor Unbehagen. Sein Lächeln ist schwach und gespielt – er bemüht sich wirklich, es aufrechtzuerhalten – und seine Füße versuchen verzweifelt, meinem Dad zu beweisen, dass er gehen will.

Er will wirklich gehen.

»Dann komme ich mit«, sage ich und taste in meiner Tasche nach dem Autoschlüssel. Meine Füße stecken in Badeschlappen und ich trage eine abgeschnittene Jogginghose zu einem von Dads alten T-Shirts. Aber das reicht für jeden Ort in Miller County.

»Riley?« Mein Dad beobachtet, wie ich auf den Pick-up zugehe, und es zerreißt mich innerlich, weil ich dabei bin, ihn zu enttäuschen. Aber ich tue nichts Falsches und ich werde vor der üblichen Ausgangssperre zurück sein.

»Ich bin noch mal weg, Dad. Komme aber bald wieder. Ich ruf dich an, wenn ich dich brauche.« Ich drehe mich zu ihm um und gehe die letzten Schritte rückwärts weiter. Aber das war keine gute Idee, denn jetzt muss ich ihm in die Augen sehen, und darin spiegelt sich nur der tiefe Kummer wider, mit dem er seit zwei Jahren lebt, seit meine Mom uns verlassen hat. Es schnürt mir die Brust zu und das Atmen fällt mir plötzlich schwer, aber ich gehe trotzdem weiter, schließe die Wagentür auf und rutsche bis zur Mitte durch, um auch Tristans Seite zu entriegeln.

»Steig ein«, sage ich zu ihm, während ich die Tür etwas aufdrücke. Er ist hin- und hergerissen, ob er auf meinen Dad oder auf mich hören soll, gibt aber schließlich nach und steigt mit schuldbewusster Miene in meinen Pick-up.

Sowie er die Tür zugeschlagen hat, parke ich aus. Ich warte nicht mal, bis er sich angeschnallt hat. Ich habe keine Ahnung, wohin wir fahren sollen, aber mein Herz beruhigt sich sofort wieder und daran erkenne ich, dass es richtig war, mit ihm zu gehen. Er braucht mich.

Wir fahren schweigend an mehreren Querstraßen und an der Ecke mit dem Spirituosengeschäft, der Kurzkreditbank und einem Laden namens *The Pawn Yard* vorbei. In diese Richtung bin ich bis jetzt noch nie gefahren und finde mich nun in einem Teil unseres Viertels wieder, der irgendwie düsterer wirkt. Hier wächst nicht mal Unkraut am Straßenrand und die Straßenlaternen flackern.

»Ich habe keine Ahnung, wohin ich fahre, wenn ich ehrlich bin. Du kannst mir also ruhig eine Richtung sagen.«

»Okay, wie wäre es, wenn du umkehrst«, antwortet Tristan.

Ich werfe ihm einen Seitenblick zu und ziehe eine Grimasse. »Sehr witzig.«

»Ich mache keine Witze, Riley. Dein Dad ist echt sauer«, sagt er.

»Das bin ich auch«, halte ich dagegen.

Tristan lacht auf, schaut rasch aus dem Fenster und hält sich die rechte Faust vor den Mund, offenbar in dem armseligen Versuch, das Lachen zu unterdrücken.

»Was ist so lustig?« Ich blicke von ihm auf die Straße und wieder zu ihm. Schließlich halte ich unter einer Laterne an. Der Motor rumpelt und ich checke die Tankanzeige, um zu sehen, wie viel Benzin noch übrig ist.

»Warum zum Teufel du sauer bist. Das ist lustig«, sagt er und lacht noch mehr.

Ich verstehe ihn immer noch nicht, und als ich auch nach ein paar Sekunden nicht mitlache, wird er wieder still.

»Hör zu, dein Dad will dich nur beschützen. Er weiß, dass ich in einer Gang bin oder war, oder dass ich zumindest eine kenne. Selbst wenn er sich nicht sicher sein kann, denkt er es zumindest. Teenager in dieser Gegend haben sonst keine selbst gestochenen Tattoos, die … was? Ausdruck ihrer Kreativität sind? Meinst du, er glaubt, ich will damit meine Liebe zu Piraten zeigen? Mit dem X eine bestimmte Stelle markieren?«

Bei seiner letzten Bemerkung muss ich nun doch kurz lachen.

»Riley, dein Dad ist einfach nur ein guter Vater. Und er wird mich verdammt sicher niemals leiden können, nachdem du jetzt mit mir abgehauen bist. Ich kann seine Ansicht wirklich sehr gut nachvollziehen.«

Die Dämmerung bricht herein und auch mein Gesicht verfinstert sich. »Vielleicht war das Ganze etwas zu spontan«, gebe ich zu.

»Ach, findest du?« Tristan hebt die Augenbrauen und grinst schief, was mich ebenfalls halbherzig zum Lächeln bringt.

»Mein Tank ist fast leer«, sage ich, während es immer dunkler wird.

»Eine Kreuzung weiter geradeaus und dann rechts«, sagt Tristan und zeigt in die Richtung.

Ich fahre weiter, finde die Tankstelle und halte neben einer Zapfsäule. Bevor Tristan mir zuvorkommen kann, steige ich aus. Ich ziehe meine Karte heraus, auf die mein Dad jede Woche ein

Guthaben lädt, und muss unwillkürlich daran denken, wie er wahrscheinlich online die Kontobewegung prüft. Ich wette, er hat Angst, dass ich weglaufen will.

Tristan öffnet seine Tür und schiebt sich aus dem Pick-up. Er hat Schweißperlen auf der Stirn und ich mache mir Sorgen, dass er wieder Fieber hat. Ich prüfe mit der Hand nach, aber er fühlt sich kühl an. Bevor ich meine Hand ganz wegziehen kann, schiebt er seine Hand über meinen Arm und verschränkt seine Finger mit meinen, dann lehnt er seinen Kopf gegen meinen Arm und schließt die Augen. Langsam öffnet er sie wieder und ich weiß auch ohne Worte, dass er mir damit *Danke* sagen will.

»Ich hol mir mal was mit Elektrolyten. Ich fühl mich echt scheißschlapp«, sagt er, lässt meine Hand los und entfernt sich vom Pick-up. »Möchtest du auch irgendwas?«

Ich schüttele den Kopf. Er hält kurz meinen Blick, nur um sicherzugehen, dass ich auch wirklich nichts möchte, dann geht er auf den kleinen Tankstellenshop zu, in dem Leute nach Bier und Zigaretten anstehen. Hier füllen die Cops ihre Trinkbecher auf und holen sich spät noch einen Snack. Gerade stehen vier von ihnen auf dem Parkplatz, ein seltener Anblick ohne eingeschaltetes Blaulicht auf dem Dach.

Ich ziehe mein Handy aus der Tasche und sehe drei verpasste Anrufe von meinem Dad. Mit einem tiefen Seufzen drücke ich auf seinen Namen, um zurückzurufen. Er ist nach einem Freizeichen dran und ich plappere sofort los, bevor er etwas sagen kann.

»Bitte mach dir keine Sorgen. Ich bin bald zu Hause. Spätestens in einer Stunde. Und Tristan ist wirklich sehr nett. Er ist ein Gentleman und wir sind Freunde. Er konnte heute nicht zur Schule kommen und ich will ihm nur zeigen, was er verpasst hat. Du musst mir vertrauen.« Ich halte die ganze Zeit den Atem an und versuche, ihm meine Gründe zu erklären, bevor er mich unterbrechen kann.

Mein Dad schweigt, als ich fertig bin, und ich befürchte für einen Moment, dass er immer noch stinksauer ist.

»Eine Stunde«, sagt er schließlich.

Ich atme auf. »Höchstens«, erwidere ich und hebe zwei Finger.

»Okay, Riles. Dann vertraue ich dir«, sagt er.

Ich lege auf und werfe einen Blick in den Shop, wo ich Tristan in der Schlange sehe. Zwei jüngere Typen stürmen mit den Taschen voller Süßigkeiten zur Hintertür raus, mit jedem Schritt verlieren sie ein paar Päckchen, während sie davonhetzen. Tristan und der Tankwart recken die Hälse, als die Alarmanlage losgeht, aber niemand im Laden bewegt sich von der Stelle. Der Verkäufer bleibt an der Kasse, hebt schließlich die Hand und drückt irgendwo an einem Regalbrett über seinem Kopf auf einen Knopf. Der Alarm geht aus.

Tristan sagt ein paar Worte zu dem Mann hinter der Kasse, ihr Gespräch dauert etwa eine Minute, länger als ein Getränkeverkauf normalerweise in Anspruch nimmt. Bevor Tristan geht, hebt der Typ zum Gruß die Faust und Tristan boxt leicht dagegen.

»Was war das denn eben?«, frage ich, während ich den Zapfhahn zurückhänge und den Tankdeckel zudrehe.

Tristan wirft auf den letzten Schritten zu mir einen Blick über die Schulter, dann grinst er vor sich hin.

»Oh, ich kenne diese Jungs. Das sind irgendwelche Cousins von Lauren. Die Stiefkinder der Schwester ihre Mom oder so. Wie auch immer, das sind echt kleine Nervensägen, und der Typ da drin hätte den ganzen Kram, den sie geklaut haben, vom Lohn abgezogen bekommen. Also habe ich einfach für sie bezahlt. Keine große Sache«, sagt er und reicht mir einen kleinen Schokoriegel. »Ich dachte, du brauchst vielleicht was Süßes.«

Seine Augen schimmern, es liegt eine glückliche Zufriedenheit darin, die ich dort vorher nicht gesehen habe. Sie wird verschwinden, wenn die Realität seiner Probleme uns wieder einholt, aber im Moment ist es schrecklich schön, ihn so zu sehen.

»Danke«, sage ich und lehne mich gegen den Pick-up. Ich bin auf Flirten aus, aber das bekommt Tristan nicht mit, denn er geht einfach weiter zur anderen Seite des Wagens.

Ich verdrehe die Augen, wickele den Schokoriegel aus und beiße eine Hälfte ab, während ich einsteige. Mein Dad muss Tristan so kennenlernen, wie ich ihn kenne. Er muss diese Dinge sehen – die kleinen Dinge. Nicht nur den Jungen mit dem X am Arm, der vielleicht sogar ein wenig high aussieht, wenn ich so darüber nachdenke, obwohl er eigentlich nur so fertig aussieht, weil er krank ist. Mein Dad muss den Menschen erleben, der einem Fremden in einem Tankstellenshop den Arsch gerettet hat. Seit ich ihn kenne, scheint es Tristan nur darum zu gehen, seinen Frieden zu finden, ein Gleichgewicht zwischen Gut und Böse zu schaffen, zwischen Richtig und Falsch. Diese Jungs sind mit einem Diebstahl davongekommen, und vielleicht hätte er ihnen nachgehen und sie ausschimpfen sollen, weil er sie kennt. Aber mal ehrlich – was hätten sie daraus gelernt? Stattdessen hat er den Schaden so gut wie möglich behoben. Er hat das Böse durch etwas Gutes ersetzt.

Er arbeitet sich schrittweise voran.

»Wir haben eine Stunde«, sage ich und ernte dafür einen fragenden Blick von Tristan.

»Ich habe meinen Dad angerufen.« Um meine Worte zu unterstreichen, halte ich mein Handy hoch.

Tristan nickt lächelnd. »Gut«, sagt er und lässt seinen müden Blick etwas länger auf mir ruhen.

Mir würde es schon reichen, einfach hier auf dem Parkplatz der Tankstelle zu sitzen, die Leute zu beobachten und mir Geschichten über sie auszudenken. Ich kann mir vorstellen, dass Tristan ziemlich gut darin ist, aber ich glaube auch, dass er sich einige der Geschichten gar nicht ausdenken müsste. Er scheint so gut wie jeden hier zu kennen.

»Du bist in dieser Gegend berüchtigt, was?« Ich frage das im Scherz, aber Tristan lacht nicht. Stattdessen kaut er auf seiner Unterlippe.

»Ich bin nicht ganz sicher, was das bedeuten soll … ich meine, ich kenne die Bedeutung des Wortes, aber ich würde nicht sagen, dass ich bin wie … Jesse James oder so. Ist das nicht dieser Westerntyp?«

Sein Vergleich bringt mich zuerst zum Lachen, aber ich stelle es sofort wieder ab, als mir klar wird, dass Tristan nicht wirklich einen Witz gemacht hat. Er wollte von der Beleidigung ablenken.

»Nein, du bist nicht wie Jesse James. Ich wollte damit nur sagen, dass du jeden zu kennen scheinst …« Ich zucke mit den Schultern, will eigentlich nicht noch mehr sagen – und mache es noch schlimmer. »Ich meinte nicht, dass du einer von den Bösen bist.«

»Ist schon okay«, sagt er, dreht den Deckel seiner Flasche ab und nimmt einen langsamen Schluck. »Manchmal bin ich …«, er dreht sich kurz zu mir, »… einer von den Bösen.«

Er heftet den Blick auf mich, seine Brust hebt und senkt sich. Seine Augen sind voller Bedauern und Hilflosigkeit, und ich hasse mich dafür, dass ich der Auslöser dafür bin. Er wendet den Kopf wieder zur Frontscheibe und lehnt sich ein wenig gegen die Tür, sein rechtes Knie ist etwas weiter angehoben als das andere.

Ich lasse mich in den Fahrersitz sinken. Meine Wortwahl war echt dumm, so etwas muss er sich nicht anhören. Ich greife hinüber und berühre seinen Arm, lasse meine Hand darauf liegen und spüre seine Wärme unter dem dünnen Baumwollstoff. Sein Kinn senkt sich und sein Blick schwebt über meiner Hand.

»Kannst du mir vielleicht zeigen, wie man mit Gangschaltung fährt?«, fragt er schließlich, blinzelt einmal und schaut mir dann in die Augen. Seine Mundwinkel wandern nach oben. Er will das Thema wechseln. Ich lasse ihn.

Ich nicke langsam und grinse leicht. »Ja … ich denke, das kann ich, Tristan. Wo könnten wir das denn üben?«

Er überlegt mit eingezogener Oberlippe, dann grinst er noch breiter. »Es gibt ein leer stehendes Grundstück etwa zwei Meilen von hier, wo der große Einkaufsmarkt abgerissen wurde, in dem man seine Sachen selbst einpacken musste.«

»Okay, na dann«, sage ich nickend. Ich starte den Motor, lege den Gang ein und fahre los.

Tristan beobachtet genau jede meiner Bewegungen und ich versuche ihm zu erklären, wie und wann ich den Fuß für die Kupplung zusammen mit dem Fuß für Gas oder Bremse bewege. Es fällt mir nicht leicht, das alles in treffende Worte zu fassen, weil der Pick-up das einzige Fahrzeug ist, bei dem ich jemals am Steuer saß. Ich kenne keine andere Art zu fahren, und ich bin ziemlich sicher, wenn ich plötzlich Automatik fahren müsste, würde ich dauernd mit dem linken Fuß in die Luft treten, weil ich es einfach so gewohnt bin.

Wir biegen von der Hauptstraße auf das Grundstück ab und ich fahre bis zur Mitte, wo der Asphalt die wenigsten Löcher und klaffenden Risse hat – und von wo der Zaun ringsherum etwa dreißig Meter entfernt ist.

»Bist du bereit?«, frage ich.

Seine Augen leuchten erwartungsvoll auf. »Überhaupt nicht, aber deshalb sind wir ja hier.« Er lacht los und steigt aus.

Ich stoße einen tiefen Atemzug aus, lasse die Luft langsam hinausgleiten und vermisse das Gefühl, meine langen Haare wegzupusten, wenn sie mir ins Gesicht gefallen waren. Ich blicke so weit nach oben, bis meine Augen wehtun, und versuche, meinen Haaransatz zu erspähen. Die Spitzen sind schon etwas nachgewachsen, bald muss ich wirklich anfangen, meine Haare zu stylen. Im Moment brauche ich die zentimeterkurzen Stoppeln nur mit etwas Wasser nach hinten zu streichen.

Ich drücke meine Tür auf und schiebe mich nach draußen, damit Tristan einsteigen kann. Doch bevor ich zur Beifahrerseite gehe, mache ich ihn noch mit der Kupplung vertrauet. Er schmunzelt, als ich sein Bein berühre.

»Sorry, ich bin kitzelig«, sagt er und schüttelt das Knie, als würde das Gefühl dann von ihm abfallen.

Ich lache in mich hinein, als ich um den Wagen gehe. Echt witzig, dass ausgerechnet Tristan so eine unschuldige Schwäche hat.

Ich klettere auf den Beifahrersitz und lege meine Hand über dem Schalthebel auf seine. Bei meiner Berührung lächelt er breit und wir lassen unsere Finger eine bequeme Position finden.

»Wir sollten wahrscheinlich nicht Händchenhalten, solange ich noch krank bin«, sagt er.

Ich spüre, wie sich sein Arm anspannt, als er mit den Schultern zuckt, und drücke seine Hand noch etwas fester.

»Wahrscheinlich«, sage ich nur, ohne ihn loszulassen. »Andererseits haben wir diese Regel schon längst gebrochen, also …«

Ich höre, wie er ausatmet und seine Hand zärtlich von unten gegen meine streicht, dann biegen sich seine Finger wieder, um einen besseren Halt zu haben. Ich denke, er sehnt sich genauso danach, mit mir zusammen zu sein wie ich mit ihm.

Bei abgestelltem Motor gehe ich schließlich jede Position des Schalthebels und die entsprechenden Kupplungsbewegungen mit ihm durch. Wir sagen die Gänge auf: »zweiter, dritter, vierter …«, immer und immer wieder, bis es sich wie der Rhythmus eines Songs anhört, zu dem sein linker Fuß die Basstrommel spielt.

»Bist du jetzt bereit?« Ich streiche mit meiner Hand über seine Fingerknöchel, weil ich noch nicht bereit bin, ihn loszulassen. Er bewegt leicht den Arm und lächelt mich schief an.

»Kann ja nicht schlimmer werden als das letzte Mal auf dem Schulparkplatz«, gibt er zu.

Lachend stelle ich mir das grummelnde Geräusch vor, das der Wagen beim Ausparken gemacht haben muss, weil er sich ganz ungeschickt angestellt hat. Ich lehne mich zurück, schnalle mich an und gebe Tristan ein Zeichen, das auch zu tun.

»Nur für alle Fälle. Armaturenbretter sind hart, wenn man mit der Stirn draufknallt«, stichele ich.

Er lacht nicht, stimmt mir aber zu und schnallt sich schnell an.

Mit den Händen am Lenkrad, ausgestreckten Armen und angespanntem Körper atmet er tief durch, dann dreht er den Zündschlüssel um. Der Wagen springt rumpelnd an und wir warten, bis der Motor sich fröhlich irgendwo zwischen Gurgeln und Röhren eingestellt hat. Tristan gibt leicht Gas, damit es so bleibt. Ich musste ihm das nicht mal sagen, also weiß er ein bisschen was über Autos.

»Alles klar, lass es uns langsam angehen«, sage ich und fange seinen Blick auf.

Er nickt mit konzentrierter Miene. Seine Hand wandert zum Schalthebel und er beugt sich vor, bereit, noch etwas mehr Gas zu geben und die Kupplung durchzutreten.

Wir rollen vorwärts und der Motor macht das vertraute Geräusch, wenn er mehr Gas braucht – mehr Gas, höherer Gang, mehr Geschwindigkeit. Er will losfahren.

»Jetzt«, sage ich, aber Tristan reagiert einen Moment zu spät. Er würgt den Motor ab und wir werden nach vorn geschleudert, bis unsere Gurte uns aufhalten. Ich stöhne auf.

»Sorry«, sagt er kleinlaut, was ihn so viel weniger bedrohlich erscheinen lässt als der Ruf, den er hat.

»Ist okay«, versichere ich ihm. Ich greife nach seiner Hand und lege sie zurück auf den Schalthebel. Diesmal lasse ich jedoch nicht los. »Wir versuchen es zusammen.«

Er nickt und startet den Motor. Er hockt ganz am Rand des Sitzes und schaut ein paarmal in die Spiegel. Ich kichere.

»Lach nicht«, schimpft er gespielt.

»Das ist so süß. Du checkst die toten Winkel, als würden wir auf den Highway auffahren oder so.« Ich drücke seine Hand, während er meine Worte spöttisch mit Babystimme wiederholt. Ich muss noch mehr lachen, weil er sich davon aus dem Konzept bringen lässt, während ich nur die richtigen Knöpfe drücken muss.

»Du bist wohl beim ersten Mal in dieses Ungetüm gesprungen und einfach losgefahren, was?« Er seufzt und macht Arme und Beine für den nächsten Versuch bereit.

»Nein, ich habe eine Weile gebraucht, bis ich den Dreh raushatte«, erwidere ich, behalte den Rest aber für mich, bis mich ein Blick von ihm dazu zwingt, mit dem Lachen aufzuhören. »Es dauerte so etwa zehn Minuten … vielleicht fünfzehn.«

Er seufzt noch einmal und lässt sich in seinem Sitz zurückfallen, der ganze Wagen ruckelt im Leerlauf.

»Ich mach nur Spaß, war nur Spaß«, sage ich und umfasse seinen Arm mit beiden Händen. Ich spüre, wo seine Muskeln am stärksten sind, und in ein oder zwei kurzen Sekunden speichere ich ab, wie fest sein Bizeps ist. Ich frage mich, was er für diesen durchtrainierten Körper tut.

»Du machst nicht wirklich Spaß, dass weiß ich genau.« Er klingt immer noch ein wenig entmutigt.

Ich beuge mich zu ihm, schnalle mich ab, um noch näher zu rutschen, und klappe die abgenutzte Armstütze nach hinten, damit ich ihm beim Losfahren helfen kann. Ich schiebe ein Bein über die Erhöhung mit dem Schalthebel, bis ich breitbeinig dasitze, damit ich besser hinübergreifen kann. In dieser Position wird mir ganz heiß und Tristans Arm spannt sich noch nervöser an.

»Lass mich dir helfen«, sage ich. Meine Stimme ist belegt von dem Gefühlsrausch, der in meiner Brust herumwirbelt und sich in meinem ganzen Körper ausbreitet.

Ich höre Tristan schlucken. Er rutscht zu mir und nimmt die Fahrposition ein. Meine rechte Hand liegt wieder über dem Schalthebel auf seiner und ich greife nach links, um meine andere Hand zögernd auf seinen Oberschenkel zu legen. Er schnappt leise nach Luft, was meine Lippen zum Beben bringt. Ich bin ganz schön aufdringlich und ich muss das wahrscheinlich nicht tun, um ihm innerhalb einer Stunde beizubringen, wie man mit Gangschaltung fährt, aber ich habe auch nicht gerade viel Zeit und … und ich wollte, dass er mich berührt.

Ich wollte ihn berühren.

»Lass die Bremse langsam los.« Meine Stimme ist gesenkt, sein

Körper angespannt. Er nickt kaum merklich und nimmt langsam den Fuß vom Pedal.

Wir rollen nach vorn, er gibt ohne meine Anweisung etwas Gas, sodass der Wagen in einer ruckartigen Bewegung vorwärts springt und der Motor fast wieder abgewürgt wird, doch er schaltet genau im richtigen Moment, sein Fuß ist über der Kupplung und ich führe seine rechte Hand durch die Gänge.

»Gut!« Mein Herz klopft wie auf einer Achterbahn kurz vor dem höchsten Punkt, und als der Motor aufheult, weil er mehr Kraft braucht, tritt Tristan die Kupplung. Der Pick-up surrt für ein oder zwei Sekunden im Leerlauf und ich bewege seine Hand zwischen meinen Beinen, bis der Schalthebel im dritten Gang einrastet.

»Mehr Gas, lass uns in den vierten schalten«, sage ich und werde gegen ihn gedrückt, als er eine Kurve fährt, damit wir mehr Platz zum Beschleunigen haben.

»Okay«, keucht er nervös, rast weiter geradeaus und schaltet diesmal ganz allein.

»Wuuhuuu!«, kreische ich und nehme meine Hand von seiner.

Er wirft mir einen kurzen Blick zu, sein ganzes Gesicht strahlt, seine Augen leuchten vor Freude, sein Atem geht schnell.

»Ich hab's geschafft!«, ruft er und brettert über den leeren Platz. Mein Pick-up kracht durch Löcher und Bodensenken, bis wir fast am Zaun angekommen sind. Tristan wird langsamer, dreht um, schaltet in den dritten und dann in den zweiten Gang runter. Er fährt weiter, gibt wieder Gas, damit er noch einmal schalten kann, und kommt diesmal ohne meine Hilfe zurecht. Schließlich hält er fast an der Stelle an, an der wir mit der Übungsfahrt begonnen haben.

Wir werden nach vorn gedrückt, als er runterschaltet und der Motor abrupt ausgeht, aber wir stehen. Tristan hat es geschafft.

»Das war unglaublich!« Er schlägt mit den Händen aufs Lenkrad und lässt sie ein paarmal daran nach oben und unten wandern, während er in seinem Sitz nach vorn und hinten schaukelt und sein Lächeln immer breiter wird.

»Geil«, ruft er und schlägt mit den Händen noch einmal auf das Lenkrad.

»Ich bin so stolz auf dich.« Meine Hand drückt auf seinen Oberschenkel und erst jetzt wird mir klar, dass sie dort immer noch liegt … auf seinem Oberschenkel.

Sofort verändert sich Tristans Stimmung. Sein Lächeln wird unsicher – sein Gesichtsausdruck wirkt sehnsüchtig, aber auch schüchtern.

»Ich sollte dich nach Hause bringen.« Seine Worte sind kaum zu verstehen. Er schluckt noch einmal, bemüht und verlegen. Alles an ihm wirkt jetzt unschlüssig und ich bin nicht sicher, in welche Richtung das führen wird.

»Ich habe noch etwas Zeit«, wispere ich, meine Finger klammern sich leicht an sein Bein. Seine starken Oberschenkelmuskeln spannen sich an, was meinen leicht geöffneten Lippen ein schwaches Seufzen entlockt.

»Riley«, sagt er.

Ich sehe ihn an. Mein Körper reagiert auf eine neue und interessante Art. Ich fühle mich selbstbewusst und befangen zugleich.

»Bleib bei mir … genau hier.« Ich drehe mich weit genug, um mit meiner rechten Hand sein Gesicht zu erreichen, und hebe sein Kinn, damit er meinen Blick auffängt. Was sich in seinen Augen spiegelt, empfinde auch ich. Ich fühle es genauso … ich fühle ihn, wie er sich zurückhält, wie er dagegen ankämpft, sich mitreißen zu lassen.

»Nur für eine Weile«, sage ich, meine Zunge wandert langsam über meine Unterlippe.

Tristans Augen verfolgen die Bewegung, seine eigene Zungenspitze hält zwischen seinen Zähnen inne. Er sucht erneut meinen Blick und je länger unsere Blicke sich treffen, desto kühner werde ich. Ich ziehe meine Hand von seinem Oberschenkel und lasse sie hinter seinen Kopf wandern, greife nach der abgenutzten Kopfstütze, die von der Sonne ganz ausgeblichen ist. Ich drehe mich und stütze mich auf den Knien ab. Tristan lässt langsam die Arme sinken, damit ich zu ihm kommen kann. Mein Körper drückt sich an seinen, als ich mein rechtes Knie über seinen Schoß hebe, bis ich breitbeinig über ihm hocke. Durch das Lenkrad habe ich nur wenig Platz. Ich halte mich mit beiden Händen rechts und links neben seinem Kopf am Sitz fest und lasse mich nach unten sinken, bis ich auf ihm sitze. Wir sind beide berauscht von den Empfindungen, das weiß ich, weil Tristans Lippen sich weiter öffnen und seine Unterlippe leicht bebt, während sein Blick verschwimmt und er die Lider senkt.

Er ist meinetwegen erregt. Das fühlt sich unglaublich an.

»Küss mich«, fordere ich ihn auf.

Er öffnet langsam die Augen, lässt sich Zeit, mich zu mustern.

»Ich bin immer noch krank«, sagt er, doch seine Hände gehorchen ihm nicht. Seine Finger beginnen sanft an den ausgefransten Enden meiner Shorts entlangzuwandern, schieben sich weiter an meinen Oberschenkeln hinauf und drücken den Stoff zusammen, bis er die Daumen darunter einhaken kann und die Hände zu Fäusten ballt.

»Ist mir egal.«

Von seinen müden Augen oder seiner blassen Haut ist nichts mehr zu sehen. Seine Wangen sind gerötet.

Ich lege meine Hände auf seine breiten Schultern und lasse sie an seinem Nacken entlang nach vorn gleiten, während meine Daumen über sein markantes Kinn streichen. Er neigt den Kopf leicht zur Seite, seine Lippen berühren die Innenseite meines Handgelenks und ich halte inne, um seinen sanften Kuss auf mich wirken zu lassen. Seine Augen schließen sich kurz, dann öffnet er sie wieder und küsst noch einmal mein Handgelenk. Seine Lippe wandert sanft weiter über meine Haut, während ich meine Hände nach oben bewege, in seine Haare greife und seine Locken um meine Finger wickele, bis er das Kinn hebt und sein Mund mit meinem auf gleicher Höhe ist.

»So etwas solltest du nicht mit einem Typen wie mir machen«, sagt er mit rauer Stimme, aber der flehende Tonfall ist immer noch herauszuhören. Er hasst sich selbst und er verleugnet sich selbst, aber ich sehe mehr als den Jungen in einer Gang.

»Du bist der Einzige, mit dem ich so etwas machen sollte«, erwidere ich. Ich sehe tief in ihn hinein und lege meine Stirn an seine.

Er atmet schwer, lockert den Griff an meinen Shorts, schiebt seine Hände über meine Oberschenkel nach unten und dann wieder hoch.

Mein Mund hält währenddessen still, bis ich den kleinen Abstand zwischen uns schließe. Seine Lippen liegen heiß auf meinen, meine Hände wandern zu seinen Schultern hinab. Als er mich noch näher an sich zieht, lasse ich meine Zunge zwischen seine Lippen gleiten, bis er sie öffnet und meine Unterlippe zwischen seine nimmt. Die rauen Kanten seiner Zähne streifen über meine Haut, seine Zunge kühlt die Hitze, seine Hände gleiten an meinen Beinen entlang, dann über meine Shorts, meinen Rücken hinauf und an den Seiten immer höher, bis seine Daumen mit dem Spitzenstoff meines BHs spielen.

Der Verkehrslärm summt in der Ferne hinter den geschlossenen Scheiben des Pick-ups, die Sonne ist schon lange untergegangen, nur das Mondlicht und ein paar trübe Straßenlaternen beleuchten meine Haut.

Das Risiko, entdeckt zu werden, ist gering, der Gedanke verpasst mir aber trotzdem einen Nervenkitzel. Ich wölbe den Rücken, hebe die Arme und drücke die Handflächen gegen das Innendach des Wagens. Tristan versteht meinen Wink, rafft den Rand meines Shirts zusammen, zieht es mir über Arme und Kopf und wirft es auf den leeren Sitz neben uns. Seine Hände gleiten zurück über meine Arme und Ellbogen, drängen mich zu ihm heran, bis meine Hände wieder auf seinen Schultern landen.

»Du hast echt keine Ahnung, wie verdammt engelsgleich du bist«, sagt er.

Mein Mund breitet sich zu einem Lächeln aus und ich ziehe mein Kinn zu meiner Schulter, während ich seinen heißen Blick auf mir spüre – auf meinen nackten Schultern und fast entblößten Brüsten.

»Klingt wie ein Fluch, wenn du es so sagst – verdammt engelsgleich?«

»Ist es«, sagt er. Er erwidert meinen Blick, aber nur kurz, dann gibt er nach.

Kälte breitet sich in meiner Magengegend aus, obwohl es im Pick-up warm ist. Ich schaudere unter seiner Berührung, seine Fingerspitzen streichen über meinen Bauch, über meine Rippen, seine Hände umfassen meine Brüste. Der dünne weiße Spitzenstoff ist transparent und lässt ihm nur wenig Spielraum für Fantasien.

Ich möchte mehr von ihm spüren und kann ein Stöhnen nicht unterdrücken.

Das Geräusch bringt ihn dazu, mich noch mehr anzufassen, seine Hände bewegen sich an meinen Schultern hinauf und schieben die Träger meines BHs an meinen Armen nach unten, bis sie an meiner Haut kitzeln. Ich setze mich auf und sehe zu ihm hinunter, schlängele einen Arm nach dem anderen durch die Träger und greife dann nach dem kleinen Verschluss. Er lässt sich leicht öffnen und der Spitzen-BH fällt zwischen uns.

»Ich bin nicht so gut gebaut wie manche Mädchen«, beginne ich, doch er drückt seine Fingerspitzen an meine Lippen, gefolgt von einem »Pst!«.

»Du bist wunderschön«, sagt er ehrlich und sanft, ohne mich aus den Augen zu lassen. Er hält meinen Blick fest, lässt seine Hände über meinen Rücken gleiten und zieht mich an sich. »Du bist nicht wie manche Mädchen. Du bist einzigartig. Du bringst mich dazu, mir zu wünschen, dass die Dinge anders wären, dass ich anders wäre, also entschuldige dich niemals dafür, dass *du* anders bist. Du bist außergewöhnlich.«

Ich schlucke schwer, meine Augen brennen in einer Mischung aus Glücksgefühlen und Nervosität.

»Ich finde dich auch außergewöhnlich«, flüstere ich und wünschte zum ersten Mal, seit ich ihn kenne, dass sein Leben unkomplizierter wäre. Ich wünschte, er wäre nicht als übler Kerl verschrien. Ich wünschte, ich hätte ihn in einem anderen Leben kennengelernt. Doch das hält mich nicht davon ab, ihn in diesem Leben zu wollen. Tristan Lopez ist der Erste für mich – mein erstes Mal. Von ihm habe ich den ersten richtigen Kuss bekommen. Er ist der erste Junge, mit dem ich intim bin, und ich möchte ihm noch mehr erste Male schenken. Ich möchte ihm mein Herz schenken. Ich möchte bei ihm bleiben. Aber ich weiß nicht, ob ich das kann.

Und genau deshalb möchte ich mir alles nehmen, was er mir im Moment geben kann.

Ich schmiege mich an ihn, drücke meine Lippen sanft auf seine, sauge an seiner Oberlippe, während seine Zähne an meiner Unterlippe knabbern. Ich setze mich wieder auf, meine Fingerspitzen wandern an seinen muskulösen Armen entlang, bis ich seine Hände auf meiner Hüfte erreiche. Ich schlinge meine Finger zwischen seine und führe seine Hände über meine Haut, bis sie auf meinen Brüsten liegen. Seine Berührung fühlt sich warm an und er erwidert die ganze Zeit meinen Blick. Ich sehne mich so sehr nach ihm, und als ich es nicht länger aushalte, vergrabe ich die Hände in seinen zerzausten Haaren und küsse ihn so heftig, dass unsere Lippen schnell rosa werden. Tristans Hände wandern zurück zu meinen Oberschenkeln, gleiten unter meine Shorts, umfassen meinen Po. Tristan atmet nur noch stoßweise, ein leises Stöhnen dringt aus seiner Brust, während er unsere Körper rhythmisch aneinanderpresst. Seine Finger wandern zum Bund meines Slips und ziehen ihn nach unten.

»Fuck, Riley. Ist das wirklich okay? Wir sollten aufhören, wenn du …«

Ich unterbreche ihn, indem ich meine Lippen auf seine lege und meine Hände unter sein T-Shirt schiebe. Er soll es fühlen, er soll wissen, dass Aufhören im Moment das Letzte ist, was ich will. Ich möchte mich in ihm verlieren, möchte, dass wir alles um uns herum vergessen – wenn auch nur für einen Moment. Ich bin nicht naiv. Aber ich werde Tristan nicht loslassen. Nicht an diesem Abend und nicht in all seinen Albträumen. Ich will mich in ihn verlieben. Ich habe mich schon in ihn verliebt.

Und ich glaube, es geht ihm genauso.

KAPITEL 15

TRISTAN

Riley war das ganze Wochenende nicht auf dem Basketballplatz. Zwei Wochen lang wollte ich dieses Mädchen nur dazu bringen, sich von dem verdammten Park fernzuhalten, und jetzt, wo ich dafür sterben würde, sie zu sehen, taucht sie nicht auf. Ich konnte sie auch nicht noch einmal besuchen. Ihr Dad war das ganze Wochenende zu Hause und ich glaube, wenn ich schon wieder aufgetaucht wäre, hätte er mich noch mehr gehasst, als er es bestimmt sowieso schon tut. Riley meint, das würde sich ändern, wenn er mich erst richtig kennt, aber manchmal liegt man mit vorschnellen Urteilen gar nicht so weit daneben. Und mit seinem hat er wahrscheinlich recht.

Leider habe ich niemanden, mit dem ich darüber reden kann. Ich habe zwar auch mit Joker nie über ernste Themen gesprochen, aber ich hätte ihm erzählen können, dass ich Riley gern habe, dass ich sie *mehr* als gern habe. Er hätte sich wahrscheinlich verarscht gefühlt, aber tief in seinem Inneren hätte er es verstanden. Wo zur Hölle ist er?

Ich bin heute Morgen ganz früh aufgestanden, gleich bei Sonnenaufgang. Ich bin vor fast zwei Stunden mit dem Ball zum Basketballplatz gedribbelt. In den wenigen Autos, die vorbeigefahren sind, saßen nur Typen wie ich. Ich kannte jedes Gesicht, das ich sah, und nickte den Leuten meistens höflich zu. Nur einer hat angehalten und gefragt, ob ich was dabeihabe.

»Nee, Mann«, sagte ich. »Versuchs später auf Dubs Party.«

Dub schmeißt immer eine Party. In seiner Welt ist jede Nacht eine Party. Er dröhnt sich zu und verkauft sein Gras und anderes Zeug, das er an Land ziehen konnte, dann etwas günstiger. Deshalb ist er auch immer blank. Er wird nachlässig, wenn er etwas genommen hat. Aber wer soll ihm das sagen? Ich jedenfalls nicht.

Paul wird jetzt seit fünf Tagen vermisst, seit vier Tagen wissen es alle. Ich habe seine Mom immer noch nicht besucht, obwohl meine Mom mich das ganze Wochenende immer wieder gebeten hat, bei ihr vorbeizuschauen. Aber ich weiß, dass sie mich nicht sehen will, genau wie meine Mom Paul in dieser Situation nicht hätte sehen wollen. Ich symbolisiere in ihren Augen nur diese schreckliche Gewissheit, dass ihm etwas Schlimmes passiert ist, ohne dass ich etwas Genaues dazu sagen kann. Also würde es einen Scheiß bringen, ihr gegenüberzutreten.

Ich habe mit Riley darüber geredet und sogar sie war der Meinung, dass ich Pauls Mom besuchen sollte. Doch sie hat keine Ahnung, wie das Leid auf dieser Seite des Lebens aussieht. Wenn du über Dinge Bescheid weißt, die vor sich gehen, wenn du jeden verdächtigst und dich zu fragen beginnst, ob du irgendwie Anteil am Verschwinden oder dem Tod eines Menschen hast. Ich habe ihr trotzdem davon erzählt und nur dadurch hat sich mein gebrochenes Herz plötzlich heil angefühlt. Ich habe mich das ganze Wochenende in meinem Bett verkrochen und mit dem Mädchen telefoniert, das ich gern habe. Es gibt Typen da draußen, die ihr ganzes Leben lang Scheiße machen müssen, bis sie einem Mädchen begegnen, das sie heiraten wollen, und dann leben sie mit diesem Menschen zusammen und reden jeden Abend mit ihm, bis sie einschlafen. Nicht mal meine Mom weiß, wie das ist, weil mein Dad nie zu Hause war. Und weil er sie betrogen hat. Sehr oft.

Ich möchte jetzt mit Riley reden. Deshalb bin ich hier draußen. Sie fährt jeden Morgen auf dem Weg zur Schule am Park vorbei und das wird sie auch heute tun. Sie wird mich sehen und vielleicht kann ich bei ihr mitfahren. Ich brauche einfach mehr Zeit mit ihr. Ihre Stimme zu hören reicht mir nicht.

Ich werfe meinen Rucksack auf den Boden und dribble zur Mitte des Spielfelds. Dann lasse ich den Ball unter meinem Fuß liegen und checke die Zeit auf meinem Handy. Wahrscheinlich noch zehn Minuten, höchstens.

Als ich das Geräusch eines Balls auf dem Asphalt höre, werde ich ganz aufgeregt. Ich hoffe, dass sie trotz allem vielleicht doch in den Park gekommen ist, aber dann drehe ich mich um und stelle enttäuscht fest, dass es Jaden ist. Er ist ein süßer kleiner Kerl, aber ich wünschte, er würde hier nicht so oft rumhängen. Seine Eltern arbeiten beide lange und der Kleine ist deshalb nie unter Aufsicht. Seine Mom und sein Dad stempeln Karten und fahren den ganzen Tag und die ganze Nacht lang Bus, holen Obdachlose aus ihren Löchern und lassen sie bei ihnen mitfahren. Auch wenn sie ihre Stunden gestaffelt haben, ist immer noch über einen langen Zeitraum niemand zu Hause. Es ist ein Wunder, dass Jaden noch nicht von Dub in Beschlag genommen wurde. Ich warte jedes Jahr, dass das passiert.

»Spielste 'ne Runde mit mir?« Er dribbelt zu mir und greift ein paarmal an, bevor er sich den Ball unter den Arm klemmt. Das ist niedlich, aber ich weiß, dass das nicht die Wirkung ist, die er erzielen will. Eines Tages, wenn er älter ist – *falls* er älter wird –, schüchtert er die Typen da draußen bestimmt ein.

»Solltest du nicht zur Schule gehen?«, frage ich.

Er hustet, aber so offensichtlich gespielt, dass ich den Kopf neige und die Augen verenge.

»Ich bin krank«, sagt er.

»Red keinen Scheiß«, gebe ich zurück und drehe ein paarmal den Ball auf meiner Handfläche.

Seine Augen weiten sich, aber ich winke ab, denn es ist ja nicht so, als hätte dieses Kind noch keine Schimpfwörter gehört.

»Du weißt, dass es nicht gut für dein Gehirn ist, die Schule zu schwänzen«, sage ich und versuche, einen Weg zu finden, ihn zu motivieren. Ich bin so ein Heuchler und denke nie groß über meine Worte nach, aber aus irgendeinem Grund hat Jaden schon immer zu mir aufgeschaut. Ich wünschte, es wäre nicht so. Ich wünschte, er hätte ein besseres Vorbild.

»Du schwänzt auch«, erwidert er, aber das stimmt ausnahmsweise nicht, und damit hab ich ihn.

»Nope.« Ich drehe mich um, jogge zum Korb und versenke den Ball. Ich hole mir den Ball zurück und nicke ihm zu, damit er es auch versucht.

Jaden starrt mich einen Moment lang an, dann nimmt er den Ball zwischen die Hände und beginnt zu dribbeln. Er hält den Kopf die ganze Zeit oben, und obwohl sein Wurf immer noch zu schwach ist, um es bis zum Korb zu schaffen, sieht seine Technik schon viel besser aus.

»Du hast trainiert«, stelle ich fest.

Sein Grinsen wird so breit, dass ich eine Zahnlücke sehen kann.

»Dieses Mädchen hat mir gezeigt, wie man nicht auf seine Hände guckt. Sie ist nett.«

Mir wird sofort warm ums Herz. Da muss ein kleiner Junge Riley nur erwähnen und schon werde ich sentimental. Wie bescheuert.

»Ja, sie ist nett.« Ich lächle. »Na komm, mach noch einen Wurf. Aber diesmal mit mehr Druck.«

»Das schaff ich«, sagt er. Jetzt fällt mir auch sein Lispeln auf.

»Du hast einen Zahn verloren«, rufe ich ihm nach, während er zu seiner Position dribbelt.

»Hab ich!« Er dreht sich grinsend um und verliert den Ball, der zum Zaun davonspringt. Ich deute mit dem Kinn in die Richtung und er rennt hinterher, holt den Ball aber nicht mehr rechtzeitig ein, sodass er im Rinnstein landet.

Das Motorengeräusch kommt mir nicht vertraut vor, nur deshalb nehme ich es wahr. Im Handumdrehen ist nichts mehr leicht und einfach – eine schreckliche Angst ersetzt all die guten Gefühle in mir, als der Kühlergrill eines Dodge Challengers in meinem Blickfeld auftaucht. Ich kenne den Typen am Steuer nicht und die beiden Gestalten auf dem Rücksitz sind nicht gut zu sehen, aber ich weiß, dass der Kerl auf dem Beifahrersitz zu den Tribes gehört. Er hat hier schon mal versucht, sein Zeug zu verticken. Beim letzten Mal war es spätabends, aber heute sieht es so aus, als wollte er sich den Vormittag unter den Nagel reißen.

»Jaden, zurück«, zische ich mit ernster Stimme.

Jaden hebt den Ball auf, presst ihn an die Brust und bleibt direkt hinter dem Tor zum Basketballplatz wie angewurzelt stehen.

Der Wagen wird langsamer, als er vorbeifährt, und alle Insassen starren in meine Richtung. Ich werfe meinen Ball zur Seite und verschränke die Arme, meine leeren Taschen und Socken werden mir spürbar bewusst. Ich trage schon seit Wochen kein Messer mehr mit mir herum und meine Waffe habe ich im Garten meines Onkels vergraben.

Jaden weicht einen Schritt zurück, als der Wagen näher an den Bordstein fährt, die Räder drehen sich jetzt so langsam, dass ich die Speichen an den Felgen zählen könnte. Sie wurden schwarz lackiert, wahrscheinlich in Henry's Werkstatt. Es sieht jedenfalls ganz nach ihm aus. Henry hat immer mit Dub Geschäfte gemacht, ist dann aber irgendwie ausgestiegen. Vielleicht ist er einfach zu alt geworden. Ich muss herausfinden, wie er es geschafft hat, diese Welt zu verlassen und trotzdem immer noch Geld damit zu verdienen, ganz besonders, wenn er dabei feindliche Linien überschreitet.

Keiner im Wagen lächelt und durch das unbehagliche Gefühl in meiner Brust fällt mir das Atmen immer schwerer. Ich folge meinem Gespür und gehe mit bedachten Schritten auf Jaden zu. Innerhalb weniger Sekunden stehe ich hinter ihm, damit ich ihn schnell schnappen oder beschützen kann, falls die Situation aus dem Ruder läuft.

Ich fordere den Fahrer dazu heraus, mich anzusehen, doch das tut er nicht, denn er ist damit beschäftigt, den Basketballplatz und den Park ringsherum mit den Augen abzusuchen. Also wende ich mich dem Typen zu, den ich erkannt habe. Sein lauernder Blick ist auf mich gerichtet.

Ich schüttele langsam den Kopf, um ihm stumm zu sagen, dass dies nicht der richtige Zeitpunkt ist – dass ich hier nicht deale und dass das Kind vor mir eben nur ein Kind ist. Als er kurz zu Jaden schaut, trete ich unvermittelt einen Schritt vor und lege meine Hand auf seine winzige Schulter.

»Nicht wegrennen. Ich bin bei dir«, sage ich. Ich spüre, wie er zittert.

Der Blick des Typen wandert wieder zu mir, ich bleibe ruhig. Hier wird heute nichts passieren. Das lasse ich nicht zu. So wird meine Zeit nicht enden und es ist definitiv nicht Jadens Ende. Der Beifahrer lehnt sich zum Fahrer hinüber und sagt etwas, wobei er den Mund mit der Hand abschirmt. Die Musik im Wagen ist so laut, dass die Scheiben vibrieren. Als der Wagen weiterfährt, rechts abbiegt und endlich hinter Häusern und Bäumen verschwindet, beginne ich wieder zu atmen. Richtig durchatmen werde ich aber erst wieder in ein paar Stunden. Ich kenne diese Panik. Dub lebt für diesen Scheiß, ich hasse es.

»Ich gehe zur Schule und das nette Mädchen wird uns beide mitnehmen. Was hältst du davon?«, frage ich.

Jaden nickt schnell und ohne Vorwarnung schiebt er seine Hand in meine. Sie ist nur halb so groß wie meine und ganz staubig vom Dreck auf dem Platz nach dem Spielen.

Ich hebe meinen Rucksack auf. Ich habe meinen Ball immer noch nicht geholt, aber ich möchte den Kleinen auch nicht loslassen und entscheide schließlich, dass das wichtiger ist.

Er hält den ganzen Weg bis zu Rileys Haus mit meinen schnellen Schritten mit. Als wir ihre Einfahrt betreten, schiebt sie gerade das Garagentor auf. Ihr Blick huscht zu mir und für eine Sekunde lächeln ihre Augen, dann sieht sie Jaden und ihre Miene verändert sich. Sie verengt die Augen und ihre Lippen schließen sich, ohne dass sie ein Wort verliert. Sie schwankt zwischen Sorge und Verwirrung.

»Hast du auf dem Weg zur Schule vielleicht noch Platz für zwei?«

Riley holt mit erhobenen Augenbrauen Luft, doch bevor sie antworten kann, wird die Tür zu ihrem Haus in der Garage zugeschlagen.

»Bist du so weit?« Nach nur zwei Schritten sieht mich ihr Dad und bleibt wie angewurzelt stehen.

»Guten Morgen, Mr Rojas«, sage ich selbstbewusst, denn ich schätze, dass er mich sowieso nicht noch mehr ablehnen kann, als er es ohnehin schon tut. Auch wenn ich dafür gesorgt habe, dass seine Tochter vor der verabredeten Stunde zu Hause war. Natürlich war das, nachdem ich sie nackt gesehen und Dinge mit ihr angestellt habe, für die er mich wahrscheinlich kastrieren würde.

»Tristan.« Seine Stimme klingt tief und autoritär. Er trägt eine blaue Uniform, sein Name ist an der Brusttasche aufgenäht. Ich weiß, dass er eine Art Hilfsjob macht, der nicht gut bezahlt wird, aber im Moment könnte er auch der Kommandant einer ganzen Weltarmee sein.

»Die beiden brauchen eine Mitfahrgelegenheit, Dad«, erklärt Riley und lenkt den Blick ihres Dads ein wenig nach rechts auf Jaden. Sie benutzt ihn als menschlichen Schutzschild. Fucking brillant.

»Tatsächlich?« Er dreht den Hals mit einem knackenden Geräusch, dann sieht er seine Tochter an. Riley hebt nur die Schultern und grinst ihn mit geschlossenen Lippen an. Ihr Dad scheint genauso gut darin zu sein, Nein zu ihr zu sagen wie ich.

»Wir können hinten draufspringen«, schlage ich vor, gebe Jaden einen kleinen Schubs und schwinge mein Bein über den Rand der Ladefläche. Rileys alte Trainingssachen liegen darauf verstreut, zusammen mit ein paar Knöchelgewichten und zerrissenen Trikots von anderen Teams. Lächelnd betrachte ich ihr Chaos. Es gefällt mir, dass es in ihrem Wagen genauso aussieht, wie ich mir den Fußboden ihres Zimmers vorstelle.

Ich schaue durch die Rückscheibe, als Riley und ihr Dad in den Wagen steigen. Sie wirft mir einen kurzen Blick zu, ihre Augen tanzen vor Freude. Sie freut sich, mich zu sehen, sie freut sich, dass ich in ihrer Einfahrt aufgetaucht bin – in ihrem Leben.

Jaden und ich werden ein bisschen durchgerüttelt, als ihr Dad rückwärts aus der Einfahrt rollt, und ich stelle sicher, dass mein Arm auf dem Rand der Ladefläche hinter Jaden liegt, während wir die vier Meilen bis zur Grundschule fahren. Ein paarmal halten wir neben Autos, die mich an den Wagen vor dem Basketballplatz erinnern, und instinktiv halte ich meinen Arm bereit, um Jaden zu mir zu ziehen, aber das ist zum Glück nicht nötig. Er hat keinen Rucksack oder irgendwelche anderen Schulsachen dabei, also schlage ich ihm vor, seinen Ball bei mir zu lassen und seiner Lehrerin zu erzählen, dass sein Schulrucksack aus Versehen mit seinen Eltern auf dem Weg zur Arbeit ist. Er findet meine Lüge super, ich hoffe nur, dass sie nicht in Ohren landet, die sie schon mal gehört haben. Ich habe diese Ausrede schon benutzt, als ich hier zur Schule gegangen bin und rennen musste, weil ich morgens heimlich Basketball gespielt hatte. Mein Rucksack war immer bei Dub, weil er mich normalerweise nach dem Unterricht abholte. Meine Mom war nie stark genug, ihn komplett von mir fernzuhalten.

»Hey, spring mit rein. Hier ist Platz für drei«, sagt Riley über die Schulter und hält mir die Tür auf, während Jaden hinten vom Pick-up hüpft und in seine Klasse flitzt.

Ich nicke, stopfe Jadens Ball in meinen fast leeren Rucksack, springe über den Rand der Ladefläche und lande direkt vor Riley. Ihre Wangen werden rot und sie lächelt schüchtern, was ich unvermittelt erwidere. Ich habe sie nicht gesehen, seit sie mich Freitagabend vor meiner Einfahrt abgesetzt hat.

Sie rutscht in die Mitte und zieht ein Bein unter sich. Ich beeile mich einzusteigen und drücke mich so nah wie möglich an die Tür. Ich werfe einen flüchtigen Blick auf ihr Knie, dann auf den Schalthebel und die Stelle, wo ihr Oberschenkel meinen berührt hat. Sofort spüre ich, wie sich bei diesem Gedanken meine Hose spannt. Ich schaue zu Riley auf. Sie grinst und kichert leise. Ich kann nur die Backen aufblasen und mit dem Kopf schütteln, um ihr zu zeigen, wie unbehaglich die Fahrt für mich ist, doch diese Reaktion bringt sie nur noch mehr zum Kichern, bis sogar ihre Schultern beben.

»Also, Tristan. Riley hat mir erzählt, dass du als Trainer einspringst, weil dir das bei deiner Collegebewerbung hilft. Stimmt das?« Seine Frage fühlt sich diesmal ein bisschen weniger wie ein Test an. Außerdem kennt er jetzt ein paar Details, also muss Riley ihm von mir erzählt haben – und zwar nur Gutes, wie es scheint. Sie hat bestimmt übertrieben.

»Das ist der Plan«, sage ich und denke dabei an die Unterhaltung mit meiner Studienberaterin und auch ein bisschen an meine eigentlichen Träume. »Ich würde gern auf eine staatliche Uni gehen, aber Junior College wäre auch okay. Falls ich überhaupt irgendwo angenommen werde und die Kohle aufbringen kann. Außerdem gibt es in Miller County nicht viele Möglichkeiten, sich außerschulisch zu betätigen.«

Rileys Dad schaut zu mir herüber und unsere Blicke treffen sich für einen Moment. Er scheint wissen zu wollen, welche außerschulischen Aktivitäten ich meine, denn er kann sich denken, dass ich eine Menge haben muss. Ich kann sie nicht abstreiten, aber ich werde nicht zulassen, dass sie mich definieren. Nicht vor diesem wichtigen Mann.

»Und was möchtest du studieren?« Er schaut wieder zurück auf die Straße.

Ich sinke erleichtert in den Sitz und streiche mit den Fingern über den Rand des Sicherheitsgurts. Mein Mund lächelt von selbst. Ganz leicht nur, aber es ist echt, und ich drifte tief in meine Gedanken ab, die weit weg von meinem Verstand mitten in meinem Herzen liegen. Ich denke an Jaden und wie es war, als ich in seinem Alter gewesen bin. Ich habe meinen Dad bewundert und ich fand es unglaublich toll, wie hart und einschüchternd er und Dub waren. Aber ich habe nicht nur davon geträumt. Ich mochte auch schon immer Baustellen. Ich habe meiner Mom andauernd Löcher in den Bauch gefragt, um Spielzeugkipper und Traktoren gebettelt, und ich habe von allem Möglichen meine eigenen Versionen gezeichnet – von Freizeitparks bis hin zu Wolkenkratzern.

»Ich würde gern in Richtung Bauwesen gehen«, sage ich und komme mir dabei überhaupt nicht komisch vor. Es ist keine Lüge und es fühlt sich nicht ganz unmöglich an. Es ist eine Arbeit – harte Arbeit – und vielleicht bin ich eines Tages mein eigener Boss. Dazu müsste ich natürlich eine Menge über den Job lernen. Aber so wird es nicht laufen. Nichts wird so laufen.

Wir halten an einer Ampel und Rileys Dad wendet den Kopf noch einmal zu mir. Ich drehe mich auch halb zu ihm, und als er zustimmend nickt, habe ich das Gefühl, zumindest ein kleines Stück zur anderen Seite überquert zu haben.

»Baugewerbe. Ist gute Arbeit«, sagt er. Sein Blick wandert zu seiner Tochter und dann zurück auf die Kreuzung.

Ich spüre Rileys Hand neben mir auf der Sitzbank. Sie streckt ihren kleinen Finger weit genug aus, um sich bei mir einzuhaken. Mein Herzschlag wird schneller, aber ich zucke nicht zurück.

Ich möchte, dass sie dieses kleine Stück von mir hält, und lasse meine Hand genau da, wo sie ist – absolut sichtbar für ihren Dad. Er bekommt es nicht mit, aber darum geht es nicht.

Riley hält sich an mir fest und ich lasse es zu.

Es fällt mir immer schwerer, sie nicht zu berühren. Ich suche überall nach Möglichkeiten dazu. Ihr Dad setzt uns ab, und sowie er weggefahren ist, nehme ich ihre Hand. Im Klassenraum massiere ich ihren Nacken und ihre Schultern, und als die anderen uns anstarren, beuge ich mich vor und drücke ihr einen Kuss auf den Hals.

Ich habe das Gefühl, dass die Leute uns angaffen, weil sie *mich* und *sie* verurteilen. Es geht mir nicht aus dem Kopf, dass wahrscheinlich niemand hier glaubt, dass ich zu Riley gehöre. Sie haben recht. Aber sie können sich auch alle verpissen.

Zum ersten Mal freue ich mich auf das kleine leere Notizbuch, das Ms Forte austeilt. Ein paar Leute in der Klasse sind schon bei ihrem zweiten Buch. Ich habe mich durch vier, vielleicht fünf Seiten gekritzelt, und das waren hauptsächlich Nachrichten an Riley und irgendwelche Schmierereien, nur um ein Arsch zu sein. Aber ich möchte auch jetzt nicht aus schulischen Gründen etwas schreiben. Sondern aus persönlichen. Ich möchte Riley so viel sagen und ich weiß nicht wie.

Sowie mein Buch auf meinem Tisch gelandet ist, blättere ich die ersten paar kindischen Seiten um und tauche ins Schreiben ein. Ich drücke mit meinem Druckbleistift so fest auf, dass die Spitze mehrmals abbricht, aber ich schreibe trotzdem weiter. Riley schaut zu mir herüber und kichert, wahrscheinlich denkt sie, dass ich nur wieder Witze mache. Ich schicke ihr ein schiefes Lächeln zurück, denn ich weiß, dass sie sich gleich mies fühlen wird, weil sie sich über mich lustig gemacht hat. Ich werde ihr schlechtes Gewissen einfach wegküssen.

Ich schreibe darüber, wie ich ihr zum ersten Mal begegnet bin. Ich schreibe darüber, wie ich mich gefühlt habe, als sie auf dem Basketballplatz aufgetaucht ist, wie sehr ich sie dort haben wollte, aber auch Angst hatte, dass sie in Schwierigkeiten geraten könnte. Ich schreibe darüber, wie eifersüchtig ich war, als sie sich mit Lauren angefreundet hat. Ich schreibe darüber, wie viel Angst ich hatte, einfach bei ihr zu Hause aufzutauchen, wie oft ich hingegangen und wieder weggelaufen bin, bevor ich schließlich klingelte. Ich brauche eine ganze Seite, um über ihren Dad zu schreiben, was für ein unglaublicher Mensch er zu sein scheint und dass ich wünschte, mehr wie er zu sein. Meine Worte über mich selbst sind nicht immer nett, aber das ist nicht der Punkt. Das alles ist für sie, es geht nicht um mich. Ich entschuldige mich dafür, wer ich bin, aber ich kann mich nicht für meine Gefühle entschuldigen.

Ich bin besessen. Ich denke andauernd über Möglichkeiten nach, wie ich aussteigen könnte, wie ich überleben und ihr trotzdem nah sein kann. Ich stelle mir den Schmerz des Prügelrituals vor, das mir bevorsteht, und je mehr ich darüber nachdenke, desto weniger schmerzhaft scheint es in meiner Vorstellung zu werden. Ich denke, es geht um mehr als nur ein Mädchen – Riley hat diese Tür für mich geöffnet und mir gezeigt, wer ich sein könnte. Sie hat eine Brücke zwischen meiner Realität und meiner Fantasiewelt gebaut, und ich kann nicht aufhören, diese Brücke immer weiter zu überqueren.

Wir gehen direkt zu einer Stunde Geisteswissenschaften über, doch während alle anderen ihre Notizbücher nach vorn geben, stecke ich meins in Rileys Rucksack. Sie runzelt die Stirn, aber ich bitte sie mit einem Grinsen, nichts zu sagen. Sie schüttelt den Kopf, wahrscheinlich denkt sie, ich mache wieder einen Scherz wie mit den Zeichnungen. Ich werde auch dieses schlechte Gewissen wegküssen.

Ms Forte beginnt, etwas aus einem Buch vorzulesen, dessen Titel ich nicht aussprechen kann. Sie nennt das Buch in Kurzform *Gita*, an den vollständigen Namen kann ich mich nicht erinnern. Die Worte, die sie sagt, klingen fremd, und ich zwinge mich dazu, aufmerksamer zuzuhören als sonst. Wenn es dabei darum geht, wie Menschen wachsen und ihr Schicksal selbst lenken, muss ich etwas darüber lernen. Doch das Einzige, was ich verstehe, sind die Stellen, die Ms Forte mit ihren eigenen Worten wiedergibt. Wenn meine Lehrerin das Buch für mich umschreiben würde, wäre ich vielleicht in der Lage, etwas daraus zu lernen.

Ein Gefühl der Hoffnungslosigkeit legt sich um meine Brust und ich verschiebe die Füße, um mich aufrechter hinzusetzen, als würde meine Haltung irgendwie direkt mit meiner Lernfähigkeit zusammenhängen. Vor mir liegt eine Chance und ich kann sie nicht nutzen. Die Klasse beginnt, Fragen zu stellen, doch der Klang der Stimmen rückt vor meinen eigenen Gedanken in den Hintergrund. Ich denke an das Antragsformular und was ich noch hineinschreiben könnte. Ich sollte noch einmal meine Studienberaterin aufsuchen, damit sie mir zeigen kann, wie ich mich online anmelde, und ich sollte mir von ihr eine College-Liste geben lassen. Ich muss wissen, was für Kosten auf mich zukommen. Ich brauche einen richtigen Job.

Das alles ist so überwältigend, dass ich dem Unterricht nicht mehr folgen kann, die Worte sind unkenntlich geworden. Meine Brust schnürt sich noch mehr zusammen und meine Beine und Arme werden ganz unruhig. Ich bin nicht dafür geschaffen, an einem Ort wie diesem zu sein. Ich wurde für die Straße großgezogen und werde nie in der Lage sein, das zu unterdrücken. Mein Leben hier wird sich nicht ändern. Es ist für immer, ob ich es will oder nicht.

Ich kann nicht … atmen.

»Riley, Sie werden im Sekretariat erwartet.«

Ich schrecke aus meinen Gedanken hoch, als ich ihren Namen höre. Sie runzelt überrascht die Stirn, während sie mir ein flüchtiges Lächeln zuwirft.

»Oooookaaaayyyy«, sagt sie, steht von ihrem Platz auf und holt sich den kleinen Zettel von unserer Lehrerin, der ihr erlaubt, während des Unterrichts das Klassenzimmer zu verlassen.

»Kommen Sie nach Unterrichtsschluss zu mir, dann sage ich Ihnen, was Sie verpasst haben«, sagt Ms Forte. Sie nicken beide und lächeln, dann bleibt Riley noch einmal zögernd an ihrem Tisch stehen. Wahrscheinlich überlegt sie, ob sie ihre Sachen gleich mitnehmen soll. Sie entscheidet sich dafür und ich zermartere mir das Hirn nach einer Möglichkeit, ihr durch diese Tür zu folgen.

»Tristan … hier spielt die Musik«, sagt Ms Forte und tippt auf meinen Tisch. Ich wende mich rasch zu ihr – mit einem merkwürdigen Kribbeln, das zum Teil von der Ermahnung kommt, hauptsächlich aber darauf zurückzuführen ist, dass Riley ins Sekretariat gerufen wurde. Irgendetwas stimmt nicht und ich werde das mulmige Gefühl nicht los, dass es etwas mit mir zu tun hat.

Ihr Dad muss hier sein. Er hat herausgefunden, wie schlimm ich wirklich bin. Er weiß, dass ich seine Tochter angefasst habe. Er weiß, dass ich sie liebe. Er weiß es. Und er hasst mich.

Ich bin unwürdig.

Ich bin Abschaum.

Ich bin Cry Baby, ein Jammerlappen, niemals gut genug, und mein Dad hat nichts weiter getan, als sich erwischen zu lassen.

Nutzlos.

Das Brennen in meinem rechten Auge wirft mich völlig aus der Bahn. Ich vergrabe das Gesicht in meiner Hand und wische die Träne weg. Ein Teil von mir ist beinahe glücklich, dass sie da ist. Ich bin noch nicht so am Boden, dass ich nichts mehr fühlen kann. Ich fühle mehr, als ich jemals zuvor imstande gewesen bin. Mein bester Freund ist weg. Mein Herz ist in zwei Welten geteilt und auf das Mädchen, dem die eine Hälfte gehört und das gerade zur Tür hinausgegangen ist, kommt etwas zu, vor dem ich mich fürchte – weil ich nicht weiß, was es ist, und es nicht sehen kann. Weil ich sie nicht beschützen kann.

Das werde ich nie können.

KAPITEL 16

RILEY

Mein Dad wollte herkommen, um die Bilder zu sehen. Sie wollten uns die Leiche nicht zeigen. Es ist auch nicht viel übrig und alles, was meine Mutter einmal ausgemacht hat – ihre Gesichtszüge, ihre Haare, ihr Lächeln –, ist unter der Erde zu Staub zerfallen. Genauer gesagt unter Erde eines kleinen Abschnitts, auf dem fast nichts wächst, weil er komplett im Schatten der langen Backsteinmauer um die Bezirksmülldeponie liegt.

Polizeibeamte hatten diese Deponie vor zwei Jahren abgesucht. Sie haben nicht wirklich im Müll gewühlt oder tief gegraben. Es war ein Routinecheck, hauptsächlich um die Vermutung zu bestätigen, die alle hatten – einschließlich mein Dad und ich –, dass meine Mom einfach abgehauen war.

Hätten sie doch nur etwas genauer hingesehen.

»Entschuldigung, aber könnten Sie das noch einmal erklären? Wie wurde sie gefunden? Ich meine, wer … wieso …«

Meinem Dad fällt das Atmen schwer. Ich habe ihm gesagt, dass wir lieber nicht herkommen sollten. Wir hätten es nicht tun müssen. Die DNA-Probe hat bereits bestätigt, dass es sich um Mom handelt. Wir hätten sie sowieso nicht mehr identifizieren können.

Wer auch immer sie umgebracht hat, hat ihr alles weggenommen, woran wir sie hätten erkennen können. Ihren Ehering, die Uhr, die Dad ihr zum Hochzeitstag geschenkt hat, die goldenen Creolen – selbst die Klamotten, die sie an dem Tag angehabt hatte, sind unmöglich wiederzuerkennen.

»Der Eigentümer hat ein paar Messungen durchführen lassen, um zu prüfen, wie weit die Halde noch ausgebaut werden kann, wo sein Grundstück endet, und dabei …« Der Detective bricht den Satz ab. Ich bin froh darüber, denn mit anhören zu müssen, wie meine Mom gefunden wurde, als wäre sie irgendein Fossil oder ein vermisstes Geldstück, ist kaum zu ertragen.

Mein Dad nickt einfach nur. »Haben Sie herausgefunden, wer das getan hat?« Er schaut zu dem Detective auf, der jetzt neben seinem Stuhl steht. Der Kerl möchte, dass wir gehen. Er hat brav seine Pflicht getan, Empathie gezeigt und zugelassen, dass wir uns etwas Zeit nehmen – ganze zwei Stunden –, um die brutale Wahrheit zu akzeptieren. Jetzt sollen wir nach Hause gehen.

»Mr Rojas, wir ermitteln natürlich, aber es gibt nicht viele Anhaltspunkte, und um offen zu sein … wir finden in dieser Gegend viel zu regelmäßig Leichen. Die Gangs sind ein echtes Problem für uns. Ihre Spuren lassen sich kaum verfolgen«, sagt der Detective.

Ich huste, stehe auf und schiebe meinen Stuhl ran. »Dann sollten Sie Ihren verdammten Job vielleicht besser machen!«

Die Augen des Mannes lodern auf, als ich ihn so anschreie, aber nur ein bisschen. Er wurde wahrscheinlich schon oft beschimpft. Mein Dad nimmt meine Hand und hält mich am Handgelenk fest.

»Riles«, sagt er, als wäre ich die Einzige, die sich beruhigen müsste. Eigentlich müsste doch jeder viel aufgebrachter sein – warum regt sich *niemand* auf?

Ich beiße mir buchstäblich auf die Zunge, verschränke die Arme und kneife mir in die Seiten. Ich will nach Hause. Ich möchte diesen Teil des Tages auslöschen. Aber das kann ich nicht, also begnüge ich mich damit, zu schreien und um mich zu treten, es an der Welt auszulassen und eine fürchterliche Wut gegen all das zu entwickeln.

Ich lehne mich an eine Säule neben dem Schreibtisch des Detectives, während er meinem Dad ein paar Papiere reicht, eins nach dem anderen, von denen mein Dad einige unterschreibt. Ich bin sicher, dass er mit einem davon unseren Rechtsanspruch aufgibt. Zum Schluss gibt er meinem Dad seine Karte und sagt ihm, dass er jederzeit anrufen könne. Was bleibt da noch zu fragen?

Als mein Dad fertig mit Reden ist, werden wir zum Fahrstuhl begleitet und den Rest des Weges uns selbst überlassen. Das war's. Zwei Jahre, in denen wir mit einer Lüge leben mussten, werden gleichgesetzt mit zwei Stunden Wahrheit auf einer Polizeiwache mit einem Mann, dessen Nachname Stone ist und dessen Vorname mit einem B beginnt. Das ist alles, was ich auf seinem Dienstabzeichen lesen konnte oder was auf seinem Ausweis über dem Wort DETECTIVE stand. Ich werde ihn einfach Bob nennen.

Mein Dad ist auf dem Weg zu seinem Wagen unglaublich schweigsam. Er fragt mich nicht mal, ob ich fahren will, setzt sich einfach auf den Beifahrersitz und hält mir den Schlüssel hin, ohne mich anzusehen, bevor er die Tür zuschlägt. Ich wünschte, das Ganze könnte uns irgendwie zu einem Abschluss führen, aber stattdessen wurden nur viele neue Wunden aufgerissen. Mein Dad hat meine Mom gehasst, weil sie uns verlassen hat, dabei hat sie uns nie verlassen. Sie hatten ihre Probleme. Er fand, sie arbeitete nicht genug, sie fand, er arbeitete zu viel. Sie stritten sich ständig um Geld. Wir haben ihr Verschwinden angezeigt und es gab halbherzige Suchaktionen, aber mein Dad ist immer davon ausgegangen, dass sie von den ewigen Streitereien die Nase voll hatte. Ich habe sie trotzdem geliebt, aber das reichte nicht aus, um sie vor ihrem Schicksal zu bewahren. Und sie starb an einem Ort, an dem Morde … einfach *passieren.*

Sie war nicht mal besonders tief vergraben.

Ich klettere auf den Fahrersitz und starte den Motor, aus dem Radio kommt nur ein leises Summen. Ich drehe es lauter, um die Stille zu füllen, doch mein Dad beugt sich vor und stellt es aus. Nichts wird jemals wieder so sein wie vorher … nie wieder. Ich habe das schon einmal erlebt. Ich wünschte, ich wäre besser darin.

Die Fahrt nach Hause dauert lange, rund um das Revier herrscht viel Verkehr, Büroangestellte sind auf dem Weg zum Mittagessen, Baulastwagen kommen von der Nachtschicht. Diese Gegend wirkt fast normal, beinahe ist es wie in jeder anderen Stadt, nur dass es diese Schattenseite gibt, die das pure Böse verkörpert.

Und genau das schwebt jetzt zwischen uns – meinem Dad und mir. Das pure Böse hat einen Namen in diesem Bezirk – Fifty-Seven. Meine Mom hat es an einem Ort erwischt, an dem sie nicht hätte sein dürfen, ein unschuldiges Opfer, das verscharrt wurde, damit die Gangmitglieder ihren Tag einfach fortsetzen konnten. Der Detective wollte nicht zu sehr ins Detail gehen, aber es ist klar, dass nach dem Fund der Leiche der erste und wahrscheinlich einzige Verdacht der Polizei auf Gangaktivitäten beruht.

Gangaktivitäten. Deshalb sitzen wir schweigend nebeneinander, während ich von Schuldgefühlen zerfressen werde, die in meinem Herzen und in meinem Kopf miteinander kämpfen. Wie kann ein Mitglied dieser Gang etwas so Schreckliches tun und mir meine Mom für immer nehmen, während Tristan so ein guter Mensch ist? Mir fällt nur eine Antwort darauf ein: Tristan ist kein guter Mensch. Genau das hat er mir die ganze Zeit versucht zu sagen – er gehört nicht zu den Guten.

Er gehört zu den Menschen, die solche Dinge tun. Er hat geschworen, dass er noch nie jemanden umgebracht hat, aber Männer wie er – sie lügen.

Ich sehe Tristan zuerst nicht in unserer Auffahrt sitzen, als ich vor unserem Haus abbiege. Er wartet auf mich mit dem Rücken gegen das Metalltor gelehnt. Aber mein Dad entdeckt ihn gleich. Er stößt die Tür auf, bevor ich richtig angehalten habe, und geht sofort auf den Jungen los, von dem ich dachte, ich könnte ihn lieben – in den ich mich tatsächlich verliebt habe – oder hatte.

»Verschwinde von diesem Grundstück!« Die Stimme meines Vaters ist ein wütendes Knurren, sein Hals ist rot.

Tristan steht auf, aber er kommt zu langsam auf die Beine. Mein Vater packt ihn am Kragen und knallt ihn gegen die Wand. Tristan ringt mit ihm, windet sich, um sich aus seinem Griff zu befreien, doch das Gewicht meines Dads bringt ihn zu Boden und sie rollen ein Stück über den Asphalt.

»Dad! Hör auf! Tristan … nicht!«

Ich lasse die Wagentür offen stehen und renne mit fuchtelnden Armen auf die beiden kämpfenden Männer zu. Trauer und Hass haben die Kontrolle übernommen, Schläge werden ausgeteilt, und ich brauche einen Moment, um zu erkennen, welche Fäuste zu Tristan und welche zu meinem Dad gehören.

»Du Mistkerl, du hältst dich und dein Gift von meiner Tochter fern! Du verlässt sofort mein Grundstück!« Mein Dad sitzt auf Tristan, schlägt auf seinen Oberkörper ein, während Tristan nur sein Gesicht schützt und sich von einer Seite zur andern dreht. Schließlich packt mein Dad Tristans Arm und zerrt seine Hand zurück, bis er ihm das X an seinem Handgelenk vor die Nase hält.

»Das hier! Ich weiß, was das bedeutet. Ich bin nicht blöd, Junge! Ich bin verdammt noch mal nicht blöd und ich weiß, dass du … du hast etwas Schlimmes getan, um das zu verdienen!« Mein Dad spuckt die Worte förmlich aus und sie treffen mich mitten in der Magengrube, genau wie sie Tristan die Luft abschnüren. Seine Augen werden glasig von der schrecklichen Wahrheit, mit der er konfrontiert wird.

Und die ganze Zeit wehrt er sich nicht. Ich weiß, warum er es nicht tut, denn er ist mindestens doppelt so stark wie mein Dad. Tristan lässt sich absichtlich von ihm wehtun. Ich sehe noch etwa eine Minute zu, bis der Arm meines Dads müde wird und beide außer Atem sind.

»Dad, geh runter …«, sage ich und lege meine Hände um seinen Arm. Ich ziehe daran, bis er sich wankend von Tristans Beinen erhebt und auf dem Gehweg völlig in sich zusammensackt. Er stöhnt wie ein Wal, heiße Tränen benetzen sein gerötetes Gesicht.

Tristan weicht hastig zurück, bis er mit den Schultern gegen unsere Hauswand stößt. Er umklammert seine Knie und schnappt nach Luft. Sein Gesicht ist ganz blass, sein Blick völlig leer, sein Körper zittert.

»Komm, Daddy, lass uns reingehen«, sage ich und helfe meinen Dad auf die Beine. Kurz darauf spüre ich Tristan neben mir, doch bevor er meinen Dad erreicht, drehe ich den Kopf zu ihm um, funkele ihn an und forme mit den Lippen *nicht.*

Ich schaffe es, Tristan vor den Blicken meines Dads abzuschirmen, während ich ihn ins Haus begleite, denn ich will nicht, dass mein Dad heute noch einmal ausflippt. Er hat genug. Wir haben beide genug. Ich bringe ihn in die Küche, fülle einen großen Becher mit Wasser und dränge ihn, alles auszutrinken.

»Du solltest eine Dusche nehmen. Ich rufe im Schulamt an und sage Bescheid, dass du heute nicht kommst.« Ich stelle mich auf Widerspruch ein, denn sonst entscheidet er immer, was zu tun ist. Das ist seine Aufgabe als Vater. Doch diesmal gibt er sofort nach. Er trauert bereits.

Ich will es nur nicht wahrhaben.

Ich stelle die Dusche an und lege ein sauberes Handtuch und seine Pyjamahose bereit, das Einzige, was ich in seinem Zimmer finden konnte. Dann schließe ich die Tür hinter ihm und lasse ihm seine Privatsphäre. Er wird sich seiner Trauer hingeben und er wird beten. Er wird um Vergebung bitten, weil er meine Mom so lange gehasst hat, und dann wird er sich fragen, ob alles seine Schuld ist. Er wird glauben, dass das seine Strafe ist. Ich weiß es, denn das hat er auch beim letzten Mal gemacht – als wir dachten, dass sie uns einfach nur verlassen hat.

Mit dem Geräusch des laufenden Wassers, das in der Wand rauscht, gehe ich zurück zur Haustür, wo ich Tristan in seinem Schmerz allein zurückgelassen habe. Ich weiß, dass er noch da ist, denn obwohl ich ihn für all das hassen will, weiß ich auch, dass nichts davon seine Schuld ist. Wir haben unsere Trauer auf ihn projiziert und das ist nicht fair. Ich weiß auch, dass er nicht gehen wird, denn ich habe mich noch nicht an ihm ausgelassen. Er ist ein zu guter Mensch, um seine Seele nicht für mich zu opfern.

Die Tür steht immer noch offen, und als ich nach draußen trete, sitzt Tristan mit angezogenen Beinen da. Er wendet den Kopf zu mir, sein Blick gerät in Panik, als würde ich wie ein Jäger mit einem Gewehr auf ihn zielen. Sofort spannen sich seine Muskeln an. Ich bleibe auf der Türschwelle stehen, während in meinem Kopf die Horrorstory abläuft, die ich gerade erlebt habe.

Ein Vermessungsingenieur vermisst das Land außerhalb der Mülldeponie. Er tritt in ein Stück lockere Erde, Steinbröckchen und Erdklumpen beginnen, den Hang hinunterzurutschen. Er kämpft mit dem Gleichgewicht, wankt durch den nachgebenden Dreck, bis er einen Knochen entdeckt, der wie ein Finger aussieht. Dieser Finger – der Finger meiner Mom – gehört zu einer Hand, die Teil eines Arms ist – bis die ganze Leiche ausgegraben wird.

In den Nachrichten war es nur eine Story unter vielen.

LEICHE AUF BEZIRKSGRUNDSTÜCK NAHE DER MÜLLDEPONIE GEFUNDEN.

Wenn ich genau darüber nachdenke, kann ich mich fast an die Worte des Reporters in den Abendnachrichten vor etwa zwei Wochen erinnern, kurz nachdem wir hier eingezogen sind.

Sie haben die Leiche mit Vermisstenmeldungen abgeglichen. Es hat Tage gedauert, bis sie eine engere Auswahl zusammengestellt hatten, und erst gestern lag ihnen die Bestätigung der Zahn- und DNA-Untersuchungen vor. Mein Dad wurde auf der Arbeit angerufen. Er hat mich aus der Schule abgeholt – und ich wusste sofort, was passiert war, als ich ihn in Tränen aufgelöst auf dem Stuhl vor Ms Beaumonts Büro sitzen sah. Es dauerte eine weitere Stunde, bevor wir die Schule verlassen und zum Polizeirevier fahren konnten. Zur Mittagszeit waren wir wieder draußen.

Der Tod meiner Mom umfasst die Zeitspanne eines einzigen Vormittags. Ich weiß nicht mal, wo ich anfangen soll. Ich weiß nicht, was ich sagen soll, wem ich vertrauen soll oder wie ich mich dagegen wehren soll. Ich weiß nur, dass es nicht Tristan war. So etwas würde er nicht tun. Ich brauche ihn zu sehr, um ihn jetzt zu hassen, trotzdem muss er gehen. Er ist unschuldig – ich fühle es –, aber wenn er hierbleibt, bringt das auch meinen Vater um. Wegen dem, was Tristan ist, was er repräsentiert, nur weil er dieses Zeichen auf der Haut trägt und weil er hier aufgewachsen ist. In *dieser* Gegend. Dem Territorium der Fifty-Sevens.

»Riley«, sagt er schnell, springt auf und greift mir unter die Arme, bevor ich zusammenbreche. Er hält mich ganz fest und ich schluchze. Meine Tränen hinterlassen feuchte Flecken auf seinem Shirt, nehmen die Farbe des Stoffes an, der sich in meine Augen drückt. Ich will die Tränen stoppen, aber ich kann nicht – sie fließen wie ein Wasserfall.

Seine Hände umfassen meinen Hinterkopf, ich klammere mich an ihn, greife alle paar Sekunden verzweifelt nach anderen Stellen an seinem Körper, während ich versuche, mit zugeschnürter Kehle zu sprechen. Ich habe ihm noch nicht von meiner Mom erzählt. So weit waren wir noch nicht – unsere Liebe ist noch so frisch. Nun muss er diesen Teil der Geschichte meines Lebens kennenlernen – mit dem Ende zuerst.

»Meine Mom … sie wurde umgebracht …«, stoße ich hervor und ringe nach Luft. Mein Gesicht ist tränennass und meine Lippen ruhen an seinem Hals, während er mich noch näher an sich drückt. »Sie wurde gefunden. Sie ist tot. Sie wird nicht mehr vermisst, sie ist einfach tot.«

In nur wenigen Wochen ist Tristan zu einem der wichtigsten Menschen für mich geworden. Er ist der Einzige, den ich in dieser Situation habe, und die Ironie daran ist das pure Grauen – weil er wahrscheinlich weiß, wer meine Mom unter die Erde gebracht hat. Trotzdem halte ich mich an ihm fest. Er ist alles, was ich habe. Er ist die *einzige* Menschenseele, die mich versteht.

KAPITEL 17

TRISTAN

Eine Woche ist vergangen.

Ich habe Riley nicht angerufen und auch keine Nachrichten geschickt, weil ich nicht weiß, was ich sagen oder schreiben soll. Alles ist jetzt anders und ich war die einzige Person, die da war, als für sie eine Welt zusammengebrochen ist. Aber jetzt muss sie sich erst mal um ihren Dad kümmern. Sie braucht ihn. Und er braucht sie. Es gibt im Moment keinen Platz für mich bei ihnen.

Ms Beaumont hat es geschafft, unsere Spiele für eine Woche auszusetzen. Es ist ja nicht so, als würden wir in einer knallharten Liga spielen oder so. Die meisten Schulen in unserem Bezirk müssen ihre Teams genau wie wir irgendwie zusammenstückeln, deshalb war es nicht wirklich eine große Sache, die Spiele von dieser Woche an das Ende der Saison zu verlegen. Ich weiß nicht mal, ob wir nächste Woche spielen können. Geschweige denn, ob es überhaupt noch ein Team geben wird, wenn Riley sich entscheidet, wieder zur Schule zu kommen.

Während der letzten zwei Tage stand ich für das Training bereit. Ich will es für sie aufrechterhalten, denn das ist alles, was ich ihr im Moment geben kann – dieses Team. Gestern ist nur Lauren aufgetaucht, deshalb bin ich nicht überrascht, als sie auch heute die Einzige ist, die durch die Tür der Turnhalle kommt.

Sie hasst mich auch. Sie hasst mich, weil ich nicht aus der Gang aussteige – denn sie kann nicht auf mich einwirken wie auf ihren Cousin oder ihren Bruder. Sie hat recht damit, ich hätte auf sie hören sollen. Wenn ich eine Zeitmaschine hätte, würde ich mein fünfjähriges Ich besuchen, den kleinen Jungen, der sauer auf Lauren war, weil sie ihm das letzte Kirscheis am Stiel weggeschnappt hatte, und ich würde ihm sagen, dass es scheißegal ist und er es ihr überlassen soll, denn er verdankt ihr sein Leben. Sie konnte mich nicht ganz aus der Gang raushalten, aber sie hat mich davor bewahrt, mich so tief hineinziehen zu lassen, bis ich den Blick für Richtig und Falsch verloren hätte. Das begreife ich jetzt.

»Wieder nur du und ich.« Meine Stimme hallt durch die leere Halle.

Sie nimmt sich einen Ball und dribbelt zu mir. »Aha«, sagt sie und verdreht die Augen.

Ich drücke mich von der Tribünenbank hoch und gehe auf sie zu. »Wie lange willst du noch sauer auf mich sein? Du weißt, dass ich mein ganzes Leben ausradieren würde, um das wiedergutzumachen, oder? Ist das nicht genug?« Ich will mir den Ball von ihr schnappen, aber sie zieht ihn schnell hinter sich. Ich muss grinsen, denn inmitten dieser ganzen Scheiße, die gerade abgeht, ist sie trotzdem irgendwie besser geworden.

»Ich weiß«, sagt sie und drückt die Zunge gegen die Wange.

Ich erwidere ihren Blick und nehme das Mitleid in ihren Augen wahr. Es ist da, wenn auch nur ein bisschen. Ich kann jedoch nicht lange damit umgehen, schaue wieder weg und wende mich dem Ball zu, den ich ihr diesmal abnehme. Ihre Hände landen auf ihrer

Hüfte, sie stellt ein Bein zur Seite und schneidet mir eine Grimasse.

»Du bewachst den Ball nicht besonders gut.« Ich zucke mit den Schultern.

»Weil mir das einfach scheißegal ist«, motzt sie zurück. Sie hält mir die ausgetreckte Hand hin, damit ich ihr den Ball zurückgebe. Ihre Fingernägel sind knallorange, leuchten wie Feuer. Sie ist hartnäckiger, als sie nach außen durchblicken lässt. Sie ist hartnäckiger als die meisten anderen hier.

Ich gebe ihr den Ball.

»Sie ist nicht böse auf dich, weißt du«, sagt Lauren, ihr Blick wandert von mir zum Boden, wo sie den Ball ein paarmal aufschlagen lässt und dabei ein oder zwei Schritte zurückgeht.

»Das sagtest du bereits.«

Lauren hat diese Woche ab und zu mit Riley gesprochen. Sie hat ihr die Hausaufgaben vorbeigebracht und sie über den neuen Basketball-Spielplan und so weiter informiert.

»Stimmt, aber du kommst mir etwas begriffsstutzig vor – also wiederhole ich das lieber noch mal.« Sie dreht sich um und joggt auf den Korb zu. Sie versenkt den Ball, ein wirklich guter Wurf.

»Du hast dich verbessert«, sage ich.

»Ich weiß.« Ihr Tonfall klingt rechthaberisch.

Vielleicht hasst sie mich doch nicht mehr. Ich grinse und ihre bebenden Lippen verraten, dass sie ein Lächeln unterdrückt.

»Lass uns spielen.« Sie bedeutet mir mit einem Nicken, dass ich näher kommen soll.

Ich überlasse ihr den Ball zuerst und sie schafft einen ziemlich eleganten Wurf, der jedoch am Korbrand abprallt. Ich dribble zurück und werfe genauso, nur dass mein Ball problemlos im Korb landet. Wir zählen die Treffer nicht mit, das Spiel ist kein richtiger Wettkampf. Wir bauen einfach Stress ab, wir lachen, wir weichen Worten aus, die uns beiden im Kopf herumspuken. Das geht etwa zwanzig Minuten so, bis ich es nicht mehr aushalte, mir den Ball unter den Arm klemme und seufze.

»Ich bin einfach nicht bei der Sache«, sage ich.

»Ist schon gut.« Sie schlägt mir den Ball unter dem Arm weg, lässt ihn einmal aufprallen und drückt ihn sich dann gegen die Brust.

Als ich zu ihr aufschaue, wenden wir beide rasch den Blick ab und schauen zu Boden. Die Stille ist erdrückend, die Anspannung noch erdrückender. Ich habe schon so lange darüber nachgedacht, es muss einfach passieren. Es wird nicht gut ausgehen, aber das spielt schon fast keine Rolle mehr. Ich muss es jemandem sagen – ich muss es Lauren erzählen. Vielleicht kann sie helfen.

»Ich will aussteigen«, sage ich.

Sie reagiert nicht. Sie hat das schon mal gehört, nur nicht so direkt. Aber es ist mehr als nur ein Wunsch.

»Ich steige aus. Ich ... ich bin draußen«, sage ich, mein Blick wandert an ihr hinauf, genau wie ihrer an mir. Einige Atemzüge lang starren wir einander in die ausdruckslosen Gesichter. Sie weiß, was das bedeutet. Es bedeutet, dass ich den Tod der Gang vorziehe. Es bedeutet, dass ich lieber sterbe.

Meine Mundwinkel verziehen sich, die schwere Last drückt meine Lippen nach unten, das Zittern kämpft sich an die Oberfläche. Meine Nase stößt immer wieder Luft aus, obwohl ich es unterdrücken will, aber ich schaffe es nicht. Meine Augen füllen sich mit Tränen, ich halte sie nicht auf. Auch als die erste Träne über meine Wange läuft, wende ich den Blick nicht von Lauren ab. Sie mustert mich, dann kommen auch ihr die Tränen.

»Okay.« Sie nickt, lässt den Ball fallen und macht einen Schritt auf mich zu. Sie zieht mich in ihre Arme, umfängt mich mit einem guten und vertrauten Gefühl. Sie liebt mich wie einen Bruder und sie ist loyal. Zumindest sollte so Loyalität aussehen.

»Ich habe Angst«, sage ich und nicke an ihrem Hals, während sie dasselbe tut.

»Ich weiß«, haucht sie mit tränenerstickter Stimme.

Meine Hände umklammern ihren Rücken, genau wie sie sich an meinen klammert und mich noch fester hält. Der seelische Druck bringt mich plötzlich dazu, über all das zu lachen, über diesen Moment und jeden anderen, der mich bis hierhin geführt hat.

»Ich habe in diesem Monat mehr Leute umarmt als in meinem ganzen bisherigen Leben.«

Damit entlocke ich ihr ein trauriges Lachen und sie verpasst mir einen Klaps auf den Rücken.

»Halt die Klappe, du großer, dumme Junge, du«, sagt sie unter noch mehr Tränen. »Halt einfach die Klappe und sei tapfer. Du schaffst das und dann wird alles gut für dich.«

Ich nicke, aber ich weiß, dass es nicht so ausgehen wird. Es wird nicht alles gut. Es gibt keine Möglichkeit für mich, wirklich jemals ein normales Leben zu führen, die gab es nie. Es geht darum, Schritt für Schritt zu einer eigenen Normalität zu finden. Mit diesem Weg kann ich leben.

Es ist ein Weg, auf dem ich auch sterben kann, wenn es hart auf hart kommt.

Es gab keinen Grund mehr, weiter mit Lauren zu trainieren, also verließen wir beide die Sporthalle, bevor es draußen ganz dunkel war. Sie bot mir an, mich mitzunehmen, aber der lange Nachhauseweg war zu verlockend. Ich habe keine Angst vor der Straße. Ich weiß, wo ich mich verstecken muss, wohin ich rennen muss – *wann* ich rennen muss. Im Moment gibt es nichts, wovor ich wegrennen müsste. Noch nicht.

Ich brauche eine Stunde, bis ich bei Riley ankomme, und ich brauche weitere dreißig Minuten, um die Kraft zu finden, zu ihrer Tür zu gehen. Doch jetzt, nachdem ich geklopft habe und im Inneren eine Regung wahrnehme, frage ich mich, warum ich so lange gebraucht habe. Nichts kann mich mehr zerreißen, als sie so am Boden zerstört zu sehen. Lauren hat mir versichert, dass sie mich sehen will. Sie sagte, dass Riley nur nicht wüsste, wie sie mich fragen soll, ob ich vorbeikommen möchte.

Ihre Tür geht auf und sie und ihr Dad stehen in Jacken vor mir, Riley hat den Schlüssel in der Hand. Ich fange zuerst den Blick ihres Dads auf, der immer noch völlig ausdruckslos ist. Ich kann sein Misstrauen förmlich riechen und ich akzeptiere es.

»Hi … äh … hi«, sagt Riley, ihre Lippen sind irgendwo zwischen einer schmalen Linie und einem Lächeln gefangen. Es sind erst ein paar Tage vergangen, aber sie sieht aus, als hätte sie ein ganzes Leben hinter sich. Sie wirkt irgendwie älter. Ihre Haare sind noch etwas länger geworden und an den Seiten glatt, auf dem Kopf sind sie zu kleinen Wellen zusammengedrückt. Sie sieht aus wie eine Schauspielerin.

»Tut mir leid, ihr seid wohl gerade auf dem Sprung. Ich kann …«

»Wir wollten nur Abendessen gehen«, unterbricht mich Riley. Sie wendet sich ihrem Dad zu und die beiden schauen sich einen Atemzug lang schweigend an.

»Du … du kannst mitkommen. Wenn du möchtest?«

Sie löst den Blick von ihrem Dad und richtet ihn auf mich. Rasch suche ich in seinem Gesicht nach einem Anhaltspunkt, ob ich wirklich willkommen bin. Die Leere hält ihn immer noch gefangen, aber ich erkenne keine Wut mehr wie noch vor einer Woche. Er zieht die Lippen auseinander, zwingt sich zu einem Lächeln und nickt.

»Ich starte schon mal den Wagen«, entschuldigt er sich und geht an uns vorbei.

Ich sehe ihm nach, wie er die Auffahrt zu seinem Wagen hinuntergeht. Er öffnet die Tür, steigt ein und muss ein paarmal zünden, bevor der Motor anspringt.

»Klingt wie der Keilriemen oder vielleicht die Batterie«, sage ich und drehe mich langsam wieder zu Riley um, bis ich seitlich vor ihr stehe. Ich würde gern ihre Hand halten, ihren Arm oder ihre Wange berühren. Aber ich weiß nicht, ob das okay wäre. Ich bin nicht sicher, wie sie das sieht … mit uns.

»Das geht jetzt schon seit ein paar Tagen so.« Sie seufzt. »Wir haben nicht wirklich das Geld dafür übrig.«

Ich nicke und sehe mich noch einmal nach ihrem Dad um. Er gibt leicht Gas, um den Motor auf Touren zu bringen. Ich habe das auch schon gemacht, um meine Batterie in Gang zu halten. Zumindest, bis mein Onkel mir erklärte, dass das Quatsch ist. Doch ich glaube nicht, dass Mr Rojas im Moment in der Stimmung ist, über Autos zu diskutieren.

»Mein Onkel repariert Autos … nebenbei. Ich schau mal, ob er was auf Lager hat, vielleicht ist was Günstiges dabei.« Es kribbelt mir regelrecht in den Fingern, ihre Hand zu nehmen, aber das legt sich sofort wieder, als ich sehe, wie sie die Hände vor sich auf Taillenhöhe knetet. Sie ist sich auch nicht sicher, was wir füreinander sind.

Wir sind alles. Wir sind alles. Wir sind alles.

Ich habe sie zu meinem Mantra gemacht.

»Das wäre schön. Wenn er was da hätte, meine ich.«

Ich trete etwas zurück, damit sie genug Platz hat, die Tür zuzuziehen und abzuschließen.

»Ich muss nicht mitkommen.« Ich neige den Kopf von einer Seite zur andern. »Zum Abendessen. Ich bin sicher, dass du mit deinem Dad allein essen wolltest und …«

»Ich denke, mein Dad und ich könnten gut ein anderes menschliches Wesen am Tisch gebrauchen.« Sie lächelt mit geschlossenen Lippen, doch ihre Augen wirken immer noch unglaublich traurig – und müde.

Ich nicke, drehe mich in ihre Richtung und folge ihr zum Wagen. Ich öffne ihr die Beifahrertür, sie flüstert »Danke« und streicht mit ihren Fingerspitzen über meine Hand. Es fühlt sich wie Eis in einem Feuer an. Ich spüre die Berührung den ganzen Weg zum Restaurant.

Wir fahren nicht lange, nur ein paar Blocks weiter zu einem Diner. Ein anständiger Laden, gut beleuchtet und kaum von Leuten besucht, die ich kenne. Ich bin froh, dass sie hierher wollten.

»Ich bin noch nicht wieder so richtig in der Stimmung zu kochen, und mein Dad …«

»Ich koche nicht, ganz einfach«, unterbricht ihr Vater sie, was uns beide ziemlich überrascht. Er lächelt schief, als wir aus dem Wagen steigen, doch sowie er die Autotür zugeworfen hat, ist jedes Anzeichen davon verschwunden. Riley wartet und lässt ihren Dad ein paar Schritte vorausgehen, bevor wir ihm folgen. Ihr Blick ist voller Sorge.

Ich streife ihren Arm, um ihre Aufmerksamkeit zu bekommen. »Alles okay?«, raune ich ihr zu.

Sie nickt und zwingt sich zu einem Lächeln, das aber nicht ihre Augen erreicht. »Er hat in letzter Zeit nur nicht viel geredet. Das eben war fast lustig. Es ist, als würde er kurz auftauchen und sich dann gleich wieder zurückziehen. Ich weiß auch nicht.« Sie schüttelt den Kopf und beschleunigt ihre Schritte.

Mir wird flau im Magen. Ich hasse es, was ihr passiert ist. Ich denke, sie hätte besser mit der Lüge weitergelebt. Ich wünschte, ich hätte ihre Mom gekannt. Ich wünschte, sie hätte die Chance gehabt, von ihr zu erzählen – bevor die Geschichte ihrer Mutter eine ganz andere geworden ist.

»Für drei, bitte«, sagt Riley zum Empfangskellner, einem älteren Mann, der wahrscheinlich hier arbeitet, um seine Krankenversicherung bezahlen zu können, und ich frage mich, ob er eine Frau hat, zu der er nach Hause gehen kann, oder ob er allein lebt.

Ich frage mich, ob ich gerade in meine eigene Zukunft blicke.

Der Mann führt uns zu einer Sitznische in der Ecke, zählt uns eine Liste von Suppen und das Abendmenü auf und lässt uns dann mit den Speisekarten allein. Wir schlagen sie alle zur selben Zeit auf, halten sie in die Höhe und schirmen damit unser äußeres Blickfeld ab. Ich senke meine Karte ein wenig, um über den Rand hinwegzulinsen, Riley tut dasselbe. Ihr Blick huscht zu ihrem Dad, dann wieder zu mir und sie stößt ein winziges Lachen aus.

»Was?« Ihr Dad legt die Speisekarte auf den Tisch und sieht sie an.

»Entschuldige, es ist nur … wir sehen alle aus wie Spione«, sagt sie und hebt eine Schulter.

Ich lächle ihr zu, doch ihr Vater nimmt nur wortlos die Speisekarte in die Hand und hält sie sich wieder vor die Nase. Rileys Gesichtsausdruck fällt in sich zusammen.

»Vielleicht bin ich das ja«, sagt ihr Dad in diesem Moment und holt sich damit ihre Aufmerksamkeit zurück, bevor sich ihre Miene ganz verfinstern kann. »Natürlich hast du gerade meine Deckung auffliegen lassen, also …«

Ihre Lippen beben und ich halte mir schnell die Hand vor den Mund, um mein Grinsen zu verbergen. Rileys Augen tanzen regelrecht. Ihr Dad *ist* witzig. Genau so möchte sie ihn wieder. Ich habe diesen Moment miterlebt und ich fühle mich geehrt.

Rileys Fuß baumelt seitlich gegen meinen und ich stupse sie mit der Fußspitze an, während wir beide durch die Nase losprusten und dabei vermeiden, uns direkt in die Augen zu sehen. Dieser Witz – wir wollen ihn nicht ruinieren. Er muss sehr ernst genommen werden.

Wir bestellen jeder einen Burger, die schnell serviert werden – nicht ganz warm und wahrscheinlich noch vom großen Abendessenansturm vor einer Stunde oder so übrig geblieben. Dafür sind die Pommes heiß, also esse ich alle auf und wische den Burgerkäse mit dem letzten Pommesstück von meinem Teller. Rileys Dad stochert nur in seinem Essen herum, genau wie seine Tochter. Ich habe ein schlechtes Gewissen für meinen gesunden Appetit.

»Oh, hey …«, sagt Riley, legt ihren halb aufgegessenen Burger hin und schiebt den Teller ein Stück weg. Sie hat sich wirklich Mühe gegeben.

»Ja?« Ich nicke.

»Ich habe dein Notizbuch in meiner Tasche.« Sie richtet ihren Blick auf mich. Auf ihren Lippen liegt das sanfteste und süßeste Lächeln.

Ich schlucke schwer und schiebe meinen Teller ebenfalls zur Seite.

»Danke, das hab ich schon vermisst«, erwidere ich, ohne den Blickkontakt zu unterbrechen.

Ihre Lippen wandern noch weiter nach oben und ich bin so in dem Anblick gefangen, dass ich die Männer nicht bemerke, die auf unsere Nische zukommen, bis sich einer von ihnen auf den Platz neben mich schiebt.

Ich sehe es zuerst in Rileys Gesicht – und jeder Albtraum, den sie und ich jemals hatten, wiederholt sich augenblicklich, bevor Dub auch nur ein einziges Wort gesagt hat.

»Cry, Bruder, was machst du hier?« Dub legt seinen schweren Arm um mich und zieht mich an sich.

Ich sehe kurz zu Rileys Dad hinüber. Er hat den Kopf zur Seite gelegt, seine Augen sind vor Misstrauen getrübt. Zu recht.

»Hol nur etwas Schulkram auf. Und kann doch kein kostenloses Abendessen ablehnen, verstehste?« Ich lache und ich weiß, dass es nervös klingt. So bin ich eigentlich nicht zu ihm und so ist er eigentlich auch nicht zu mir. Etwas stimmt nicht. Irgendwas läuft hier falsch. Und ich mache es noch schlimmer.

Mein Blick springt zwischen Riley und ihrem Dad hin und her, während ich versuche, ihnen ohne Worte zu sagen, dass sie mitspielen müssen. Es darf nicht so aussehen, als wären sie mir wichtig. Vor allem Riley nicht. Ich spüre ihren Fuß neben meinem unter dem Tisch, er zittert genau wie ihr Bein. Ich atme tief ein und zwinge mich, ruhig zu bleiben.

»Verfolgst du mich etwa?« Ich passe mich Dub an, schüttele seinen Arm ab und rolle die Schultern, genau wie ich es normalerweise machen würde – wie ich es während meines Teenagerlebens meistens gemacht habe.

Er grinst, aber ich glaube nicht, dass er mir meine unerschrockene Miene ganz abkauft. »Nee, geht nur um was Geschäftliches hier.« Er stößt ein knurrendes Lachen aus und rammt mir den Ellbogen in die Seite. Sein Lachen wird zu einem Husten, also ist er zugedröhnt. Was auch bedeutet, dass er im Moment paranoid ist.

»Richtig, also … du lässt mich wissen, wenn du mich für irgendwas brauchst. Wir wollten gerade los, aber ich kann vorbeikommen.« Sowie die Worte draußen sind, weiß ich, dass ich es verkackt habe, aber jetzt muss ich so weitermachen – ich muss an jedes Wort glauben. Ich muss mein anderes Ich zeigen, nur für eine kleine Weile.

»Ich hab da tatsächlich was für dich. Ich rufe dich nachher an. Wenn du zu Hause bist.« Er rutscht zurück aus der Nische, geht ein paar Schritte rückwärts und winkt mir zu, sein Lid schließt sich langsam, schwer vor Müdigkeit und Dope.

Sie gehen, ohne etwas zu bestellen oder das Klo zu benutzen oder sonst irgendwas. Er hat mich wirklich verfolgt. Es gab keinen anderen Grund für ihn, hier zu sein.

»Es tut mir so leid«, sage ich, ohne einem der beiden in die Augen sehen zu können.

»Die Rechnung, bitte«, sagt Rileys Dad. Die Kellnerin kommt an den Tisch, aber ich kann mich immer noch nicht dazu überwinden, aufzuschauen.

Ich höre, wie Rileys Dad die Brieftasche herausholt, ich höre, wie zusammengefaltete Geldscheine gezählt werden. Er schiebt das Trinkgeld zusammen mit zwei Zwanzigern über den Tisch, bis seine Finger in meinem Blickfeld landen. Er klopft zweimal auf den Tisch, langsam hebe ich den Kopf.

»Ist okay, Junge.« Seine Stimme klingt sanft und seine Lippen bilden eine gerade Linie.

Ich nicke und wünschte, ich könnte das Ganze schnell hinter mich bringen – was mich auch immer erwarten mag –, um diesem Würgegriff endlich zu entkommen.

Ich verlasse die Sitznische als Letzter, Rileys Dad hält die Tür für mich auf, als wir den Laden verlassen. Seine Hand landet auf meinem Rücken, tätschelt mich zweimal, und das Gefühl – diese zögernde Akzeptanz, die darin liegt – trifft mich mitten in der Brust, raubt mir den Atem und bringt meine Augen voller Hoffnung und Wünsche zum Brennen. Ich weine nicht, aber während der letzten paar Schritte zum Wagen schließe ich die Augen und nehme alles in mich auf. Es bleibt keine Zeit für irgendwelche *Gefühle.* Mein Handy hat bereits vibriert. Dub hat eine Adresse geschickt.

Das Spiel hat begonnen.

Die Fahrt nach Hause ist genauso schweigsam wie die Hinfahrt, und je näher wir unserer Nachbarschaft kommen, desto mehr fühle ich den Druck der tickenden Uhr. Mein Puls hämmert und mir wird ganz schwummerig von den Schatten, die das Licht der Straßenlaternen beim Vorbeifahren auf meinen Schoß werfen.

»Ich laufe von euch aus nach Hause«, platze ich heraus.

Rileys Kopf schnellt zu mir herum, ihr Dad wirft mir nur einen kurzen Blick durch den Rückspiegel zu.

»Ich denke nur, das sollte ich. Diese Typen sollen nicht unbedingt davon ausgehen, dass ihr mir irgendwelche Gefallen tut. Und ihr solltet einfach reingehen.«

Rileys Blick verliert sich. Ich habe sie beunruhigt und das will ich nicht, also schaue ich zu ihrem Vater, damit sie glaubt, ich tue das nur zu seinem Besten. Sie zieht den Mundwinkel ein.

»Wirklich, das ist okay«, beharre ich.

»Schick Riley eine Nachricht, wenn du sicher angekommen bist«, sagt ihr Dad, als wir in ihre Straße abbiegen. Wir fahren am Basketballplatz vorbei, wo wir beide seit Tagen nicht gewesen sind, und die Platzbeleuchtung ist an. Es läuft gerade ein anständiges Spiel drei gegen drei, und ich suche Rileys Aufmerksamkeit. Da spielen Lotus und ein paar seiner Freunde. Sie wäre dort für eine Weile sicher, zumindest bis die Jungs gehen.

»Du solltest spielen«, sage ich leise.

Ihr Dad hört mich trotzdem und fängt im Rückspiegel meinen Blick auf.

Riley antwortet nicht.

Ein paar Sekunden später sind wir an ihrer Auffahrt.

»Tristan hat recht, Riles. Du solltest rausgehen und ein wenig Arbeit in deine …«

»Es spielt keine Rolle«, fällt Riley ihm ins Wort. »Ich werde sowieso nie irgendwo angenommen.«

Ihr Dad und ich zucken zurück, als der Wagen hält. Es liegt nicht am Abbremsen, sondern an der Kapitulation, die wir gerade gehört haben.

»Sei nicht dumm«, sage ich. Die Worte sind nicht besonders gut gewählt, sie kommen einfach aus mir heraus.

Riley dreht sich leicht in ihrem Sitz um, während der Motor immer noch brummt. Ihr Dad legt die Hände um das Lenkrad.

»Ich bin nicht dumm, ich sehe das nur praktisch. Ich bin klug und ich kann studieren, was ich will. Ich muss mich nur darauf konzentrieren. Und hier zu wohnen … mit dem, was passiert ist …« Sie zögert.

Ihr Dad schlägt die Hände fest auf das Lenkrad, sein Ausbruch erschreckt sie. »Wir haben die fehlenden Teile in unserem Puzzle gefunden, das ist passiert, Riley, aber das ändert nicht *alles.* Es ändert nicht, wer wir sind oder was du tust. Das werde ich nicht zulassen. Du wirst dich nicht aufgeben. Das ist keine Option.« Er stellt den Motor aus und umklammert den Schlüssel, ohne sie wirklich anzusehen, er atmet schwer durch die aufgestellten Nasenflügel.

»Sag Gute Nacht zu deinem Freund«, knurrt er, hält aber noch einmal inne, bevor er aussteigt. »Tristan, es war nett, dass du uns begleitet hast.«

Seine Worte werden vom heftigen Zuknallen seiner Tür begleitet, und Riley und ich starren einen Moment auf den Sitz, den er gerade verlassen hat.

»Ich denke, das war ein Fortschritt«, sage ich und versuche, damit einen Witz zu machen, obwohl im Moment nichts wirklich witzig ist.

Riley lächelt, das sehe ich von der Seite. Sie schaut ihrem Dad hinterher, der die Auffahrt hinaufmarschiert und das Garagentor öffnet. Ich sollte anbieten, das irgendwann mal zu reparieren.

Ich sollte eine Menge Dinge tun.

»Er ist launisch. Das geht den ganzen Tag so – ein ewiges Auf und Ab«, sagt Riley. »Der Detective hat heute Morgen angerufen. Sie haben den Mord an meiner Mom mit einer anderen Leiche auf der anderen Seite der Stadt in Verbindung gebracht, die vor über acht Monaten gefunden wurde. Ich glaube, die Kugeln stimmen überein. Die Polizei meint, es sähe so aus, als wäre sie einfach am falschen Ort erwischt worden. Die andere Leiche ist aus einer Gang namens Tribe?«

Ich bin sicher, dass das einer von unseren Leuten war. Wenn nicht, haben die Tribes eins ihrer Mitglieder ausgeschaltet. Jemand hat dabei Scheiße gebaut und auch noch Rileys Mom getroffen. Es könnte ein Kreuzfeuer gewesen sein … es könnten Schüsse aus einem vorbeifahrenden Wagen gewesen sein. Verflucht, Dub hat schon Leute beim Tanken erschossen. Jemand hat ihre Mom wie Altpapier weggeworfen. Sie haben sich nicht mal die Mühe gemacht, sie richtig zu vergraben. Wer auch immer das war, gehörte nicht zum inneren Kreis. Das würde ich wissen.

Ich wäre gerufen worden, um die Sauerei wegzumachen.

»Wie geht es dir bei alldem?«, will ich wissen, beuge mich vor und drücke die Stirn gegen die Rückseite ihrer Kopfstütze. Sie ist direkt vor mir und doch außer Reichweite.

»Ich bin okay … und ich fühle mich schrecklich«, sagt sie, ein kurzes trauriges Lachen schlüpft aus ihren Lippen. »Wenn das überhaupt Sinn macht.«

»Macht es.« Ich hebe den Kopf und strecke den Arm am Sitz vorbei nach ihrer Schulter aus. Ich schließe die Augen, als ich sie berühre. Ich spüre ihre Wärme unter den Schichten aus Jacke und Sweatshirt. Draußen ist es kälter geworden. Die Zeit des Jahres, in der man seinen Atem sehen kann, hat begonnen.

Sie hebt die Hand über ihre Schulter und legt sie auf meine, unsere Fingerspitzen verschränken sich, halten sich fest an diesem kleinen Ort, der nur für uns zu existieren scheint und in den nächsten Sekunden verschwinden wird.

»Ich muss gehen«, sage ich, ohne mich zu rühren.

»Ich weiß.« Sie löst ihre Hand so weit, dass sie die Stellen zwischen meinen Fingern entlangfahren kann. »Dein Notizbuch ist immer noch in meinem Rucksack auf dem Rücksitz. Du solltest es mitnehmen … weil ich dir doch Hausaufgaben mitgegeben habe.«

Ich nicke und erinnere mich wieder an meine Geschichte und die Rollen, die wir aufrechterhalten müssen. Ich bin froh, weil sie begriffen hat, dass ich nicht übertreibe. Dub ist gerissen. Und er ist irre.

»Ich würde dich morgen gern wiedersehen.« Mein trockener Hals macht es mir schwer zu schlucken.

»Ich dich auch.« Sie drückt meine Hand ein letztes Mal, bevor sie die Tür öffnet und aussteigt.

Ich weiß, dass jetzt die Zeit gekommen ist, wieder so zu tun als ob, nur für den Fall, dass in irgendeinem Wagen Blicke auf uns lauern, beobachten, ob sie mir wichtig ist. Es tut weh, mich ohne einen Kuss von ihr zu trennen, aber das muss so sein. Ich drücke die Tür auf und schlage sie wieder zu, dann gehe ich mit großen Schritten in die entgegengesetzte Richtung zu mir nach Hause davon.

»Danke noch mal fürs Mitnehmen«, rufe ich über die Schuler, mein Buch unter dem Arm.

Ich höre, wie ihr Garagentor zugeht, und stelle mir vor, wie ich zurückrenne und sie in den Arm nehme, bevor es sich ganz schließt. Es ist eine bescheuerte Fantasie, aber es nimmt mir den stechenden Schmerz. Genau wie das Wissen, dass sie jedes Wort in diesem Büchlein gelesen hat. Ein paar Eingänge vor meinem Haus schlage ich es auf und blättere durch die Seiten. Auf der letzten Seite mit meiner schlampigen Handschrift und den falsch geschriebenen Wörtern halte ich an. Ihre Nachricht an mich ist klein, ihre Buchstaben geschwungen und perfekt und so eindeutig sie.

Ich könnte dich lieben.

Ich könnte dich auch lieben, Riley. Ich könnte dich auch lieben.

Schnell tippe ich Zu Hause in mein Handy, als der Wagen meiner Mom in Sichtweite kommt. Mein Daumen schwebt noch über dem Display, möchte In Liebe hinzufügen, aber es fühlt sich nicht nach der richtigen Art und Weise an, es zu sagen, also lasse ich es.

Dass der Wagen meiner Mom vor dem Haus steht, bedeutet, dass sie zu Hause ist und nicht bei Danette. Ich habe sie seit fast einer Woche nicht gesehen, seit Rileys Mom gefunden wurde. Meine Mom hat mich an dem Abend zum Beten mit in die Kirche geschleppt. Ich wollte es auch, aber ich bin nicht sicher, ob dabei irgendetwas Gutes herauskommt. Vielleicht. Ich habe um Frieden gebetet. Was hätte ich sonst tun sollen?

Das ist jetzt der längste Zeitraum, den ich durchgemacht habe, ohne mit meiner Mom zu reden, seit sie auf Entzug gewesen ist. Ich sollte erst mal Dub zurückrufen, aber ich weiß, dass er mich für den Rest des Abends von zu Hause fernhalten wird. Er will mir eine Lektion erteilen, weil ich Joker noch nicht gefunden habe oder weil er denkt, dass ich auch ein Informant bin. Auf diese Weise zwingt er die Leute in die Knie – indem er seinen Einfluss auf sie missbraucht. Es war mein Job, die Messer zu verstecken, und Joker hat drei davon geklaut. Damit stehe ich entweder als inkompetent oder schuldig da und nichts von beidem ist gut.

Anstatt ihm eine Nachricht zu schicken oder ihn anzurufen, gehe ich rein. Es riecht süß im Haus nach Polvorones und ich entdecke eine halb gefüllte Schüssel mit Schokoplätzchen in der Küche. Das Licht im Backofen ist an und ich sehe nach, ob noch etwas drin ist. Er ist leer, also schalte ich ihn aus.

»Polizei, da ist ein fremder Mann in meinem Haus!« Die Stimme meiner Mom überrascht mich ein wenig und ich zucke zusammen.

»Sehr witzig«, sage ich, drehe mich um und greife nach einem Plätzchen.

Sofort streckt meine Mom den Arm aus und gibt mir einen Klaps auf die Hand. »Die sind für Danette. Hände weg«, sagt sie.

Ich gehorche, gehe um den Tresen herum und bleibe so nah vor meiner Mom stehen, dass ich sie in den Arm nehmen könnte. Wir zeigen unsere Zuneigung nicht unbedingt auf diese Weise, also halte ich inne, ohne sie zu umarmen. Stattdessen streiche ich ihr eine Haarsträhne aus der Stirn, die ihr fast ins Auge gefallen ist. Bevor ich den Arm wieder zurückziehen kann, nimmt sie meine Hand und hält sie sich an die Lippen.

»Mein lieber Junge«, sagt sie.

Mir rutscht das Herz in die Hose. Ich wünschte, ich wäre lieb gewesen.

Ihre Augen sind gerötet und tief eingesunken, sie trägt nicht das übliche Make-up, das sie sonst lebendig und glücklich aussehen lässt. Jetzt sieht sie erschöpft aus, aber das würde ich ihr nie sagen. Sie hatte ein hartes Leben und ich glaube, die letzten anderthalb Wochen haben sie wieder an ihre Grenzen gebracht. Sie ist trotzdem stärker, als ich ihr zugetraut hätte – in vielerlei Hinsicht ist sie stärker als ich.

»Hat Danette irgendetwas gehört?«

Der Blick meiner Mom ruht auf mir und das tut weh, denn ich weiß, dass sie versucht herauszufinden, ob ich diese Frage für mich selbst oder für Dub stelle. »Ich frage … nur für mich. Ich möchte ihn finden, Mom.«

Ihre Züge werden weicher und ihre Mundwinkel heben sich leicht, bevor sie noch einmal meine Handfläche küsst und mich dann loslässt.

»Das weiß ich doch«, sagt sie, geht zum Tresen und nimmt das Plätzchen, das ich gerade fallen lassen musste. Sie gibt es mir und verdreht die Augen. »Du hast es sowieso zerbrochen, also kannst du es auch essen.«

Ich grinse und schiebe mir den warmen Schokoladenteig in den

Mund, der mir sofort auf der Zunge zergeht und mich für einen kleinen Moment mit etwas Glück erfüllt. Meine Mom backt ihre Plätzchen nie ganz durch. Das ist ihr Geheimnis, sagt sie immer. Ich habe es ihr noch nie verraten, aber im Diner wird warmer Plätzchenteig mit Eiscreme serviert. Das gibt es dort schon seit Jahren, also bin ich ziemlich sicher, dass sie ihrem Geheimrezept auf der Spur sind.

»Die Polizei sucht nach ihm, aber das geht nur langsam voran. Ich frage mich, wie viel Mühe sie sich geben.« Sie fängt meinen Blick auf und ich erkenne die Zweideutigkeit ihrer Worte. Wenn die Cops das vermisste Kind in einer Gang vermuten, betrachten sie die Vermisstenmeldung manchmal als eine Verhaftung weniger, die sie an der nächsten Straßenecke vornehmen müssten.

Mein Handy vibriert wieder in meiner Tasche und ich weiß, dass es Dub ist, der sich fragt, warum ich mich nicht zurückmelde, also schnappe ich mir noch ein Plätzchen und den Autoschlüssel meiner Mom, bevor ich mich schnell aus ihrer Reichweite zurückziehe. Ich werde sie anlügen müssen und es sollte glaubhaft klingen.

»Wo willst du denn jetzt noch hin? Es ist Schlafenszeit für die meisten Leute in diesem Viertel, weißt du.« Mit ihren Worten neckt sie mich, aber ihr Blick nimmt mich in die Mangel. Ich lache über ihren Witz und lasse es authentisch klingen.

»Ich bin keine sieben mehr, Mom. Und es ist noch gar nicht so spät. Ich drehe nur ein paar Runden. Das mache ich jeden Abend«, sage ich, was hauptsächlich stimmt. Ich nehme ihren Wagen oft, ohne zu fragen, in den letzten Tagen sogar direkt vom Parkplatz vor Jokers Haus, aber meistens laufe ich nur herum oder suche mir einen Platz, wo ich mich hinsetzen kann, um darauf zu warten, dass er auftaucht. Joker hätte mir schon längst eine Nachricht geschickt.

Er ist nicht gern auf sich allein gestellt – er braucht Menschen an seiner Seite … Aufpasser. Mit jedem Tag wird die Wahrscheinlichkeit geringer, dass er nur auf irgendeiner Sauftour ist, und seit letzter Nacht beginne ich mich zu fragen, ob er nicht doch weggerannt ist – irgendwohin weit weg.

Meine Mom verzieht unsicher den Mund, aber sie kauft mir die Geschichte ab, schnippt mit den Fingern und dreht mir die Wange zu, damit ich ihr einen Kuss geben kann.

»Woher weiß ich, dass du mir nicht nur das Plätzchen wegnehmen willst?«, witzele ich und zögere, bevor ich zu ihr gehe.

»Weil ich dich niemals anlügen würde«, erwidert sie.

In mir zerbricht etwas, aber darum ging es wahrscheinlich auch. Irgendwie schaffe ich es trotzdem, mein Lächeln aufrechtzuerhalten und die Rolle des pflichtbewussten Sohnes zu spielen. Ich gebe ihr einen Kuss auf die Wange und atme dabei den Duft ihres süßen Parfüms ein.

»Ich bin nicht lange weg«, sage ich mit einem Brennen in der Brust, denn ich weiß, dass es doch lange dauern wird.

Ich reagiere erst mal nicht auf Dubs Nachricht, sondern steige in den Wagen, fahre los und halte am Park wieder an. Als ich bei Riley vorbeifahre, achte ich darauf, keinen Blick auf ihr Haus zu werfen. Dub hat mir eine Adresse geschickt, aber es sieht eher nach einer Straßenkreuzung aus, deshalb bin ich nicht ganz sicher, wohin ich fahren soll oder was mich dort erwartet.

Bist du da auf einer Party?

Ich warte auf seine Antwort und das dauert ein paar Minuten. Lotus entdeckt mich vom Basketballplatz aus und grüßt mich mit einem Nicken, also fahre ich noch einen Block weiter, parke dort und stelle die Scheinwerfer aus. Ich muss nicht unbedingt gesehen werden.

Check diese Straßenecke. Direkt neben dem Müllcontainer. Ärger mit dem Wagen. Schlüssel unterm Container.

Ärger mit dem Wagen bedeutet, dass die Sache heiß ist. So einen Job habe ich schon mal gemacht und ich frage mich, ob Dub den Wagen selbst geklaut hat, als er zugedröhnt war und jetzt Schiss hat, dass er damit erwischt wird. Mit geklauten Autos kann man immer geschnappt werden. Es gibt zu viele Computerchips und anderen Scheiß in den Wagen, sodass sie leicht zu verfolgen sind. Ich muss sie für ihn wegbringen, weil er sich zu große Sorgen macht, gefasst zu werden. Wir haben sie immer zu einem Laden gebracht, der die entsprechenden Teile gehackt hat, dann musste ich sie irgendwo mindesten zehn Meilen entfernt stehen lassen und nur noch abhauen. Aber der Laden ist vor ein paar Monaten aufgeflogen, deshalb habe ich keine Ahnung, warum Dub sich mit so was rumärgert, es sei denn, es gibt etwas, das er aus dem Wagen haben will.

Alles klar.

Ich fahre zuerst nach Süden zur One-Seventy-First. Das ist eine zweispurige Straße, die ins Nichts führt und rechts und links in Sackgassen endet. Lagerhallen drängen sich den größten Teil des Wegs an beiden Seiten der Straße, die Hälfte von ihnen stehen leer. Miller County gehört zu einem dieser vergessenen Landesteile, wo es nur wenige Jobs gibt und Unternehmen schon längst das Weite gesucht haben.

Ich werde an der Ecke des letzten Gebäudes langsamer und biege rechts auf die Carson ab. Das Heck des Wagens schaut hinter einem riesigen Müllcontainer hervor, der Boden ist feucht und mit Müll übersät. Ich parke hinter dem Container und schalte den Motor aus, dann bleibe ich ein paar Minuten am Steuer sitzen und versuche, die nötige Energie aufzubringen, das noch einmal durchzuziehen. Ich strecke die Hand flach auf der Mitte des Lenkrads aus, mein Blick verschleiert sich, während ich in meinen Gedanken versinke. Ich bin nicht mitten im Nirgendwo, es ist nur ein Ort, an dem sich niemand aufhalten will. Ich könnte hier gefunden werden. Jemand könnte mich schnappen. Ich knicke den Arm ein, als ich mich zur Hupe vorbeuge, drücke die Hand fest auf die Mitte und lasse das Hupgeräusch zwischen den Gebäuden und durch die Nachtluft hallen, über die verlassenen Flächen voller Unkraut und Gras bis hin zum Highway.

Fast eine Minute lang lasse ich nicht los. Ich schrecke nicht zurück, ich habe überhaupt keine Angst. Wenn das jemand hört, wenn jemand kommt, um mich aufzuhalten, dann soll es so sein. Ich will raus aus der Gang, und das ist mein Ausweg. Und wenn niemand kommt … dann bin ich verloren.

Ich lehne mich zurück und lasse die Hand in den Schoß fallen, während ich ausatme. Ich habe die Dachscheinwerfer angelassen, sodass ich zuschauen kann, wie die Motten im Licht tanzen. Es sieht aus, als würden sie kämpfen, sie werfen sich in der Luft gegeneinander ohne eine Richtung. Sie folgen einfach nur dem Licht … blindlings. Sie lassen sich davon überallhin führen, auch wenn das ihren Tod bedeutet.

Genau das habe auch ich getan.

Nachdem ich zehn Minuten nur mit meinen Gedanken allein war, ziehe ich den Schlüssel ab und stelle die Scheinwerfer aus. Niemand kommt. Ich bin auf mich allein gestellt.

Ich knie mich auf den Boden und taste mit den Handflächen durch den Dreck – Glasscherben, Nadeln, schmutzige Klamotten, Urin. Obdachlose und Abhängige kommen hierher. Aber heute Abend nicht. Der Schlüssel liegt nicht besonders tief unter dem Metall, also greife ich bis zum Ellbogen unter den Container und ziehe ihn heraus. Dub muss den Wagen aus irgendeiner Hauseinfahrt oder vom Parkdienst eines Restaurants in der Stadt haben. Vielleicht gehört er sogar jemandem, den er kennt. Normalerweise muss ich die Autos kurzschließen oder Dub lässt einen Wagen irgendwo mit laufendem Motor oder einem Schraubendreher im Zündschloss stehen. Es ist selten, dass es einen Schlüssel gibt.

Es ist ungewöhnlich.

Ich stehe auf, klopfe meine Jeans an den Knien ab, ein einzelner Schlüssel mit einem Schlüsselanhänger am Ring baumelt an meinem Daumen. Das ist nicht nur ein Auto. Ich drehe den Kopf, betrachte den Schlüsselanhänger in meiner Hand und drücke auf den Entriegelungsknopf, der den Wagen zum Leben erweckt. Es ist ein älteres Chevy-Modell. Die Karosserie kommt mir bekannt vor. Er hat keine Radkappen oder Schilder, aber warum? Nichts an diesem Wagen ist irgendetwas wert, was bedeutet, es muss darum gehen, was drin ist.

Meine Füße schleppen sich langsam vorwärts, verursachen ein konstantes Knirschen von Abfällen unter meinen Sohlen. Mein Puls schnellt in die Höhe und je näher ich dem Wagen komme, desto stärker pocht mein Herz. Es beginnt wehzutun, als wollte mein

Herz davonlaufen und mich hier zurücklassen. Als ich dann die Finger um den Türgriff lege, zittere ich und schwitze. Ich halte den Atem an, mir wird ganz schlecht. Bevor ich die Tür aufmache, sehe ich Jokers verdammten Pullover auf dem Beifahrersitz liegen. Ich stolpere einen Schritt zurück, während die Tür weit aufschwingt.

»Fuck!« Ich schreie das Wort heraus, meine Stimme bebt und meine Augen brennen, die Blutgefäße färben das Weiße rot. Ich kann den Druck spüren.

Ich schlinge meinen Arm um meinen Mund und stöhne laut in meine Armbeuge. Dieser gottverdammte Pullover – ein Geschenk von seiner Mom! Ich atme heftig in meinen Ärmel, kleine Atemwölkchen steigen in der Kälte auf. Ich bete um Hoffnung, dabei weiß ich, dass es keine gibt. Das ist nicht das Einzige, was ich in diesem Auto finden werde.

In meiner Kehle brennt die aufsteigende Galle, ich würge und spucke den faulen Geschmack wieder und wieder aus, während ich mich dazu zwinge, mich vorzubeugen und mich weiter umzusehen. Meine Augen wandern durch den leeren Innenraum des Wagens – ein paar Papiere auf dem Rücksitz, die nichts mit irgendjemandem zu tun haben, den ich kenne, ein Regenschirm mit einem kaputten Griff und ein paar Bowlingschuhe. Dieses Auto wird gesucht, ich weiß nur nicht, ob Joker sich hier nur versteckt hat oder zum Einsteigen gezwungen wurde, ob sie ihn hier gefunden haben oder ob er …

Den Teil des Satzes nach diesem letzten *ob* kann ich nicht beenden, weil ich es tief in meinem Inneren schon ahne.

… ob er immer noch in diesem Auto ist.

Ich zittere am ganzen Körper, ich kann mich kaum auf den Beinen halten, als ich zur Rückseite gehe und meine Hand über die

Heckklappe wandern lasse. Ich kralle die Finger unter den Öffner und halte inne. Ich stoße einen tiefen Atemzug nach dem anderen mit der Entschlossenheit eines Mannes aus, der kurz davor ist, durch ein Feuer zu gehen.

Ich bin dieser Mann.

Der Kofferraum ist kaum offen, da sehe ich schon das Gesicht meines Freundes.

»Ohhhhhhhhhh, nein, nein, nein, nein …«

Ich stolpere zurück und lande auf dem Hintern, krabbele noch weiter rückwärts, schneide mir die Handflächen auf dem verdreckten Boden auf. Heiße Tränen flammen in meinen Augen auf. Ich heule laut los, meine Brust bebt, während ich nach Luft schnappe. Ich bringe kein Wort heraus, aber mein Mund formt ein *Warum?* zwischen jedem Schluchzer.

Dub wollte, dass ich das sehe. Dass ich das durchlebe! Das ist eine Lektion, genau wie das Tattoo. Dub bestraft mich, weil ich nicht loyal war. Er kennt meine Gedanken und er hat mir meinen Freund genommen. Er hat ihn bestraft!

Ich schniefe heftig, Rotz tropft mir aus der Nase, Tränen laufen über meine Wangen, aus meinem offenen Mund hängen Speichelfäden. Er hat mich mit meinem eigenen verdammten Herzen zerstört und ich weiß, dass das ein Test ist. Wenn ich das für mich behalte – Paul, mein liebster und dummer bester Freund –, dann gehöre ich auf Lebenszeit dazu. Das ist die Grenze, die ich überqueren muss, um zu beweisen, dass ich das *X* auf meinem Arm verdiene … dass ich nicht so bin wie mein Dad.

Ich habe die Geschichten nie geglaubt und meine Mom hat nie mit mir darüber gesprochen. Lauren ist die Einzige, die mir Dinge erzählt, die sich die anderen nur hinter meinem Rücken zuflüstern.

Sie denkt, dass mein Dad gar nicht verhaftet, sondern *eingeliefert* wurde. Lauren sagt, sie hätte gehört, wie ihre Mom einmal mit meiner und Jokers Mom darüber gesprochen hat. Aber ich wollte ihr nicht glauben ... denn wenn mein Dad wirklich ein Informant gewesen ist, war mein ganzes bisheriges Leben eine Lüge. Er wurde zu lebenslanger Haft verurteilt und ich fand es schon immer irgendwie seltsam, dass er nicht abgeschoben wurde. Er hatte zu viele Gesetze gebrochen, um seinen Aufenthaltsstatus in den USA zu behalten. Als Flüchtling darf man nicht kriminell werden, aber sie wussten, wenn sie ihn zurückschicken, würde man ihn umbringen. Es verbreitet sich schnell, wenn jemand mit der Drogenfahndung zusammenarbeitet, und die Gangs in Honduras hätten ihn angezündet und mitten auf der Straße zurückgelassen.

Er musste bleiben und sein Leben im Gefängnis verbringen. Das war der Deal, den er ausgehandelt hatte, sein Scheißdeal, der ihm zu dieser Zeit aber besser vorgekommen sein muss als die Alternative. Er hatte etwas gegen Dub in der Hand. Er hasste seinen sogenannten Freund, genau wie ich. Vielleicht ging es um Geld, vielleicht um ein Mädchen. In dieser Welt braucht es nicht viel, um einen gewaltigen Hass aufzubauen. Was auch immer es war, mein Dad unterschätzte Dubs Einfluss und er hat nie Gerechtigkeit erfahren.

Dub hat ihn umgebracht.

Er hat siebenundvierzigmal auf meinen Vater einstechen lassen, als keine Wärter in der Nähe waren.

Er besitzt das Gefängnis, weil er dort Leute hat, die ihm treu ergeben sind. Er ist der Herrscher über das schmutzige Land und seine größte Rache war, mich in seinen Sohn zu verwandeln. Wenn ich diesen Wagen aus dem Weg schaffe – und damit meinen

Freund –, dann bin ich endgültig für das Gute verloren. Selbst wenn ich es aus Angst um mein eigenes Leben tue, bedeutet es trotzdem, dass ich mich ihm beuge. Und das weiß er. Er wird mich besitzen und ich werde mich nie mehr von ihm befreien können.

Meine Brust schnürt sich zu, ich hebe das Kinn in Richtung Himmel, öffne weit den Mund und ringe nach Luft. Ich kann meine Lunge nicht füllen und jedes Mal wenn ich es versuche, werden meine Atemzüge kürzer, bis alles um mich herum schwarz wird und mein Blick völlig verschwimmt.

Ich keuche und umklammere meinen Brustkorb, während ich mich auf die Knie hochziehe, nach vorn beuge und mit einer Hand auf dem Boden abstütze. So ging es mir schon einmal. Lauren meint, das sind Panikattacken und dass ich einfach nur atmen muss, aber das scheint unmöglich zu sein, wenn das Einzige, wovor ich Panik habe, der fehlende Atem ist. Ich spucke auf den Boden, mein Körper bebt vom Weinen. So viele Dinge rasen durch meinen Kopf – alle Dinge, die schön und möglich sind.

Ich konzentriere mich auf diese Fantasie. Meine Mom und die Stimmen in der Kirche. Laurens Zuhause, ihr Bruder und ihre Mom und das Essen, das sie kochen. Die Schule, meine Studienberaterin und mein Notizbuch. Was ich über Riley geschrieben habe. Mein Herz, wie es schlägt. Riley.

Riley.

Ich schließe die Augen und stelle mir ihr hübsches Gesicht vor, ihr breites Lächeln und ihr übersprudelndes Lachen, das so selbstsicher und echt ist. Ihre langen Wimpern, die Schatten auf ihre Augen werfen und zeigen, ob sie glücklich oder enttäuscht ist. Ihren Sprungwurf und wie sie mich zur Seite schubst. Ihren Mut im Angesicht des Unbekannten.

Riley wirft sich ins Leben und erwartet, dass am Ende alles gut ausgeht, wo ich nur Dunkelheit sehe. Und ich bekomme, was ich sehe, denn meine Welt ist im Moment nur finster. Wäre die Dunkelheit hinter Riley her, würde sie um das Licht kämpfen. Sie ist mein Grund, jetzt nicht aufzugeben. Ich möchte, dass sie mich gernhat. Ich möchte so leben wie sie – gute Dinge tun, hart arbeiten. Ich möchte mit ihr zusammen sein.

Ich möchte sie lieben … ich möchte *lernen*, sie zu lieben.

Wenn ich mache, was Dub von mir verlangt, wird sie immer noch da sein. Sie wäre in Sicherheit, weil ich sie beschützen könnte, dafür wäre ich Dub ausgeliefert. Ich könnte sie nicht lieben, weil er es nicht zulassen würde. Es wäre nichts anderes, als mich gegen eine dicke Glasscheibe zu drücken, nur um einen Blick auf sie zu erhaschen. Ich könnte genauso gut als Engel über sie wachen.

Ich richte mich langsam auf, halte mit einem Knie auf dem Boden inne, bis ich mein Gleichgewicht gefunden habe und schließlich aufstehen kann. Meine Hände und Arme sind mit Kratzern übersät, meine langen Ärmel sind voller Risse von den Glasscherben und Metallteilen und Steinen auf dem Boden. Dub wollte, dass ich Joker am schlimmsten Ort in Miller finde. Das war seine volle Absicht. Für ihn hat das alles eine symbolische Bedeutung.

Ich trete einen Schritt vor und bücke mich, um den Schlüssel zu dem verlassenen Wagen aufzuheben, dann taste ich meine Hosentasche ab, um sicherzugehen, dass der Autoschlüssel meiner Mom noch da ist. Ich starre auf die Straßen vor mir, und obwohl es viele Wege gibt, ist nur einer der richtige. Es ist der schwierigste, aber auch der einfachste, denn wenn ich das Richtige tue, wird sich mein Herz wieder heil anfühlen. Jede andere Wahl würde mich als gebrochenen Menschen zurücklassen.

Ich drücke fest die Augen zu und zwinge mich, auf Autopilot umzuschalten, um das durchzustehen und die Realität auszublenden. Ich würde es nicht überleben, wenn ich das nicht tue. Als ich den Blick wieder auf den Kofferraum vor mir richte, bin ich so bereit, wie es eben möglich ist. Ich trete an den Wagen heran und schaue auf meinen Freund hinunter, ein blutverkrustetes Loch prangt in der Mitte seiner schmalen Stirn. Seine Haut schimmert bläulich und seine Augen sind offen. Er hat es kommen sehen.

Ich würge, schaffe es aber, mir einzureden, dass das nicht real ist, auch wenn das nicht stimmt.

Ich schließe seine Augen, schiebe meinen Arm unter seine Schultern und hebe seine Beine mit meinem linken Knie an. Er ist schwer und sein Rücken ist immer noch blutdurchtränkt. Der Geruch ist säuerlich, es riecht beißend nach verbranntem Metall und Essig. Ich halte die Luft an, als ich ihn hochhebe und an meine Brust ziehe, um ihn zum Wagen meiner Mutter zu schleppen. Ich lege ihn neben der Hintertür auf den Boden, hole die Abdeckplane aus dem Kofferraum und breite sie auf dem Rücksitz aus. Dann klettere ich von der anderen Seite hinein, greife nach Pauls Armen und ziehe seinen Körper in den Wagen. Ich ächze, als ich an seinen schmutzigen Klamotten zerre, bis sein Körper schließlich die Tür freimacht, sein Kopf ruht an einer Seite des Sitzes, seine Füße auf der anderen.

Ich schlage die Tür zu und laufe um den Wagen herum, um auch die andere Tür zu schließen. Ich gehe noch einmal zu dem verlassenen Chevy und hole Pauls Pullover vom Beifahrersitz, halte ihn vorsichtig am Kragen fest, damit nichts dran kommt. Ich lege den Pullover auf den Vordersitz im Wagen meiner Mom, mache die Beifahrertür zu und setze mich schließlich ans Steuer. Die ersten Fliegen haben sich bereits versammelt. Von dem Geruch wird mir ganz schlecht.

Trotzdem schaffe ich es, durch die Nase zu atmen und mich zu zwingen, nicht zu kotzen. Ich werfe den Schlüssel des Chevys in den Fußraum und fahre los, denselben Weg zurück, nur dass ich aufpasse, nicht neben irgendwem anzuhalten. Ich benutze Nebenstraßen, als ich zurück in der Stadt bin, und biege dann zu den Regierungsgebäuden ab, wo die Straße vor der Sozialversicherungsverwaltung voller Obdachloser ist.

Ich halte nicht an, bis ich an dem dunkelbraunen Gebäude aus Ziegeln und Glas ankomme. Ich habe oft über diesen Ort nachgedacht. Mein Freund war vor Kurzem hier. Sie werden ihn erkennen … jemand wird ihn erkennen. Ich muss den Agenten finden, mit dem er zusammengearbeitet hat. Ich muss eine Menge Taten gestehen. Ich muss Pauls Leiche zu seiner Mom bringen, denn ihr Sohn verdient eine Beerdigung.

Ich muss das alles beenden.

Am Straßenrand halte ich an, die Räder schaben am Bordstein entlang, ich stelle die Parkposition ein, kümmere mich jedoch nicht weiter darum, den Wagen abzuschließen. Es ist nicht viel los auf den Straßen. Die Berufstätigen sind nach Hause gegangen, die Gebäude sind geschlossen. Das ist der einzige Ort, der noch geöffnet hat. Er ist immer offen auf die eine oder andere Art. Sie werden sich freuen, mich zu sehen. Ich habe alles, was sie wollen.

Ich werde ihnen meine Geschichte erzählen.

Ich drücke auf den Rufknopf neben den Glastüren und der Wachmann auf der anderen Seite nimmt den Hörer ab.

»FBI«, sagt er, seine Stimme klingt ernst, seine Augen mustern mich durch die Scheibe. Seine Hand liegt auf dem Abzug hinter dem Tresen, Kameras sind von oben auf mich gerichtet.

»Mein Name ist Tristan Lopez und ich bin ein Mitglied der Fifty-Sevens. Ich möchte einen Deal machen.«

Ich nehme den Daumen vom Sprechknopf und verlagere mein Gewicht wieder auf die Fersen. Ich weiß, dass es zu spät ist, um noch wegzulaufen. Ich habe diesen Weg eingeschlagen und es ist der richtige. Ich muss ihn nur zu meinem Schicksal machen – zu einem Ende, das sich von meinem Dad unterscheidet. Ich will nicht sterben.

Der Mann starrt mich einen Moment lang an, sein Kiefer ist mit einem Kaugummi beschäftigt. Er ist zweifellos darauf trainiert, jedes Detail aufzunehmen, und ich präsentiere ihm einen überzeugenden Fall an der Tür. Ich trage eine Menge Beweise bei mir – die schwerste Last liegt im Wagen hinter mir. Ich lasse meine Augen für mich sprechen, ein flehender Blick. Schließlich steht der Mann von seinem Posten auf und hält sich ein Funkgerät ans Ohr. Ich kann ihn nicht hören und ich kann auch nicht von den Lippen lesen, aber als er mit seiner Ansage fertig ist, wendet er sich wieder an mich.

»Warte genau hier. Du wirst gleich geholt«, sagt er, kommt hinter dem Tresen hervor und geht in die Mitte der Empfangshalle. Seine Hand liegt auf der Waffe an seinem Gürtel, die andere hält das Funkgerät nicht weit von seinem Ohr entfernt.

Ich lasse meine Augen zufallen. Ich werde nirgendwohin gehen. Das ist meine Erlösung und ich werde mich jeder Herausforderung stellen, die damit einhergeht.

Ich höre die Männer kommen und lege die Hände hinter den Kopf. Sie stürzen sich auf mich und bringen mich zu Boden. Knie drücken sich in meinen Rücken, verbiegen mich gewaltsam. Meine

Wange schrammt über den Asphalt, meine Haut wird aufgeschürft, als sie mir hinter dem Rücken Handschellen anlegen und mich dann auf die Füße zerren.

Ich habe keinen Anwalt, also werde ich als Erstes darum bitten. Es wird nicht der beste sein, aber er wird mir helfen, die ganze Sache nicht völlig zu verkacken. Ich halte den Mund, bis sie mich in einen Verhörraum gebracht haben. Einige Minuten lang kommt niemand, um nach mir zu sehen. Ich kann mir vorstellen, dass sie den Wagen durchsuchen und jedes noch so kleine Detail auseinandernehmen. Schließlich kommt ein Mann herein, seine Krawatte sitzt locker, seine Haare sind zerzaust. Er wurde wegen mir herbeigerufen, also muss er der richtige Ansprechpartner sein.

»Anwalt«, sage ich.

Er nickt, fixiert mich ein paar Minuten lang, bevor er schließlich aufsteht und die Tür zu dem kleinen, viel zu warmen Raum hinter sich schließt. Während der nächsten Stunden bekomme ich niemanden zu Gesicht, aber das verschafft mir Zeit, mir meine Worte zurechtzulegen, damit ich genau weiß, was ich sagen will.

Meine Anwältin ist eine junge Frau, die aussieht, als wäre sie in meinem Alter. Sie ist frisch vom College und offenbar verzweifelt auf Arbeit aus. Welchen Grund gebe es sonst, freiwillig als Pflichtverteidigerin anzutreten? Ich bereite mich auf das Schlimmste vor – nicht angehört zu werden und direkt ins Gefängnis zu gehen, ohne meine Mutter oder Lauren oder Riley je wiederzusehen –, als das Schicksal mir aus irgendeinem Grund einen Knochen zuwirft.

»Tristan Lopez.« Ein Mann betritt den Raum, zusammen mit dem Kerl von vorhin.

Ich nicke, bereit, meine Rechte zu hören oder irgendeinen anderen Scheißspruch, den ich nur aus dem Fernsehen kenne, doch er lenkt meine ganze Welt in eine völlig neue Richtung.

»Das mit Ihrem Dad tut mir leid. Und ich denke, wir können einander helfen.«

Mir stockt der Atem und ich setze mich ein wenig aufrechter hin. Mir tut alles weh von den Handschellen, die meine Arme immer noch auf meinem Rücken festhalten.

»Ich bin Agent Herrera und ich kenne Sie besser, als Sie glauben. Also, bevor wir anfangen, möchte ich Ihnen Folgendes sagen … Ich weiß alles, was Sie getan haben, aber auch alles, was Sie nicht getan haben.« Sein Blick ist gerissen, genau wie der aller Polizisten.

Ich vertraue ihm nicht, aber ich weiß, dass er meine einzige Option ist, deshalb nicke ich. »Ich werde Ihnen helfen, die Gang auffliegen zu lassen und alle wegzusperren, aber dafür müssen Sie mich auch hierbehalten«, sage ich, woraufhin meine Anwältin etwas näher rutscht, sich zu mir beugt und mir so laut etwas zuflüstert, dass es eigentlich gar kein Flüstern ist.

»Tristan, lassen Sie mich für Sie reden«, sagt sie, aber ich lasse sie abblitzen.

»Nein, es gibt keinen Deal, der mich am Leben hält, bis auf diesen. Sie *müssen* glauben, dass Paul das alles war, ansonsten werde ich umgebracht, und niemand von Ihnen kann das verhindern.« Mein Blick wandert von meiner Anwältin zu Agent Herrera. »Sie haben es selbst gesagt. Das mit meinem Dad tut Ihnen leid.«

An seinem Gesichtsausdruck erkenne ich, dass er mich versteht. Meine Brust fühlt sich ein klein wenig freier an, sodass ich endlich Luft holen kann. Die Panikattacke hat sich gelegt, vertrieben von der Wahrheit. Mein Herz schlägt wieder von selbst, folgt seinem eigenen Rhythmus – nicht diktiert von dem Mann, der mich gebrandmarkt hat, oder von dem Mann, der mir das Leben gegeben hat, oder der Frau, die mich zur Welt gebracht hat. Von jetzt an ist alles meine Entscheidung, auch wenn ich dabei freiwillig untergehe.

Ich werde etwas tun, womit Dub nie gerechnet hätte.

Ich werde die Treue zu ihm brechen.

KAPITEL 18

RILEY

Tristan hat recht. Ich kann nicht einfach alles hinschmeißen, meine Träume begraben und die ganze Arbeit, die ich hineingesteckt habe. Ich bin gut und ich weiß, dass ich gut bin. Meine Mom wird eines Tages stolz vom Himmel auf mich herabblicken und ich will, dass es eine große und volle Basketballarena ist, in der sie mich sieht. Und das wird nicht passieren, wenn ich immer nur den ganzen Tag in diesem Zimmer bleibe.

Seit zwei Jahren ertrinkt Dad fast in Arbeit, anstatt sich einen Job zu suchen, der besser bezahlt wird. Er füllt einfach die Stunden aus. Es kostet ihn seinen Schlaf, seine Gesundheit, und es kostet uns die gemeinsame Zeit.

Ich kippe das Gebräu aus Proteinen und Milch hinunter und versuche, den Geschmack auszublenden. Vanillepulver schmeckt nie wirklich nach Vanille. Mein Dad ist früh aufgestanden und durchstöbert die Schränke nach etwas Essbarem, weil ich gestern Abend nicht gekocht habe. Ich warte, bis er den letzten Schrank auf der linken Seite, in dem Dosen mit Suppen und grünen Bohnen stehen, wieder zugemacht hat, und schiebe ihm einen Zettel zu.

»Was ist das?« Er nimmt das abgerissene Stück Papier, auf das ich etwas gekritzelt habe. Ich hatte nur die Ecke von meinem Hausaufgabenblatt, aber ich wusste, dass ich die Nummer für ihn aufschreiben musste. Eine Handynachricht würde er nie ernst nehmen.

»Es ist ein Job. Speditionstransporte, nur innerhalb des Staates, aber eine Menge Fahrtzeit. Das Gehalt ist doppelt so hoch, du arbeitest nur so lange, wie die Auslieferung dauert, und wirst trotzdem für vierzig Stunden bezahlt. Ich möchte, dass du dort anrufst.« Ich lehne mich mit der Hüfte gegen den Küchentresen, während er wieder auf die Nummer schaut, die ich beim Durchgehen der Anzeigen auf meinem Handy gegen halb vier heute Morgen gefunden habe.

»Klingt gut, ich kümmere mich darum«, sagt er, legt den Schnipsel auf den Tresen und geht, um sich Jacke und Mütze zu holen.

»Kümmere dich jetzt darum«, sage ich, hebe das Blatt auf und bringe es zu ihm. Ich bin bei ihm, als er sich gerade zu mir umdreht, nehme seine Hand und drücke den Zettel hinein, schließe seine Finger darum und lasse meine Hand darauf liegen.

»Riles, ich bin schon seit Jahren nicht mehr LKW gefahren«, sagt er, doch ich zucke nur mit den Schultern.

»Dann erneuere deine Lizenz. Du bist Bus gefahren. Das ist eine gute Referenz. Du bist für diesen Job qualifiziert«, beharre ich und richte mich auf sein nächstes Gegenargument ein, damit ich das auch entkräften kann.

»Woher soll ich denn Zeit für ein Bewerbungsgespräch nehmen?«

Das habe ich kommen sehen. »Du nimmst dir dafür frei.«

»Ich weiß nicht …« Sein Blick senkt sich auf seine Hand und er öffnet die Faust. Er wird eine Ausrede finden oder er wird es einfach nicht machen. Beim Fahren hat er zu viel Zeit zum Nachdenken und zu Hause zu sein fühlt sich leer an. Das verstehe ich, denn ich vermisse ebenfalls die Gegenwart meiner Mom. Aber ich vermisse auch die Gegenwart meines Dads, und das ist nicht richtig, denn er ist noch am Leben. Er ist nur nicht hier – nicht … *anwesend.*

»Du verpasst etwas«, sage ich und stoße mit der Hand gegen seine. Er hebt das Kinn, unsere Blicke treffen sich. »Und du hast bereits eine Menge verpasst. Ich habe bald mein erstes Spiel und ich bin wieder auf der Collegewebsite für die Scouts. Ich trainiere mit ein paar coolen Kids die Straße runter und mit meiner Freundin Lauren – du würdest sie mögen. Ich würde sie gern mal zum Abendessen einladen. Und ich … ich hatte meinen ersten Kuss.«

Mein Lächeln ist zaghaft, der Blick meines Dads verändert sich. Er sieht nicht sauer aus oder als müsste er mich beschützen, aber er wirkt traurig – sein Baby wird erwachsen … und er hat ein paar wichtige Meilensteine verpasst.

»Mit wem soll ich denn über solche Dinge reden? Sie ist fort, Daddy. Und ich weiß, dass es bei mir hauptsächlich um abrasierte Haare und Basketball und Kohlenhydrate und Butter geht.« Ich kichere, als ich die Inhaltsstoffe erwähne, die mein Dad am liebsten mag. »Aber es geht mir auch darum, mit meinem Dad zu reden … über das Spiel … über *Jungs* … über meine Zukunft und all die Fragen, die ich ganz bestimmt noch haben werde. Ich brauche dich hier. Ich kann mich nicht nur auf deine dürftigen Handyfähigkeiten verlassen. Das wird nicht reichen.«

Er nickt mit glänzenden Augen, zieht schließlich sein Handy aus der Tasche und geht zum Tisch, wo er seinen Drehstuhl heranzieht. Er streicht den Zettel glatt und tippt die Nummer ein, dann schaut er kurz zu mir, während er wartet.

»Hallo, mein Name ist Michael Rojas … Ich rufe wegen Ihrer Anzeige an, dass Sie Berufskraftfahrer suchen. Ich erneuere gerade meinen LKW-Führerschein …«

Ich drücke seine Schulter, während er sich über den Tisch lehnt, um sich zu konzentrieren, dann beuge ich mich vor und gebe ihm einen Kuss auf die Wange.

Ich lasse ihn bei seinem großen Schritt allein, damit ich auf meinem Weg weitergehen kann. Mein Ball hat etwas zu wenig Luft, also pumpe ich ihn in der Garage auf, lasse ihn testweise ein paarmal vom Boden abprallen, bevor ich die Luftpumpe auf das Gestell lege, das ich eigentlich zum Bankdrücken benutzen sollte. Eine dünne Staubschicht hat sich gebildet, aber ich puste sie nicht weg, sondern schreibe lieber die Worte DU SCHAFFST DAS! mit dem Finger auf die staubige Kunststoffoberfläche. Wenn ich das beim nächsten Mal lese, werde ich wissen, dass viel Arbeit vor mir liegt.

Ich schnappe mir meinen Ball, und als ich das Garagentor aufschiebe, entdecke ich meinen kleinen Freund Jaden auf seinem Fahrrad auf der anderen Straßenseite. Sein Rucksack platzt aus allen Nähten, weil er seinen Ball hineingestopft hat, und ich muss unwillkürlich lächeln, denn wir haben dasselbe Ziel.

»Hey, tust du etwa so, als hättest du mich nicht gesehen?«, rufe ich.

Er stoppt das Rad mit den Füßen, seine Sohlen schleifen über den Boden, während er abbremst. »Kommste auch?« Er blinzelt im blendenden Sonnenlicht zu mir herüber.

»Ja, ich komme mit«, sage ich, jogge zu ihm und gehe mit ihm zusammen zum Park. Er radelt, bemüht sich aber, langsam zu fahren, und kurvt um mich herum, wenn sein Vorsprung zu groß wird. In einem anderen Leben hätte Jaden mein kleiner Bruder sein können, denke ich.

»Hast du an deiner Wurftechnik gearbeitet?«, will ich wissen, als wir den Basketballplatz betreten, wo DJ und Lotus bereits in Schweiß gebadet gegeneinander spielen. Ich nicke ihnen zu, sie schauen zu mir herüber und grüßen zurück. Das ist mehr als sonst.

»Hab ich, willste sehen?« Jaden lässt sein Rad in der Ecke des Platzes fallen und fischt seinen Ball aus dem Rucksack. Er dribbelt in voller Geschwindigkeit auf den zweiten Korb zu, wird langsamer, als er näher kommt, und stößt den Ball mit Schwung in die Höhe, sodass er es diesmal sogar fast über den Metallrand schafft. In einem Monat ist er kräftig genug, so einen Wurf zu versenken.

Ich klatsche, dann stecke ich die Finger zwischen die Lippen, um zu pfeifen, doch Jaden winkt lächelnd jemandem hinter mir zu. Als ich mich umdrehe, sehe ich Tristan. Ich würde am liebsten zu ihm rennen und ihn fest in den Arm nehmen, aber ich weiß, dass das hier nicht der richtige Ort dafür ist. Es ist mir scheißegal, was die anderen denken, aber ich will nicht, dass sie sich darüber lustig machen, was ich empfinde oder was er empfindet.

Aber etwas an seinem Blick stimmt nicht. Ich schätze, er hat mich nicht so früh hier erwartet, obwohl er mir selbst gesagt hat, dass ich herkommen soll. Wir haben kein Date oder so, aber er hat gemeint, dass ich dranbleiben soll – diesen Platz nutzen und hart trainieren soll. Und er hat gesagt, dass er mich heute sehen will.

Ich komme mir wie an den Anfang zurückversetzt vor, als er zu sprechen beginnt, nur dass seine Worte jetzt wie in Zeitlupe klingen.

»Du solltest nicht hier sein«, sagt er.

Mein Herzschlag verlangsamt sich, eine schwere Last drückt mich innerlich nach unten, meine Schultern sacken ein. Ich muss mich verhört haben. Darüber sind wir doch längst hinaus.

Tristans Blick scannt den Platz hinter mir und ich öffne den Mund, um zu protestieren, als die Zeit plötzlich stillsteht. Der Ball unter seinem Arm fällt herunter, er packt mich am Oberarm und zieht mich zu Boden.

Ich schlage hart auf, reiße mir die Haut auf. Er ist über mir, der schwache Klang von Schreien wird unmittelbar lebendig, als meine Sinne erfassen, was gerade passiert.

Jemand schießt auf uns.

»Bleib unten!«, brüllt Tristan, sein Körper liegt schwer auf mir, sein schneller Atem stößt gegen meinen Rücken und treibt den Rhythmus meines Herzens an. Ich fühle, wie er sich bewegt, die Gegend absucht wie ein Wolf, der sein Rudel beschützt.

»Jaden!«, schreie ich und hebe den Kopf so weit, dass ich über den Boden blicken kann. Ich rufe erneut seinen Namen, diesmal lauter.

»Jaaaden!«

Ich höre ein quietschendes Geräusch und nur Sekunden später fliegen Wagentüren auf, Schritte eilen über den Bürgersteig, die Kette klirrt und irgendwer stürzt sich auf Tristan und mich.

Schwere Tritte treffen ihn an der Seite, einige landen an meinen Rippen, und ich spüre, wie sie sich verbiegen. Fäuste prügeln auf Tristan ein, gehen daneben und verpassen mir stechende Schmerzen.

»Verräter! Wo zum Teufel hast du ihn hingebracht? Was hast du getan?«, knurrt eine Stimme an Tristans Ohr, an meinem Ohr, aber ich kann nur den Boden sehen. Meine Lippen werden auf den harten Beton gepresst, als sich unsere Körper verlagern.

»Ich habe gar nichts getan. Ich habe das gemacht, was du verlangt hast. So wie immer!«

Ich spüre, wie Tristan von mir weggezerrt wird, er stöhnt und wird ein paar Schritte von mir entfernt wieder hingeschleudert. Ein Mann springt auf ihn, drückt seine Schultern auf den Boden und schüttelt ihn so heftig, dass sein Kopf auf dem Spielfeld aufschlägt.

»Lüg mich ja nicht an, du verräterischer kleiner Dreckskerl. Ich weiß, dass du … du bist genau wie dein Vater … Was hast du getan?«

Es ist Dub. Ich erkenne ihn selbst mit dem tollwütigen Gesicht, das auf Tristan spuckt. Seine Muskeln sind angespannt und er hält Tristans Shirt so fest, dass der Stoff an mehreren Stellen reißt. Jeder Atemzug tut weh. Ich bin ziemlich sicher, dass meine Rippen gebrochen sind. Mein Körper ist wie in einer Schockstarre, meine Muskeln sind völlig nutzlos, meine Stimme kraftlos, meine Lunge leer. Dieser Albtraum passiert gerade wirklich und ich will ihn überleben.

Ich muss wegrennen. Ich muss Tristan retten. Ich muss Jaden finden. Ich vermisse meinen Dad und ich will zu meiner Mom. Ich hasse diesen Ort!

Es knallt. Der abgefeuerte Schuss hallt so laut über uns hinweg, dass er tief in meine Ohren dringt, sich in mein Hirn zu graben scheint. Qualm steigt mir in die Nase, ich schmecke den beißenden Geruch in der Luft. Was bisher in Zeitlupe ablief, bleibt jetzt komplett stehen. Es fühlt sich an, als bräuchte ich mehrere Minuten, um mich wieder auf die Szene nur etwa zehn Schritte von mir entfernt zu konzentrieren.

Jaden sitzt auf seinem Rucksack, der Reißverschluss ist offen – und seine Hände umklammern eine rauchende Waffe. Er schreit irgendeinen Unsinn und tritt mit den Füßen wild durch die Gegend. Seine Augen sind so fest zusammengekniffen, dass die Tränen an seiner Nase entlang heruntergedrückt werden.

Mein Blick zuckt zu Tristan, zu dem blutbespritzten Körper, der auf ihm liegt. Dubs Schweigen muss bedeuten, dass er es ist, der getroffen wurde. Es kann nicht Tristan sein, aber ich höre Tristan stöhnen. Ich schiebe mich über den Asphalt, um näher zu ihm zu kommen, aber es ist sinnlos. Ich schaffe nur wenige Zentimeter und halte an, als ich sehe, dass er Dub von seinen Beinen herunterrollt. Tristan fängt meinen Blick auf, in seinen Augen liegen nur Sorge und Schuld, obwohl er vor Schmerzen zusammenzuckt, als er sein Bein zur Seite zieht. Seine Jeans ist voller Blut und es breitet sich mit solcher Geschwindigkeit aus, dass es seins sein muss. Jaden hat Dub erschossen, er hat durch Dub *hindurchgeschossen* und die Patrone hat auch Tristan getroffen.

»Tristan!« Endlich habe ich genug Atem, um seinen Namen zu rufen, was seine Augen ein letztes Mal zu mir bringt, bevor ihn ein Dutzend bewaffneter Polizisten in voller Kampfausrüstung auf den Boden drücken, ihn und jede andere Person auf dem Basketballplatz, mich eingeschlossen.

»Tristan Lopez, Sie sind verhaftet wegen krimineller Machenschaften und der Beteiligung am organisierten Verbrechen. Sie haben das Recht zu schweigen. Alles was Sie sagen …« Der Officer brummt die Worte, während er Tristan auf die Füße zerrt. Er humpelt und stöhnt beim Druck auf sein rechtes Bein.

Verzweifelt versuche ich, mich aus dem neuen Griff zu befreien. »Er ist verletzt! Er wurde angeschossen!«, schreie ich, aber niemand hört mir zu.

Tristans Blick streift mich voller Schmerz, während sie ihn wegschleppen – von mir, von diesem Platz, von unserem Zuhause. Ich sehe ihm so lange nach, wie ich kann. In meinem Kopf pocht es vor Anstrengung, die mich das kostet, und vor Schmerz von dem Übergriff.

Ich werde festgehalten, bis weitere Autos ankommen und ich endlich die Stimme meines Dads höre. Man hat mir eine Decke gegeben, als würde das irgendetwas besser machen. Ich will Antworten finden – Tristan finden, damit ich ihn verteidigen kann, damit ich alles erklären kann. Sie nehmen Jaden mit, aber ich habe eine Aussage gemacht, als ich von den Sanitätern untersucht wurde, und ich hoffe, das reicht aus. Was er getan hat, wird sein Leben für immer verändern, und obwohl es eine schlimme Tat war, hat er auch mutig gehandelt. Er hat Tristan das Leben gerettet. Vielleicht sogar das Leben von uns allen.

Die Waffe gehörte seinem Dad. Er hat sie ihm gestohlen. Das ist alles, was ich mitbekomme, bevor ich ins Krankenhaus gebracht werde, während mein Dad hinter uns herfährt.

Du solltest nicht hier sein.

Das hat Tristan gesagt. Aber ich kann nicht aufhören, daran zu denken, was passiert wäre, wenn ich nicht da gewesen wäre. Eine Leiche weniger auf dem Platz. Eine Person weniger zu verteidigen – vielleicht hätte er sich stärker gegen Dub zur Wehr gesetzt, wenn er durch mich nicht abgelenkt gewesen wäre. Vielleicht hätte er sich auch gar nicht gewehrt. Vielleicht hätte es diese Kugel nicht gegeben.

KAPITEL 19

EINEN MONAT SPÄTER

TRISTAN

Zwei Jahre.

Das war die Abmachung. Ich wurde in die ganze Sache hineingezogen und meine Anwältin plädierte auf zwei Jahre, weil ich noch minderjährig bin und die einzigen Verbrechen, die mir vorgeworfen werden können, das Abfeuern einer Waffe innerhalb der Gang und das Vertuschen von Beweisen sind. Es wurde oft mit dem Ausdruck Nötigung herumgeworfen, aber was wirklich zählt, ist, dass in den Akten steht, ich hätte vor Gericht den Mund gehalten. Ich habe Riley nie angelogen. Ich habe nie jemanden getötet. Mord war meine persönliche Grenze, die ich nie überschritten habe. Ich habe nie etwas zu den Verbrechen gesagt, die ich mit ansehen musste.

Ich hatte zu viel Angst.

Diese Aussage wurde in meinem Namen gemacht und ich habe es zugelassen, obwohl keine dieser schrecklichen Taten mir je Angst eingejagt hat. Ich hatte vor kaum etwas Angst, bis ich durch Riley einen flüchtigen Blick auf die Normalität erhascht habe.

Eines Tages, wahrscheinlich erst nach Jahren, werde ich meine Geschichte erzählen – wenn ich meinen neuen Weg schon weit gegangen bin und es nicht mehr gefährlich ist, das zu tun. Ich werde darüber erzählen, wie viel Glück ich hatte, nicht in einem Gefängnis für Erwachsene gelandet zu sein, weil ich den Behörden so viele Informationen geben konnte, dass sie sich auf diesen Handel eingelassen haben. Ich bin nicht das Exempel – das sind die anderen zweiundzwanzig Männer. Sie haben nicht alle festgenommen, aber die meisten. Es war eine kurze Razzia, die Haftbefehle wurden sofort ausgestellt und die Beweise waren schnell gesammelt. Dub hat sich nie besonders um Dinge gekümmert – er hat sich zu sehr auf alle anderen verlassen. Und alle anderen waren schlampig. Nachrichten wurden nicht gelöscht, auf Partys wurden Fotos gemacht, Waffen wurden nicht abgelegt. Die Fifty-Svens trugen ihre Gewalttätigkeit wie ein Banner mit sich herum – das FBI musste nur die richtigen Orte kennen.

Ich habe ihnen eine Karte gegeben.

Ins Corduroy werde ich keinen Fuß setzen. In einem Gefängnis für Erwachsene würde ich draufgehen. Da waren sich alle einig. Manchmal können Fälle wie meiner in beide Richtungen ausgehen, wenn der Minderjährige fast achtzehn ist – alt genug, um es besser zu wissen. Es hängt von verschiedenen Faktoren und den Leuten ab, die den Auftrag haben, über das Schicksal eines Angeklagten zu entscheiden. Ich verdiene diese Chance nicht, aber ich ergreife sie.

Hier drin haben wir täglich Unterricht, auch am Samstag und Sonntag. Es geht nicht um einen schicken Abschluss, zu dem mich Ms Beaumont in diesem Fortgeschrittenenkurs drängen wollte oder so, aber ich verstehe den Scheiß hier drin viel besser. Der Lehrer, Mr Simms, ist Mitte sechzig. Er ist die meiste Zeit genervt, wahrscheinlich ist er sauer, weil er überhaupt noch unterrichten muss. Aber der Unterricht ist gar nicht so übel. Es läuft hier ganz anders als in meinen ersten Jahren an der South High, wo immer ein oder zwei Kids aus dem Klassenraum geworfen wurden, weil sie ihre Lehrer Schlampe oder Motherfucker genannt hatten. Versuch das hier und du kannst dich auf eine Verlegung einstellen. Niemand möchte ins Corduroy – eine gute Strategie, um in einer Klasse voller verkackter Straffälliger für Disziplin zu sorgen.

Meine Mom hat mich gestern besucht. Die Einrichtung liegt eine Stunde und vierzig Minuten von zu Hause entfernt, ansonsten wäre sie wahrscheinlich jeden Tag hier. Sie hat mir erzählt, dass Lauren diese Woche noch vorbeikommen wird. Als sie das letzte Mal da war, hat sie die ganze Zeit nur geredet und mich nicht ein Mal zu Wort kommen lassen. Ich denke, sie wollte verhindern, dass bestimmte Themen zur Sprache kommen. Ich weiß, dass sie wütend ist, weil ich hier gelandet bin, aber noch mehr glaube ich, dass sie auf sich selbst sauer ist, weil sie es nicht geschafft hat, irgendetwas von alldem zu verhindern. Aber das wäre auch gar nicht möglich gewesen. Ich war ein naives, ehrfürchtiges Kind, das gern seinem Dad und dessen bestem Freund dabei zusah, wie sie Räuber und Gendarm spielten – oder eher Räuber und Räuber. Ich war vermutlich nicht alt genug, um zu begreifen, dass ihre Spielchen echt waren, bis es zu spät war und ich nur noch dieses Leben kannte. Lauren hätte predigen können, bis sie blau geworden wäre, ich wäre trotzdem jeden Tag zu den Kinosälen gegangen und hätte Dub die Tür aufgehalten, damit er sich reinschummeln und Drogen verkaufen kann.

Der Unterricht dauert bis fünfzehn Uhr. Das Einzige, was genauso läuft wie an der South, ist die verdammte Uhr. Ich könnte schwören, dass sie rückwärts geht und die Zeit klaut, während ich kaum noch die Augen offen halten kann. Es läutet und wir schlagen unsere Bücher zu, bleiben aber an unseren Tischen sitzen und warten, bis die Bücher eingesammelt wurden. Ich habe *Huckleberry Finn* nie gelesen, deshalb habe ich mir dieses Buch ausgesucht. Wir mussten alle ein Buch wählen und etwas an dieser Geschichte hat mich gepackt. Ich sehe viel von mir selbst in Finn und es ist das erste Mal, dass ich wirklich *fühle*, was ich lese.

Die Wachmänner lassen uns in einer Reihe antreten und nacheinander aus dem Raum. Sie haben sich auf beiden Seiten aufgestellt, sodass sie jeden immer im Blick haben. Ich habe mich an die fehlende Privatsphäre gewöhnt. Ich mag den geordneten Ablauf. Zu schade, dass ich nicht zur Armee gehen kann. Ich glaube, ich hätte da gut hineingepasst … ohne den ganzen kriminellen Scheiß.

Ich gehe in meine Zelle, die ich mir immer als echt hässliches Wohnheimzimmer vorstelle. Die Wände sind weiß, dick von mehreren Anstrichen und uneben durch die Ziegelsteine. Der glänzende Betonboden ist leicht zu reinigen und das Holzpritschenbett ist an der Wand befestigt. Meine Matratze ist eine dünne Matte und ich habe ein Kissen und eine Decke. Wir dürfen uns Bücher ausleihen, und als gestern der Bücherwagen vorbeikam, habe ich mir *Huck Finn* ausgesucht, damit ich weiterlesen kann. Sowie sich die Zellentüren mit einem Summen öffnen, gehe ich zu dem Buch, das ich mit der Innenseite nach unten auf den Boden gelegt habe, und blättere die paar Seiten weiter, die ich schon im Unterricht gelesen habe.

Es klopft an meiner Tür, was nicht weiter ungewöhnlich ist, also trete ich an das kleine Schiebefenster, wie es verlangt wird. Manchmal ist es ein Wachmann, der Hygieneartikel verteilt, ein anderes Mal ist es eine Mitteilung des Richters oder eine Nachricht von Verwandten. Ich habe bis jetzt noch keinen Brief bekommen, deshalb wäre das eine schön Abwechslung, aber ich sehe ziemlich schnell, dass die Hände des Wärters leer sind.

»Lopez, Sie haben Besuch«, sagt er.

Vielleicht ist Lauren heute schon da.

»Okay«, sage ich, werfe mein Buch aufs Bett und warte, bis die Tür aufgesperrt und ich hinausbegleitet werde. Sie legen uns hier drin keine Handschellen an. Mir kommt das ziemlich riskant vor, denn ich habe ein paar Kerle gesehen, denen ich lieber in Handschellen begegnen würde, andererseits bin ich froh, denn ich profitiere ja auch von dieser Richtlinie. Ich trage nicht gern Handschellen. Ich fühle mich dann hilflos, obwohl ich nicht zurückschlagen würde.

Ich gehe direkt vor dem Wachmann den Flur entlang und durch zwei Sicherheitstüren zum Hauptbesuchsraum, der wie die Schulcafeteria aussieht. Die runden Metalltische sind am Boden festgeschweißt, vier Stühle sind jeweils daran befestigt. Mein Blick geht zuerst zu einer Mutter und ihrem Sohn gleich am nächsten Tisch. Erst dann bemerke ich, dass Riley am anderen Ende des Raums auf mich wartet. Mir wird sofort flau im Magen, mein Herz setzt einen Schlag aus. Sie ist nicht allein – das wäre auch nicht erlaubt. Ihr Dad hat sie hergebracht. Ich schäme mich in Grund und Boden.

»Danke«, sage ich mit unterdrückter Stimme zu dem Wärter, bevor ich auf sie zugehe. Jede Bewegung, die ich mache, wird gefilmt und auf Bildschirme übertragen, die überall im Raum angebracht sind. Die Wachmänner hier drin sehen die ganze Zeit zu und auch auf der anderen Seite der Glaswand wird alles beobachtet. An diesem Ort lässt sich nichts verbergen.

»Hi«, sagt Riley. Sie hebt leicht die Hand und streckt die Finger aus, als wollte sie mich berühren, aber das tut sie nicht. Sie deutet nur auf den Tisch, also setze ich mich hin. Ihr Dad sitzt einen Tisch weiter und ich zwinge mich, ihn anzusprechen.

»Hallo, Mr Rojas«, sage ich.

»Tristan.« Seine Stimme klingt tief und ernst. Er ist nicht gekommen, um sich mit mir zu unterhalten, er ist nur seiner Tochter zuliebe hier. Das respektiere ich.

Ich lege die Hände gefaltet auf die Tischplatte, richte die Augen auf Riley und gebe ihr ein Zeichen, dasselbe zu tun.

»Oh, stimmt ja, sorry«, stammelt sie und legt die Hände flach auf den Tisch.

»Sie finden es besser, wenn sie die Hände sehen. Ich habe gern Besuch, also spiele ich die Regeln übertrieben mit.« Ich zucke mit den Schultern.

Riley lacht. Es ist ein bedauerndes, nervöses Lachen. Ich überlege, ob ich mit ihrem Dad einen Spionen-Witz machen soll, schlage mir das aber schnell wieder aus dem Kopf. Er wird sich wahrscheinlich nicht an die Situation erinnern, auf die ich anspiele, und er ist wahrscheinlich auch nicht zum Scherzen aufgelegt.

»Wie geht es dir? Meine Mom hat mir erzählt, dass sie dich noch am selben Tag aus der Klinik wieder nach Hause geschickt haben?« Sie hat so heftige Tritte abbekommen. Ich erlebe die Schläge, die wir beide eingesteckt haben, jede Nacht aufs Neue im Schlaf. Manchmal wache ich schreiend davon auf.

»Es waren nur schlimme Prellungen. Die Ärzte meinten, ich muss ziemlich hart im Nehmen sein.« Sie lacht bei diesen Worten, die nicht wahrer sein könnten.

»Ich kenne niemanden, der härter im Nehmen ist«, erwidere ich und strecke die Finger meiner rechten Hand über meine linke Handfläche aus, denn ich würde Riley am liebsten berühren, doch ich bleibe diszipliniert. Es ist unglaublich, dass sie hier ist, aber sie muss jetzt nach vorn sehen. Ich möchte sie nicht in Versuchung bringen, sich an mich und meine unvorhersehbare Zukunft zu ketten.

»Wir haben ein Spiel gewonnen!« Sie setzt sich aufrecht hin, als sie mir diese Neuigkeit verkündet, was auch in mir eine neue Energie freisetzt und mich unwillkürlich lächeln lässt.

»Wirklich? Gegen wen?« Ich habe nie auf die Liste geschaut. Und nach insgesamt vier Trainingsstunden, die ich abgehalten habe, kann ich mich in meinem Lebenslauf auch nicht gerade *Coach* nennen.

»Na ja … die waren ein bisschen jünger als wir, aber sie waren gut.«

Ich beginne zu grinsen. Sie verdreht die Augen.

»Ihr habt gegen die Junior High gespielt, stimmt's?« Ich kichere.

»Ja, und wir haben gewonnen, vielen Dank auch!« Sie zieht die Hände zu sich heran. Ich runzele die Stirn, denn ich nehme das persönlich. Sofort wirkt ihr Blick schuldbewusst, also schüttele ich meine Reaktion rasch ab.

»Gewonnen ist gewonnen«, sage ich. »Gut gemacht, Mr Rojas.«

»Na ja«, sagt ihr Dad, wobei er mir kurz in die Augen sieht. Er hat den Trainingsjob für mich übernommen. Lauren hat mir erzählt, dass er gar nicht so schlecht ist, sich aber oft verletzt, wenn er versucht, mitzuspielen.

»Wie läuft es mit der Collegewebsite?« Sie hat das höchstens ein- oder zweimal erwähnt, deshalb kann ich nur hoffen, dass sie damit weitergemacht und neue Kontakte geknüpft hat.

»Eigentlich ganz gut. Lotus hat mir geholfen, ein paar Videos reinzustellen, in denen ich auf dem Basketballplatz spiele. Ich kann noch nicht wirklich gut angreifen, weil es immer noch wehtut, wenn mich jemand irgendwo anfasst ... also hier so ...« Sie wedelt mit den Händen vor ihrem Oberkörper herum und ich verziehe das Gesicht.

»Nicht«, sagt sie und legt die Hände wieder auf den Tisch.

Ich schaue auf ihr Kinn, weil ich ihr nicht in die Augen sehen kann.

»Tristan, ich könnte tot sein, wenn du nicht gewesen wärst. Wage es ja nicht, dich wegen ein paar Prellungen schlecht zu fühlen.«

Die schreckliche Realität ihrer Worte zwingt mich, schwer zu schlucken. Ich nicke leicht, fange kurz ihren Blick auf und gucke wieder weg. Sie schiebt die Hände zu mir und legt sie auf meine. Ihre warme Berührung trifft mich tief in meinem Inneren, reißt mir ein Loch mitten in die Brust, mein Herz klopft laut und meine Lunge zieht sich zusammen.

»Alle nennen Paul einen Helden«, sagt sie.

Niemand weiß, dass er das nicht ist. Er hat es versucht, obwohl ich glaube, dass er einfach nur einen Weg aus der Gang finden wollte.

»Gut«, sage ich und lächle ihr mit zusammengepressten Lippen zögernd zu.

»Das war nett von dir«, fährt sie fort.

Ich brauche einen Moment, um zu begreifen, was sie meint. Als es mir klar wird, hebe ich rasch den Blick und breche in Panik aus.

Das darf niemand wissen. Es muss Paul gewesen sein. Nur so funktioniert die ganze Sache – Paul war der Informant und ich hatte Pech. Ich bin nur ein Minderjähriger – genau wie die fünf oder sechs anderen Jugendlichen aus der Gang, die gefasst und inhaftiert wurden.

»Pauls Mom konnte ihn beerdigen«, sagt sie, was mich aus meiner Angst hochschrecken und in die Gegenwart zurückkehren lässt.

Ich schließe die Augen und stelle ihn mir in diesem hässlichen Pullover vor. Ich frage mich, wie sie ihn aufgebahrt hat, ob der Sarg geschlossen war. Ich frage mich, wer anwesend war.

»Warst du dort?«

Sie nickt, genau wie ihr Dad.

»Natürlich«, sagt sie mit einem sanften Lächeln.

Ich schiebe meine Hände so, dass ihre Finger zwischen meine fallen. Ich kann sie nicht so halten, wie ich es gern möchte, also muss ich mich an die Erinnerung klammern. Ich muss mich an jede Kerbe, jede Wölbung ihrer Fingerknöchel und jede Linie auf ihren Handflächen erinnern, die auf den Innen- und Außenseiten ihrer Hände ihre Geschichte erzählen.

Ihr Dad räuspert sich und deutet mit dem Kinn auf den Wachmann, also lehne ich mich wieder zurück, doch unsere Fingerspitzen berühren sich bis zur letzten Sekunde.

»Ich werde wiederkommen«, sagt sie, steht auf und geht zu ihrem Dad. Er lächelt kurz, nicht gerade glücklich darüber, dass sie mich öfter sehen möchte, aber auch ohne es zu verbieten. Sie hat ihm erzählt, dass ich ihr das Leben gerettet habe, ist wahrscheinlich sogar ins Detail gegangen und hat mich mutiger dargestellt, als ich es war. Seine zögernde Haltung ist nur auf die Tatsache zurückzuführen, dass ich ihr Leben überhaupt erst in Gefahr gebracht habe. Aber so ist es. Es gibt so viele andere Orte, an denen man leben kann.

»Du musst nicht wiederkommen. Ich meine, kein Problem, wenn du was Besseres zu tun hast. Es ist schon okay hier drin. Ich mache meinen Abschluss und … ich lese Bücher von alten, längst verstorbenen weißen Typen«, sage ich und lache mit ihr.

»Das wird dich im Leben weit bringen«, scherzt sie, aber ihr ist nicht klar, dass das tatsächlich sein könnte.

Alles, was passiert ist – dass ich hier eingebuchtet wurde, die Zwangspause von unserer Gegend, die Gerüchte und der Druck –, lässt meine Fantasie ein bisschen wie die Wirklichkeit erscheinen. Wenn ich meine Karten richtig ausspiele, habe ich vielleicht eine Chance.

»Beim nächsten Mal bringe ich dir Lasagne mit«, sagt sie.

Ich werfe einen Blick auf den Wachmann, doch er schüttelt den Kopf. »Kein Essen. Wie ich schon sagte, es ist okay. Fühl dich nicht verpflichtet …«

»Wir sehen uns am Dienstag«, unterbricht sie mich, ihr Blick hat sich leicht verfinstert. Sie tut das alles ab, aber ich kann in ihren Augen sehen, dass sie Angst um mich hat.

Ich denke jeden Abend an diesen Blick, dasselbe Gesicht macht sie auch in meinen Träumen – während Dub auf sie einschlägt und ich sie nur hilflos festhalten kann.

Als Riley am Dienstag nicht auftaucht, bricht mir das Herz. Obwohl ich ihr gesagt habe, dass sie nicht zu kommen braucht, hat ein großer Teil von mir damit gerechnet, dass sie es trotzdem tut. So läuft es eigentlich immer bei uns – ich bitte sie um etwas und sie ignoriert es.

Ich habe *Huck Finn* ausgelesen und mit *Tom Sawyer* angefangen. Mr Simms sagt, ich hätte die Bücher in der anderen Reihenfolge lesen sollen, aber für mich macht das keinen Unterschied. Solche Dinge würden mir vielleicht auffallen, wenn ich in meinem Leben mehr als drei Bücher gelesen hätte. Und mein erstes Buch hatte hauptsächlich Bilder, also zählt das kaum.

Erst jetzt komme ich zum Lesen. Ich denke, es liegt daran, dass ich dem Gefängnis dadurch geistig entfliehen kann. Langsam fange ich sogar an, mir zu wünschen, ich hätte Ms Fortes Tagebuchaufgabe ernster genommen. Ich hätte in meine selbst ausgedachte Welt flüchten können … obwohl ich glaube, dass ich einen anderen Weg gefunden hatte – ich habe mich in Rileys Welt geflüchtet.

Am Freitag gebe ich die Hoffnung auf, sie wiederzusehen. Das erwähne ich auch meinem neuen Kumpel Toby gegenüber. Er und ich reden oft auf dem Basketballplatz, wenn wir Hofzeit haben. Er meinte, ich soll sie mir einfach vorstellen und in meinen Gedanken mit ihr reden. Er ist ein Jahr jünger als ich und er ist hier, weil er gern Brände legt. Er erzählt immer noch viel von Feuer, deshalb denke ich, er ist nicht am richtigen Ort für die Rehabilitierung, die er eigentlich braucht.

Ich probiere seinen verrückten Rat aus und versuche, mit der imaginären Riley zu sprechen. Natürlich erst am Abend, wenn ich allein in meinem Bett liege. Ich nehme mein Kissen in den Arm, aber es ist zu durchgelegen und kalt. Meine Vorstellungskraft ist nicht lebendig genug, um sie zu riechen oder eine unwirkliche Wärme zu spüren. Ich kann nur flüstern, manchmal bewege ich auch nur meine Lippen. Wenn mich jemand dabei erwischt, wie ich mit mir selbst rede, könnte das für Probleme sorgen, und ich habe so hart daran gearbeitet, meine Probleme zu beseitigen.

Als ich am nächsten Morgen aufwache, fühle ich mich schlecht, niedergeschlagen und enttäuscht. Ich lasse Basketball sausen, ich lese nicht mal. Wälze mich nur herum.

Doch jetzt bin ich zu meiner neuen Normalität zurückgekehrt. Gestern habe ich einen Aufsatz über Mark Twain geschrieben und der Sachbearbeiter hat mir versprochen, ihn meiner Mom zu zeigen. Es sind kluge Sätze drin … zumindest halte *ich* sie für klug. Ich habe alle Gemeinsamkeiten zwischen Twains Charakteren und meinem und Jokers Leben herausgearbeitet. Im Aufsatz nenne ich ihn Paul. Alles, was gut an ihm war … *ist* Paul, und ich möchte, dass die Leute meinen Freund so sehen – selbst irgendein oller Gefängnislehrer. Joker ist mit Dub gestorben – und mit mir.

Heute habe ich ein komisches Gefühl wegen der Besuchszeit. Mom sagte, dass Danette diesmal mitkommen will. Ich habe sogar meine Entschuldigung geübt. Sie wird nichts davon hören wollen, aber ich muss es ihr sagen. Paul war mein Bruder, nicht blutsverwandt, sondern auf eine andere, besondere Art. Ich hätte besser auf ihn aufpassen sollen. Ich hätte viel mehr tun können. So werde ich mich immer fühlen.

»T. Lopez«, ruft jemand meinen Namen.

Ich blicke von meinem Mittagessen auf. Einer der Wachmänner schaut über die Köpfe hinweg, bis sein Blick auf mir landet. Er hält einen Brief in die Höhe, also schiebe ich mein Tablett schnell zu Toby und funkele ihn an.

»Denk nicht mal dran, die Kartoffeln anzurühren«, sage ich.

Er zwinkert mir zu und ich weiß, dass er seinen widerlichen Löffel nicht von meinem Teller lassen wird. Das meiste habe ich aber schon aufgegessen, also vertraue ich ihm den Rest an.

Ein paar Leute reißen Witze, als ich durch die Bankreihen zum Wärter gehe, sie machen sich lustig, weil ich Post bekommen habe. Das machen hier alle so, aber eigentlich nur, weil jeder neidisch ist, wenn er keinen Brief bekommt. Letzte Woche habe ich einen Typen ausgebuht, weil er einen dicken Umschlag von seiner Mom erhalten hatte.

»Danke«, sage ich, nicke und nehme den Brief in die Hände. Ich werfe erst einen Blick darauf, nachdem ich ein paar Schritte weg bin. Als ich Rileys Namen sehe, macht mein Herz einen Sprung und ich gehe schneller.

Jemand gibt mir einen Klaps auf den Hintern, als ich vorbeigehe, einer der Wärter pfeift sofort und brüllt. Mich hält nichts davon auf, ich lasse den Kopf gesenkt, bin nur darauf konzentriert, wie sie das *R* formt, wie sich das Papier in meiner Hand anfühlt, die Stelle, wo eine kleine Ecke absteht, weil der Umschlag nach der Inhaltskontrolle nicht wieder richtig zugeklebt wurde.

Als ich an meinem Platz ankomme, sind meine Kartoffeln weg. Ich schaue kurz zu Toby. Er zuckt mit den Schultern, also zeige ich ihm den Stinkefinger.

»Von wem?«, fragt er.

»Einer Freundin«, sage ich, denn dieser Brief ist nicht nur ausgedacht. Er ist von der echten Riley und er ist privat.

Ich schiebe meinen Finger in den Umschlag und öffne ihn behutsam. Dabei spüre ich, wie dick das gefaltete Papier ist. Es ist mehr als eine Seite und aus irgendeinem Grund macht mich das richtig euphorisch. Es bedeutet, das Lesen wird dauern. Ich werde es genießen können, solange es nicht wehtut.

»Bin mal für eine Weile in der Bibliothek.« Ich drücke den Brief fest an meine Brust und ignoriere Tobys derbe Sprüche, die mir noch mehr Aufmerksamkeit einbringen, als ich zum Ausgang gehe. Andere stimmen mit ein, reißen Witze, dass ich für meine eigene kleine Pornoshow damit abhaue und so'n Scheiß, aber ich lasse das einfach alles an mir abprallen. Das kann mir niemand kaputt machen. Ich hatte Riley schon aufgegeben.

»Bibliothekspass, bitte?«, frage ich.

Die Wärterin am Ausgabefenster schiebt mir ein Klemmbrett zu, ich unterschreibe, nehme den Zettel, den sie mir gibt, verlasse den Essenraum und gehe von einem bewachten Bereich in den nächsten. Normalerweise ist es ruhig hier. Ein paar Kids, die ihre Abschlussprüfung ernst nehmen, kommen manchmal zum Lernen her, aber heute ist niemand da.

Ich suche mir einen Tisch in der Nähe der Nachschlagewerke, denn ich weiß, dass das der letzte Ort ist, an dem jemand sitzen möchte, der in die Bibliothek kommt. Ich falte den Brief auseinander, beuge mich darüber und halte ihn zärtlich fest, als wäre sie tatsächlich hier bei mir.

Tristan,

es tut mir so leid, dass ich dich nicht besuchen konnte. Mein Dad hat einen neuen Job. Er fährt Lastwagen voller Orangen und Salatköpfe durch den Staat. Es ist toll, nur dass er uns leider nicht mehr trainieren kann, und er ist manchmal lange unterwegs. Bald wird er wieder öfter zu Hause sein, aber im Moment will er die Leute in der Firma noch beeindrucken. Wie auch immer, ohne einen Erwachsenen darf ich nicht kommen, und es würde sich merkwürdig anfühlen, deine Mom zu begleiten, deshalb dieser Brief. Ich habe zuerst angerufen und man hat mir gesagt, dass du Briefe erhalten darfst, also hoffe ich, dass dieser hier ankommt. Ich schätze, wenn er dich nicht erreicht, wirst du nie davon erfahren.

Weil mein Dad uns jetzt nicht mehr trainieren kann, ist Laurens Mom eingesprungen. Sie ist ziemlich gut. Und sie kommt auch gut mit den Mädchen klar. Sie hat noch zwei weitere ins Team geholt. Sie spielen immer noch mies, haben aber die richtige Statur. Die Schule hat Laurens Mom als Teilzeitkraft eingestellt, weil die Betreuerin aus der Sonderklasse für einen Job nach Maryland gezogen ist. Wir haben jetzt drei Spiele gewonnen und ja, dazu gehört auch das Spiel gegen die Zwölfjährigen. Sie waren groß für ihr Alter!
Ich habe auch noch andere Neuigkeiten. Ich hoffe, du freust dich genauso wie ich darüber. Obwohl ich mir eher Sorgen mache, dass du traurig sein wirst. Es fällt mir schwer, das zu schreiben, aber ich muss es einfach tun.
Ich gehe an die Ball State University.
In Indiana.

Ich lege den Brief hin und starre auf die Zeile. Eine Mischung aus Stolz und Kummer durchströmt mich. Ich habe mir das für sie gewünscht, aber es bedeutet auch, dass eine große Entfernung zwischen uns liegen wird – nicht nur Gefängnistüren und Flutlicht und Stacheldraht.

Sie hat sich zu Recht Sorgen gemacht, aber es ist einfach nicht fair, dass sie dazu gezwungen ist. Der Brief geht noch eine Seite weiter, aber ich brauche fünf Minuten, um mich von dieser Zeile zu lösen. Ich denke an Paul, dass ich mehr für ihn hätte tun können – und dass ich diese Kraft jetzt für Riley nutzen sollte. Schließlich beginne ich wieder zu lesen.

Es geht erst nächstes Jahr im August los und vielleicht schaffe ich es nicht ins Team. Ich bin wegen meiner Noten angenommen worden, aber der Coach meinte, sie werfen gern einen Blick auf mich. Ich habe ein Teilstipendium für die akademischen Fächer bekommen, aber wenn ich im Team aufgenommen werde, bekomme ich im folgenden Jahr vielleicht ein volles Stipendium. Deshalb arbeitet mein Dad auch so viel, damit er was sparen kann.
Es tut mir leid, dass ich dir nichts davon erzählt habe. Ich habe vergessen, dass ich mich beworben hatte, denn das war noch mithilfe der Studienberaterin an meiner alten Schule, bevor wir hierhergezogen sind. Es war nur aus einer Laune heraus – sie hat dafür gesorgt, dass ich mich für alles Mögliche bewerbe. Ich hätte nie gedacht, dass ich wirklich einen Platz bekomme, aber jetzt …
Es tut mir leid.

Das ist das Ende der ersten Seite.

Ich mache an dieser Stelle eine Pause und spüre das Gewicht der Worte: *Es tut mir leid.* Ich überfliege den Rest des Briefes, in dem es um das Training und Korbübungen mit Lauren auf dem Basketballplatz geht. Sie erwähnt, dass Jaden nach mir gefragt hat, was mich zum Lächeln bringt. Sie schreibt, dass er sich gut macht und sie ihn an den Wochenenden auf dem Basketballplatz trifft. Der Basketballplatz … ich wette, dort ist es jetzt auch ganz anders.

Ich komme zurück zum schwierigen Teil, nachdem ich ihre Unterschrift gelesen und mit meinem Finger das Herz nachgefahren habe, das sie gemalt hat. Ich wünschte, es wäre ein Wort – *Liebe.* Aber vielleicht ist es besser so.

Mein Herz ist schwer vor egoistischer Enttäuschung. Ich verlasse den kleinen Tisch und gehe zum Bibliothekswärter.

»Kann ich bitte ein Blatt haben? Ich würde gern einen Brief schreiben.« Er schaut auf zur Uhr und ich weiß, dass ich nicht mehr lange habe, bevor die Hofzeit beginnt. Wir werden alle gezwungen, rauszugehen, weil sie dann unsere Zellen auseinandernehmen, um sicherzustellen, dass niemand etwas versteckt. Dabei gibt es kaum Stellen, an denen man viel verstecken könnte. In meiner ersten Nacht hier wurde jemand mit Drogen erwischt, aber abgesehen davon wurde bei keiner Suche irgendetwas gefunden.

Der Wachmann reicht mir widerwillig ein Stück Papier und einen kurzen Bleistiftstummel. Ich danke ihm und haste zurück zu meinem Platz in der Ecke. Meine Hand fliegt schnell über das Blatt, damit ich alles aufschreiben kann, was ich zu sagen habe. Ich beginne zuerst mit dem Wichtigsten.

Riley,
ich bin so stolz auf dich! Ich werde nicht auf den Teil deines Briefes eingehen, in dem du dich entschuldigst, denn das solltest du nicht. Nicht bei mir. Ich habe Entscheidungen getroffen, die mich hierhergebracht haben. Deine haben dich dorthin geführt, wo du immer sein wolltest. Die Leute an der Ball State werden dich in ihrem Team haben wollen und sie werden nicht die Einzigen sein, also achte darauf, dass sie die Besten sind. Und sorge dafür, dass sie auch erfahren, dass du ein paar ziemlich stürmische Siebtklässler besiegt hast. (Scherz!)
Weil du etwas geschrieben hast, das dir schwerfiel, sollte ich das wahrscheinlich auch tun. Meine nächsten Sätze machen

dich vielleicht sauer, aber ich denke, du wirst mir am Ende verzeihen.

Ich halte kurz an und starre auf die Seite, meine Handschrift ist kaum lesbar und meine Rechtschreibung an vielen Stellen bestimmt voll daneben. Ich bin kein Superschüler und die Tatsache, dass meine frühere Studienberaterin glaubte, ich könnte in derselben Liga spielen wie die anderen in diesem Fortgeschrittenenkurs – wie Riley –, ist echt zum Totlachen. Sie hat etwas in mir gesehen, und das ist der Teil, an dem ich mich jetzt festhalte. Ms Beaumont hat Potenzial gesehen. Ich habe Potenzial. Und ich glaube, das liegt an der guten Seite in mir. Ich möchte ein guter Mensch sein, ich möchte Gutes tun – etwas geben. Deshalb muss ich diesen Brief beenden und abschicken, ohne weiter darüber nachzudenken.

Dieser Brief muss der letzte sein, den du von mir bekommst. Ich bin ein besserer Mensch geworden, weil ich dir begegnet bin. Du hast mich verändert. Du hast Seiten in mir zum Leben erweckt, von denen ich nicht mal dachte, dass ich sie in mir habe, aber du hast deine Arbeit getan. Ich habe dich eine Weile geliebt und ich hoffe, es gab Momente, in denen ich dich glücklich gemacht habe.

Bitte denke nicht, dass das nur eine Ausrede ist. Ich versuche, das Richtige zu tun. Leb dein Leben und tue unglaubliche Dinge.

Dein Tristan

Ich lese nicht nochmal, was ich geschrieben habe. Ich gehe zum Tresen und gebe den Stift und meinen Brief zusammen mit Rileys Umschlag ab.

»Kann das bitte an diesen Absender geschickt werden?«, frage ich.

Der Wachmann nickt, nimmt mein Blatt und legt es auf einen Stapel mit Dutzenden anderen beschriebenen Seiten. Die Chancen, dass der Brief tatsächlich bei Riley ankommt, sind nicht besonders hoch, aber darüber darf ich mir nicht den Kopf zerbrechen. Wenn ich das tue, werde ich weiterhin mit der Hoffnung aufwachen, sie wiederzusehen. Ich wäre nicht stark genug, diesen Brief noch einmal zu schreiben.

Eine Woche ist vergangen, seit ich im Grunde mit einem Mädchen Schluss gemacht habe – das nie offiziell meine feste Freundin war –, und das auch noch in einem Brief, der aus dem Jugendgefängnis verschickt wurde. Sie sollte sich glücklich schätzen, dass wir nie »offiziell« zusammen waren.

Diesen Begriff benutzt Lauren jedenfalls. Sie hat damit bei ihren letzten Besuchen ein paarmal um sich geworfen. Sie erklärte, dass sie das auch zu Riley gesagt hätte, als sie sich über meinen Brief aufgeregt hat. Auf diese Weise wollte sie dafür sorgen, dass Riley sich besser fühlt, in dem sie das, was wir hatten, als keine große Sache bezeichnet.

Das Problem ist nur, dass es eben doch eine große Sache war. Für mich auf jeden Fall und ich weiß, dass es Riley auch so ging. Ich konnte es fühlen, wenn ich mit ihr zusammen war.

Jetzt warte ich im Besucherbereich auf Lauren. Ich habe die ganze Nacht geübt, was ich zu ihr sagen will. Sie muss aufhören, sich immer überall einzumischen. Sie ist Rileys Freundin und für mich gehört sie zur Familie, also habe ich keine Ahnung, wie sie das in Zukunft machen will, aber sie muss diesen Scheiß getrennt halten.

Ich sehe zu, wie sie durch die Sicherheitskontrolle geht. Sowie sie hereingelassen wird, stehe ich auf und umarme sie. Sie ist vor einer Woche achtzehn geworden, und abgesehen davon, dass sie mich jetzt ohne Aufsicht besuchen darf, macht sie das ziemlich herrschsüchtig.

»Danke, dass du gekommen bist«, sage ich während der Umarmung. In Gedanken gehe ich meine Kernpunkte durch. Ich bin bereit, in das Gespräch einzusteigen, als wir uns hinsetzen, doch Lauren gibt mir nicht die Chance dazu.

»Hier«, sagt sie, knallt einen geöffneten Brief mit der flachen Hand auf den Tisch und schiebt ihn zu mir. »Und bevor du rummeckerst, der Umschlag ist nur offen, weil Mr Sicherheitsmann da draußen den Inhalt prüfen musste.«

Was zur Hölle?

Sie hebt die Hand – die Schrift sagt mir alles. Der Brief ist von Riley.

»Okay, ich hab ihn gelesen. Aber das wollte sie so. Sie wollte sichergehen, dass darin alles steht, was du hören musst. Ich weiß nicht, warum sie ihren Arsch nicht mit mir hier reinsetzen wollte, aber sie hat darauf bestanden, dass ich Postbote spiele, also, da hast du!«

Sie stößt den Umschlag noch einmal an und die Seiten rutschen heraus. Rileys Schrift wirkt abgehackt, die Buchstaben sind groß und hingekritzelt. Sie war wütend, als sie das geschrieben hat. Ich fühle mich wie der letzte Arsch.

»Lauren, so war es nicht abgesprochen«, sage ich, schiebe die Seiten wieder in den Umschlag und gebe ihn ihr zurück.

Sie verschränkt die Arme und steht vom Tisch auf, wobei sie den Kopf schüttelt.

»Lauren, ich kann das nicht lesen«, sage ich.

»Oh, doch, das kannst du«, faucht sie zurück.

Ich muss vor Frust fast lachen und fahre mir mit der Hand über meinen Igelschnitt.

»Ich tue das Richtige«, sage ich, halte den Brief in der einen Hand und strecke ihr die andere flach entgegen. »Lauren, bitte, sag mir, dass du das auch so siehst.«

Sie seufzt und ich blicke hilflos zu ihr auf, der Umschlag liegt schwer wie Blei in meiner Hand.

»Du kannst nicht einfach aufhören, ihr Freund zu sein, nur weil du ein neues Kapitel aufschlägst. Wenn dieses blöde Sprichwort überhaupt so geht. Was ich meine ist, sie war deine Freundin. Auch wenn du sie geliebt hast und … sag nichts …« Sie hält den Arm hoch, um mich nicht zu Wort kommen zu lassen, als ich versuchen will, dagegenzuhalten. Ich gebe nach, denn sie kennt mich zu gut. »Du hast sie geliebt. Doch zuerst nur als Freundin. Das kannst du ihr nicht einfach wegnehmen. Kein Rückzieher. Foul! Nein, warte … *technisches* Foul!« Sie hebt die Hände in die Höhe und streckt die Finger aus, als wollte sie einen Korb werfen.

»Ist das irgendeine Modelpose oder so?« Ich blinzele sie an.

Sie gibt mir einen Klaps aufs Bein und der Wachmann kommt näher, also zieht sie die Hand zurück.

»Tut mir leid«, sagt sie zu ihm, dann wendet sie sich wieder mir zu. »Tut mir gar nicht leid.«

Ich lache über diese ganze Situation und bevor sie geht, atme ich tief durch und ziehe den Brief zu mir heran. Ich werde darauf antworten müssen, und wenn sie mich hier nicht sehen will, werde ich ihr schreiben müssen.

»Ich habe ihre Adresse nicht. Die hab ich dem Wachmann gegeben«, sage ich.

Lauren zieht ein gefaltetes Stück Papier aus ihrer Gesäßtasche. Es sieht aus wie eine Quittung aus einem Coffeeshop, ich falte es auseinander und mustere die Adresse, die auf der Rückseite geschrieben steht. Sie wirkt vertraut und ich weiß, dass es Rileys ist.

»Danke«, sage ich.

»Nicht der Rede wert.« Sie steckt die Hand in ihre Tasche und kramt nach ihrem Autoschlüssel. »Ich muss dann.«

Eigentlich müsste sie noch nicht gehen, aber sie zwingt mich, mit Rileys Worten allein zu sein. Ich stehe auf, umarme sie noch einmal und tue dann das, was sie möchte. Ich gehe direkt in die Bibliothek zu meinem Lieblingstisch, auf dem schwere Bücher mit vielen Bildern liegen – und ich beginne zu lesen.

Tristan,

nein! Das ist eigentlich alles, was ich dir mitteilen sollte, aber es wäre Papierverschwendung, nicht noch mehr zu schreiben. Also schreibe ich mehr. Wenn ich dir Briefe schicken will, dann werde ich das tun. Wenn du sie nur in deiner Zelle stapelst, ist das deine Sache. Ich werde trotzdem weiterschreiben. Ich schreibe dir gern. Es tut mir gut. Es hilft mir, die Scheiße zu verarbeiten. Du bist mir wichtig und ich brauche dich trotz allem, also ... nein.

Ihr Brief geht noch zwei Seiten weiter, aber im Grunde schreibt sie immer wieder dasselbe und am Ende muss ich lachen. Sie ist so dickköpfig, aber die kleinen Dinge, die ich zwischen den Zeilen ihrer Schimpftirade lese, zeigen mir einen kleinen Ausschnitt von dem, was ich verpasse und vermisse. Sie erwähnt, dass sie einen Test verhauen hat, was ich mir bei ihr gar nicht vorstellen kann. Ich kann mir nicht vorstellen, dass sie überhaupt bei irgendetwas scheitern könnte – niemals. Sie schreibt auch von ihrem Dad, der sich mit einer Fahrerin angefreundet hat. Sie reden wohl über Funk miteinander, wenn sie unterwegs sind. Ich wünschte, ich hätte auch ein Funkgerät. Aber das habe ich nicht. Ich habe einen endlosen Vorrat an Papier und Babybleistiften, wie sie immer an Lotterie-Ständen verteilt werden, damit die Leute ihre Lieblingszahlen ankreuzen können.

Ich gehe zum Tresen des Wachmanns, doch bevor ich ihn fragen kann, schiebt er mir ein paar Blätter und einen Stift zu.

»Danke«, sage ich grinsend.

Ich gehe zu meinem Tisch zurück und fange sofort an.

Okay, Riley. Ich werde dir schreiben.
Wir werden Brieffreunde. Das klingt doch toll.

Ich halte inne, lese mir das Geschriebene durch und schüttele den Kopf. Dann drehe ich den Bleistift um, aber ich bin am Arsch, denn er hat keinen Radiergummi. Ich zeichne einen Kreis um die ersten Zeilen und füge dann einen Pfeil hinzu, der direkt darunter zeigt.

So wollte ich nicht anfangen, aber sie erlauben uns hier keine Radiergummis. Falls du dich darüber wunderst, Radiergummis können in tödliche Waffen verwandelt werden.
Nein, können sie nicht. Das sind einfach dämliche Bleistifte.

Ich lache leise über mich selbst. Das wird sie auch lustig finden. Ich denke, genau das tue ich – antworten. Wir werden uns schreiben. Ich werde das so lange machen, wie sie es möchte, bis ihre Briefe aufhören. Ich frage sie nach dem Test, bei dem sie durchgefallen ist, und wie es sich mit Laurens Mom als Coach spielt. Dann erzähle ich ihr ein paar Dinge aus meiner Kindheit, als Laurens Mom unser Tiny-Tykes-Team auf dem Basketballplatz trainiert hat. Sie hat es aus demselben Grund gemacht wie heutzutage – es gab sonst niemanden, der es hätte übernehmen können.

Ich gebe alles in die Post und lasse es über mich ergehen, dass der Wachmann den Brief liest, bevor er ihn auf den Stapel legt. Es ist ein anderer Mann als gestern, deshalb mache ich mir gedanklich eine Notiz, mir ihren Dienstplan zu merken. Ich mag den Kerl lieber, der meinen persönlichen Kram nicht liest. Dieser Typ hier nimmt seinen Job zu ernst.

Rileys Antwort kommt diesmal schneller. Ihr Brief klingt auch fröhlicher, was ich mir schon dachte, weil sie jetzt ihren Willen bekommen hat. Sie schreibt nichts über den verhauenen Test, aber das braucht sie auch nicht wirklich. Ich finde, es grenzt an ein Wunder, dass sie nur bei einem Test durchgerasselt ist, nachdem, was sie alles durchgemacht hat.

Ihr haben die Geschichten über Laurens Mom gefallen und sie bittet mich darum, ihr mehr solche Sachen zu schreiben – über mich, als ich noch klein war. Zuerst fällt es mir schwer, mich an Dinge zu erinnern, die nichts mit Dub zu tun haben. Aber nachdem ich erst mal tief in meinen Erinnerungen gegraben habe, kommen sie viel leichter ans Tageslicht. Ich schreibe über meinen Dad, über die guten Sachen, an die ich mich bei ihm erinnere und dass er zu Hause immer Spanisch gesprochen hat. Als Kind verstand ich die Sprache viel besser, aber ich habe sie kaum benutzt, weil meine Mom sie nicht spricht. Mein Dad wollte nie, dass Mom sich ausgeschlossen fühlt, das war seine Art, sie zu lieben. Mir wurde als Kind eine seltsame Sicht auf die Liebe vermittelt. Gefälligkeiten und Rücksichtnahme, gelegentliche Leidenschaft, aber keine echte Zuneigung, außer von meiner Mom und auch nur, wenn sie clean und nüchtern war.

Einen Monat lang geht unser Briefwechsel so weiter, wir tauschen persönliche Geschichten und Details aus, für die wir in dem ganzen Chaos nie Zeit hatten. Sie erwähnt ein paarmal, dass ihr Dad zu Hause ist, und ich frage mich, warum sie mich nicht besucht, aber ich hake nicht weiter nach. Mir gefällt, wie es gerade zwischen uns läuft, der Abstand, den die Post zwischen uns hält. Es ist sicherer für sie, auch wenn ich inzwischen von ihren Worten abhängig bin.

Mit jeder Einzelheit, die sie mit mir teilt, liebe ich sie ein wenig mehr, gleichzeitig muss ich immer damit rechnen, dass jeder Brief der letzte sein könnte. Ein Monat wird zu mehreren Monaten und zwischen den Briefen beginnen Wochen zu vergehen, bis sie schließlich ganz aufhören.

Ich kann damit leben, mit der Art, wie der Briefwechsel einfach verblasst ist. Ich kann damit leben, weil sie jetzt freier für das ist, was als Nächstes auf sie zukommt. Mit dem Schreiben kann ich aber trotzdem nicht aufhören, und weil ich keinen Ort mehr habe, an den ich meine Worte schicken kann, beginne ich, sie aufzusparen. Ihr zu schreiben hat mich dazu inspiriert, *meine* Geschichte aufzuschreiben, jedes einzelne hässliche Wort. Es ist etwas anders als das, was ich dem FBI erzählt habe. Es geht mir vor allem um die Emotionen, wie leicht es war, aufzuwachsen und zu glauben, dass dieses Leben richtig ist, denn das war alles, was mir beigebracht wurde.

Als ich nur noch eine Woche vor den Prüfungen stehe, habe ich genug Seiten für ein Buch zusammen. Vielleicht sollte ich es eines Tages mit der Welt teilen, wenn die Leute bereit sind, es zu lesen. Aber Rileys Briefe werde ich nicht teilen. Diese Briefe – sie sind nur für mich.

KAPITEL 20

ZWEITES COLLEGEJAHR

RILEY

Es ist irgendwie surreal, wieder zu Hause zu sein, auch wenn ich erst seit einem guten Jahr in Indiana bin. Ich habe so wenig Zeit in Miller verbracht, aber ich habe immer noch starke Erinnerungen daran. Alles, was hier passiert ist, mein Leben an diesem Ort – war intensiv. Kurz, aber intensiv und brutal und süß.

Mein Dad sagt, er könne sich auch allein um alles kümmern, ohne dass ich extra zurückkommen müsste, aber ich wollte hier sein. Ich denke, ich muss hier sein. Einige Dinge sind noch nicht abgeschlossen.

Mein Dad ist in der Spedition befördert worden, ihm wurde eine Position als Abteilungsleiter angeboten. Darauf hatte er hingearbeitet und die Stelle ist in Indiana, was bedeutet, dass mein Teilstipendium nur noch die Kosten für die Ausbildung decken muss, sowie wir eine Bleibe gefunden haben.

Es bedeutet auch, dass mein Dad umziehen muss.

Ich erinnere mich noch daran, wie wir unser erstes Haus verlassen haben. Ich war traurig, so viele Dinge hinter mir zu lassen, die ich nicht wiedersehen würde. Ich glaube nicht, dass ich diesmal dasselbe empfinden werde, denn die Menschen, die mir wirklich etwas bedeuten, sind ihrer Wege gegangen – Lauren ist in die Nähe ihres Colleges in eine andere Ecke des Staates gezogen und ihr Bruder ist mit seinem eigenen Leben beschäftigt. Jaden ist noch ein Kind und eine lange Therapie liegt vor ihm, in der es darum gehen wird, was er aus Notwehr getan hat und warum sein Vater in Schwierigkeiten geraten ist, weil er eine ungesicherte Waffe im Haus hatte. Die Mütter von Tristan und Paul haben mithilfe der Kirche eine Stiftung gegründet, um gegen die Gewalt von Gangs zu kämpfen, was den größten Teil ihrer Zeit einnimmt.

Die einzige Person, die ich wirklich gern wiedersehen möchte, war eine lange Zeit kein Teil dieses Ortes, aber er wird heute hier sein. Deshalb musste ich herkommen.

»Er ist gestern entlassen worden, oder?« Mein Dad ächzt bei der Frage, während er einen Karton mit diversen Küchenutensilien zu meinem Pick-up schleppt. Ich helfe ihm, den Karton auf die Ladefläche zu wuchten, dann klettere ich hinauf und schiebe ihn mit dem Fuß nach hinten.

»Ja, ist er. Er hat mit Lauren gesprochen und sie hat es mir erzählt«, sage ich und nehme ihm einen weiteren Karton ab, während ich noch oben auf der Ladefläche stehe. Ich hebe ihn problemlos hoch, was meinen Dad zum Schmunzeln bringt.

»Du bist so stark geworden«, sagt er und wischt sich mit dem T-Shirt-Kragen den Schweiß vom Gesicht.

»Sechs Tage die Woche Sport und Training, was soll ich sagen.«

Im ersten Monat am College hat mich meine fehlende Kondition fast umgebracht. Ich dachte, ich wäre gut in Form, aber ich hatte ja keine Ahnung. Eine Komplikation durch einen Rippenbruch, den niemand bemerkt hatte, machte die Sache noch schlimmer, und ich konnte die Hälfte meines ersten Studienjahres nicht spielen, weil alles ausheilen musste. Zu dieser Zeit habe ich aufgehört, Tristan zu schreiben. Ich wollte nicht, dass er davon erfährt, und ich wusste nicht, wie ich dieses Thema aussparen oder was ich auf seine Fragen nach dem Team antworten sollte.

Ich wollte nicht lügen. Und ich wollte nicht, dass er wieder ein schlechtes Gewissen bekommt.

Ich springe vom Pick-up und setze mich auf den Drehstuhl mitten in der Einfahrt, drücke mich ab und lasse mich bis zur Bordsteinkante rollen.

»Versprich mir, dass du diesen Stuhl nie wegschmeißt«, sage ich.

Mein Dad wirft einen Blick über die Schulter, um zu sehen, wovon ich rede. »Du solltest ihn einfach behalten, wenn du wieder ans College gehst«, erwidert er.

Sowie er sich wieder umgedreht hat, feiere ich mit einer Siegerfaust ab und schiebe den Stuhl zur Seite.

Das Dribbelgeräusch klingt noch ganz schwach, als ich es zuerst höre, also gehe ich nicht gleich die Einfahrt hinunter, aber als es lauter wird – näher kommt –, gebe ich nach und laufe zur Straße vor, um zu sehen, wer da auf dem Weg zum Basketballplatz ist.

Mir stockt der Atem, als ich ihn sehe. Er trägt die Haare kurz, meine sind wieder lang. Ich lache leicht bei dieser Feststellung, höre aber sofort auf, als sich unsere Blicke treffen. Er hält den Ball fest und bleibt stehen. Er wusste, dass ich hier sein würde. Lauren erzählt ihm genauso viel wie mir. Ich wollte ihn sehen, aber ich wollte auch darauf vorbereitet sein. Obwohl das wahrscheinlich sowieso nicht geklappt hätte.

Sein Mundwinkel wandert nach oben und er beginnt wieder zu dribbeln, bis er an meiner Einfahrt angekommen ist.

»Warum muss ich dir immer über den Weg laufen, wenn du gerade schwere Sachen schleppst«, sagt er und deutet mit dem Kopf auf die Kartonberge und gestapelten Gegenstände auf der Ladefläche des Pick-ups.

Seine Augen bekommen Falten beim Lächeln, sein Gesicht sieht älter aus. Es ist reifer geworden, seine Züge sind schärfer geschnitten und alles an ihm wirkt stärker, breiter und … anders.

»Die kurzen Haare stehen dir gut«, sage ich mit einem Blick auf seinen Kopf. Im Grunde ist es ein Bürstenhaarschnitt.

Er fährt sich mit der Hand über den Kopf und lacht schief, während seine Augen nach oben gerichtet sind.

»Ja, eine kleine Aufmerksamkeit des Miller County Justizsystems.«

Ich nicke. »Hab ich mir gedacht.«

Wir mustern uns, machen Momentaufnahmen der Menschen, die wir jetzt sind. Mein Hals fühlt sich ganz trocken an und er schluckt sichtbar. Das ist für uns beide eine merkwürdige Situation.

»Ich wollte ein bisschen werfen gehen. Ich weiß, dass du nicht mit *Amateuren* spielst, aber ich dachte vielleicht …« Er zieht die Augenbrauen hoch und grinst, als ich über seinen Witz lachen muss.

»Klar, ich kann mich auch mal unter das gemeine Volk mischen.«

Er zuckt gespielt zusammen und macht ein abfälliges Geräusch.

Mein Dad kommt aus der Garage und hievt einen weiteren Karton auf den wachsenden Haufen. Mein Herz pocht mir bis zum Hals, genau wie vor zwei Jahren. Ich denke, die Nervosität wird nie ganz verschwinden.

»Hey, Dad?«

Er richtet die Aufmerksamkeit auf mich und muss zweimal hinschauen, bevor ihm klar wird, dass Tristan neben mir steht.

»Ich geh 'ne Runde spielen … ist das okay?«

Der Blick meines Vaters landet nicht bei mir, er bleibt auf Tristan gerichtet. Aber es ist nicht der argwöhnische und beschützende Ausdruck, den ich sonst von ihm kenne. Seine Miene ist weicher, vielleicht sogar mitfühlend. Sein Mund verzieht sich zu einem leichten Grinsen.

»Sicher, ich hol uns derweil was zum Mittagessen. Ich rufe dich an, wenn ich zurück bin. Tristan, willst du auch was?«

Beim Angebot meines Dads stößt Tristan einen verblüfften Atemzug aus. »Nein, danke, Sir. Ich habe nachher ein Vorstellungsgespräch«, sagt er, und ich hebe in stolzer Überraschung den Kopf. Er sieht mich an und wirft mir mit zusammengepressten Lippen ein Lächeln zu.

»Ein Job?«, fragt mein Dad.

»Stipendium. Nur vom Bezirk, aber immerhin etwas«, erwidert Tristan und drückt die Schultern durch.

Mein Dad spielt das nicht herunter. Das ist ein Erfolg, ein großer Schritt. »Na dann, viel Glück … bin stolz auf dich«, sagt er mit einem aufrichtigen Lächeln und geht wieder rein.

Tristan rührt sich für einen Moment nicht, den Blick auf die Stelle gerichtet, wo gerade noch mein Vater gestanden hat. Er lässt das Lob auf sich wirken und ich lasse ihm Zeit dazu.

»Bereit?«, fragt er schließlich und richtet den Blick wieder auf mich.

Er sieht so gut aus und ich frage mich, wie ein Junge wie er an einem so hässlichen Ort geboren werden konnte. Ich bewundere, dass er das überlebt hat.

»Bereit.« Ich lächle und schließe zu ihm auf.

Auf dem Weg zum Basketballplatz gleichen sich unsere Schritte an. Tristan versucht, uns mit ein paar absichtlichen Stolperern aus dem Rhythmus zu bringen, wodurch ich unwillkürlich lachen muss. Ich räche mich, indem ich ihm den Ball unter dem Arm wegschlage, aber nachdem ich nur ein kleines Stück weggedribbelt bin, holt er ihn sich zurück. Mein Arm gleitet an seinem entlang, der Körperkontakt ist normal, aber auch so offensichtlich, dass ich rot werde und Tristan den Blick abwendet. Wir sind beide nervös.

Als wir durch das Tor kommen, ist das Spielfeld leer. Die Tribüne ist hellgrün gestrichen und die Linien am Boden sind weiß und sauber.

»Meine Mom hat dafür gesorgt, dass die Kirchengemeinde sich um diesen Platz kümmert. Die haben eine Menge Arbeit reingesteckt, wie's aussieht.« Tristan schaut sich um.

»Sieht schön aus«, sage ich, als ich auch die ausgewechselten Ketten an den Körben und die neu gemachten Korbwände bemerke. Ich tue mein Bestes, um das Beben in meiner Brust zu unterdrücken, und ich bin mir sicher, dass es Tristan genauso hart trifft, hier zu sein, wie mich. Ich erkenne es daran, wie sein Kiefer sich anspannt und seine Augen sich zusammenziehen. Ich durchlebe die Schüsse auch noch einmal.

»Was hältst du davon, wenn du mir ein paar deiner neuen Collegetricks zeigst, die du gelernt hast«, schlägt er vor und wirft mir einen Seitenblick zu.

Ich grinse. Ich bin bestimmt eine Million Mal besser als bei unserem letzten gemeinsamen Spiel, aber ich werde mich bei ihm nicht zurückhalten. Er ist derjenige, dem ich es eigentlich am meisten beweisen will.

»Du greifst zuerst an«, sage ich, schlage ihm den Ball aus der Hand und dribble zur Freiwurflinie.

Tristan rennt hinter mir her, seine Beine sind lang und seine Muskeln füllen die schwarze Jogginghose mehr aus als früher. Er trägt dazu ein weißes Langarmshirt, das er sich jetzt über den Kopf zieht und zur Seite wirft. Das war als Ablenkung gedacht und es funktioniert, denn ich stoppe den Ball, er schnappt ihn sich problemlos und lacht, als der Ball im Korb landet.

»Collegetraining«, neckt er mich.

Meine Mundwinkel wandern beschämt nach oben und sein Lachen lässt nach. Seine Lippen nehmen ein sanftes Lächeln an und mit seinem Blick, der auf mir ruht, scheint er mir still etwas zu sagen. Die Anziehungskraft, die ich vor zwei Jahren empfunden habe, ist sprunghaft gewachsen.

Genau wie seine.

Ich schüttele die Gedanken ab, nehme den Ball und dribble ein paar Schritte zurück, um etwas mehr Platz zu haben. Er kennt meine Technik beim Sprungwurf und er geht wahrscheinlich davon aus, dass ich von rechts vorstoße, genau wie er es mir gezeigt hat. Was er nicht weiß, ist, dass ich die beste Drei-Punkte-Werferin an der Ball State bin.

Ich springe eineinhalb Meter hinter der Linie ab und lasse den Ball fliegen. Er macht nicht mal ein Geräusch, als er durch den Korb fällt.

Tristan starrt den Korbrand ein paar Sekunden an, und als ich um ihn herumgehe, hängt seine Kinnlade ehrfürchtig herunter.

»Nicht schlecht, was?« Ich zwinkere, als er sich zu mir umwendet. Aber sofort wächst sein Grinsen wieder.

»Tja, weiter geht's«, sagt er, schnappt sich den Ball und geht schnell wieder in Führung.

Ich gehe zur Verteidigung über und breite die Arme aus, aber seine Spanne ist ein wenig größer. Er steuert auf mich zu, ich schließe den Abstand und merke, wie mir unsere alte aggressive Spielweise immer leichter fällt. Ich verhindere seinen ersten Wurfversuch, doch er fängt den abgeprallten Ball und landet einen Folgetreffer. Dann bin ich wieder am Ball, täusche einen weiteren Dreier vor, ziehe aber stattdessen links an ihm vorbei.

»Whooooo!«, ruft Tristan und hebt einen Arm in die Höhe, während er sich aus Respekt für meinen gelungenen Wurf verbeugt. Er ist beeindruckt von meinem Handling und ich strahle. Auf gewisse Art werde ich auf dem Spielfeld wohl immer seine Schülerin bleiben.

Wir spielen eine knappe halbe Stunde weiter, bis meine Haare ganz nass sind und ich sie auf dem Kopf zusammendrehen muss. Von seiner Haut tropft der Schweiß. Und die ganze Zeit haben wir den Platz für uns – unser kleines Königreich. Es wird nicht bestehen bleiben, aber für diesen Moment gehört es uns.

»Letzter Wurf, alles oder nichts«, sagt Tristan, ein Auge mehr zugekniffen als das andere, während er zurückdribbelt und mich mit einem herausfordernden Blick und einem gepressten Lächeln einzuschüchtern versucht. Seine Wangen bekommen Grübchen von seinem selbstsicheren Grinsen und ich erinnere mich an das erste Mal, als ich diese Grübchen gesehen habe. An diesem Tag habe ich ihn in die Knie gezwungen und ich habe nicht vor, heute als Verliererin vom Platz zu gehen.

»Abgemacht«, sage ich, trete nah an ihn heran und decke ihn aggressiv. Er täuscht eine Richtung vor, aber ich bleibe an ihm kleben, falle nicht mehr auf seine Bewegungen herein, mein Blick wandert von seiner Hüfte zu seinen Händen. Ich lauere auf die kleinsten Anzeichen und ich bin immer einen Schritt voraus, bis er den Ball heftig zur Seite schlägt, sodass er auf die Tribüne zuspringt und aus dem Spiel ist.

»Was …«

Mehr bringe ich nicht heraus, bevor er den Arm ausstreckt und mir mit der rechten Hand über mein Gesicht streicht. Sein Blick versinkt in meinem, verschwimmt in Bedauern und Hoffnung und Verlangen. Ich verliere mich in seinen Augen und fühle all diese Dinge tief in meiner Brust.

Ich weiche ein paar kleine Schritte zurück, doch er folgt mir, bis wir direkt unter dem Basketballkorb stehen. Ich lege die Hände flach auf seine Brust, die feucht von dem harten Spiel und warm vom Leben ist, das in ihm pulsiert. Er senkt den Kopf, ich schließe die Augen, spüre die sanfte Berührung seiner Lippen auf meinen, den Kampf der Versuchung.

»Ich weiß, du bist auf dem College. Ich weiß, dein Dad zieht um, und ich weiß, dein Leben ist jetzt in Indiana. Aber du und ich sind hier«, sagt er. Seine Nasenspitze fährt an der Seite meiner Nase entlang, während er die Hand hebt und meinen Kopf hält. Er dreht ein paar lose Haarsträhnen um seine Fingerspitzen und meine Hände wandern an seinen Armen hinauf, bis sie auf seinen Schultern liegen, denn ich will nicht, dass er sich von der Stelle rührt.

»Dieser Platz gehört uns. Er steht nicht nur für die schrecklichen Dinge, die ich überlebt habe, Riley. Ich komme hierher und ich sehe dich, und es ist okay für mich, nur diesen kleinen Moment zu haben«, sagt er und berührt bei den letzten Worten meine Lippen mit seinen. Sein Atem ist süß, sein Lebensweg hat ihn stärker gemacht.

»Du kannst mehr haben«, sage ich, öffne die Augen und spüre, wie meine Wimpern über seine rauen Wangen streifen.

»Darum würde ich dich nicht bitten.« Er schiebt eine weitere Strähne zurück, bis seine Hände ganz in meinen Haaren vergraben sind. »Ich bitte dich nur jetzt genau hier, mich zu küssen. Und vielleicht, wenn ich Glück habe, kann ich dich später wieder küssen. Es ist mir egal, wann. Es ist mir egal, wo. Aber bitte, halt das hier einfach fest.« Er legt meine Hand an seine Brust, drückt sie eindringlich dagegen, bis ich das heftige Pochen spüre, das darin kämpft. »Erinnere dich immer daran, wie sich das anfühlt, denn ich werde es niemals vergessen.«

Ich trete an ihn heran, er presst seine Lippen auf meine, seine rechte Hand wandert auf meinen Rücken und zieht mich näher, schwenkt mich während unseres Kusses herum, wie man es in Filmen sieht.

Das sind wir. Ein Augenblick. Dieser eine. Nach zwei Jahren.

Und wenn das Schicksal es so will, eines Tages in der Zukunft.

Ich werde warten. Ich werde immer nach unserem Platz Ausschau halten. Ich werde gar nicht anders können, denn er ist der Richtige für mich, ob er nun bei mir ist oder nicht. Er gehört zu mir. Er wird meine Erwartungen prägen und vielleicht ... nur vielleicht ... wird es wieder eine Zeit für uns geben.

EPILOG

EIN JAHR SPÄTER

TRISTAN

Sie war unglaublich. Ich habe ihr nicht gesagt, dass ich zum Spiel komme, weil ich sie nicht durcheinanderbringen wollte, denn ich bin nicht sicher, was sie noch für mich empfindet. Meine Gefühle sind immer noch da. Ich kann Riley nicht einfach gehen lassen und ohne sie weitermachen, selbst wenn ich es wollte. Ich denke immer noch jeden Tag an sie.

Es kommt nur selten vor, dass eine Basketballspielerin in einem NCAA-Meisterschaftsspiel mitmacht. Und es kommt noch seltener vor, dass diese Spielerin als beste des Spiels bezeichnet wird.

Die Menge hat sich schon gelichtet und ich weiß, dass ihr Dad am Durchgang zu den Umkleiden mit ein paar Reportern spricht. Er hat ein paarmal hochgeguckt. Ich habe ein Ticket auf dem Schwarzmarkt gekauft, um reinzukommen. Es hat mich ein paar Tageslöhne gekostet, aber das war es mir wert. Jaden wollte auch mitkommen. Er ist wie ein kleiner Bruder für mich geworden und meine Mom hat ihn in der Jugendgruppe der Kirchengemeinde untergebracht. Er hätte Riley gern gesehen. Und ich bin sicher, sie hätte sich auch gefreut, ihn zu sehen. Aber zwei Tickets – dann wäre ich pleite gewesen.

Ich warte, bis ihr Dad den Reportern die Hand geschüttelt hat und einem von ihnen das kleine Mikro zurückgibt, das an seinem Kragen befestigt war. Er bleibt mit den Händen tief in den Taschen vergraben stehen und lächelt ihnen zu, als sie gehen und sich beeilen, um seine Tochter noch zu erwischen.

Ich stehe auf, da dreht er sich um und schaut zu mir hoch.

»Das war ein Spiel, was?« Seine Stimme hallt über die leeren Sitzreihen.

»Ich wusste, dass es das werden würde«, sage ich und passe mich seiner Haltung an, die Hände in den Taschen vergraben, die Schultern gestrafft.

Er legt den Kopf schräg. »Komm runter«, sagt er.

Ich schaue auf meine dreckigen Arbeitsschuhe und die Flecken am Saum meiner Jeans. Ich lächle zum Boden und nicke, gehe mit schweren Schritten, die ein dumpfes Geräusch machen, die Metallstufen hinunter, bis ich neben dem Spielfeld auf seiner Höhe bin.

Er hält mir die Hand hin, ich schlage ein und lasse mich von ihm in eine Umarmung mit einem festen Klaps auf den Rücken ziehen.

»Schön, dich zu sehen«, sagt Rileys Dad. Er ist kleiner, als ich ihn in Erinnerung hatte, vielleicht bin ich auch gewachsen.

»Geht mir genauso«, sage ich und atme einen Teil meiner Angst aus. Hier zu sein ist schwerer, als ich angenommen hatte, aber das Spiel hätte ich auf keinen Fall verpassen wollen.

Ihr Vater schaut auf meine Schuhe und ich trete mit der Spitze auf den Boden.

»Bin viel am Arbeiten. Ein Teil der Altstadt wird plattgemacht. Dort soll ein neues Rathaus entstehen. Ich hebe sozusagen die Grube aus.« Ich blicke mit einem schiefen Lächeln auf. Ich schäme mich ein bisschen, stolz darauf zu sein, aber das bin ich.

»Das ist toll. Ich wollte auch immer mal eins dieser schweren Baugeräte fahren.«

Ich lache, denn tief in unserem Inneren sind wir immer noch kleine Jungs, die gern buddeln.

»Ja, es ist ziemlich cool.« Plötzlich zieht sich meine Brust zusammen.

Hinter ihm im Durchgang wird Jubel laut und mir wird klar, dass ich ihn nur aufhalte.

»Sie sollten reingehen. Mit ihr feiern«, sage ich und merke, wie sich eine schwere Traurigkeit über mich legt. Das ist nicht unser Spielfeld. Dieser Ort ist nicht derselbe wie zu Hause, und die E-Mails, Nachrichten und gelegentlichen Anrufe, mit denen wir unsere Freundschaft aufrechterhalten haben, sind nicht dasselbe wie ein persönlicher Kontakt. Da drin ist die echte Riley und ich halte es kaum aus, daran zu glauben.

»Bleib in der Nähe. Ich sage ihr, dass du hier bist. Sie wird dich sehen wollen«, sagt er.

Ich nicke und schlucke den Kloß hinunter, der sich in meinem Hals gebildet hat.

Er klopft mir auf die Schulter und verschwindet im Durchgang. Ich schaue ihm nach, versuche, einen Blick zu erhaschen, sehe aber nur Reporter und die Familien der anderen Spielerinnen. Ich habe mit meinen Schuhen Dreck auf dem Boden hinterlassen, also trete ich ihn beiseite und mache ein paar Schritte auf das glänzende Spielfeld.

»Du bist gekommen!«

Beim Klang ihrer Stimme habe ich fast Angst, mich umzudrehen. Es ist eine Weile her, seit ich etwas anderes von ihr gesehen habe außer Bilder in den sozialen Netzwerken. Ich träume von dieser Stimme und ich halte mich daran fest, wann immer sie anruft.

Ich drehe mich langsam um, und obwohl sie erwachsen ist, ist sie immer noch dasselbe Mädchen. Sie wird immer *das* Mädchen sein.

»Mir gefällt dein Zopf«, sage ich und deute auf ihre dicken Haare, die streng nach hinten gebunden sind.

»Ich hätte sie wieder abrasieren sollen«, scherzt sie und kommt näher. »Mädchen ziehen daran.«

Ich stoße ein kleines Lachen aus.

Vergangene Zeiten ... es ist schwerer, als ich dachte. Wir reden nicht darüber, aber wir reden auch über andere Dinge nicht. Für mich ist es immer wieder nur Riley – sie ist die Messlatte, an die niemand heranreicht.

»Was sagst du?« Sie schaut zur Seite auf den Ball, der auf dem herrenlosen Schiedsrichtertisch liegt. Saaldiener beginnen, die leeren Tribünen zu fegen, und die Hälfte der Schweinwerfer in der Halle sind schon aus.

»Ich weiß nicht. Das fühlt sich wie ein Heimvorteil an«, sage ich und beiße mir mit einem kurzen Lachen auf die Lippe. Riley tut dasselbe.

So viele Fragen hängen in der Luft. Wir versuchen beide, in Worte zu fassen, wie wir uns fühlen, aber es gibt einfach keine. Schließlich entscheide ich mich dafür, mir ihr Gesicht einzuprägen. Ihre Augen hatten schon immer meine Lieblingsfarbe, ich bin nur nicht sicher, was zuerst kam. Wahrscheinlich wusste ich nicht mal, dass diese Farbe existiert, bis ich sie bei ihr gesehen habe.

»Lass uns gehen«, sagt sie, aber ich bin nicht sicher, was sie meint. Ich bin auch nicht sicher, ob sie weiß, was sie meint.

Sie hebt die Hand und ich zögere einen Moment. Wenn ich sie nehme, muss ich sie irgendwann wieder loslassen. Ich tue es trotzdem. Meine Finger finden ihren Platz, legen sich um ihre und drücken sie.

Ich lasse mich von ihr führen, durch leere Sitzreihen in einen engen Flur, der in die immer noch überfüllten Katakomben der Arena führt. Selbst wenn ich versuche, meine Hand wegzuziehen, hält sie mich fest, kämpft gegen jedes Schlängeln meiner Finger, bis ich es verstanden habe. Ich soll an ihrer Seite bleiben – bei jedem Reporter, der einen kurzen Spruch von ihr haben will, jeder Teamkollegin, die sie umarmt und der sie mich vorstellt, jedem Coach oder Collegemitarbeiter, von denen sie die Hälfte nicht einmal kennt. Sie nimmt mich mit durch ihre Welt – durch meine Fantasie.

Ich genieße diesen Ausflug.

Und dann … sagt sie etwas, dass diesen Traum ein klein wenig realer werden lässt. Sie öffnet ein *möglich.*

»Haben Sie vor, in Muncie zu bleiben?«, will eine Lokalreporterin wissen, ein junges Mädchen, das auch für eine Schülerzeitung schreiben könnte.

Riley sieht mich an. Ich mache große Augen, nicht sicher, wie ich reagieren soll, und darauf gefasst, dass sie Ja sagen wird.

»Ich weiß es nicht«, sagt sie lächelnd und ohne mich aus den Augen zu lassen. »Wir gehören hier nicht wirklich her.«

Eine Kühle beginnt sich auf meiner Zunge auszubreiten und wandert den ganzen Weg bis in die Mitte meiner Brust.

Wir und *gehören.*

Diese zwei Worte bedeuten mir mehr als der Reporterin, die Riley bittet, das noch einmal zu wiederholen. Sie waren für meine

Ohren bestimmt, nicht für irgendeinen Zeitungsbericht. Ich habe Riley einmal gesagt, dass sie nicht in meine Welt gehört, aber das tut sie. Sie gehörte nur nicht in die Dunkelheit. Sie gehört ins Licht.

Mir war bloß nicht bewusst, dass sie mich dorthin mitgenommen hat.

Ich dachte nie, dass ich dorthin gehöre.

Doch jetzt beginne ich es zu glauben.

DANKSAGUNG

Dieser Teil ist immer der schwerste. Ich habe so viel zu sagen, aber ich bin nicht sicher, ob ich die richtigen Worte finde, denn das ist ein wichtiges Buch für mich. Die Gangkultur ist mir nicht neu. Die Erwähnung der MS13 in den jüngsten Nachrichten haben mich nicht schockiert, auch nicht die grausamen Taten, die viele der Gangmitglieder begangen haben.

Ich hatte Gangmitglieder in meiner Highschool. Wenn ich zurückblicke, war das auch in der Junior High und sogar in der Grundschule so. Deshalb war ich auch nicht überrascht über die Altersangaben, die in den Nachrichten erwähnt wurden. Man fängt jung mit ihnen an – wenn sie noch formbar und verletzlich sind.

Wenn sie verzweifelt sind.

Meine Recherche war herzzerreißend. Tristans Geschichte ist nicht nur ausgedacht. Teile davon sind sehr real, basieren auf einigen tragischen Lebensgeschichten, von denen ich viele persönlich kenne. Manchmal werden gute Menschen in schlimme Dinge verwickelt und manchmal gibt es keine Wahl.

Es gibt keine einfachen Antworten und ich werde auch nicht so tun, aber in alldem findet sich Liebe. Irgendwo. Oft tief versteckt. Und es gibt das Gute. Und davon handelt dieses Buch.

Tristan ist der seltene Diamant, der es aus einer tief verschütteten Mine geschafft hat. Riley ist die Art von Mädchen, das sich die Haare abrasiert, nur um zu beweisen, dass sie auf dasselbe Spielfeld gehört wie die Jungs. Ich habe es geliebt, ihre gemeinsame Geschichte mitzuerleben, mitzuträumen und in meinem Kopf mitzuhören … DIE GANZE ZEIT. Ich hoffe, es ging euch genauso.

Die Liste meiner Danksagung ist lang. Zuerst danke ich meiner Familie, die mich angefeuert und mich darin bestärkt hat, dass es gut ist, mutig zu sein, und dass ich alles erreichen kann. Ich danke meinen Beta-Leserinnen Bianca, Jen, TeriLyn und Ashley – ich weiß, dass ich euch manchmal ziemlich ratlos zurückgelassen habe. Danke, dass ihr mir immer vertraut und die Reise mitgemacht habt. Ich danke meinen Lektorinnen Tina Scott und BilliJoy Carse von *Editing Addict* und meiner Publizistin Autumn von *WordSmith Publicity*. Ihr habt mir das Gefühl gegeben, dass auch schwierige Dinge möglich sind.

Es wäre das größte Geschenk, das ihr mir machen könnt, wenn euch meine Geschichte gefallen hat – und natürlich eure Rezensionen. Ihr könnt sie wirklich überall hinterlassen. Nur durch die Macht der Leser kann ich tun, was ich tue. Ob ihr einen Blogeintrag schreibt, das Buch auf eurer Facebookseite, auf Bookstagram oder Twitter weiterempfehlt, eure Lieblingsbücher mit euren Buchklubfreunden teilt oder einfach nur meinen Namen an jemanden weitergebt – eure Arbeit und eure Unterstützung wird mehr geschätzt, als ihr es euch jemals vorstellen könnt.

Danke, dass ihr meiner kleinen Geschichte eure Zeit geschenkt habt. Ich hoffe, ich kann euch bald mehr geben.